Fantasy

Herausgegeben von Friedel Wahren

Ein vollständiges Verzeichnis aller
im HEYNE VERLAG erschienenen Romane aus
der aventurischen Spielewelt
finden Sie am Schluss des Bandes.

Das Schwarze Auge

BRITTA HERZ
(Herausgeberin)

GASSEN-GESCHICHTEN

Erzählungen

50.

*Band aus der aventurischen
Spielewelt*

begründet von
ULRICH KIESOW

Originalausgabe

WILHELM HEYNE VERLAG
MÜNCHEN

HEYNE SCIENCE FICTION & FANTASY
Band 06/6050

Originalausgabe 9/2000
Redaktion: Uta Dahnke
Copyright © 2000
by Wilhelm Heyne Verlag GmbH & Co. KG, München,
und Fantasy Productions, Erkrath
http://www.heyne.de
Printed in Germany 2000
Umschlagbild: Arndt Drechsler
Kartenentwürfe: Ralf Hlawatsch
Umschlaggestaltung: Nele Schütz Design, München
Technische Betreuung: M. Spinola
Satz: Schaber Satz- und Datentechnik, Wels
Druck und Bindung: Presse-Druck, Augsburg

ISBN 3-453-17233-7

INHALT

Oliver Baeck

DER AUGENBLICK
DER RACHE

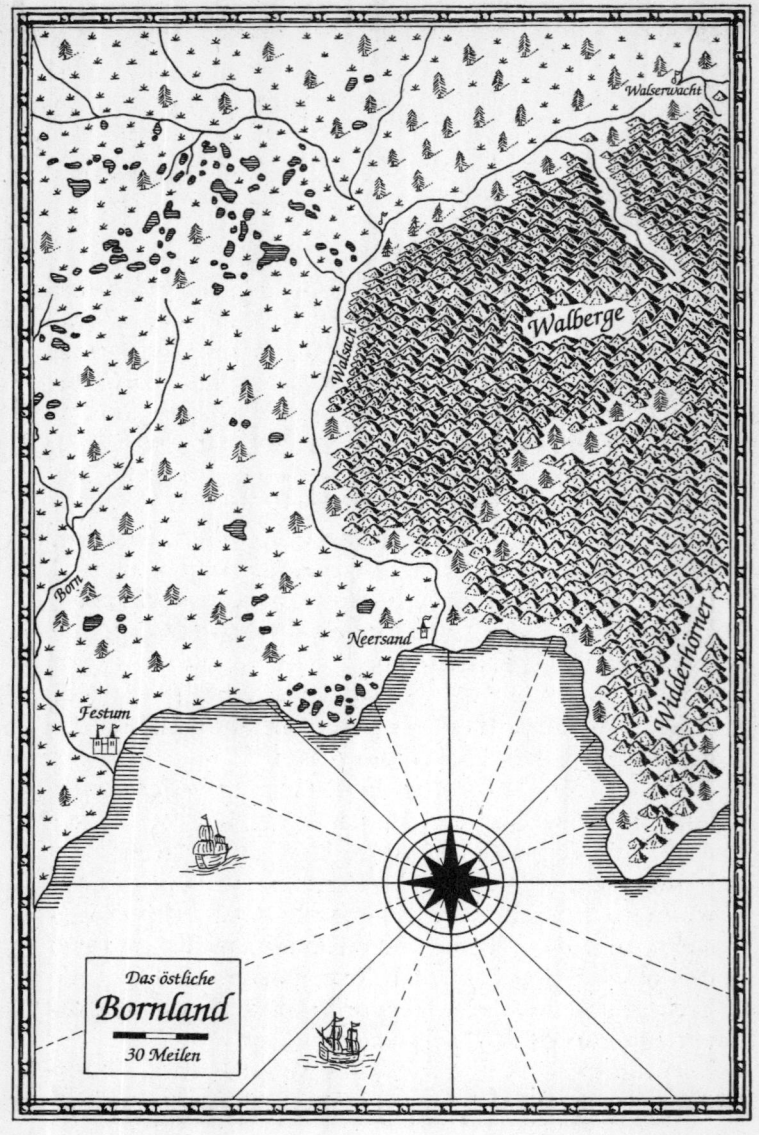

Mein Borndorn verfehlte nie sein Ziel. Auch diesmal sirrte er durch die Luft, nadelspitz und silbrig glitzernd, und traf. Jaschko stöhnte auf und krümmte sich, das Gesicht in den Händen vergraben. Ich sah ihm spöttisch grinsend zu. Als er sich wieder aufrichtete, trug er einen gequälten Ausdruck auf den Zügen. Mit verkniffener Miene rief er: »Schon wieder ins Schwarze! Wie machst du das nur?«

Ich schritt aufreizend langsam zu der Zielscheibe, die an der Wand der Schänke aufgehängt war, und rupfte unsere Borndorne heraus – seiner war fast eine Handbreit von der Mitte entfernt. Erst dann erwiderte ich: »Gelernt ist gelernt, mein Lieber.«

»Gelernt, pah. Gelernt hab ich's auch. Und jeder weiß, dass wir an der Akademie hier in Neersand die besten Lehrer des Bornlandes haben!«

Ich war mit den Waffen in der Hand wieder an ihn herangetreten. Nun stupste ich seine Nasenspitze mit dem Zeigefinger an: »Irrtum, Herr Ordensritter. Der beste Lehrer, den man haben kann, ist der Born selbst, wenn du auf den Planken eines schwankenden Floßes stehst und die Scheibe treffen musst, weil sich sonst die ganze Sippe über dich lustig macht. So hab ich's gelernt, und zwar schon bevor ich nach Festum gegangen bin, du adliger Nichtsnutz!«

Mit gespieltem Ärger riss Jaschko mir seinen Borndorn aus der Hand: »Ich werd's dir schon zeigen, Ves-

9

tissja! Wie wär's mit einer neuen Runde, altes Großmaul?«

»Wenn du es dir noch leisten kannst… Ich hab schon drei Humpen bei dir gut. Wenn du so weitermachst, schuldest du mir bald ein ganzes Fass!«

Ich zwinkerte ihm zu und nahm einen tiefen Schluck von meinem Bier. Während ich mir den Schaum von der Oberlippe wischte, stellte sich Jaschko zum nächsten Wurf auf. Ich betrachtete ihn nachdenklich von der Seite, sein dichtes dunkles Haar, die jetzt vor Anspannung zusammengekniffenen braunen Augen. Ob er wohl irgendwann begriff, warum ich ihn so neckte?

Mjeskos Gedanken bewegten sich im Kreis. In seinem Schoß lag nadelspitz und silbrig glänzend jener mörderische Haken, den der Kapitän der *Rache* anstelle seiner rechten Hand trug. Immer wieder von neuem setzten seine Grübeleien an jenem Tag an, da der schwarz gekleidete Mann in das Winterlager seiner Flussdämonen gekommen war. Rangnid und Sewjescha, die beiden Kapitäninnen, waren klüger gewesen als er, hatten sich nicht von den süßen Worten des Gastes umgarnen lassen. Sie waren fortgezogen, hatten ihr Leben und ihr Seelenheil gerettet. Was immer aus ihnen geworden sein mochte, Schlimmeres als ihm konnte ihnen nicht widerfahren sein. Er hingegen war auf den Rachedämon hereingefallen. Zu verlockend war der Gedanke gewesen, es dem Grafen von Notmark heimzahlen zu können. Wie blind er gewesen war! Endlich Rache für jenen Tag, als ihn Uriels Schergen auf einem gräflichen Acker stellten, eine Rübe – eine mickrige, verschrumpelte, götterverfluchte Rübe – in der rechten Hand. Rache an dem warzengesichtigen Grafen! Und dann die bittere Erkenntnis, dass er sich in seinem Wahn genau demselben Herrn verschrieben hatte, dem auch sein Erzfeind diente. Ein Bündnis, das alles verdrehte, wofür er gelebt hatte, ein Pakt, aus dem er sich nicht mehr lösen konnte, so sehr er es auch wollte. Warum hatte er die Falle nicht erkannt?

Ein feiner Schmerz unterbrach sein Grübeln. Die Spitze des Hakens hatte sich in seine linke Handfläche gebohrt. Ein heller roter Blutstropfen rann an dem kalten Stahl herab. Der Anblick half Mjesko nicht heraus aus dem müßigen Kreis seiner trüben Gedanken, sondern schleuderte ihn noch tiefer hinein.

Die Dämmerung bricht früh herein hier im Wald. Der Sonnenuntergang wirft rote Bahnen an den Himmel. Die Vögel zwitschern, als würden sie das Stelldichein zweier Liebender begleiten. Sie besingen einen Todeskampf. Das Johlen der Büttel verklingt in der Ferne. Er ist nun ganz allein, nur ein schartiges Messer in der Linken. Die rechte, die sündige Hand, die Hand, mit der er die Gesetze des Grafen gebrochen hat, ist mit einem rostigen Eisensporn an die Rinde einer Eiche genagelt. Es raschelt im Unterholz. Das Messer haben sie ihm gegeben, damit er seine Leiden selbst beenden kann, bevor es die wilden Tiere des Waldes tun. Eine Schleiche bahnt sich ihren Weg durch das niedrige Gras. Er will Rache. Der letzte Vogel verstummt weit entfernt. Er spürt seine Hand schon lange nicht mehr, der pochende Schmerz ist erloschen. Es ist dunkel. Andere Laute dringen an sein Ohr: ein Huschen im Gebüsch, ein Hecheln. Es kommt näher. Noch wäre Zeit, das Messer zu benutzen. Hoffnung hält ihn ab – er muss leben, um Rache zu nehmen. Der erste Wolf ist heran. Er hält den Mann für leichte Beute. Spitze Zähne schlagen sich in das Bein. Das Messer blitzt kurz im Mondlicht. Ein fast erstauntes Winseln ertönt. Der Mann weiß nicht mehr, wo und wer er ist, ob er Mensch ist oder gehetzte Kreatur, ob er überhaupt noch lebt. Das Messer tötet einen zweiten Wolf. Der Mann bricht zusammen, ohnmächtig vor Schmerz. Vogelgezwitscher weckt ihn. Die

11

Sonne schickt wirre Muster durch das Blätterdach. Er kauert am Fuß einer Eiche, die rechte Hand an die Rinde genagelt. Die Hand ist tot. Er ist besudelt vom Blut zweier Wölfe. Mit dem Messer schneidet er Brocken aus ihrem Fleisch heraus, schlingt sie herunter. Er ist selbst ein Tier. Er frisst das rohe Fleisch. Dann ist er stark genug, um aufzustehen. Er setzt das Messer an. Die Qual raubt ihm den Atem, den Verstand. Nach zwei Stunden ist er frei. Er irrt umher, wahnsinnig vor Schmerz und vor Erschöpfung. Ein Mann tritt zwischen den Bäumen hervor, stellt sich ihm in den Weg. Woher? Sonst ist er immer allein in diesem Traum.

»Wer ist dein Herr?«
Schweigen.
»Sag meinen Namen!«
»...URIEL!«

»So ganz unschlagbar bist du also doch nicht, werte Frau Ordensritterin. Beim letzten Wurf war ich bestimmt drei Finger näher an der Mitte als du.«

Ich kuschelte mich nur schläfrig an Jaschkos Schulter, während wir den Weg hinunterwanderten. Er hatte seinen Arm um mich gelegt, ganz so wie der ältere Bruder, der sein Schwesterlein nach Hause bringt. Ich mochte es, auch wenn ich in Wahrheit fünf Monde älter war als er und gleichzeitig mit ihm im letzten Jahr den Kriegerbrief erhalten hatte.

Zu unserer Rechten glitzerten die Fluten des Walsach silbrig im Mondlicht. Leichte, duftige Nebelschwaden zogen wie feine Schleier über das Wasser. Von Walserwacht aus mussten wir fast zwei Meilen bis zu dem Gutshof marschieren, auf dem wir seit kurzem untergebracht waren, und auf dem Weg dorthin umfing uns Stille. Der Wind strich durch die Äste und ab und zu schoss eine Gnitze an die Wasseroberfläche, aber diese Geräusche unterstrichen den Frieden jenes Augenblickes eher, als dass sie ihn störten.

»Ist es nicht seltsam?«, murmelte Jaschko. »Wenn wir nachts hier entlanggehen, denke ich immer, es könne kaum einen schöneren Ort auf dem Dererund geben. Und dann erinnere ich mich, weswegen wir hier sind – der Widderorden, meine ich. Dass ein paar Meilen entfernt jener götterverlassene eisige Fluss aus dem Ehernen Schwert mündet. Und dass außerdem hier dieser Mjesko sein Unwesen treibt.«

»Ach, Jaschko«, erwiderte ich, »lass es doch einfach den schönsten Ort auf Dere sein und nichts sonst. Wenigstens für heute Nacht.«

»Nichts lieber als das.«

Schweigend schritten wir weiter. Jaschkos Pelzumhang wärmte uns beide, über unsere Gesichter zog die kühle Nachtluft. Ich genoss es, seinen Arm um meine Schulter zu spüren, das Gefühl der Geborgenheit. Eine launische Brise schickte uns einen allerletzten Fetzen von Gelächter aus dem Dorf nach. Es war so wohltuend, einmal nicht sprechen zu müssen. Vielleicht hatte ich schon zu viel gesagt. Mit Schwert und Borndorn konnte ich umgehen, aber die rechten Worte zu finden, hatte ich nicht gelernt. Liebliche Rahja, er musste es doch begreifen!

»Weißt du, was ich glaube, Vestissja?«

»Hmm?«, gähnte ich.

»Ich glaube, du hast mich absichtlich gewinnen lassen.«

»Stimmt.«

Er fand sich auf dem Boden der Kajüte kniend wieder, immer noch bebend vor Zorn. Um ihn herum lagen die Überreste des hölzernen Tisches, den er in seiner Wut mit wuchtigen Hieben des Hakens zerschmettert hatte. Wasser aus einem zersplitterten Tonkrug rann silbrig glänzend in die Ritzen zwischen den Planken. Auf dem Schiff war es still. Seine Mannschaft wusste, dass Mjesko weder Freund noch Feind schonte, wenn die Bilder der Vergangenheit ihn in Raserei versetzten. Es würde noch geraume Zeit dauern, bis einer von ihnen es wagte, den Kopf durch den Türspalt zu stecken. Wahrscheinlich würden sie erst kommen, wenn der Kampf mit den Ordensrittern unmittelbar bevorstand. Der Kapitän würde den Boten wohl nicht kennen – seine alte Mannschaft war fast aufgerieben, ersetzt durch Schergen des Dämonenmeisters. Er verachtete sie, die sich nur des Geldes wegen in dessen Fänge begeben hatten. Sie erinnerten ihn immer wieder an die Falle, in die er aus Rachedurst getappt war.

»Uriel ist tot«, sprach er sich fast unwirsch vor, während er sich rastlos daranmachte, die größte Unordnung zu beseitigen. »Abgekratzt ist er, in der Schlacht bei Vallusa. Krepiert wie'n Gassenköter. Ersoffen in 'ner Pfütze, so groß wie 'ne Bierlache auf 'nem Schenkentisch, das alte Warzenschwein.« Er begann, die kleineren Scherben und Splitter aufzuklauben. »Er ist tot«, fuhr Mjesko beinahe beschwörend fort, »kein Grund, jetzt plötzlich von ihm zu träumen.« Seine Stimme klang hohl. Es war nicht allein, dass er selbst nicht so recht an seine Worte glaubte. Vielmehr lauerte in ihm das nagende Gefühl, die Wahrheit liege noch tiefer verborgen, als er sich einzugestehen bereit war.

Erneut ließ ein feiner Schmerz ihn innehalten. Ein unscheinbarer kleiner Holzsplitter stak aus der kaum verheilten Wunde in seiner linken Handfläche hervor. Wieder trat ein heller roter Blutstropfen heraus. Der Anblick riss ihn zurück in seine Gedanken, so wie ein Strudel einen erschöpften Schwimmer packt, der glaubte, ihm gerade entronnen zu sein.

Die Dämmerung bricht früh herein hier im Wald. Der Sonnenuntergang wirft rote und schwarze Bahnen an den Himmel. Die Vögel zwitschern, als würden sie das Stelldich-

ein zweier Liebenden begleiten. Sie verspotten einen Todeskampf. Das Johlen der Büttel verklingt in der Ferne. Er ist nun ganz allein, nur ein schartiges Schwert – Schwert? – in der Linken. Die rechte, die gesunde Hand, die Hand, mit der er die Gesetze des Grafen gebrochen hat, ist mit einem rostigen Eisensporn an die Rinde einer Eiche genagelt. Es raschelt im dornigen Unterholz. Das Schwert haben sie ihm gegeben, damit er sich selbst in Todesqualen stürzen kann, bevor es die wilden Tiere des Waldes tun. Eine weiße Schlange bahnt sich ihren Weg durch das niedrige Gras. Er will Rache, mehr als alles andere, und er wird sie bekommen. Der letzte Vogel verstummt weit entfernt. Er spürt seine Hand schon lange nicht mehr, der pochende Schmerz ist erloschen, aber nicht der Rachedurst in seiner Brust. Es ist dunkel. Andere Laute dringen an sein Ohr: ein verstohlenes Huschen im Gebüsch, ein geiferndes Hecheln, ein verzweifeltes Heulen. Es kommt näher. Noch wäre Zeit, das Schwert zu benutzen. Rachsucht hält ihn ab – er muss leben, um Rache zu nehmen. Der erste Wolf ist heran. Er hält den Mann für leichte Beute. Spitze Zähne schlagen sich in das Bein. Das Schwert blitzt im Licht weit entfernter Flammen. Ein markerschütterndes Jaulen ertönt. Der Mann weiß nicht mehr, wo und wer er ist, ob er Mensch ist oder seelenlose Kreatur, ob er überhaupt noch lebt. Das Schwert tötet einen zweiten Wolf. Der Mann bricht zusammen, ohnmächtig vor Schmerz. Vogelgezwitscher weckt ihn und seinen Durst nach Rache. Die Sonne schickt wirre Muster aus lebendem Feuer durch das Blätterdach. Er kauert im Dornengestrüpp am Fuß einer Eiche, die rechte Hand an die Rinde genagelt. Die Hand ist tot. Er ist besudelt vom Blut zweier Wölfe. Mit dem Schwert schneidet er Brocken aus ihrem Fleisch heraus, schlingt sie hinunter. Er ist selbst ein Tier, das auf Rache sinnt. Er frisst das rohe Fleisch. Dann ist er stark genug, um aufzustehen. Er setzt das Schwert an. Die Qual raubt ihm den Atem, den Verstand. Nach Äonen ist er frei. Er irrt umher, wahnsinnig vor Schmerz und vor

Rachsucht. Ein Mann tritt zwischen den Bäumen hervor, stellt sich ihm in den Weg. Er trägt eine Kutte, eine rote Kapuze, einen Galgenstrick, einen Stab.

»Wer ist dein Herr?«

Verwirrtes Schweigen, ein Funken der Erkenntnis...

»Sag meinen Namen!!«

»Vestissja!«

Jaschkos Wispern ließ mich aus meinen Gedanken auffahren. Ich hatte die schroffen Walberge betrachtet, die Gipfel des Ehernen Schwertes mehr geahnt denn gesehen. Unwirtlich und abweisend schien dieses Land. Aber Jaschko hatte Recht: Es war der schönste Ort auf Dere und so und nicht anders hatten die Zwölfe ihn geschaffen. Doch dann hatten andere Mächte diesen Frieden gebrochen, Feinde der Götter und der Menschen... Den halben Tag lang war unsere Patrouille nun schon durch das karge Geröll am Ufer dieses widerwärtigen, widernatürlichen Flusses gestapft. Noch immer will mir sein Name nicht über die Lippen kommen. Trügerisch und friedlich lag er da, breit und träge. Ich wusste, dass er uns täuschen wollte wie ein Meuchler mit unschuldiger Miene. Ich hatte seinen Zorn und seine Gnadenlosigkeit im Winter erlebt. Das schäumende, eisige Wasser duldete kein Leben, nicht einen Hauch von Grün neben sich. So war denn auch sein Rand auf viele hundert Schritt von grauem Geröll und kantigen, zerborstenen Felsbrocken gesäumt.

»Schau, da sind sie!«

Wir alle sahen in die Richtung, die Jaschkos Hand uns wies. Vielleicht noch eine halbe Meile entfernt ragte eine flache Schotterbank weit in eine Flussbiegung hinein. In dieser ruhigen Bucht lag die *Rache* vor Anker, das Schiff des Piraten Mjesko Einhand. Als wir näher herankamen, konnten wir erkennen, dass sich nur eine Hand voll Leute auf dem Deck aufhielt. Die anderen waren wohl auf der Jagd. Die Piraten schienen sich sicher zu fühlen, wenn sie so nahe an unserem Ordenshaus lagerten. Das würden sie bereuen – die Schiffswache war ein leichter Gegner für uns wohlgerüstete Krieger.

Dieses tückische Geröll war nicht der Boden, auf dem wir uns nächtens hätten anschleichen können und am Tag bot uns kein Strauch Schutz vor den Blicken der Piraten. Aber wir hatten nichts zu fürchten – sollten sie uns ruhig kommen sehen! Mit Rondras Hilfe würden wir den Sieg davontragen.

Bevor wir uns endgültig auf den Weg zum Piratenschiff machten, hielt Jaschko mich noch einmal kurz zurück. »He, Großmaul«, knurrte er. »Pass auf dich auf, ja?«

Ich zuckte gleichgültig mit den Schultern. »Meinetwegen«, sagte ich.

»Nein«, widersprach mir Jaschko sanft. Sein Gesicht war nun ganz ernst, und doch fand ich in seinem Blick endlich, wonach ich so lange gesucht hatte. Liebliche Rahja, Dank sei dir! »Nein, Vestissja«, fuhr er fort, »*meinet*wegen – nur meinetwegen.«

Mjesko streichelte mit der Linken zufrieden seinen Haken. Eine gute Falle, die er da für die Ordensritter ersonnen hatte! Er meinte, das Knirschen ihrer Schritte im Geröll zu vernehmen. Dann hörte er die scheinbar aufgeregten Rufe der Piraten, die er als Lockvögel eingeteilt hatte, das Schnalzen ihrer Bogensehnen, auch wenn sie ihr Ziel wie zufällig verfehlten. Danach ertönte ein Kriegsruf – der Name der Göttin ließ ihm für einen Augenblick einen Schauer über den Rücken laufen. Zuletzt erklangen die schnellen Tritte schwerer Stiefel auf den Planken. Als zum ersten Mal Stahl auf Stahl klirrte, trat er heraus und mit ihm zwei Dutzend Piraten mehr.

Die Ordensritter schlugen sich tapfer, aber sie würden unterliegen. Einer von ihnen, wohl ihr Anführer, hatte gerade eine Piratin niedergestreckt, als sein Blick auf Mjesko fiel. Der Kapitän grinste höhnisch – sollte das Bürschlein doch sein Glück versuchen! Kurz ruhte sein Auge auf einer Frau, die gewandt und kraftvoll kämpfte – sie würde er als Nächste töten. Dann wandte er sich dem jungen Krieger zu. Am Mast trafen sie aufeinander.

Der Dunkelhaarige hielt sich wacker, es war geradezu ein Spaß, gegen ihn zu kämpfen. Jeder Schlag aber, dem der Jüngere sich entgegenstemmte, kostete ihn ein Quäntchen seiner Kraft. Mjeskos Säbel sauste herab, das Schwert des Ritters fuhr im letzten Augenblick dazwischen. Ein paar Schwerthiebe trafen ihr Ziel, doch sie zögerten das Unvermeidliche nur hinaus. Schließlich geschah es: Eine geschickte Drehung mit dem Haken – und das Schwert entwand sich dem Griff seines Trägers und scharrte über die Planken. Der Ritter stand da, nach Atem ringend, zu Tode erschöpft, und blickte den Piraten an. Wie würdevoll sie immer zu sterben wussten, diese Krieger! Mjesko hob den Säbel. Der Ritter erwartete den tödlichen Hieb von oben – umso größer würde sein Schrecken sein, wenn er stattdessen den von unten geführten Haken in seinem Fleisch spürte. Der Blick des Kapitäns fiel auf die Kriegerin. Ihr entsetztes Gesicht verriet ihm, dass der Tod des Ritters für sie so grauenhaft wäre wie ihr eigener. Mjesko lächelte.

Schneller, als ein Gedanke es befehlen konnte, schoss ihre Hand zum Gürtel, schloss sich um das Heft eines Borndorns und schleuderte ihn. Ein nadelspitzer, brüllender Schmerz durchzuckte seine Linke. Der Säbel polterte herunter. Ungläubig wandte der Pirat seinen Blick zum Mast. Der Borndorn war durch sein Fleisch gefahren, hatte die Hand an den Mast genagelt.

Noch zitterte der Stahl leise von der Wucht, mit der er geschleudert worden war. Ein Schleier hellroten Blutes trat aus der Wunde. Mjesko sah ihn nicht mehr.

Die Dämmerung hier ist ewig. Der Feuerschein schleudert rote und schwarze Bahnen an den Himmel. Die Winden der Streckbänke quietschen hämisch. Sie verspotten einen Todeskampf. Das Jammern der Gepeinigten verklingt in der Ferne. Er ist nun ganz allein, nur sein verhasster Haken statt der Rechten. Die linke, die gesunde Hand, die Hand, die noch menschlich an ihn war, ist mit einem blitzenden Borndorn an die Rinde einer Eiche genagelt. Es raschelt im dornigen Unterholz. Den Haken hat man ihm gegeben, damit er andere in Todesqualen stürzen kann, wie er sie selbst erlitten hatte. Eine dünne weiße Schlange bahnt sich ihren Weg durch das niedrige Gras. Er will Rache, mehr als alles andere, und er wird sie bekommen. Ein klagender Schrei verstummt weit entfernt. Er spürt seine Hand schon lange nicht mehr, der pochende Schmerz ist erloschen, aber nicht der Rachedurst in seiner Brust. Es ist dunkel um ihn. Andere Laute dringen an sein Ohr: das Stöhnen der Verdammten, das Wehklagen der Verfluchten, das Prasseln der Flammen. Es kommt näher. Eine Meile entfernt liegt eine Festung aus schwarzen und roten Flammen. Räder aus lebendem Feuer säumen den Weg zu ihr. Gestalten sind auf die Räder geflochten, vergeblich um Gnade winselnd. Die Leiber der Verdammten nähren auch die Flammen der Feste. In gleißendem Licht tritt ein Mann heraus, wirft einen meilenlangen Schatten. Das Klagen der Gequälten schwillt an wie zu einem einzigen Schrei. Seine Robe ist schwarz, die Kapuze rot wie Blut, rot von Blut. Nichts ist darunter, niemand vermag ihn zu durchschauen. Er trägt einen Stab mit tausend Augen. Sie sehen alles, wie tief es auch in der Seele verborgen sein mag. An seinem Gürtel prangt ein Richtbeil, das letzte Rache üben kann. Es zittert, giert nach Blut und Leben. Um seinen Hals windet sich ein Galgenstrick aus

weißen Schlangen. Der bloße Wille lenkt die Schlinge zu
Mjesko, über die ganze weite Meile hinweg. Sie legt sich um
seinen Hals, zieht sich enger, würgt ihn. Der Mann, das an-
dere Ende des Stricks in der gnadenlosen Hand, tritt näher.
Es ist ein einziger Schritt, dann steht er vor dem Piraten.
Der Galgenstrick ist Folter und Verlockung.

»Wer ist dein Herr?«

Ein Augenblick des Schweigens. Ein Feuersturm der Er-
kenntnis rollt heran.

»Sag…«

Ja, er kennt ihn. Jetzt, jetzt öffnen sich die Schleusen, bre-
chen die letzten Dämme, die den Strom seines Hasses noch
aufhielten. Jetzt will er Rache mit jeder Faser seines Seins,
gibt sich dem hin, gegen den er sich so lange gesträubt hat.
Jetzt verrät er die Zwölfe und den göttlichen Funken, den
sie ihm schenkten und der leise auch in ihm noch glomm.
Jetzt strebt all sein Denken auf einen Punkt zu wie die
Spitze eines Borndorns. Jetzt will er Rache und nichts sonst.
Jetzt opfert er sich seiner Rache. Jetzt schließt er den Pakt.
Jetzt betritt er den Kreis der Verdammnis. Jetzt unterwirft
er sich dem Herrn der Rache. Jetzt, jetzt sagt er…

»…meinen Namen!!!«

Und es war so leicht.

Sie haben mir Jaschkos Körper nicht mehr gezeigt.
Aber ich erinnere mich. Ich erinnere mich an die To-
desstille, die auf den niederhöllischen Schrei des Piraten folgte. Ich erinnere mich, wie alles innehielt, die
Ritter, die Piraten, selbst die Wellen, die während des
Kampfes das Schiff sachte gewiegt hatten. Ich erinnere
mich an den Schauer, der mich durchfuhr. Ich erinnere
mich an die weiße Flamme, die von der Mastspitze
herunterzüngelte, den Borndorn aus Mjeskos Hand
heraussprengte und weiß glühend vergehen ließ. Ich
erinnere mich, wie die Flamme sich teilte, die einzelnen Feuerschnüre wie lebende Schlangen über die

Planken krochen. Ich erinnere mich an die Schreie des Entsetzens, gleich ob von Freund oder Feind. Ich erinnere mich an die Piratin, die von einem Biss dieser Schlangen gefällt wurde. Ich erinnere mich an den Augenblick, da sich eine dieser unheiligen Kreaturen auch um meinen Knöchel wand. Ich erinnere mich an die eisige Glut, die zu meinem Herzen kroch. Ich erinnere mich an den Haken, der wieder und wieder in den Leib des Mannes fuhr, den ich liebte. Ich erinnere mich. Aber all diese Erinnerungen verblassen gegen die eine. Ich sehe das weiße Feuer in Mjeskos Augen, ich sehe den wirren Blick eines Mannes, der endgültig den letzten Schritt fort vom Pfad der Zwölfe tut, ich sehe seine Augen in diesem einen Pulsschlag, da er jenen Schritt tut, ich sehe die leibhaftigen Niederhöllen und ich sehe, wie er sie betritt, sie unwiderruflich betritt. Sein Blick war auf mich gerichtet in diesem Moment, auf die, die ihn endgültig dort hineingestoßen hatte, und er verfehlte nicht sein Ziel. Er war wie ein Borndorn, nadelspitz und weißlich glänzend, und er traf. Ich werde es niemals vergessen.

Und ich werde mich rächen.

Michael Rosploch

WISSEN IST
MACHT

Bleiche Nebelfetzen zogen über die Wiese. Schoran zog fröstelnd den Umhang enger und beschleunigte seine Schritte. Er hasste es, ständig die Besorgungen für seinen Meister zu machen. Wozu gab es schließlich Myriam, die alte Dienerin. Ihr hätte es wesentlich besser angestanden, ins Dorf zu gehen, als ihm, einem Scholaren der magischen Künste. In einigen Wochen schon würde er mit seinem Meister zur nächsten Akademie ziehen und dort seine Abschlussexamina in Theorie und Praxis ablegen. Dann stünde ihm endlich der Titel Adeptus zu. Ein wenig sorgte Schoran sich nur über die Prozedur der Zeichnung, bei der er das unvergängliche Symbol seines Meisters in die rechte Handfläche erhalten würde, das ihn fortan als Magier ausweisen würde. Jeder ausgebildete Magier – egal ob reisender Heiler, alte Folianten studierender Akademiker oder das kalkulierte Risiko suchender Kampfmagier – trug das Zeichen seiner Akademie oder seines persönlichen Lehrmeisters. Wann immer Zweifel an seinem Stand oder seiner magietheoretischen Ausrichtung bestand, konnten er sich durch einfaches Heben der Rechten jedem Kundigen gegenüber zu erkennen geben.

Endlich tauchte auf einem sanften Hügel der aus hellem Sandstein erbaute Turm auf. In den vergangenen acht Götterläufen war dies Schorans Zuhause gewesen. Eine lange Zeit, in der ihn Meister Ajomar oft bis zur Weißglut getrietzt und seiner Meinung nach meist zu Unrecht bestraft hatte. Nie war er zufrieden gewesen, immer hatte er etwas auszusetzen gehabt. Acht lange Sommer und Winter. Nur gut, dass alles bald vorbei sein würde, länger hielte er, Schoran, es bestimmt nicht bei diesem selbstgerechten Leuteschinder aus.

Mürrisch trat Schoran mehrfach gegen die schwere Tür des Turms, den gusseisernen Türklopfer missachtend. Erst nach geraumer Zeit näherten sich die schweren Schritte Myriams, und als diese die Tür einen Spalt weit öffnete, drängte sich Schoran grußlos an der korpulenten Endfünfzigerin vorbei. Achtlos warf er ihr seinen klammen Umhang zu und stellte den Weidenkorb mit Lebensmitteln neben sich ab. Sollte dieses nichtsnutzige Weib die Sachen doch selbst in die Küche tragen!

Ohne die Stiefel auf dem Fußabtreter zu säubern, stapfte er zu seinem Zimmer hoch. Dort angelangt, verschloss Schoran sorgfältig die Tür und griff vorsichtig in eine tiefe Tasche seiner Robe. Zumindest erlaubten ihm die häufigen Gänge ins Dorf, etwas vom Haushaltsgeld abzuzweigen oder sich durch die eine oder andere magische Betrügerei gelegentlich eine Annehmlichkeit zu verschaffen. So wie diese flache Metallflasche mit echtem Premer Feuer. Zu schade, dass er mit dem Trinken bis zum Abend warten musste, wenn all seine Pflichten erledigt sein würden. Denn wenn Meister Ajomar etwas davon mitbekäme, könnte sich Schoran auf eine deftige Standpauke über die Unverträglichkeit von Alkohol und der Ausübung von Magie gefasst machen.

Neben dem Abschreiben eines arkanen Werkes standen zwei Stunden ›Schönschrift‹, wie er es spöttisch nannte, auf seinem Tagesplan: das korrekte Zeichnen des Alphabets des Zhayad sowie die Methoden, aus mehreren dieser Symbole Namen und Worte der Macht zusammenzufügen. Im Gegensatz zu anderen Schriften überlappen sich im Zhayad die Buchstaben und wie immer unterliefen Schoran Fehler bei komplexeren Wortgebilden.

Meister Ajomar blickte betrübt auf die verworrenen Linien, welche die Pergamente bedeckten. Die tiefen

Falten in seinem Gesicht wirkten noch tiefer als sonst. »Hast du denn gar nichts gelernt während der letzten beiden Götterläufe?«, fragte er mit rauer Stimme. »Habe ich dir nicht immer und immer wieder den Spiralaufbau nach Quilum für Beschwörungsformeln dämonider Wesenheiten, die in Hexametern verfasst sind, eingetrichtert? Es handelt sich hier nicht um Pentameter!«

Schweigend und mit gesenktem Haupt ließ Schoran die Litanei über sich ergehen. Auf diese Weise war es seinem Meister wenigstens nicht möglich, die aufkeimende Wut von seinem Gesicht abzulesen. Doch die abschließenden Worte des Magiers ließen seinen Kopf hochfahren.

»Trotz all der Mühe, die ich mir mit dir gegeben habe, egal ob im Guten oder Schlechten, ständig ist dein Denken einzig und allein auf dich gerichtet. Begreife endlich, dass die Berufung zum Magier viel Demut verlangt. Demut der Magie gegenüber, um ihr die angemessene Aufmerksamkeit zu zollen, Demut dem Beruf gegenüber, um die von ihm verlangten Anforderungen zu erfüllen, Demut dir selbst gegenüber, damit die dir innewohnende Begabung in vollem Umfang von dir geschult und genutzt werde – und nicht ein Quäntchen unbeachtet bleibe. Magische Veranlagungen verlangen von den wenigen, die sie besitzen, ein hohes Maß an Verantwortung und Disziplin.

Leider lassen dein Fleiß und deine moralische Vorstellung immer wieder zu wünschen übrig. Glaube bloß nicht, mir seien deine Eskapaden entgangen. Deshalb sehe ich mich genötigt deine Abschlussprüfungen um einen Götterlauf zu verschieben. Du besitzt weder die nötige Reife noch das Wissen noch die Fertigkeit, um die Prüfungen angemessen zu bestehen. Außerdem bist du mein Scholar! Alles, was du tust, wird auf mich zurückfallen!«

Wie betäubt saß Schoran noch lange an seinem Pult. Längst war Meister Ajomar gegangen. Das kann nicht sein! schoss es ihm durch den Kopf. Das kann er nicht ernst gemeint haben! Doch er hatte die Entschlossenheit in der Stimme des Magiers gehört. Unumstößlich, ohne den Deut eines Ausweges.

Selbst als das letzte Talglicht in der Studierstube verloschen war, verließ Schoran seinen Platz nicht. Wieder und wieder kreisten seine Gedanken um die Entscheidung seines Lehrers. Langsam, wie der über den Boden wandernde Schein des Madamals, formte sich in ihm ein furchtbarer Entschluss.

Die Entscheidung seines Lehrmeisters durfte nicht sein! Und alles, was nicht sein darf, muss geändert werden! Es musste etwas geschehen. Die Meinung Ajomars zu ändern war unmöglich, darin gab sich Schoran keinen Illusionen hin. Ginge er allein zur Magierakademie, so würde sein Meister bestimmt bald folgen und sein Tun durch sein Eingreifen zunichte machen. Die Ausbildung seines Schülers oblag bis zur abgeschlossenen Prüfung gänzlich dem jeweiligen Mentor. Selbst wenn Schoran an einer weiter entfernten Akademie seine Examina ablegte, würde er im Nachhinein geächtet werden, da es häufigen Botenverkehr zwischen den einzelnen Gilden gab. Es blieb ihm aus seiner Sicht nur eine Möglichkeit und Schoran war bereit, diese zu wählen.

Drei Tage nach dem Gespräch – Schoran schien sich mit einem weiteren Götterlauf voller Studien abgefunden zu haben – begann sich der Gesundheitszustand Meister Ajomars langsam zu verschlechtern. Von Tag zu Tag ging es ihm elender. Bald schon wünschte er niemanden außer seiner Magd mehr zu sehen. Obwohl Myriam sich aufopferungsvoll um ihn kümmerte, verließen ihn zusehends die Kräfte. Er rührte die zubereiteten Speisen kaum an, langte hingegen bei den

Getränken doppelt zu. Fast zwei Wochen lang entfiel der Unterricht und es schien nur noch eine Frage der Zeit, bis das Lebenslicht des alten Magiers verlöschen würde, als er nach seinem Schüler schicken ließ.

Mit mulmigem Gefühl schritt Schoran zum Schlafgemach seines Meisters. Vor der Tür angelangt, atmete er tief durch, schüttelte alle düsteren Gedanken ab und klopfte. Nur leise und bar jeder Kraft drang die Stimme Meister Ajomars durch das Holz. Und als Schoran seiner in seinem samtenen Himmelbett ansichtig wurde, wich er unwillkürlich ein Stück zurück. Mehr tot als lebendig lag der Magier da, fiebriger Schweiß bedeckte seine graue Haut und sein Atem ging schwer.

»Komm näher!« Mit einer schwachen Handbewegung winkte Meister Ajomar seinen Schüler heran. »Bald schon wird Golgari, der Sendbote Borons, meine Seele über das Nirgendmeer bringen.« Ein krampfartiger Brechreiz schüttelte ihn. Sichtlich um Beherrschung ringend fuhr er fort: »Leider werde ich deine Ausbildung nun nicht vollenden können, doch will ich dich, bevor es zu Ende geht, in ein letztes Geheimnis einweihen, einen Zauber, von dessen Existenz kaum noch jemand weiß, geschweige denn ihn beherrscht.« Müde schloss er die Augen.

Alle Bedrücktheit war von Schoran gefallen. Aufgeregt lauschte er dem tiefen Schnaufen seines sterbenden Meisters. Einzig die Frage, ob der Magier noch lange genug leben würde, um ihm das Versteck der Zauberformel zu verraten, bereitete ihm leichte Sorgen.

»Es genügt nicht, meine persönlichen Aufzeichnungen zu studieren«, fuhr der Alte fort, »sondern du musst ihn zusammen mit mir erleben. Nur so erlangst Du das nötige Verständnis, um diesen Zauber der Magica Communicatia jemals selbst erfolgreich anzuwenden. Reiche mir deine Hände und leere deinen Geist, lass es einfach geschehen und beobachte.«

Mit aufgedunsenen Händen umschloss Meister Ajomar die schlanken Glieder seines Scholaren. Langsam beruhigte sich sein schwerer Atem und tonlos rezitierten seine Lippen einen Zauber. Schoran spürte, wie sich ihre Geister berührten – doch irgendwie fanden sie keinen Zugang zueinander.

Plötzlich riss der Magier erstaunt die Augen auf. »Was hast du getan? Wie kann das sein?« Schwarzes Blut benetzte seine Lippen. Entsetzt versuchte er das Gewand seines Schülers zu erhaschen, doch dieser sprang schnell auf und trat einen Schritt zurück.

»Du Dämon!« Brodelnd hob und senkte sich die Brust des Sterbenden. In dem vergeblichen Versuch, den Jüngeren doch noch zu erreichen, lehnte sich der Magier so weit vor, dass er das Gleichgewicht verlor und aus dem Bett stürzte. Ein plötzlicher Krampfanfall, der seinen gesamten Körper erfasste, ließ ihn die Augen verdrehen, bis nur noch das Weiße darin zu sehen war.

Reglos stand Schoran in der Ecke des Zimmers. Traurig und zugleich distanziert beobachtete er den verrenkten, zitternden Leib auf dem Boden. Der Todeskampf schien ewig zu dauern, doch schließlich durchlief ein letzter Schauer den Körper und er lag still. Langsam trat Schoran näher, beugte sich über den Toten und schloss ihm mit einer fast zärtlichen Geste die Augen.

In den folgenden Tagen hatte jeder im Dorf Verständnis dafür, dass sich Schoran voller Trauer zurückzog und zuweilen ein seltsames Verhalten an den Tag legte. So wusste Myriam zu berichten, dass nach dem Tode seines Mentors kein artikuliertes Wort über Schorans Lippen gekommen sei. Wann immer er genötigt war, sein

Zimmer zu verlassen, strebte er auf dem Rückweg stets zum Gemach des Magiers, nur um dann mit einem Ruck innezuhalten und sich anschließend seiner eigenen Kammer zuzuwenden. Mehr als einmal beobachtete die alte Magd, wie Schoran sich mit körperlichen Übungen bis zur totalen Erschöpfung verausgabte oder mit seiner Stimme die seltsamsten Geräusche hervorbrachte, gerade so, als übe er etwas. An einem Morgen überraschte Myriam ihn sogar dabei, wie er vor einem Spiegel Grimassen zog.

Fast eine Woche dauerte es, bis Schoran sein Schweigen brach. Wie ausgewechselt schien der junge Mann, grüßte jeden freundlich, übte sich aber ansonsten in Zurückhaltung. Laut eines Testaments, das Meister Ajomar zu Beginn der Krankheit an seine ihm treu ergebene Magd ausgehändigt hatte, sollte sein Hab und Gut an seinen letzten Schüler übergehen. Myriam erhielt Wohnrecht auf Lebenszeit, freies Essen und einen erklecklichen Teil seiner Barschaft.

Einzig der Verstorbene schien den guten Kern seines Scholaren, der nun auch für alle anderen sichtbar wurde, erkannt zu haben. Regelmäßig besuchte Schoran das Grab seines Meisters auf dem Boronanger, pflegte es und verharrte dort häufig in stiller Andacht.

Schon mehrfach hatte das Madamal als vollständige Scheibe am Himmel gestanden, als Schoran, der mittlerweile mit Bravour seine Abschlussprüfungen bestanden hatte, wieder einmal das Grab aufsuchte. Der erste Schnee war gefallen und vorwitzig lugten Ifirnsglöckchen am Wegrand aus der weißen Decke hervor. Lange betrachtete Schoran die steinerne Stele mit dem Symbol des zerbrochenen Rades, als er leise, halb zu sich selbst, zu sprechen anhob: »Ich hege keinen Groll mehr gegen dich. Stets habe ich mich um

dich bemüht, doch schließlich musste selbst ich vor
deiner Verderbtheit kapitulieren. Du ließest mir keine
andere Wahl. Du selbst hast dein Urteil gefällt. In deiner Verblendung versuchtest du mich mit weißem
Arsenik, einem Pulver aus meinem eigenen Labor, zu
vergiften. Glaubtest du wirklich, dass mir das nicht
auffallen würde?«

Unwillkürlich war der junge Mann bei den letzten Worten lauter geworden. Ruhiger fuhr er fort: »Es
muss furchtbar für dich gewesen sein, von einem Augenblick zum nächsten im Körper eines sterbenden
Greises zu stecken. Damit hattest du bestimmt nicht
gerechnet. Aber so wenig Erbarmen du für mich gezeigt hattest, so wenig brachte ich dir in diesem Augenblick entgegen.

Normalerweise wären unsere Seelen nur für eine
Stunde vertauscht gewesen, doch bei dir befielen mich
keine Skrupel, diesen Zauber direkt vor meinem Tode
zu wirken – und damit den Wechsel unwiederbringlich zu machen. So lebe ich nun ein neues Leben in
deinem Körper, während das deine plötzlich endete.
Möge Boron deiner Seele gnädig sein und dein Geist
Ruhe finden.«

Karl-Heinz Witzko

SEELENFRIEDEN

Für Ferdion begann die Zeit der Beunruhigung am ersten Tag des Praiosmondes und nicht während der Unheil ausbrütenden Tage davor, wie man fälschlich annehmen könnte.

Der Herr von und zu Buchenlicht lebte ganz allein auf einer kleinen Burg, sah man von einer Hand voll Dienstboten einmal ab. Sein Sohn war vor über einem Jahrzehnt zu Tode gekommen, als ihm während des letzten Krieges ein andergastischer Ritter mit einem Morgenstern den Schädel zertrümmert hatte. Fünfzehn Jahre zuvor hatte es auch eine Herrin von Buchenlicht gegeben. Sie war eine oft kränkelnde und schnell erschöpfte Frau gewesen, die bei der Geburt des zweiten Kindes starb. Ferdion hatte gelernt, mit beiden Schicksalsschlägen fertig zu werden.

Die wenigen Bauern seines Lehens gehörten einem friedfertigen Menschenschlag an. Sie bescherten ihrem Herrn ein bescheidenes Auskommen und behelligten ihn nur selten mit Streit und Zank.

Der Herr von Buchenlicht führte ein beschauliches Einsiedlerleben. Er las viel und kümmerte sich gewissenhaft um die Blumenbeete, die seine verstorbene Gemahlin in ihrer beider Jugend angelegt hatte. Vor einigen Jahren hatte Ferdion die Tischlerei für sich entdeckt. Er hatte Spaß daran gefunden, Möbelstücke zu zimmern und kunstvoll zu bemalen. Seine ganze Burg stand mittlerweile mit Beistelltischen, Schemeln und Fußbänkchen voll. Ferdion bildete sich ein, dass er ohne die Pflichten von Blut, Herkunft und Stand sein Leben auch als Handwerker hätte fristen können und womöglich nicht einmal schlecht.

Seine adligen Nachbarn besuchte der Herr von Buchenlicht selten, und wenn, dann nicht um der

Freundschaft willen, sondern weil es üblich war und sich so gehörte. Ohne diese Sitte hätte Ferdion auf solche Anstandsbesuche gerne verzichten können. Der Klatsch, von dem er bei diesen Gelegenheiten erfuhr, wog die damit verbundenen Aufregungen und Mühen nicht auf.

Aus ähnlichen Gründen zog es Ferdion auch selten in die Hauptstadt: in der Regel nur einmal im Jahr, nämlich zu Beginn des Praiosmondes, wenn am zweiten Tag des neuen Jahres der Tsatag des Herrschers begangen wurde. König Kasimir, der seit mittlerweile sechzig Jahren über Nostria herrschte, war zwar an dem Tag gar nicht geboren worden, doch seit alters her entsprach es dem Brauch, den Ehrentag des Herrschers an diesem Datum zu begehen. Ferdion hatte sich vor langem als Erklärung für diese Tradition zurechtgelegt, dass vor vielen Jahrhunderten ein stolzer Fürst beschlossen haben musste: Zuerst kommt Herr Praios, dann komme ich!

Die Hauptstadt, die denselben Namen trug wie das gesamte Königreich, lag von Ferdions Besitztümern nur eine Tagesreise entfernt. Eine gute Tagesreise jedoch. Man musste schon bei Morgengrauen von Burg Buchenlicht aufbrechen, um am Ende eines langen Tages – und im Praiosmond sind die Tage lang! – in der Abenddämmerung oder etwas später vor Ort zu sein. Dadurch bot sich der Neujahrstag für den langen Ritt vorzüglich an.

Für andere, die es aus den entfernteren Gegenden des Königreiches zur Huldigung des Herrschers in die Hauptstadt trieb, gestaltete sich die Anreise nicht ganz so einfach wie für Ferdion, denn zwischen altem und neuem Jahr liegen bekanntlich die fünf verhängnisvollen Namenlosen Tage, an denen niemand reist, der recht bei Sinnen ist. Die Betreffenden brachen deshalb meist schon über eine Woche früher auf, um rechtzeitig zur Stelle zu sein. Innerhalb der sicheren Stadtmauern verbrachten sie die bedrohliche Zeit, in der sich das Leben verlangsamte und alle Betriebsamkeit zum Erliegen kam, während wieder andere, die ebenfalls anlässlich des großen Ereignisses herbeigeströmt waren, doch vor Beginn des neuen Jahres nicht mehr durch die Tore gelassen wurden – das zweifelhafte fahrende Volk der Spielleute, Gaukler und Akrobaten –, sich außerhalb der Stadt im Schatten der Mauern nicht ganz so sicher in Zelten oder Wohnwagen zusammendrängten oder in den Scheunen umliegender Gehöfte dem Landvolk in Travias und der anderen elf Götter Namen zur Last fielen.

Eine ausdrückliche Vereinbarung gab es zwischen Ferdion und Belenolas nicht. Sie galt unausgesprochen. Der Wirt des *Kronhirsches* war seit vielen Jahren gewohnt, dass am Neujahrstag zu später Stunde der Herr von und zu Buchenlicht durch die Tür seines Wirtshauses trat, um nach Unterkunft, Speise und Trank zu verlangen. Deshalb hatte der *Kronhirsch* an diesem Tag immer etwas länger geöffnet als üblich. Die Tür wurde erst abgeschlossen, wenn der Herr von Buchenlicht – *Belenolas' Ritter*, wie ihn die Wirtsfrau nannte – eingetroffen war. Für den Wirt war das Warten auf die Ankunft seines letzten Gastes zu einem festen Ritual geworden. Er versüßte sich die Zeit mit dem einen oder anderen Gläschen seines besten Birnenschnapses und schmauchte eine Pfeife. Ferdions Ankunft gehörte für ihn zum neuen Jahr wie der Dotter zum Ei.

Dieses Jahr war Belenolas ein wenig verstimmt. Er hatte sich mit seiner Frau zerstritten, weil sie ihn wieder einmal ausgiebig gedrängt hatte, den Nachbarn, einen Mann, der – bevorzugt zu nächtlicher Stunde – zu lautstarken Zornausbrüchen neigte, endlich zur Rede zu stellen. Belenolas hatte halbherzig abgewiegelt, dass der Nachbar sicher noch unter den Nachwirkungen der Namenlosen Tage litte, woraufhin sein Weib erwidert hatte, dass, wenn es danach ginge, der Herr Nachbar seit Wochen von den üblen Auswirkungen geplagt werde. Und überhaupt hätte ihr erster Gatte schon längst etwas gegen den Störenfried unternommen!

Belenolas mochte solche Hinweise nicht. Er war barsch geworden. Ob sie denn jetzt erwarte, dass er hinüber zum Nachbarn hinke und mit seinem kaputten Bein die steile Treppe hinaufstiege? Nützen würde es doch sowieso nichts!

So hatte ein Wort das andere gegeben. Mittlerweile war Belenolas' Gemahlin schlafen gegangen, schnarchte vermutlich schon leise und mit einer rahjagefälligen Begrüßung des neuen Jahres nach fast einer Woche Enthaltsamkeit war heute wohl nicht mehr zu rechnen.

Als sich die Tür des Gasthauses öffnete, trat nicht der etwas über fünfzigjährige, rundliche, gerüstete, gewappnete und von der Anstrengung der Reise gezeichnete Mann mit schütterem braunen Haar ein, den der Wirt erwartet hatte: Der Ankömmling war nur halb so alt und gekleidet nach Vinsalter Mode.

Liebfelder waren kein seltener Anblick mehr in Nostria, seitdem der König und die Kaiserin Waffenbruderschaft geschworen hatten. Es gab gute und schlechte Menschen unter ihnen. Letztere neigten oft zu der Annahme, dass zwischen Ingval und Tommel lauter Gimpel und Dorfdeppen wohnten, die nur darauf warteten, dass ein gewitztes Frettchen käme, um ihnen das letzte Hemd auszuziehen.

Belenolas wusste, wann Ärger ins Haus stand. Er verfluchte sich stumm dafür, dass er kurz zuvor sein Holzbein abgeschnallt hatte, weil ihn der Beinstumpf wieder einmal juckte. Geradeheraus fragte er den jungen Stutzer, was er wolle. Der sagte es ihm ganz unverblümt.

Belenolas dachte gar nicht daran, lauthals nach den Bütteln zu schreien. Wenn es dunkel war, kamen sie ohnehin nie. Womöglich waren sie gerade selbst unterwegs, um ihr mageres Einkommen aufzubessern. Also antwortete Belenolas stattdessen, dass ein nostrischer Wirt schwerlich mit *Dukkern und Silberlingen* dienen könne, aber sein unerfreulicher Besucher könne wohl haben, was die angenehmeren Gäste heute an Münzen dagelassen hatten. Das käme allemal billiger, als wegen der geringen Einnahme verprügelt zu werden, am Ende tagelang bettlägrig zu sein und sich das Nörgeln der Frau Wirtin anhören zu müssen. Letzteres sprach Belenolas nicht laut aus. Er dachte es nur, konnte sich jedoch – zumal nach dem heutigen Zwist – ausmalen, dass seine Gattin nur zu bald wieder auf ihren ersten Gemahl zu sprechen käme, dem man ihren Worten nach bestimmt Beine *und* Arme hätte abhacken können und der dennoch gewissenhaft von früh bis spät hinter seiner Theke gestanden hätte! Seltsamerweise war dieser unverwüstliche Wunderkerl längst verstorben. Wie eigenartig!

Der *Kronhirsch* wurde an diesem Tag nicht ausgeraubt. Rechtzeitig öffnete sich ein weiteres Mal die Tür und herein trat der Herr von Buchenlicht. Belenolas begrüßte ihn überaus herzlich. Ferdion war zwar nicht der Jüngste und Gewandteste, aber immerhin trug er mehrere Spann Stahl an der Seite.

Der erste Besucher verabschiedete sich mit einer spöttischen Verbeugung. Belenolas sah ihm an, dass die Verabredung mit ihm nur aufgeschoben, aber nicht aufgehoben war.

Da der Empfang beim Herrscher immer erst am späten Nachmittag des zweiten Praios' stattfand, nützte

Ferdion den Vormittag üblicherweise für Besorgungen. Sein wichtigstes und auf keinen Fall auszulassendes Ziel war hierbei der Laden der Witwe Elgeryn. Unter anderem verkaufte die ältliche Krämerin Karten, Stiche und Bücher. Den Landkarten, von denen mehrere gerahmt an den Wänden des Geschäftes hingen, konnte Ferdion wenig abgewinnen. Er war nicht einmal überzeugt davon, dass es die darauf abgebildeten Länder überhaupt gab. Wer wollte das schon wissen, wenn er nie an den fernen Gestaden gewesen war? Wer wollte nachprüfen, ob Inseln, Halbinseln, ganze Königreiche nicht nur der Einbildungskraft des Kartenmalers entsprungen waren?

Ferdion kam wegen der Bücher. Er mochte den Geruch von Pergament und Papier, genoss es, in kleinen Bändchen und dicken Wälzern zu blättern, die Schmuckbilder zu betrachten und mit den Fingerspitzen über die Schriftzeichen und Buchrücken zu streichen.

Er las, legte die Bücher, die ihn ansprachen, zur Seite und stellte die Übrigen wieder an ihren Platz zurück. Er blätterte in einer Abhandlung des Gelehrten Urfanyn, in Gedichten der Freifrau von Mirdin, in Übersetzungen uralter bosparanischer Werke, in einem Traktat des Barons von Cres über das Benehmen des Edlen im Felde.

Unversehens blitzte etwas durch die offene Tür herein: die vergängliche Erscheinung eines draußen Vorbeieilenden. Der Anblick war viel zu kurz, als dass Ferdion Genaueres hätte sagen können. War es ein Gesicht gewesen, das für einen winzigen Augenblick seine Aufmerksamkeit auf sich gezogen hatte, ein Lächeln, eine Bewegung oder eine Gestalt? Was er wahrgenommen hatte, war nur die Ahnung einer Person gewesen, ein schwacher Hauch von Weiblichkeit.

Mit einem Mal wurde Ferdion seines augenblicklichen Tuns überdrüssig. Er fragte sich, warum er im Halbdunkel des Ladens so viel Zeit vertat. Draußen schien die Sonne, herrschte herrliches Wetter. Im regnerischen Nostria gab es nicht allzu viele schöne Tage! War es nicht schon beinahe Sünde, die Zeit in dieser düsteren Stube zu vertrödeln?

Ferdion wies die Witwe Elgeryn an, die Bücher, die er in die engere Auswahl gezogen hatte, in den *Kronhirsch* bringen zu lassen, und trat auf die Straße. Er sah nach links, sah nach rechts, doch wer immer gerade am Rand seines Blickfeldes vorbeigehuscht war, war nicht zu erspähen. Ferdions plötzliche gute Laune wurde dadurch nicht beeinträchtigt. Heiter schlenderte er durch die engen Gassen mit ihren schmalen, spitzgieblegen Häusern, vorbei an Gauklern, Akrobaten und Bänkelsängern, sowie an königlichen Gebäuden, deren aufwendigen Scheinfassaden man nicht gleich ansah, dass sich dahinter nur bescheidene Bauten verbargen. Die Sonne schien. Alles war leicht und unbeschwert.

Ernsthaftigkeit kehrte erst wieder zurück, als sich Ferdion Stunden später zum Schloss aufmachte, das vom *Kronhirsch* aus gesehen auf der anderen Seite des Flusses lag. Der Herrschersitz war uralt. Die Zeit hatte die Mauern geschwärzt. Zahllose Umbauten in vergangenen Jahrhunderten hatten das Gebäude in ein Sammelsurium von Baustilen verwandelt.

Der Thronsaal war bereits gut mit Edelleuten und handverlesenen Bürgern und Handwerkern gefüllt. Allerorten hatten sich kleine Gruppen zusammengefunden: leise tuschelnde Gemeine, Adlige und Höflinge, die sich bewundernd und anbetend um großspurige, momentan als bedeutsam geltende Wortführer scharten.

Ferdion kannte die meisten Versammelten flüchtig.

Aus Erfahrung wusste er, bei wem es sich lohnte, mehr als nur ein kurzes Zeichen des Erkennens oder einen Gruß von sich zu geben. Zu viele der Anwesenden hatten die Angewohnheit, ein Gespräch zu beginnen und sofort wieder zu beenden, sobald sie eine *wichtige* Persönlichkeit entdeckten – jemanden, der bei ihnen augenblicklich den unwiderstehlichen Zwang auslöste, sofort zu ihm zu eilen und ihn zusammen mit Gleichgesinnten zu umringen wie Rüden eine läufige Hündin.

Von solchem Verhalten hielt Ferdion nichts, weshalb er vorwiegend allein auf den Beginn des Festaktes wartete und dabei rätselte, ob in diesem Jahr mit der Anwesenheit Seiner Majestät zu rechnen sei. In den letzten Jahren war das oft nicht der Fall gewesen. Einer der Prinzen hatte statt seiner die Glückwünsche entgegengenommen.

Doch der Herrscher sollte zugegen sein. Der laute Ruf des Zeremonienmeisters kündigte sein Erscheinen an. Da kam er: Kasimir IV., Herr aller Nostrier, gebeugt von der Last von acht Jahrzehnten, gefolgt von Prinzen und Prinzessinnen: seinen Kindern, Enkeln und Urenkeln. Die Gespräche verstummten und jeder beugte das Knie. Dann erscholl es aus allen Kehlen: »Lang lebe unser Herrscher!«

Der König hielt eine Kronrede mit brüchiger Stimme und wässrigen Augen. Danach bedankte sich einer seiner Söhne im Namen des Volkes für viele Jahre weiser und ruhmreicher Herrschaft. Er war der Vater des schwarzen Schafes der Familie, des umtriebigen Prinzen, den man neuerdings den *Seefahrer* nannte und der Gerüchten zufolge das einzige Mitglied des heldenhaften Herrschergeschlechtes war, dessen Haut Narben aufwies.

Nach dem Königssohn schritten die drei Hofastrologen zur Tat. Sie verkündeten, was ihnen die Sterne über das neue Herrschaftsjahr verraten hatten: Glücklich, friedlich und ruhmvoll werde es sein. Das behaupteten sie meistens, wenn nicht gerade Krieg war. Aber sie schieren sich derzeit nicht völlig einig zu sein. Die Miene des dritten Astrologen, Meister Strandebers, verriet es.

Die Kenner und – wie Ferdion argwöhnte – Verschweiger der Zukunft räumten das Feld für die Großen des Reiches, die Grafen und Geweihten. Auch sie priesen oder segneten den König, stets endend mit der Aufforderung an alle Anwesenden zum Jubel. Sie sahen sich einer wie der andere recht ähnlich, da sie mehr oder weniger weitläufig miteinander verwandt waren. Ihnen folgten die Gesandten der fremden Reiche, womit die bisherige Eintracht endete. Der Botschafter des Neuen Reiches trat unter vielem Geräusper vor. Er war längst nicht mehr so beliebt wie ehedem, nachdem sein Herrscher im letzten Krieg trotz früher geäußerter großer Worte das Königreich im Stich gelassen hatte. Seinen Platz in den Herzen hatte seither die Gesandte des mit Gareth rivalisierenden Vinsalter Reiches eingenommen. Aber auch bei deren Gratulation äußerten einige ihr Missfallen durch Husten. Ihr Einfluss erschien manchem zu groß.

Anschließend trug die Hofdichterin eine allseits bekannte Ode vor. Sie erzählte von der Entstehung des Reiches und von den fernen Ahnen des Geburtstagskindes, den Gründern seines Geschlechtes. Sie war so alt, dass ihr Wortlaut von kaum einem Anwesenden verstanden wurde. Der Vorgänger im Amt der Dichterin hatte es einst gewagt, die altehrwürdigen Verse in eine zeitgemäßere Sprache zu bringen. Nun war er Garnisonsschreiber am Thuransee.

Endlich, endlich war auch die Zeit für Ferdion und die Mehrzahl der Gäste gekommen. Sie bildeten eine lange Schlange und einer nach dem anderen schritt an dem gelegentlich einnickenden Monarchen vorbei, verbeugte sich tief oder machte einen Knicks und murmelte unterwürfig Glückwünsche.

Der Herr von Buchenlicht hatte seines bescheidenen Ranges wegen einen Platz weit hinten in der Schlange. Den gleich vor ihm nahm eine Frau in schulterfreiem Kleid ein, dessen Ärmel ihr bis zur Mitte des Handrückens reichten. Langsam sich zu Thron und König vorwärts bewegend, hielt Ferdion den Blick auf seine Vorderfrau gerichtet. Viel mehr als ihren Rücken sah er nicht: schmale Schultern, weiche, von der Sonne des Frühsommers leicht gebräunte Haut, ein kleines Muttermal über dem oberen Rand ihres Gewandes. Aus den hochgesteckten Haaren der Frau hatte sich eine kastanienbraune Strähne gelöst und ringelte sich über den zerbrechlichen Nacken. Die Fremde roch gut.

Ferdion genoss ihren Anblick. Das Wenige, was er von der Frau sah, verlieh dem Warten, bis er an der Reihe war, das Knie vor dem König zu beugen, etwas Angenehmes. Er war neugierig darauf, das Gesicht der Fremden zu sehen, zu erfahren, wie es sich anhörte, wenn sie sprach.

Der Augenblick der Wahrheit barg keine Enttäuschung. Das Gesicht der Frau war ansprechend, ihre Stimme hell und weich. Sie war noch recht jung, nicht viel mehr als zwanzig Jahre alt. Ferdion war berührt und verwirrt. Als er vor dem König in die Knie ging, um ihm Respekt zu zollen, überkam ihn die Erkenntnis, dass er die junge Frau nicht zum ersten Mal gesehen hatte. Er war plötzlich überzeugt davon, dass sie es gewesen sein musste, die ihn dazu bewogen hatte, den Laden der Witwe Elgeryn zu verlassen!

Diese Offenbarung brachte Ferdion so durcheinander, dass er sich verhaspelte, als er die zuvor sorgfältig überlegten Worte an seinen Herrscher richtete. Statt mit fester Stimme zu sprechen, stammelte Ferdion.

Verwunderung trat in die Augen des Königs. Ferdion fühlte, wie ihm das Blut in den Kopf schoss, und er erhob sich, um Platz für den nächsten Gratulanten zu machen. Er ging zur Seite und sah sich um. Doch die, die er zu entdecken gewünscht hätte, erblickte er nicht.

Ferdion hielt sich noch eine knappe halbe Stunde im Schloss auf, dann verließ er es wehmütig.

Der Schlaf mied den Herrn von Buchenlicht lange in dieser Nacht. Auch wenn Ferdion durchaus müde war, wollten sich seine Gedanken nicht leeren. Er dachte an die hübsche Unbekannte, rief sich ihr Bild in Erinnerung und ihre Stimme. Wer war sie? Wohin war sie so plötzlich verschwunden? Die schwache Trauer, das unbestimmte Gefühl des Verlustes, das er seit dem Verlassen des Schlosses verspürte, verlor sich nicht. Ferdion empfand auf einmal etwas, das vor vielen Jahren beiläufig zu Grabe getragen worden war: ein leises Begehren. Gleichzeitig kam er sich töricht vor. Sie war so jung! Die Fremde war jünger als sein Sohn gewesen wäre, hätte er noch gelebt! Sogar jünger als die Tochter, deren Vater er für wenige Stunden gewesen war.

Doch die Bilder von Nacken, Schultern, Wangen und samtener Haut ließen sich mit solchen Einwänden nicht vertreiben.

Erst sehr spät fand Ferdion Ruhe. Erst nachdem er sich bewusst gemacht hatte, dass die Feier zum Tsatag des Königs noch nicht zu Ende war, dass die nächsten Tage von Ritterspielen und mannigfachen Wettkämpfen geprägt sein würden. Noch war nicht alles vorbei!

Ferdion erwachte und erschrak. In seiner Kammer war es taghell. Es musste schon sehr spät sein! Dabei hatte er sich beim Einschlummern vorgenommen, sich möglichst früh zu erheben, um zeitig dort zu sein, wo die Wettkämpfe der Bogenschützen ausgetragen wurden, das wichtigste Ereignis des heutigen Tages!

Er warf seine Kleidung über und hastete die Stufen zur Schankstube hinunter. Sie war leer mit Ausnahme Belenolas', der eben etwas metallisch Glänzendes hinter seiner Theke verstaute. Ferdion nahm an, dass es eine Kelle sei.

Der Wirt wirkte ertappt. Er beeilte sich aber gleich zu fragen, ob der Herr von Buchenlicht etwa schon wieder aufzubrechen gedenke oder nur zu frühstücken vorhabe, was wegen der fortgeschrittenen Stunde mit einer kurzen Wartezeit verbunden wäre.

Ferdion verneinte beide Fragen. Er bliebe noch und nach Völlerei sei ihm heute Morgen nicht zumute. An üppige Gastereien habe er auch nicht unbedingt gedacht, entgegnete der Wirt, aber das vernahm Ferdion nicht mehr. Zügigen Schritts eilte er zur Wettkampfstätte.

Das Schießen war schon länger im Gange. In früheren Jahren hatte sich Ferdion weder daraus noch aus den Turnieren der Folgetage viel gemacht. Selbst beim Großen Turnier zur Rondramitte war er schon Ewigkeiten nicht mehr gewesen. Beim letzten Mal hatte ihn sein Sohn als junger Bengel dorthin begleitet.

Auch jetzt interessierte es ihn nicht, was die Bogenschützen taten, ob sie trafen oder nicht. Ferdion stand in der Menge und sah zu, wie die Schützen ihre Bogen spannten, aber ob sie sich in der dritten oder sechsten Ausscheidungsrunde befanden, war ihm einerlei. Sein Auge hielt Ausschau nach etwas anderem, nach jemand anderem, doch wurde nicht fündig.

Gelegentlich verließ Ferdion die Wettkampfstätte. Er ging über den Festplatz, verweilte bei Barden, ohne ihnen zu lauschen, sah Akrobaten ihre Körper in Knoten verwandeln und auf den Händen gehen und vergaß umgehend wieder, wobei er eben zugeschaut hatte. Er sah, ohne wahrzunehmen. Trotzdem trieb ihn eine innere Unruhe immer wieder erneut dazu, den Festplatz mit seinen vielen schwatzenden, lachenden und feilschenden Menschen zu überqueren, ein Dutzend Mal, zwei Dutzend Mal, öfter. Doch die, der er zu begegnen wünschte, sah er nicht.

So verstrichen die Stunden.

Ferdion schalt sich einen Narren. Der heutige Tag gehörte den Gemeinen! Welche närrischen Hoffnungen hatten ihn zu dem Irrglauben verleitet, ein Edelfräulein könne das Bedürfnis verspüren, sich unter das schlichte Volk zu mischen, seiner Lustbarkeiten teilhaftig zu werden und sich an diesen Ort zu verirren? Er selbst wäre zu anderer Zeit nie und nimmer auf den abwegigen Gedanken gekommen!

Ferdion beschloss, zur Gaststätte zurückzukehren. Er war müde, hungrig und durstig, da er den ganzen Tag nichts zu sich genommen hatte aus Furcht, den bezaubernden Anlass seiner Anwesenheit zu verpassen!

Selbstverständlich sah er *sie* dann doch.

Eben als er dabei war, seinen Beschluss in die Tat umzusetzen, betrat die junge Frau den Ort des Geschehens. Heute war sie nicht nur hübsch, sondern schmerzhaft schön und anmutig! Sie bewegte sich wie eine Göttin, lachte wie eine und war umgeben von einem kleinen Schwarm ranker, schlanker Jünglinge.

Ferdion zögerte, erwog seine Entscheidung umzuwerfen und noch eine Weile zu bleiben, ging aber schließlich.

Wieder im *Kronhirsch.* quälte sich Ferdion. Welcher Narretei war er bloß zum Opfer gefallen? Sich in dieses junge Fräulein zu vergaffen, dem es an Verehrern, wie er eben festgestellt hatte, sicher nicht mangelte. An jungen, ansehnlichen zumal. Dabei wusste er überhaupt nichts über sie! Sie mochte weit über ihm stehen oder auch die Mätresse von jemand Bedeutendem sein!

Nein, das war sie bestimmt nicht! Ganz bestimmt nicht! Das durfte sie nicht sein!

Wenn er, Ferdion, sie nun ansspräche? Vermutlich würde sich ihr gertenschlanker Leib vor Lachen krümmen oder sie würde ihn – was wahrscheinlicher war – in vorsichtigen, mitleidstriefenden Worten abweisen. In einer verständnisvollen Art, in der er selbst mit den älteren Bediensteten seines Haushaltes sprach, denen das Gnadenbrot gewährt wurde und über deren Unzulänglichkeiten Ferdion hinwegzusehen pflegte.

Aber wenn es anders käme? Wenn Rahja nicht nur sein, sondern auch *ihr* Herz empfänglich gemacht hätte? Das halbe Königreich würde sich darüber das Maul zerreißen: Nein, nein, sie ist nicht seine Tochter! Sie ist seine Liebste und Gemahlin! Wer hätte das gedacht! Dieser alte Bock, hat er wenigstens Vermögen?

Was bliebe? fragte sich Ferdion schließlich, nachdem er tief genug in sich gewühlt und sich in eine trostlose Stimmung hineingesteigert hatte. Was gab es über den Herrn von Buchenlicht zu sagen?

Er hatte ein Weib gehabt, doch sie war tot, eine Tochter, doch sie war tot, einen Sohn, doch der war ebenfalls tot.

Was bliebe also ganz am Ende?

Der Herr von und zu Buchenlicht war seinen Bauern ein gerechter Herr gewesen, aber nicht besser, nicht schlechter als viele andere. Das würde man sagen! Er las viel. Er verbrachte sein Leben mit Gedanken, die er nicht selbst ersonnen, mit der Pflege von Blumenbeeten, die er nicht selbst angelegt hatte.

War er glücklich?

Führte er ein erfülltes Leben?

Die Götter wussten es genau: Für solche Fragen gab es nicht den geringsten Anlass!

Ferdion bemerkte auf dem Tisch der Kammer einige Bücher. Die Witwe Elgeryn musste sie in seiner Abwesenheit in den *Kronhirsch* geschickt haben und der Wirt oder seine Frau hatte sie wohl aufs Zimmer gebracht. Ferdion fegte die Bücher mit der Hand vom Tisch. Tand!

Auch in dieser Nacht fand Ferdion keine Ruhe. Er erwachte zermartert und kaum Herr seiner Sinne. Lautes Geschrei drang zum Fenster herein. Es stammte von einer kreischenden, sich überschlagenden Männerstimme und war eine Beleidigung für das Ohr!

»Was glaubst du denn?«, schrie die Stimme vorwurfsvoll. »Was tust du mir an? Was bildest du dir ein? Ich lasse mir doch nicht alles gefallen! Ja glaubst du das denn, ja, ja, ja?«

Bisweilen mischte sich eine Frauenstimme in die Anklagen des Schreihalses. Was sie sagte, war jedoch nicht zu verstehen.

Ferdion sah es nicht als seine Aufgabe an, Streitigkeiten unter Gemeinen zu schlichten. Doch die schrille Stimme zerrte an seinen Nerven, machte es ihm unmöglich, wieder einzuschlafen, und schien außerdem nicht zu beabsichtigen, in naher Zukunft zu verstummen. Schimpfend warf sich Ferdion den Umhang über, um den nächtlichen Störenfried zur Ruhe zu mahnen.

Das Geschrei kam aus dem Nachbarhaus. Davor hatten sich schon andere Anwohner in Nachthemden und Schlafmützen versammelt. Wie Ferdion Gesprächsfetzen entnahm, waren sich die Versammelten darüber einig, dass in dieser Nacht wohl einer der beiden offenbar wohlbekannten Streithähne das Leben ließe. Geteilter Meinung waren sie nur darin, ob das eine gute oder schlechte Sache sei.

So viel Schicksalsergebenheit mochte sich Ferdion nicht anschließen. Nun drang auch noch Lärm von der Herberge her. Er stammte von Belenolas und seiner Frau. Die Wirtin trieb zeternd ihren Mann zur Eile an. Er humpelte voraus, unwirsch brummelnd, mit der einen Hand das Hemd in die Hose steckend, in der anderen – wie Ferdion erstaunt vermerkte – einen Streitkolben!

Unversehens war der Höhepunkt des nächtlichen Abenteuers erreicht. Im ersten Stockwerk des Nachbarhauses, wo der Streit im Gange war, krachte und splitterte es. Ein Körper flog durchs Fenster! Augenscheinlich handelte es sich um den Mann mit der fürchterlichen Stimme. Mehrere Herzschläge lang wurde die Nacht so, wie sie sein wollte, nämlich totenstill. Doch das währte nicht lange. Jemand schrie gellend, die Tür des Hauses wurde aufgerissen, eine Frau rannte heraus, kniete sich neben den Reglosen, leicht Wimmernden und nahm den Kopf ihres Gemahls, den sie gerade aus dem Fenster gestoßen hatte, in die Arme und nannte ihn: mein armer Schatzi!

»Mein Häschen!«, antworte ihr Gespons wehleidig. Sie küssten sich. Ferdion verdrehte die Augen. Er wusste, warum er sich aus derlei Streitigkeiten gewöhnlich heraushielt!

Ferdion hatte beschlossen, vernünftig zu sein, und sich vorgenommen, nicht zum Turnier zu gehen. Stattdessen ließ er sich am nächsten Tag beim Morgenmahl viel Zeit und begab sich dann erneut, aber bewusst gemächlich, zum Laden der Witwe Elgeryn. Dieses Mal begehrte er keine Bücher, sondern eine der Landkarten. Er bestand darauf, keine aus vertrauter Gegend gezeigt zu bekommen, sondern nur solche weit entfernter, exotischer und geheimnisvoller Regionen. Die Witwe konnte damit dienen. Ferdion bezahlte sehr viel für das teure Pergament und ging gemessenen Schrittes wieder zur Herberge. In der Schankstube des *Kronhirsches* bewunderte er seinen Schatz. Er bestaunte die bunten Flächen und folgte mit dem Zeigefinger den fremden Namen. ›Die Insel Maraskan‹, las er, ›Der Kontinent von Uthuria‹ und ›Das kriegerische Fürstenreich der Quitanier‹. Wie fremd! Von letztgenanntem Land hatte Ferdion noch nie gehört. Er ahnte nicht, dass es den meisten Menschen nicht anders erging. Strenggenommen bildeten nicht einmal die angeblichen Quitanier in dieser Hinsicht eine Ausnahme.

Ferdion studierte die vielen schwer auszusprechenden Ortsnamen, träumte von Abenteuern, die er nie erlebt hatte und nie erleben würde und – wie ihm allmählich bewusst wurde – auch nie erleben wollte. Er rollte die unnütze Karte zusammen, brachte sie in seine Kammer und ging zum Turnier.

Ferdion entdeckte *sie* sofort. Die schöne Unbekannte saß auf der Tribüne zwischen einer gleichaltrigen Heckenrose und einem älteren Herrn, was Ferdion nicht allzu gern vermerkte. Aufmerksam verfolgte sie, wie Ritter in schimmernder Wehr auf mächtigen Rössern die langen Bahnen entlangpreschten und sich mit den Lanzen gegenseitig aus den Sätteln hoben. Ferdion sah die junge Frau lächeln und auf bezaubernde Weise Beifall klatschen.

Einst, in seiner Jugend, war der Herr von Buchenlicht auch ein paarmal in die Schranken getreten. Man musste daran keinen Gefallen finden. Es wurde erwartet. Also hatte er eben auch diese Pflicht so weit wie nötig erfüllt. Nun stellte sich Ferdion plötzlich vor, die Welt nach so vielen Jahren abermals durch den schmalen Sehschlitz des Helmes zu erblicken, das Stampfen des Pferdes zu hören, den heranbrausenden Gegner zu sehen. Er träumte davon, wie er heutzutage – erfahrener, ruhiger geworden – einen Ritter nach dem anderen überwände, malte sich aus, wie er als letzter Verbliebener an der Tribüne vorbeiritte, mit Blumen und Strumpfbändern beworfen würde, so manchen einladenden Blick erntete und an einer ganz bestimmten Stelle anhielte und mit der Lanze des Siegers grüßte. Wie *sie* lächeln und vielleicht erröten würde.

»Ist sie nicht entzückend?«, meinte eine Stimme neben Ferdion. Er wandte den Kopf und sah in das Gesicht eines seiner Nachbarn, mit dem er nicht viel anzufangen wusste. Der Mann wiederholte die Frage. Obwohl Ferdion ahnte, von wem die Rede war, täuschte er Unwissenheit vor.

»Habt Ihr Augen, Buchenlicht?«, empörte sich der andere Edelmann. »Die junge Vardall! Die neben Ingvalsrohden, wen sonst werde ich wohl meinen?«

Ferdion blickte eine Zeit lang, wie mühsam suchend, hinüber zur Tribüne.

»Ja, ganz nett«, gab er zögernd zu. »Hat sie etwas mit dem Grafen?«

Sein Nachbar schüttelte sich: »Ihr kommt vielleicht auf Ideen!«

An diesem Tag kehrte Ferdion erst nach Einbruch der Dunkelheit in den *Kronhirsch* zurück. Er war nach dem Turnier noch lange spazieren gegangen. Seinen Wirt traf er vor dem Gasthaus. Belenolas war damit beschäftigt, ächzend eine offenbar recht schwere, große Truhe auf einen Handkarren zu hieven. Er schrak zusammen, als ihn Ferdion grüßte, und schien unangenehm berührt zu sein, als ihn sein Gast fragte, was er so spät noch vorhabe. »Kiste wegbringen«, lautete seine wenig geschwätzige Auskunft.

Ferdion empfand Mitgefühl mit dem einbeinigen

Wirt und bot an, ihm mit der Truhe zu helfen. Er konnte nicht deuten, warum sich Belenolas zuerst heftig gegen das Angebot sträubte und nur widerwillig nachgab. Vielleicht lag es daran, dachte er, dass der Wirt nicht als Krüppel gesehen werden wollte, oder daran, dass ihm die Weltordnung aus den Fugen zu geraten schien, wenn ein Herr bei der Arbeit eines Gemeinen mit anfasste.

Die Truhe war wirklich sehr schwer. »Was verwahrt Ihr darin?«, fragte Ferdion. »Abfall, Speisereste und Knochen eines ganzen Jahres?«

Der Wirt lachte und machte einen Scherz, der sich seinem blaublütigen Gehilfen entzog: »Eher von fünfundzwanzig Jahren, will ich meinen!«

Er zog an der Deichsel des Wägelchens, das sich mit quietschenden Rädern in Bewegung setzte. Über die Schulter hinweg ermahnte er Ferdion: »Ich habe drinnen gründlich aufgewischt. Der Boden ist noch feucht! Achtet darauf, dass Ihr nicht ausgleitet, Herr!«

Dieses Jahr benahm sich der Herr seltsam, dachte Belenolas auf dem Weg zum Fluss. Der Herr von Buchenlicht war sonst ein Gast von sehr festen Gewohnheiten. Man wusste immer genau, wann er kam und ging und wann er zu speisen wünschte. Bei seinem jetzigen Besuch aber hatte er noch nicht einmal mitgeteilt, wie lange er vorhatte zu bleiben. Belenolas war das nur recht. Je länger, je lieber! Der Herr von Buchenlicht bezahlte gut und machte keine großen Umstände, ganz im Gegensatz zu vielen anderen. Vielleicht litt der treue Gast ja unter den Nachwirkungen der Namenlosen Tage! Ihn, Belenolas, scherte das nicht. Er neigt nicht zu Neugier. Die Frau Gemahlin konnte das nicht verstehen. Anscheinend war ihr als kettenrasselndes Vorbild in Belenolas' Leben spukender erster Mann auch darin ganz anders gewesen!

›Teilnahmslosigkeit‹ nannte sie die mangelnde Neugier ihres zweiten.

An der Tommelböschung angekommen, zog Belenolas die Kiste vom Karren. Er sah sie schweigend an und sprach dann leise zu ihr: »Das hast du dir alles selbst zuzuschreiben! Wir sind nicht alle Gimpel, die nur darauf warten, dass uns einer ausnimmt!« Er setzte sich auf die Kiste und fuhr fort: »Merke dir: Wirt wird man. Nicht jeder von uns wurde als einer geboren!«

Belenolas sah hinab auf den Fluss, in dessen Wasser sich das Madamal spiegelte. Er fing an in Erinnerungen zu baden, zu schwelgen in längst vergangenen Jahren: als er ein buntes Wams getragen und zum wilden Haufen des Kommandanten Sforigan gehört hatte! Wie er mit seinen Kameraden wüste Lieder gesungen, gesoffen und die *Dukker und Silberlinge* schneller ausgegeben hatte, als er sie in die Finger bekam. Damals war Belenolas zum ersten Mal mit seinem jetzigen Gewerbe in Berührung gekommen, jedoch nicht in Gestalt von Fässern und Krügen, sondern von Schankmaiden und Wirtstöchtern.

»Bei Firuns Klöten und Levthans Dreispänner!«, fluchte der einstige Söldner herzhaft und befreit wie seit Jahren nicht mehr. »Das war eine schöne Zeit!« Er klopfte auf sein halbes Bein und ergänzte: »Meistens jedenfalls!«

Belenolas erhob sich, öffnete die Truhe und kippte sie um, sodass der Körper herausfallen und die Böschung hinabrollen konnte. Er ging nach Hause, wo ihn sein Weib schon sehnlich erwartete. Sie war immer noch davon beeindruckt, wie ihr Gatte in der letzten Nacht mit dem Streitkolben zum Nachbarn marschiert war. Sie fand es sehr anziehend, wenn er sich gelegentlich verrufen gab, auch wenn sie sich am nächsten Morgen deswegen schämte.

Belenolas' Eindruck verfestigte sich in den nächsten Tagen. Unübersehbar war eine seltsame Unstetigkeit in den Herrn von Buchenlicht gefahren. Er kam und ging zu willkürlichen Zeiten. Mal schien er überaus dringende Geschäfte zu erledigen zu haben, dann wieder schien es überhaupt nichts Wichtiges für ihn zu geben, sodass er den halben Tag in seiner Kammer oder der Schankstube verbrachte, ehe er unerwartet und recht hastig aufbrach. Einher ging damit eine Launenhaftigkeit, die sich manchmal in einem ungewohnt schroffem Ton des Edelmanns ausdrückte. Ein anderer Gast beschwerte sich, weil der Herr von Buchenlicht die Gewohnheit angenommen hatte, nächtens in seiner Kammer lange auf und ab zu gehen. Belenolas fand für dieses Gebaren zunächst keine Erklärung. Er ahnte nicht, dass sein Gast hin und her gerissen wurde zwischen dem Drang, seinen Wünschen nachzugeben, und dem Zwang, sich dies zu verweigern, zwischen der Hoffnung, einem gewissen jungen Frauenzimmer zu begegnen, und dem Verlangen, ihr aus dem Weg zu gehen.

Doch das war nicht das Einzige, wozu Belenolas nichts sagen konnte. Als die Büttel vorbeikamen, um sich zu erkundigen, ob der Wirt des *Kronhirsches* vielleicht Auskunft geben könne über einen übel beleumundeten Liebfelder Stutzer, den man mit eingeschlagenem Schädel am Fluss gefunden hatte, antwortete er ganz aufgebracht: »So etwas aber auch! Als hätten wir Wirte es nicht schon schwer genug! Tote Zecher sind unser Verderben!«

Erst als der Herr von Buchenlicht mit einem neumodischen Liebfelder Haarschnitt vom Barbier kam, hegte Belenolas einen Verdacht.

Am siebten Tag stand Ferdion eine halbe Meile vom Schloss entfernt an einer erhöhten Stelle, von der man das Tommeltal weit überblicken konnte. Der Hang fiel hier viele Schritt fast senkrecht zum Fluss hin ab. Ein schmaler Weg führte zum Schloss.

Nun war also alles vorbei! Die feierlichen Tage waren zu Ende, und auch die letzten Gäste strebten heimwärts. Gründe gab es keine mehr, länger dazubleiben. Ferdion hatte eigentlich am frühen Morgen aufbrechen wollen und auch schon beim Wirt bezahlt, doch nun weilte er immer noch hier. Er war unschlüssig. Was erwartete ihn schon zu Hause? Nicht das geruhsame Leben, das er bisher geführt hatte, sondern ungestilltes Begehren und Leiden wegen so vieler ungenutzter Gelegenheiten. Er hatte in den letzten Tagen mehr als einmal erwogen, einen Geweihten aufzusuchen und um Rat und Erlösung aus seiner Seelenpein zu bitten, aber sich jedesmal wieder davor gescheut, wusste er ja nicht, was ihm der Geweihte riete oder gar geböte.

Ferdion entschied, dass es ein unseliger Einfall gewesen war, in die Hauptstadt zu reisen.

Ferdion beschloss, dass es ein guter Gedanke sei, in etwas mehr als einem Mond anlässlich des Großen Turniers zurückzukehren.

Er entdeckte die Verursacherin seiner Qual schon von weitem. Die junge Frau kam im Reisegewand den Weg vom Schloss daher, offenkundig dem Bedürfnis nachgebend, einen letzten Blick auf die Stadt und den Fluss zu werfen. Sie grüßte den alten Ritter mit einem bezaubernden Lächeln und einem anmutigen Senken des Hauptes.

Ferdion räusperte sich.

Das Fräulein sah ihn fragend an. »Ihr wünscht?«, erklang ihre helle Stimme.

Ferdion räusperte sich ein zweites Mal und antwortete: »Nichts!«

Er wandte sich zum Gehen und warf einen letzten, kurzen Blick auf den schmalen Rücken der Schönen, die nicht ahnte, welche stürmischen Gefühle sie in dem Herrn von Buchenlicht hervorgerufen hatte.

Jäh entdeckte Ferdion den Ausweg aus seiner jämmerlichen Lage. Er trat rasch zwei Schritte vor und stieß die junge Frau in die Tiefe.

Er empfand einen scharfen Schmerz, als er hinabblickte zu der zerschmetterten Gestalt, verspürte Trauer und ein Gefühl unbeschreiblichen Verlustes, als er zurück zum *Kronhirsch* wanderte, auf sein Pferd stieg und zur Stadt hinausritt.

Dieses Gefühl wurde schwächer, je näher Ferdion Buchenlicht kam. Was für einige Tage sein Leben durcheinandergebracht und schier unerträglich gemacht hatte, gab es nicht mehr. Eine große Ruhe überkam ihn. Ferdion, Herr von und zu Buchenlicht, hatte seinen Seelenfrieden zurückerlangt.

André Fomferek

ALRIK

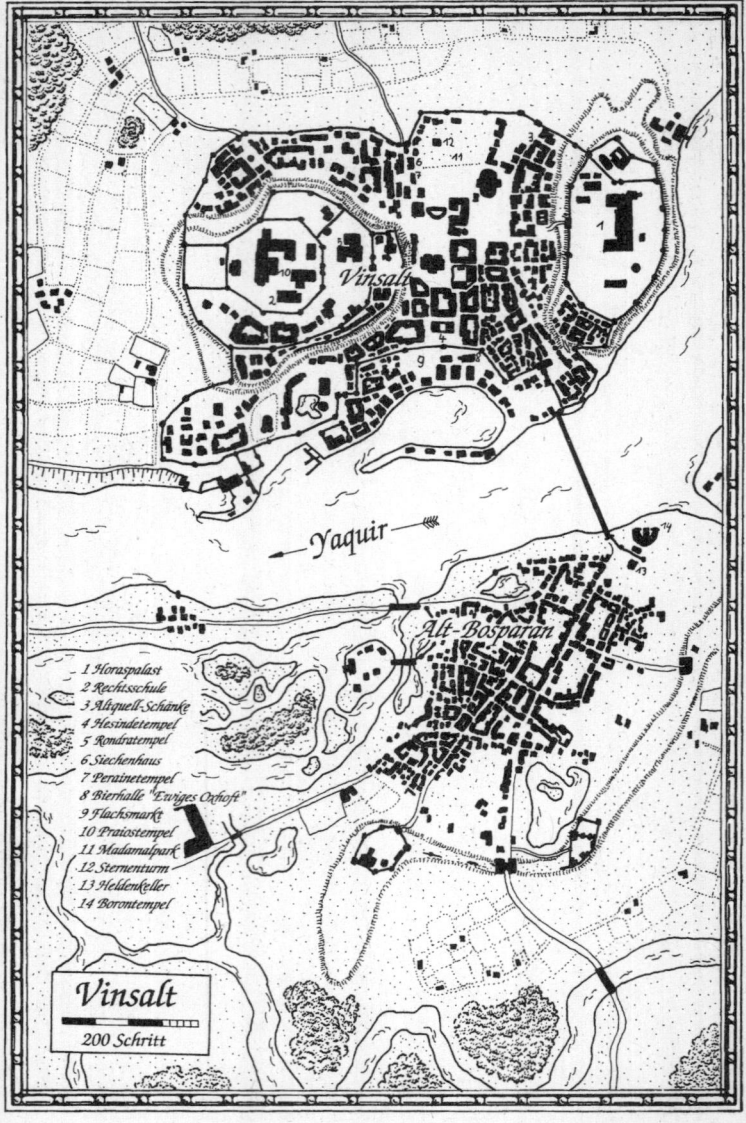

1 Horaspalast
2 Rechtsschule
3 Aliquell-Schänke
4 Hesindetempel
5 Rondratempel
6 Siechenhaus
7 Perainetempel
8 Bierhalle "Ewiges Ochost"
9 Flachsmarkt
10 Praiostempel
11 Madamalpark
12 Sternenturm
13 Heldenkeller
14 Borontempel

Vinsalt

200 Schritt

Yaquir

Vinsalt

Alt-Bosparan

Ende Efferd des Jahres 1021 nach Bosparans Fall

Eilig stieg Praian den schmalen Weg vom Tempelberg herab in den Hauptteil der Stadt. Üblicherweise hätte er sich um diese Tageszeit noch mit seinen Freunden aus dem Abschlussjahrgang der Vinsalter Rechtsschule auf ein oder zwei Bier in der *Altquell-Schänke* getroffen und die letzten Lektionen der Priester wie auch die jüngsten Handelskriminalien der Stadt diskutiert, aber heute stand ihm nicht der Sinn danach; der endgültige Abschied von seiner Jugendliebe Firuna, einer – trotz ihres winterlichen Namens – heißblütigen Novizin im Tempel der Hesinde, hatte ihn mehr mitgenommen, als er seinen Freunden eingestehen wollte.

Jedenfalls brauchte er im Moment Ablenkung und die würde er im *Altquell* nicht finden, wo ihn zu vieles an Firuna erinnert hätte. Besser war es wohl, sich für die nächsten Tage in der Studierstube zu vergraben.

Also überquerte er die mächtige, steinerne Bogenbrücke über den Yaquir, was ihn – wie jedesmal – zwei Heller kostete, und betrat den Stadtteil Alt-Bosparan. Hier, in dem wohl ältesten Teil der Horasstadt, befand sich die kleine, aber gemütliche Wohnung, deren Miete er mit Mühe und Not mit dem mageren Gehalt bezahlen konnte, das er für die Arbeit im Siechenhaus des Perainetempels erhielt – und selbst dies verdankte er nur der Tatsache, dass seit Ausbruch des roten Todes im Lieblichen Feld kaum noch Laien freiwillig im Siechenhaus arbeiten wollten und man somit auf bezahlte Gehilfen angewiesen war.

Während Praian wieder einmal darüber nachgrübelte, ob es nicht fast eine Lästerung der Göttin darstellte, den Geweihten nur für Geld zu helfen, bog er auch schon in die Olbris-Straße ein. Neetya, die zwölfjährige Tochter seiner Vermieterin, stand – wie so oft – wie gebannt vor dem kleinen Bretterverhau, in welchem der alte Gerion sein altes kleines Paavipony untergebracht hatte. Praian verstand Neetya gut, hatte er doch selbst früher – früher? ach, eigentlich war es erst knappe fünf Jahre her! – hier gestanden und mit leuchtenden Augen dem alten Gerion gelauscht, wenn der wieder einmal davon erzählte, wie er auf so einem Pferdchen das gesamte Nordland durchquert, gegen wilde Tiere, Goblins und andere Ungeheuer gekämpft, schlussendlich die Prinzessin des Bornlandes gerettet und zur Belohnung dieses Pferd, einen direkten Abkömmling eines der legendären unsterblichen Elfenrösser, geschenkt bekommen hatte. Natürlich wusste Praian heute, dass es nie eine Prinzessin des Bornlandes gegeben hatte und dass das Pferd wahrscheinlich aus Gerions Zeit als Kutscher für Stoerrebrandt stammte und der Alte streng genommen den Tatbestand des ›Betrügerischen Thuns‹ erfüllte, wenn er Reisenden mit dieser Geschichte Geld aus der Tasche zog. Na ja, andererseits, was spielte es für eine Rolle, ob die Geschichte wirklich stimmte? Sie klang gut und die Zuhörer hatten ihren Spaß, also was sollte es?

Jetzt hatte sich auch die kleine Neetya umgewandt. »Praios zum Gruße, Praian. Du bist aber heute früh aus dem Tempel zurück. Ach ja, ich soll dir das hier geben. Das hat so ein komischer Mensch in uralten, bunten Lumpen heute Mittag für dich vorbeigebracht. Er sagte, es sei sehr wichtig, und er hat mir sogar eine Goldmünze als Belohnung gegeben, damit ich es auch nicht vergesse.«

Mit diesen Worten hielt sie ihm ein schmutziges, altes Stück Pergament entgegen und zeigte ihm mit der anderen Hand eine große, runde Münze. Ein Balihoer Rad! Praian hatte solche Münzen in einigen der Bücher über das Recht der Geldwechsler gesehen, aber nie ernsthaft damit gerechnet, eine zu Gesicht zu bekommen. Seit dem Fall Bosparans vor über tausend Jahren wurden diese Münzen nicht mehr geprägt; eine einzige von ihnen war gut und gerne zehn goldene Dukaten wert. Und dieser Fremde hatte sie einfach so an ein Kind verschenkt!

»Danke, Neetya. Ich bin wirklich neugierig, was ein solcher Mensch mir mitzuteilen hat. Und pass gut auf die Münze auf; die ist viel, viel mehr wert als die Münzen, die du von deiner Mutter am Praiostag bekommst!«

Praian nahm den Zettel und betrat das kleine Fachwerkhaus. Er stieg die schmalen Stufen zu seiner Kammer auf dem Dachboden hinauf, während er das Pergament in seiner Hand betrachtete. Die Botschaft, die der Fremde ihm geschickt hatte, war reichlich schlicht: *Brauche rechtlichen Beistand. Bitte um Eure Hilfe. Erwarte Euch heute Abend im ›Ewiges Oxhoft‹* stand da in etwas ungelenken Lettern.

Ewiges Oxhoft? Das war doch diese fürchterlich langweilige Bierhalle in der Nähe des alten Flachsmarktes. Und wieso wollte dieser Fremde von ihm Rechtsbeistand? Es würde noch gut ein Jahr dauern, bis er die Abschlussprüfung der Rechtsschule hinter sich hatte und sich wirklich als Rechtsgelehrten bezeichnen durfte. Dabei gab es durchaus genügend ausgebildete Advokaten in Vinsalt; nicht umsonst tagte im Praiostempel das HHkRG, das Hohe Horas-kaiserliche Reichsgericht, höchste Rechtsinstanz des ganzen Horasreiches. Wieso also wollte der Fremde, der offensichtlich genug Geld hatte, einen Laien als Berater?

Eigentlich hatte sich Praian ja vorgenommen, diesen Tag völlig dem Studium zu widmen, um die Versäumnisse der letzten Monate aufzuarbeiten; insbesondere im Aranischen Handelsrecht wiesen seine Kenntnisse beträchtliche Lücken auf. Andererseits hatte er diesen Vorsatz in erster Linie gefasst, um sich von seinem Kummer abzulenken, und was konnte bessere Ablenkung bieten als ein Treffen mit einem wildfremden, aber offensichtlich sehr wohlhabenden Verrückten? Ja, beschloss Praian, er würde sich den Verrückten wenigstens ansehen. Außerdem war es noch recht früh und so blieben ihm durchaus einige Stunden Zeit, um seine Studien zu vertiefen.

Als die Sonne untergegangen war, hüllte sich Praian in die alte, abgenutzte, aber immer noch sehr wärmende Bauschjacke, die seine Eltern ihm vor Jahren geschenkt hatten, und verließ auf Zehenspitzen das Haus. Er wusste, dass er Frau Harnigel um diese Zeit besser nicht stören sollte, wollte er sich nicht wieder eine Tirade über »die jungen Männer, welche die Rechtslehre studieren, aber dem Herrn Phex näher stehen als dem Herrn Praios« anhören. Draußen vor dem Haus fröstelte er trotz der Jacke; die Efferdnächte waren dieses Jahr schon ungewöhnlich kühl. Aber vielleicht lag es auch daran, dass er in den letzten Tagen viel zu wenig geschlafen hatte.

Wieder musste Praian den Yaquir überqueren. Jetzt, in der Dunkelheit, war die sonst fast immer verstopfte Bogenbrücke völlig leer, sah man von den Gardisten ab, die ihn gegen Bezahlung der zwei Heller passieren ließen.

Nachdem er den – ebenfalls wie leer gefegten – Basar überquert hatte, stand er auch schon vor dem *Ewiges Oxhoft*. Ein rostiges, metallenes Türschild, das einen vor einem Wagen angeschirrten roten Ochsen darstellte, schwang mit leisem Quietschen im kühlen Wind, der so nahe am Fluss viel stärker zu spüren war als in Alt-Bosparan.

Nach kurzem Zögern trat Praian ein. Einige Bürger, wohl Kaufleute, saßen an den kleinen, runden Tischen im Erdgeschoss, aber Praian zog es vor, den Keller zu betreten. Die mit allerlei Werkzeugen aus Viehzucht und Ackerbau behängten Wände, die alten Holztische und -stühle und die anwesenden Gäste, alle etwas betagt, bestätigten nur, was Praian schon immer über diesen Laden gedacht hatte: eine recht gemütliche, aber äußerst langweilige Bierhalle eben. Ein merkwürdiger Mann in Lumpen war nirgendwo zu entdecken. Also setzte er sich zunächst an einen der Ecktische, bestellte bei dem mürrischen, wortkargen Wirt ein Bier und wartete ab.

»Eine Waffe im Sinne des Artikels 32 Codex Pax Aventuriana ist jedes Werkzeug, welches dazu geeignet ist, nach seiner konkreten Verwendungsart im rondragefälligen Kampfe die Tötung eines Menschen herbeizuführen. Nach einer neuen Entscheidung des HHkRG kann eine Balestra durchaus darunter subsumiert werden, wenngleich in der Literatur teilweise bestritten wird, dass eine Tötung mit Schusswaffen jeglicher Art überhaupt jemals als rondragefällig gelten kann«, murmelte er vor sich hin, während er versuchte, die Erinnerung an den letzten Praiostag zu verdrängen.

»Hast du nie davon geträumt, auf einem Pferd einfach davonzureiten und ganz Aventurien zu durchqueren?«, hatte Firuna ihn gefragt, als er sie bei ihren Freunden aus dem Hesindetempel getroffen hatte. Natürlich hatte er diesen Traum gehabt und er hatte ihn ihr damals auch erzählt. Aber als Scholar der praiosgefälligen Rechtsschule konnte er sich solche wirren Träume nicht mehr leisten. Und erst recht wollte er nicht, dass irgendwelche Hesindenovizen davon erfuhren, dass er, der gebildete und gesittete Studiosus, absurden Phantasien nachhing.

»Praios zum Gruße. Ihr seid Alrik Firian?«, riss ihn eine tiefe, raue Stimme aus seinen düsteren Gedanken. Er hatte gar nicht gemerkt, wie der Fremde an seinen Tisch getreten war. Der große, breitschultrige Besucher trug eine alte, braune, wildlederne Hose, dazu Stulpenstiefel, ein gelbes Leinenhemd, einen roten Umhang und einen blauen Filzhut mit grünen Federn. Sein Gesicht war hart, knochig und von zwei hässlichen Narben verunstaltet. Ehemals wohl blonde, heute allerdings größtenteils graue, schulterlange Haare und blaugraue Augen vervollständigten das Bild. Das Auffälligste aber war sein Gürtel: An ihm hing eine lange Waffenscheide, aus der deutlich der große Griff eines Schwertes hervorragte. Praian fragte sich, wie viel der Mann gezahlt haben musste, um mit dieser Waffe durch das Stadttor gelassen zu werden.

»Nun? Habt Ihr die Sprache verloren?«

»Keineswegs. Nur Euer Aufzug wirkte ein wenig… nun ja, befremdlich auf mich, weshalb ich einen Moment abgelenkt war. Und um Eure erste Frage zu beantworten: Nein und ja. Meine Eltern nannten mich zwar Alrik, aber ich legte diesen Namen ab, als ich in die Stadt zog. Jeder Herumtreiber und Streuner scheint in dieser Stadt Alrik zu heißen, deshalb ziehe ich den Namen Praian vor.«

»Ihr könnt mir gerne ein andermal einen Vortrag über Namen halten. Ich bin hier, weil ich rechtliche Beratung brauche und mein alter Freund Gerion mir sagte, Ihr seiet auf diesem Gebiet leidlich bewandert. Aber eigentlich seht Ihr nicht gerade so aus, wie ich mir einen Advokaten vorstelle. Zugegeben, Ihr habt ein wenig Bauchansatz, doch wo ist die schwarze Robe, wo die Perücke?«

»Nun, die Kleidungsvorschriften gelten nur für die Gerichtsverhandlung. Wenn einige Advokaten sich auch außerhalb des Gerichtes auf die beschriebene Art kleiden, dann nur, um damit Eindruck zu machen, nicht, um einer Vorschrift zu gehorchen. Und wenn es hier Kleidungsvorschriften gäbe, wärt wohl Ihr derjenige, der gegen sie verstieße, nicht ich. Also, wer seid Ihr und was wollt Ihr von mir?«

»Oho, der Praiosknabe reißt aber ganz schön weit den Mund auf. Das scheint so eine Art Volkskrankheit in diesem Lande zu sein. Ihr wollt wissen, wer ich bin? Na gut, Ihr sollt es erfahren: Mein Name ist Alrik Plötzbogen!«

»Phex behüte mich, ein Alrik! Ich hätte es ahnen müssen!«, erklärte Praian mit leisem Lächeln.

»Spart Euch Euren Spott, Jünglein. Ich bin ein berühmter Held, ich ziehe schon seit über dreißig Jahren durch Aventurien und mein Name wird von den Schurken gefürchtet und von den Barden besungen!«, knurrte der Fremde.

»O ja, ich kann mir gut vorstellen, welchen Spaß die Barden dabei haben, Lieder über den heldenhaften ›Plötzbogen‹ zu schreiben«, erwiderte Praian mit noch breiterem Lächeln.

»Bei Rondra, willst du mein Schwert im Magen haben?«, fuhr der Fremde auf. Mit vor Wut blitzenden Augen stand er jetzt vor Praian, die Hand am Schwertgriff, die Lippen bebend vor Zorn. Totenstille war in der Gaststube eingekehrt. Alle Gäste starrten gebannt auf den wilden Fremden. Auch Praian bekam es langsam mit der Angst zu tun. Bei den Zwölfen, der Kerl sollte den Noioniten übergeben werden. Mitten in Vinsalt andere Menschen mit dem Schwert zu bedrohen, das verstieß gegen die Artikel 23, 24a, 37 und 42 des Codex Pax Aventuriana, etliche Paragraphen der Vinsalter Stadtfriedensordnung sowie die Artikel 13, 14 und 27 des neuen Codex Ameniam Neus!

»So beruhigt Euch doch wieder; kann ich denn ahnen, dass ein großer Held wie Ihr mit dem Spott eines kleinen Praiosschülers nicht umgehen kann?«, versuchte Praian die Wogen zu glätten.

»Ihr habt Recht, verzeiht mir mein Benehmen. Aber ich bin derzeit nicht gerade mit Borons Ruhe gesegnet – was vor allem daran liegt, dass mir einige Leute eben diese Ruhe auf immer schenken wollen«, erwiderte Alrik, jetzt mit merklich leiserer Stimme.

»Ihr seid meine einzige Hoffnung, junger Praiosschüler. Keiner der hohen Rechtsgelehrten der Stadt wird es wagen, mich in meiner Angelegenheit zu verteidigen. Jeder, der mir hilft, riskiert mehr als nur seinen guten Ruf.«

Langsam wurde Praian neugierig. Es mochte ja sein, dass der Kerl völlig den Verstand verloren hatte, trotzdem versprach seine Geschichte interessant zu werden. Ein bisschen erinnerte Praian das Ganze an die Erzählungen vom alten Gerion und seinem Pony.

»Nun, ich kann Euch nicht versprechen, dass ich Euch helfen kann, aber vielleicht kann ich Euch ein wenig beraten. Was genau ist denn Euer Problem?«

»Ich will es Euch erzählen, doch nicht hier. Wir haben hier schon zu viel Aufsehen erregt. Könnt Ihr mich morgen Nacht treffen, im Madamalpark, am Sternenturm?«

Eigentlich wollte Praian ja den morgigen Tag damit verbringen, sich auf die Prüfung am nächsten Windstag vorzubereiten. Andererseits war diese erste Prüfung nicht wirklich wichtig. Sie diente mehr dazu, die Studiosi auf die richtigen Abschlussprüfungen einzustimmen. Und Praian wollte dringend wissen, was ihm dieser komische Kauz zu erzählen hatte. »Na gut, ich werde kommen. Könntet Ihr mir vielleicht die zwei Heller für die Passage der Brücke geben? Meine finanziellen Möglichkeiten sind derzeit eher bescheiden…«

Mit einem kurzen Nicken drückte Alrik Praian eine

Münze in die Hand, sah sich unruhig im Raum um und stieg dann mit schnellen Schritten die Treppe hinauf. Nachdem Praian die Tür oben zuschlagen gehört hatte, besah er sich die Münze in seiner Hand genauer. Auch ein Balihoer Rad! Das würde seine Wohnung für die nächste Zeit bezahlen! Dann machte er sich ebenfalls auf den Heimweg, während er darüber nachgrübelte, was der Fremde ihm erzählt hatte. Borons Ruhe wollten ihm einige Leute schenken – meinte er damit, dass man ihn töten wollte? Und wer ihm hülfe, riskiere mehr als seinen guten Ruf... Was sollte das bloß heißen? Bei seiner Arbeit im Siechenhaus hatte Praian schon einmal von einer Krankheit gehört, deren Opfer sich vor allem und jedem fürchteten... Praiosnoia wurde sie genannt, weil die Opfer sowohl das Licht des Praios als auch die Ruhe der Noioniten zu fürchten schienen. In den letzten Jahren hatte es häufig Fälle dieser Krankheit gegeben; die meisten sprachen allerdings von ›Schwarz und Rot‹ oder von ›Einem, der kommen wird‹. Nein, irgendwie klang das, was der Fremde ihm erzählt hatte, nicht wie eine Folge dieser Krankheit.

Am nächsten Tag in der Praiosschule fiel es Praian noch schwerer als in den letzten Tagen, aufmerksam zu sein. »Im Gegensatz zur Garether Handelsrechtsverordnung setzt die Freiheitliche Festumer Marktordnung für ›säumig Schuldnerthum‹ respektive ›verzügliche Leistung des Schuldners‹ voraus, dass der Schuldner sich für sein Versäumnis nicht entschuldigen kann. Kann er jedoch ausreichende Gründe vorbringen, wonach es ihm ohne eigenes Verschulden nicht möglich war...«, dozierte Magistra Gunelde, während Praian immer wieder kurz eindöste. Auch an den Gesprächen über die neuesten Nachrichten aus dem ›Bosparan-Herold‹ konnte Praian sich in der

Pause nicht beteiligen. Da er am Morgen beinahe verschlafen hatte, hatte er nicht mehr die Zeit gefunden, die Zeitung durchzuarbeiten – für einen Schüler der Rechtschule ein beinahe unverzeihliches Vergehen.

Endlich war der Unterricht beendet. Praian eilte nach Hause, wobei er nicht vergaß, der kleinen Neetya eine Mohrrübe vom Markt mitzubringen, die sie an Herrn Gerions Paavipony verfüttern konnte. In seiner Wohnung versuchte er wieder, sich in die Feinheiten der Festumer Marktordnung zu vertiefen, wartete aber im Grunde nur die ganze Zeit über ungeduldig auf den Abend.

Dann war es soweit. Nach kurzem Weg stand Praian im wohlgepflegten Madamalpark. Der Sternenturm war um diese Uhrzeit gut besucht. Menschen aus aller Herren Länder standen Schlange, um sich von Hesindegeweihten Horoskope erstellen zu lassen oder vielleicht sogar selbst einmal einen Blick durch das gewaltige Fernrohr werfen zu dürfen. Ja, das Horasreich war eben das Reich, in dem Kultur und Wissenschaften wahrlich blühten.

Auch Alrik entdeckte Praian bald: Der Fremde trug wieder die lächerliche, bunte Kleidung vom Vorabend und hatte sich auf einer Holzbank niedergelassen, die nur schwach vom Mondlicht erhellt wurde. Gemächlich schlenderte Praian näher heran.

»Hier bin ich. Erzählt Ihr mir jetzt, was ich für Euch tun kann?«

»Pssst! Seid leise, kommt mit und hört mir zu«, zischelte Alrik. Er erhob sich von der Bank und schritt langsam tiefer in den Park. Praian folgte ihm.

»Also, ich habe Euch doch erzählt, dass ich ein berühmter Held bin und ganz Aventurien durchstreift habe?«

»Ja, Ihr erwähntet etwas in dieser Art.«

»Ihr müsst wissen, dass ich damals auch die Wüste

Khom bereist habe. Das waren noch Zeiten! Tagsüber kochte die Luft fast, aber nachts war es so kalt, dass man dachte, man müsse bald einem Schneetroll begegnen! Na ja, jedenfalls bin ich damals unter anderem dem früheren Kalifen der Novadis vorgestellt worden: Abu Dhelrumun. Egal, was man gegen die Rastullah-Anbeter vorbringen mag, Abu war ein feiner Kerl! Und prächtig hat er gezahlt, hundertfünfzig Dukaten. Dafür musste ich allerdings seine Tochter aus dem Palast des intriganten Sultans Hasrabal befreien. Leicht war das nicht, das könnt Ihr mir glauben! Von einem wilden Mantikor, einer tsalästerlichen Chimäre aus Löwe und Skorpion, hat er sie bewachen lassen! Aber ich habe das Vieh erschlagen, Nedime, die Tochter, gerettet und dafür die hundertfünfzig Dukaten gekriegt. Und die Hand Nedimes gleich dazu. Na ja, zuerst war ich natürlich mächtig stolz: Ich, Alrik Plötzbogen aus Trutzbach, hatte die schöne Tochter des Kalifen aller Novadis zur Frau bekommen. Doch damals war ich noch viel zu jung, um das wirklich schätzen zu können. Also sagte ich irgendwann zu ihr: ›Nedime, ich treff mich mal kurz mit meinen alten Kumpels.‹ Tja, und die haben mich dann überredet, sie auf einer Suche nach dem Polardiamanten, ganz im Norden, bei Frigorn, zu begleiten. In den folgenden Jahren war ich irgendwie ständig beschäftigt, hab es nur selten geschafft, Nedime und unsere drei Kinder zu besuchen. Nedime hat sich in dieser Zeit als Märchenerzählerin in Gareth durchgeschlagen; es war leider so, dass sie als Kalifentochter außer Tanzen, Singen, Zithar spielen und Märchen erzählen nicht allzu viel gelernt hatte!«

Was für ein Verrückter! dachte Praian bei sich. Natürlich, die Geschichte der Befreiung Nedimes durch einen herumziehenden Abenteurer hatte wohl jeder zivilisierte Mensch Aventuriens irgendwann einmal erzählt bekommen. Aber dass irgendjemand ernsthaft an diesen Unfug glaubte, dass irgendjemand gar behauptete, er sei dieser Abenteurer, das war ihm bisher noch nicht untergekommen. Als ob ein Kalif seine Tochter retten ließe, um sie dann einem dahergelaufenen Streuner aufzudrängen! Da hätte er sie auch gleich bei Hasrabal lassen können. Nein, wahrscheinlich war diese Geschichte von der Redaktion des ›Aventurischen Boten‹ erfunden worden, um wieder einmal Bilder der Marke ›Elfe des Monats‹ abdrucken zu können… Als Nächstes wird mir der Kerl erzählen, dass er mit Fuldigor geplauscht hat…

Alrik hatte Praians zweifelnden Blick wohl falsch interpretiert: »Ihr habt ja Recht, ich habe mich gemein verhalten. Ich hatte auch wirklich ein schlechtes Gewissen, aber was hätte ich denn tun sollen? Ich habe schon als Kind davon geträumt, eines Tages ein Pferd zu nehmen und durch ganz Aventurien zu ziehen. Ich wollte mich nicht an irgendjemanden binden. Das will ich auch jetzt nicht. Außerdem habe ich Nedime immer Geld vorbeigebracht, wenn ich gerade mal wieder etwas besser bei Kasse war. Und ganz schlecht ging es ihr doch auch nicht!

So hätte es für mich immer weitergehen können und glaube mir, ich stünde jetzt nicht hier, wenn nicht die Katastrophe hereingebrochen wäre. Du weißt ja sicherlich, dass vor einigen Jahren Malkillah den Kalifenthron bestiegen hat. Dabei stellte sich ihm das Problem, dass die Erblinie des Kalifen Abu Dhelrumun noch gar nicht erloschen war; Nedime und unsere drei Kinder lebten ja noch. Also schickte er ein paar Verbündete los, um sich dieses Problems zu entledigen. Ich weiß nicht wieso, aber aus irgendeinem Grund hat auch dieser Kalif wieder Mittelreicher seine Arbeit machen lassen. Zum Glück waren diese Leute echte Helden. Statt Nedime, mich und die Kinder umzubringen, haben sie Malkillah davon überzeugt, dass es viel einfacher wäre, wenn er Nedime heiratete – als Zweit-, Dritt- oder Fünftfrau. Damit stand dann nur noch ich im Weg. Glücklicherweise erlauben die Gesetze der Novadis der Ehefrau, ihren Ehemann zu verlassen, wenn dieser ihr eine andere Gattin deutlich vorzieht oder wenn ihre Sippe mit der seinen in Fehde liegt. Nun ja, ich hatte noch einige Frauen nach Nedime und die Novadis sind auch nicht gerade unser aller Verbündete… Tatsächlich fand sich also ein Rastullah-Geweihter – ›Mawdli‹ nennen sie die Kerle da –, der unsere ›Scheidung‹ vollzogen hat. Ich dachte, damit wäre die ganze Sache erledigt. Aber vor zwei Monaten sprach mich plötzlich ein dunkelhäutiger Kerl mit tulamidischem Akzent in einer Kneipe an und behauptete, meine Scheidung mit Nedime sei ungültig, da eine Ehe mit einem ›Ungläubigen‹ sowohl nach dem Recht der Novadi als auch nach dem der ›Ungläubigen‹ geschieden werden müsse. Er bot mir viel Geld, damit ich ihn zu seinem Herrn begleitete, der für mich meinen Anspruch geltend machen wollte. Ich lehnte aber ab. So was ist nichts für einen alten Herumtreiber wie mich.

Nun bin ich in den letzten Wochen schon viermal von Novadis angegriffen worden und einmal habe ich nur überlebt, weil der Attentäter sich mit einer Drolina einen Mengbillar ins eigene Fleisch geschossen hat…

Also habe ich mich erkundigt, ob hier eine Scheidung überhaupt möglich sei. Ich meine, immerhin widerspricht eine solche Trennung allen Geboten Travias. Doch ich brachte in Erfahrung, dass tatsächlich unter Kaiser Kathay einmal eine Ehe eines Markgrafen mit einer Elfe aufgehoben wurde; begründet wurde dies damals wohl damit, dass Travia nicht segnen könne, was Praios nicht gefalle. Zugegebenermaßen lange her, aber besser als gar nichts. Allerdings müsste eine solche Trennung nicht nur von der Kirche, sondern auch von einem Gericht bestätigt werden. Und jeder Advocatus, den ich ansprach, weigerte sich schlichtweg, die notwendigen Formalia für mich durchführen zu lassen: Es sei im Interesse des Reiches, den Kalifen schwach zu halten, und eine Scheidung zwischen mir und Nedime sei somit Verrat am Horasreich – im Mittelreich erging es mir übrigens nicht anders. Dann kam ich auf die Idee, ich könnte vielleicht einen jungen, abenteuerlustigen Rechtsgelehrten finden, welcher bereit ist, für ein wenig Geld das Risiko zu übernehmen, sich etwas unbeliebt zu machen…«

Vollkommen verrückt. Kein Rest von Vernunft war mehr in dem Mann. Ein einziger Präzedenzfall aus der Zeit der Priesterkaiser des Mittelreiches vor zirka sechshundert Jahren! Ein Gericht zu überzeugen, aufgrund dieses Falles eine Ehe zu beenden – noch dazu in Abwesenheit der Ehefrau, die zu allem Überfluss angeblich die Tochter eines Kalifen sein sollte – dürfte völlig unmöglich sein, selbst wenn ein entsprechendes Gesetz noch existieren sollte. Mal abgesehen davon, dass ohnehin die Kirche das letzte Wort hätte…

Weiter kam Praian in seinen Gedanken nicht, da er von Alriks Aufschrei unterbrochen wurde. Mit einer Bewegung warf Alrik sich zu Boden und zog sein Schwert, wobei er um Haaresbreite einem Pfeil entging, der wohl auf seinen Kopf gezielt war. Dann stürzte eine maskierte, finster gekleidete Gestalt heran, mit beiden Händen einen mächtigen Krummsäbel umfassend. Schon stand Alrik wieder auf den Beinen, tauchte unter dem ersten Hieb des Säbels hinweg und stieß dem Gegner sein Schwert entgegen. Mit spielerischer Leichtigkeit wich dieser jedoch aus. Die beiden Kontrahenten begannen, sich zu umkreisen, aber der

Attentäter wusste offenbar, dass er keine Zeit für einen langen Kampf hatte. Bestimmt hatte jemand Alriks Schrei gehört und bald würden die Stadtwachen hier sein. Also sprang der Maskierte erneut auf Alrik zu, den Krummsäbel in einem weiten Bogen führend. Alrik parierte den Angriff und trat seinem Feind, während er dessen Klinge mit der seinen blockierte, mit voller Wucht in den Magen, was seinen Gegner jedoch kaum zu erschüttern schien.

Da fiel Praian ein, dass er selbst Alrik helfen sollte. Kurz entschlossen bückte er sich, um einen Stein aus dem Boden zu heben, als plötzlich der Novadi im Zurückweichen gegen ihn stieß, das Gleichgewicht verlor und zu Boden fiel. Mit einem Schlag machte Alrik seinem Leben ein Ende.

»Schnell, wir müssen hier weg! Wer weiß, wie viele Freunde der Kerl bei sich hatte«, keuchte er.

»Aber… aber… Ihr habt da gerade einen Menschen getötet… das war zwar kein Mord, aber als Totschlag qualifiziert es gewiss… Ihr müsst Euch stellen, dann kommt Ihr vielleicht angesichts der Umstände mit einer Geldstrafe wegen ›übertriebener Notwehr‹ davon…«

»Natürlich, Junge. Und während die Männer vom Adlerorden den Fall untersuchen, sperren sie mich in eine Zelle, wo mich jeder Attentäter wie auf dem Präsentierteller hat. Los, lauf endlich!«, knurrte Alrik, der Praian jetzt weitaus unheimlicher erschien als noch vor wenigen Minuten. Ohne ein weiteres Widerwort folgte Praian dem Kämpfer. Erst kurz hinter der Bannerstraße, ganz im Westen der Stadt, wurde Alrik langsamer und hielt nach weiteren fünfzig Schritt an.

»So, glaubst du mir jetzt vielleicht, Söhnchen? Mein Leben ist in Gefahr, solange diese Scheidung nicht vollzogen ist, und ich hänge nun einmal an meinem Leben! Also, hilfst du mir oder nicht?«

»Ich… ich weiß nicht… wenn das wahr ist, was Ihr sagt… am Ende werde ich selbst noch wegen Hochverrats angeklagt…«

»Na ja, dafür zahle ich dir ja auch hundertfünfzig Dukaten. So viel, wie mir damals der Kalif gegeben hat!«

Hundertfünfzig Dukaten! Das war durchaus eine verlockende Summe! So viel verdienten manche Handwerker in Jahren nicht! Aber die Sache schien ja auch äußerst gefährlich zu sein. Und einfach würde das Verfahren bestimmt nicht, wenngleich immerhin die vage Hoffnung bestand, dass die Kirche sich bei einer solch offensichtlichen Gefahr für das Leben eines der Ehepartner vielleicht erweichen ließe. Andererseits: Wenn Alrik wirklich mit der Tochter des Kalifen verheiratet war – was Praian immer noch kaum glauben konnte – dann musste er als Adliger angesehen werden. Für die galt selbstverständlich eine ganz eigene Gerichtsbarkeit…

Und falls tatsächlich das Interesse des Reiches berührt war, musste er vielleicht sogar vor das Staatsgericht! Nein, das konnte nicht gutgehen…

Moment… Vielleicht gab es doch eine Lösung: Hatten ihm seine Lehrer nicht immer wieder von der Gesetzlosigkeit des Königreiches Drôl erzählt? Dass dort die Richter eher nach dem Geldbeutel entschieden als nach den Gesetzen? Möglicherweise ließe sich dort zumindest der formaljuristische Teil der Scheidung durchführen; um den kirchlichen Teil müsste man sich dann später in einem Traviatempel kümmern, wobei es mehr auf Gebete und Spenden denn auf juristische Kenntnisse ankommen dürfte.

»Nun ja, einen Ratschlag hätte ich wohl für Euch: Ihr müsstet nach Drôl reisen. Dort sind die Gesetze lockerer und für Euer Geld könntet Ihr gewiss einen Richter finden, der die Scheidung wirksam erklärt.«

»Na gut, dann werden wir morgen früh aufbrechen!«, entgegnete Alrik.

»Wir? Was soll das heißen? Ich besuche hier die Rechtsschule, ich kann nicht so einfach weg!«

»Das ist mir egal. Ich habe lange genug gesucht, bis ich jemanden gefunden habe, der mir helfen konnte. Dein Leben ist ab jetzt Pfand für mein Leben, und zwar so lange, bis ich endlich diese Scheidung hinter mir habe! Und heute Nacht schläfst du in meiner Herberge, im *Heldenkeller*!«

Praian schauderte unwillkürlich. Im *Heldenkeller* sollte er schlafen, dieser kleinen Kaschemme direkt neben dem Borontempel? Bei einem Verrückten, der offensichtlich mit seinem Schwert sehr gut umgehen konnte und zu allem Überfluss von geheimnisvollen Attentätern gejagt wurde? Es gab Wochen, da hatte er das Gefühl, Praios wollte ihn für alle seine kleinen Sünden auf einmal strafen!

Teils aus Neugierde, vor allem aber aus Angst folgte Praian Alrik zum *Heldenkeller*. Alriks Zimmer war klein und eng und Praian musste auf dem Boden schlafen; so wurde es eine äußerst unbequeme Nacht. Am nächsten Morgen wurde Praian grob geweckt. »Steh auf, Kleiner! Wir müssen weg! Die Stadtbüttel waren eben hier und haben nach mir gefragt. Zum Glück hat die Wirtin, meine alte Freundin Racalla, sie wegschicken können. Aber sie werden bestimmt bald wieder hier sein. Also, auf zum Hafen!«

Praian rieb sich seine schmerzenden Knochen. Nach dem Knacken seines Rückens zu urteilen, würde er nie wieder aufrecht sitzen können.

»Nun mach schon, wir haben nicht den ganzen Tag Zeit!«

Mühsam richtete sich Praian auf und folgte Alrik Richtung Hafen. Statt der Brücke nahmen sie diesmal die Fähre über den Yaquir, da Alrik den Gardisten auf der Brücke aus dem Weg gehen wollte. Außerdem kostete auch hier die Überfahrt nicht mehr als zwei Heller und es ging wesentlich schneller als über die verstopfte Brücke.

Auch im Hafen herrschte schon früh am Morgen ein reges Gedränge: Schiffe wurden be- und entladen, Marktschreier priesen ihre Waren an, Fischer knüpften ihre Netze und die Bürger, die ihre Morgeneinkäufe tätigten, hetzten hektisch durcheinander. Alrik steuerte direkt auf einen schlanken, recht neu wirkenden Flusskahn zu. ›Flusskönigin‹ prangte der Name in großen goldenen Lettern am Bug.

»Rondriane, alte Schmugglerbraut«, rief Alrik einer hageren, rothaarigen Frau entgegen, die am Kai vor dem Schiff stand – der Kleidung nach wohl die Kapitänin des Schiffes. »Ich muss schleunigst hier weg, Richtung Drôl. Der Kleine begleitet mich.«

»Alrik! Was macht du denn hier in Vinsalt? Als ich dich das letzte Mal gesehen habe, wolltest du doch noch für Praios, Brin und Mittelreich in den Krieg gegen die Orks ziehen!«

»Das erkläre ich dir später. Jetzt muss ich erst mal dringend weg aus Vinsalt.«

»Hmm. Eigentlich wollte ich ja bis morgen warten. Ich erwarte noch eine Ladung ganz besonderer Ware. Aber weil du es bist… Bis Kuslik kann ich dich mitnehmen, von da aus wirst du schon einen Weg nach Drôl finden.«

»Danke, damit wäre mir sehr geholfen. Wann legst du ab?«

»Vor heute Mittag schaffe ich es nicht.«

»Na gut, wir warten solange auf dem Schiff, wenn es dir recht ist.«

Praian hatte während dieses Gesprächs überlegt, ob er nicht flüchten sollte. Andererseits begann ihn diese Geschichte zu faszinieren. Eigentlich hatte er sich in

Vinsalt in letzter Zeit ohnehin nur gelangweilt. Und eine kurze Reise nach Drôl würde ihn vielleicht ein für allemal von seinen kindischen Träumen von Abenteuern und Heldentaten kurieren. Außerdem könnte er, wenn er Alrik half, ein wahres Vermögen verdienen. Also beschloss er, Alrik auf die *Flusskönigin* zu folgen.

»Weißt du, Kleiner, Rondriane war früher auch eine Abenteurerin. Wir haben uns damals in Ferdok kennengelernt, am Großen Fluss. Zusammen haben wir eine Mordreihe auf so einem Fluss-Schiff aufgeklärt, und seit der Zeit schwärmt Rondriane für die Fluss-Schiffahrt.«

Wieder einmal wusste Praian nicht, ob er den Worten Alriks Glauben schenken sollte oder ob ihm der Kerl irgendwelche Bären aufband...

Gegen Mittag fuhr die *Flusskönigin* tatsächlich ab. Schnell zogen die Äcker und Weinberge Yaquirias am Schiff vorüber. Am Abend legte man in einem kleinen Dorf an. Während die Mannschaft an Land ging, um in der kleinen Taverne einen Teil ihres Lohnes loszuwerden, blieben Alrik, Praian und Rondriane an Bord des Schiffes. Rondriane und Alrik begannen ein Gespräch über die guten alten Zeiten, wären Praian – halb fasziniert, halb entsetzt – schweigend zuhörte.

»Und, wann setzt du dich endlich zur Ruhe? Du bist nicht mehr der Jüngste, weißt du!«

»Ach was, Raidri Conchobair ist noch viel älter als ich und der Kerl ist immerhin zum Träger Siebenstreiches, Retter der Menschheit und was weiß ich nicht alles berufen worden!«

»Trotzdem, die Zeiten ändern sich. Überall gibt es neue Herrscher, Elfen und Zwerge sieht man immer weniger und statt der Goblins, Oger und Orks stellen jetzt Krankheiten wie die rote Seuche die größte Gefahr für Streuner wie uns dar...«

Gegen Mitternacht zogen sich Rondriane und Alrik

in die Kajüte der Kapitänin zurück. Praian konnte deutlich vernehmen, wie die beiden ihr Wiedersehen feierten... und er musste daran denken, wie Firuna sich von ihm verabschiedet hatte: »Es ist langweilig mit dir. Und du spottest immer über alle Leute. Ich kann dich nicht mehr lieben!«

Sie hätte es wahrscheinlich nicht geglaubt, wenn ihr jemand erzählt hätte, dass er plötzlich zu einer Reise nach Drôl aufgebrochen war, noch dazu mit einem kauzigen alten Abenteurer...

Plötzlich fiel ihm das schabende Geräusch auf. Es kam nicht aus der Kajüte der Kapitänin, es kam von draußen. Da war es wieder!

Praian richtete sich vorsichtig auf. Langsam schlich er zur Tür, öffnete sie und spähte auf das Deck hinaus.

Das Madamal stand voll und bleich am Himmel. Leise klatschten die Wellen gegen das Schiff, das sich bedächtig im Wasser des Flusses wiegte. Von da vorne kam das Geräusch... ganz nahe war es jetzt. Er pirschte an die Reeling und lugte auf das Wasser hinab. In diesem Moment hörte er hinter sich ein Klappern und noch während er herumfuhr, legte sich ihm eine dunkle, klebrige, nach Hirsebrei riechende Hand auf Mund und Nase. Eine tiefe Stimme zischte etwas in einer unverständlichen Sprache in sein Ohr. Kurzentschlossen biss Praian mit aller Kraft zu. Mit einem erstickten Aufschrei wurde die Hand weggezogen. Praian nutzte die Gelegenheit, um, jetzt selbst laut brüllend, loszurennen. Hinter sich hörte er ein Zischen, dann spürte er einen scharfen Schmerz im Bein. Während er zu Boden fiel, hörte er, wie die Tür zur Kapitänskajüte aufgestoßen wurde.

»Lass ihn mir! Der Kerl hat mich persönlich beleidigt, indem er es gewagt hat, mein Schiff ohne meine Erlaubnis zu betreten«, erklang Rondrianes Stimme.

»Es wird mir ein Vergnügen sein, Euch zuzusehen,

holde Maid. So Ihr meine Hilfe benötigen solltet, stehe ich Euch selbstredend zur Verfügung.«

Erst jetzt gelang es Praian, sich umzudrehen. Er sah, dass ein langer, reichlich verzierter Dolch in seinem Oberschenkel steckte. Er hatte im Siechenhaus gelernt, dass man eine Waffe nicht aus der Wunde ziehen sollte, wenn man nicht gleich die Blutung stoppen kann, also bemühte er sich, den Schmerz zu ignorieren und den Dolch stecken zu lassen. Ganz in seiner Nähe stand jetzt Rondriane seinem Angreifer gegenüber. Ihre langen, roten Haare flatterten im Wind. Bekleidet war sie lediglich mit einem spärlichen Nachtgewand, aber in der Hand hielt sie etwas, was Praian für einen klassischen Piratensäbel hielt. Der Angreifer ähnelte dem aus Vinsalt, nur dass er einen wesentlich kürzeren Krummsäbel trug, welchen er dementsprechend einhändig führte. Gerade täuschte er einen Schlag nach rechts an, aber Rondriane ließ sich davon nicht irritieren. Statt sich um den Säbel ihres Gegners zu kümmern, holte sie weit aus und ging ihrerseits zum Angriff über. Der Maskierte konnte gerade noch seinen Angriff abbrechen und Rondrianes Schlag parieren, da trieb Rondriane ihn mit einer Serie von Ausfällen über das halbe Schiff, bis er plötzlich eine Wand im Rücken hatte. Als er merkte, dass er nicht mehr zurückweichen konnte, war es auch schon zu spät. Mit einem raschen Hieb hatte Rondriane ihm seine Klinge aus der Hand geschlagen, mit einem weiteren fiel sein Körper tot auf das Deck.

»Was für Dilettanten schicken deine Feinde eigentlich, um dich zu töten?«, wandte sich Rondriane, ohne auch nur Luft zu holen, wieder Alrik zu.

»Ich nehme an, der Kalif hat ein Kopfgeld auf mich ausgesetzt und jeder, der eine Waffe halten kann, versucht jetzt sein Glück.« In diesem Moment spürte Praian wieder den Schmerz in seinem Bein. Er blickte an sich herunter und sah, dass seine Beinkleider sich um den Dolch herum blutrot gefärbt hatten. Bei diesem Anblick wurde er ohnmächtig.

Als Praian wieder aufwachte, lag er in einem weichen, bequemen Bett in einer kleinen, sauberen, hellen Kammer. Durch das Fenster konnte er das Gewimmel einiger Straßen unter sich erkennen. Offensichtlich befand sich das Zimmer im zweiten Stock. Vor ihm lagen auf einem Stuhl seine Kleider. Die Beinkleider waren säuberlich ausgewaschen. Sein rechtes Bein wurde von einem großen Verband verziert. Ach ja, der Kampf auf dem Schiff… Er musste ohnmächtig geworden sein. Er hatte schon erlebt, dass Menschen im Siechenhaus dies beim Anblick ihres Blutes passiert war. Doch wo war er jetzt? Und wo waren Alrik und Rondriane?

Langsam, mit zögernden Bewegungen erhob er sich vom Bett, kleidete sich vorsichtig an und bewegte sich zur Tür. Sein Bein pochte äußerst schmerzvoll. Gerade, als er die Türklinke herunterdrücken wollte, klopfte es.

»Herein!«, rief Praian mit heiserer Stimme.

Sofort schwang die Tür auf und Alrik stand im Türrahmen. Allerdings hätte Praian ihn fast nicht wieder erkannt. Alrik trug nun ein teures Seidenhemd, elegante Reitstiefel und eine ebenfalls sehr kostbare Baumwollhose. Nur die Schwertscheide war noch dieselbe alte und verbeulte, die er immer bei sich trug.

»Ah, ich sehe, du bist endlich wach geworden. Drei Tage warst du bewusstlos. Aber tröste dich, bei meiner ersten Wunde ging es mir ähnlich. Ich wollte mich bedanken. Wer weiß, vielleicht hätte der Meuchelmörder uns ohne deinen Schrei im Schlaf erwischt. Wie fühlst du dich? Meinst du, wir können nach Drôl weiterreisen? Ich habe nämlich ein Schiff gefunden, dessen

Kapitän noch heute Abend auslaufen möchte. Er ist zwar nicht sehr vertrauenerweckend – ich nehme an, er verdient sein Geld als Schmuggler –, aber ich denke, er wird uns sicher runterbringen.«

»Ja gut, ich denke, ich kann reisen. Mein Bein tut noch ein bisschen weh, sonst ist alles in Ordnung. Nur Hunger und Durst habe ich.«

»Essen und Trinken werde ich dir gleich raufbringen lassen. Und den Dolch, der dich getroffen hat, habe ich dir auch mitgebracht. Ein wirklich edles Stück – bestimmt ein wertvolles Andenken. Außerdem soll ich dir schöne Grüße von Rondriane ausrichten. Sie ist leider schon wieder abgereist.«

Mit diesen Worten reichte Alrik Praian den reich verzierten Dolch, den dieser zuletzt in seinem Bein gesehen hatte. Wie ein Drachenkopf war der Griff geformt und als Augen funkelten zwei rote Edelsteine. Fast ehrfurchtsvoll nahm Praian die Waffe entgegen.

»Er liegt ganz gut in der Hand, nicht wahr? Aber ich werde dir jetzt erst mal Mittagessen bringen lassen.«

Mit diesen Worten verließ Alrik das Zimmer wieder.

Nachdem er gegessen hatte, zeigte Alrik Praian für den Rest des Tages Kuslik, die ›Freie Stadt‹. Zum ersten Mal in seinem Leben sah Praian den größten Hesindetempel Aventuriens, die ›Halle der Weisheit‹, ein gewaltiges, dreistöckiges Gebäude, voll mit Büchern, Folianten und Schriftrollen aus allen Zeiten und Ländern und zu allen Themen. Anschließend führte ihr Weg vorbei an einem riesigen, wunderschönen Park zu einem großen, mit Bildern von Paradiesvögeln bemalten Gebäude. »Das Logenhaus der Avesbrüder. Hier treffe ich eigentlich immer einige meiner alten Freunde. Komm mit, die werden dir gefallen.« Mit diesen Worten öffnete Alrik auch schon die Tür. Sogleich kam ihnen ein elegant gekleideter Pförtner entgegengeeilt.

»Was kann ich… o, Herr Plötzbogen. Welch eine Freude, Euch wieder einmal hier begrüßen zu dürfen!«

Mit Erstaunen hörte Praian diese Begrüßung. Ganz unbekannt schien Alrik tatsächlich nicht zu sein, wenn dieser Pförtner dermaßen freundlich war.

Eine weitere Tür führte die beiden in einen gemütlichen, wenngleich etwas verräucherten Salon. Eine große Theke mit Getränken aus allen Ländern Aventuriens dominierte den Raum, daneben fielen einige bequem aussehende Sessel auf. Die Wände waren über und über behängt mit Waffen, Schilden, Landkarten und den Köpfen ausgestopfter Tiere.

Eine Gruppe schwer bewaffneter Menschen stand vor der Theke: ein wahrer Hüne von einem Mann mit schütterem, grauen Haar und einem gewaltigen Bauch, gehüllt in eine verbeulte Lederrüstung, auf den Rücken ein riesiges Schwert geschnallt; ein dunkelhäutiger, glatzköpfiger Mann mit wettergegerbtem Gesicht, etwas stutzerhaft gekleidet, aus dessen Gürtel die Knäufe mehrerer Dolche ragten. Das muss ein Moha sein, schoss es Praian durch den Kopf. Merkwürdig, in Vinsalt habe ich nie einen gesehen und hier in Kuslik begegnet mir am ersten Tag einer. Die dritte Person war eine gleichfalls hünenhafte Frau mit kurzen braunen Haaren in einem rostig wirkenden Kettenhemd, die ein Breitschwert am Gürtel trug.

Der Moha erblickte Alrik als Erster. Mit weit ausgebreiteten Armen stürmte er auf ihn zu. »Alrik, seit wann bist du denn wieder im Lande? Hattest du nicht nach der Geschichte mit diesem Cavalliero erklärt, du wolltest in Zukunft einen weiten Bogen um Kuslik machen?«

Auch die anderen beiden drehten sich nun zu Alrik um und begrüßten ihn erfreut.

»Das ist eine lange Geschichte, Keke. Ich erzähle sie nachher. Aber erklärt mir erst mal, wieso so wenige von euch hier sind. Wo ist unsere Spektabilität und was ist mit Krigsus?«

»Tja, die meisten von uns haben sich mittlerweile zur Ruhe gesetzt. Und was Bergon angeht… Hat es dir denn noch keiner erzählt? Ist jetzt schon eine ganze Weile her, da sind Bergon, Krigsus und ich mit so einem verfluchten Artefakt, das Rakorium irgendwo auf Maraskan aufgetrieben hatte, in die Vergangenheit direkt in Borbarads Festung geschleudert worden. Naja, Bergon hatte da so einen Brunnen entdeckt, der ein Tor zu allem möglichen Wissen darstellte. Du weißt ja, wie er bei so etwas war. Also ist er da runter und nie wieder zurückgekommen«, erklärte der riesenhafte Krieger mit lauter, rauer Stimme.

»Das heißt, er ist auch tot? Zuerst Yppolita, dann Waldemar, Rohezal und jetzt auch Bergon?«

»Ja, und erinnerst du dich noch an die kleine Hexe, die wir damals gerettet haben? Luzelin hieß sie, glaube ich. Die hat Golgari angeblich auch schon davongetragen. Wir werden immer weniger, Freund. Aber Bergon kann zumindest als einziger Mensch behaupten, er sei lange vor seiner eigenen Geburt gestorben.« Alriks Lachen wirkte auf Praian ein wenig gezwungen.

»Und Krigsus? Ist der auch…«

»Nein, keine Sorge, der hüpft Golgari immer wieder von den Schwingen. Vor einigen Tagen ist er nach Osten aufgebrochen, um gegen die Diener des Dämonenmeisters anzutreten. Wir wollen uns in einem Mond in Beilunk treffen, um uns dem Heer des Reichsbehüters anzuschließen. Aber glaubst du, einer dieser Schwächlinge hier würde mich begleiten? Angst haben sie beide, pah!«

»Du weißt genau, dass ich auf meine kleine Enkelin aufpassen muss, seit meine Schwiegertochter meinem Sohn in Borons Reich gefolgt ist!«, fuhr die Kriegerin, deren Stimme außergewöhnlich tief klang, jetzt auf.

»Ich wäre froh, wenn ich so einfach nach Osten ziehen könnte!«

Der Moha dagegen starrte abwesend in die Ferne und sagte mit leisem Lächeln: »Harad, jeder von uns muss seinen eigenen Weg zu Golgari suchen. Und dein Weg ist nicht der meine.«

»Ihr wollt zur Armee? In eurem Alter und mit eurer Statur? Was wollt ihr da, als Geschoss für die kaiserlichen Katapulte dienen? Oder als Barrikade, hinter der sich das Heer verschanzen kann?«, wagte Praian jetzt einzuwerfen.

»Wer ist der Zwerg? Dein Sohn?«, fragte der alte Krieger Alrik, ohne Praian einer Antwort zu würdigen.

»Travia bewahre, der ist mir zugelaufen und jetzt werde ich ihn nicht mehr los.« Grölendes Gelächter folgte diesem Kommentar Alriks.

»Hör zu, Zwerg: Harad ist der erfahrenste Kämpe von uns allen. Er hat schon gegen ganze Horden von Orks und Dämonen gekämpft, er war bei der Eroberung Maraskans dabei, er lag hinter den Mauern Greifenfurts, als die Orks kamen, er hat den Elefantendämon von Aranien, den Orkland-Lindwurm und den Yeti vom Raschtullswall besiegt. So ein kleiner Dämonenbeschwörer kann ihn nicht schrecken«, erläuterte die Kämpferin.

Die Worte wurden von einem kräftigen Schlag auf Praians Schultern begleitet und der Studiosus fragte sich, ob dies eine freundschaftliche Geste oder eine Kraftdemonstration sein sollte. Jedenfalls hätte jedes Gericht des Reiches diesen Schlag als ›körperliche Misshandlung‹ angesehen, dessen war er sich sicher.

»Seiner Figur und seiner Stimme nach hat er vor allem gegen das Feuer-Elementar von Prem, den Wein-Geist von Almada und den Gersten-Dämon von Ferdok gekämpft. Und er ist nicht nur der Erfahrenste, sondern vor allem der Älteste von euch«, sagte er leise, um nicht noch einen Schlag zu riskieren.

In den folgenden Stunden tauschte Alrik mit seinen Freunden – die er als ›Keke‹ den Moha (der allerdings im Alten Reich zur Welt gekommen war und als Einziger der drei noch nie den Dschungel gesehen hatte), Harad von Uhdenberg (der jedoch weder adelig war noch aus Uhdenberg stammte) und Praiociose Beratas (die aber ihrem Akzent nach zu schließen trotz ihres südländischen Namens eine Tochter tobrischer Schafhirten war) vorstellte – Anekdoten aus: Über die Reisen mit dem berühmten Kapitän Phileasson Foggwulf, über eine Schlacht gegen mehr als tausend Oger, über längst vergangene Verschwörungen am Garether Hof – damals war der Reichsbehüter noch ein Jüngling – und über das große Donnersturmrennen. Wiewohl Praian zunächst dazu neigte, seinen Unglauben mit leiser Ironie auszudrücken, so musste er sich doch insgeheim eingestehen, dass er diese Menschen beneidete um das, was sie alles erlebt hatten.

Als der Tag sich dem Abend zuneigte, beschloss man, zum Abschluss das ›Magische Theater‹ zu besuchen.

Praian war beeindruckt von den Illusionen von Dämonenüberfällen und Drachenangriffen, welche die dortigen Magier vorführten. Langsam stiegen wieder die alten Träume von großen Abenteuern und weiten Reisen in ihm auf.

Alrik und seine Freunde hingegen debattierten eifrig über die Fehler der Vorführung: »Seit wann hat ein Höhlendrache drei Köpfe? Und wieso konnte der Magier den Dämon mit so einem läppischen Schutzkreis aufhalten? Also, bei Bergon hat so etwas noch nie geklappt! Erinnert ihr euch noch daran, wie er einmal versuchte, einen Schutzkreis gegen Flöhe zu entwickeln, weil wir damals immer in so billigen Kaschemmen übernachten mussten?«

Dennoch applaudierten am Ende der Vorstellung alle lautstark. Plötzlich stieß jedoch Harad einen lauten Schmerzensschrei aus. Alrik reagierte als Erster: Mit fließenden Bewegungen sprang er auf, zog sein Schwert und sah sich hektisch im Raum um.

»Aaah, zum Namenlosen, mein Rücken. Ich kann nicht aufstehen. Ooohh, jetzt geht das schon wieder los. Im letzten Firun hatte ich den Spaß schon einmal. Damals hat es Wochen gedauert, bis ich wieder aufrecht stehen konnte«, stöhnte Harad.

Praian fiel ein, dass er so etwas schon ein oder zwei Mal bei alten Menschen erlebt hatte. ›Madas Reue‹ nannte es einer der Heiler im Siechenhaus, weil die Krankheit mit Vorliebe alte Menschen heimsuchte, die in ihren jüngeren Tagen häufig nachts unterwegs gewesen waren. Ein Heilmittel war ihm allerdings nicht bekannt. »Er wird sich hinlegen müssen und möglichst ruhig liegen bleiben«, erklärte er den anderen. »Die Reise nach Tobrien wird er jedenfalls verschieben müssen, reiten kann er in diesem Zustand keineswegs.«

Gemeinsam gelang es ihnen, Harad beim Aufstehen zu helfen. Schweigend, nur von gelegentlichem Stöhnen Harads unterbrochen, begleiteten sie ihn zu seinem Haus, einem Prunkbau in der Altstadt, und kümmerten sich darum, dass seine Diener ihn gut versorgten.

Als die Sonne schon lange untergegangen war, verabschiedete sich Alrik in immer noch gedrückter Stimmung von seinen Freunden und führte Praian zum Hafen. Dieser Hafen wirkte wesentlich größer und prunkvoller als der von Vinsalt. Das mochte daran liegen, dass Vinsalt nun einmal nur am Fluss und nicht am Meer lag, Praian nahm aber an, es liege eher am

Hang der Kusliker zur Prunksucht. Das Schiff, auf das Alrik zusteuerte, war eine schäbige kleine Karavelle, der Kapitän ein untersetzter, unrasierter Mann mit Halbglatze und listigen Äuglein. Eilig steckte er die Münzen ein, die Alrik ihm in die Hand gedrückt hatte, und schickte Alrik und Praian mit hektischem Winken in den Lagerraum. Nun, gemütlich schien diese Überfahrt jedenfalls nicht zu werden.

»Stimmen eigentlich die Geschichten, die du und deine Freunde erzählen, wirklich alle?«, wandte sich Praian an Alrik.

»Nun, im Grunde schon. Es ist nur so, dass nicht immer uns selbst die Geschichten passiert sind, die wir gerade erzählen. Aber jeder von uns hat so viele eigene Abenteuer erlebt, da ist es nicht schlimm, wenn man ein paar Abenteuer seiner Freunde darunter mischt.«

Vier Tage dauerte die Schifffahrt jetzt schon. Und seit dem ersten Tag war Praian grün im Gesicht – Speisen konnte er keine zu sich nehmen. Immerhin hatte ihnen der Kapitän erzählt, dass sie in kurzer Zeit in Drôl ankommen würden. Jetzt erst fiel Praian auf, dass er sich noch nie Gedanken darüber gemacht hatte, wie er Alrik dort helfen sollte. Immerhin musste auch in Drôl für eine Scheidung ein Kirchengericht zuständig sein (und dies wäre wohl kaum käuflich). Außerdem war die Hoffnung, dass die Göttin Travia ein solches Vergehen angesichts Alriks schwieriger Lage dulden würde, in Wahrheit sehr gering. Praian hoffte nur, dass ihm eine Lösung einfiele, bevor das Schiff anlegte, aber mit diesem ständigen Grollen im Magen konnte er sich kaum konzentrieren. Seine Seekrankheit schien immer schlimmer zu werden. Nur Alrik lag auf dem Boden zwischen Kisten mit Stoffen, Porzellan und Kräutern und schlief laut schnarchend den Schlaf der Gerechten.

Jetzt allerdings ruckte Alriks Kopf in die Höhe. »Was war das?«

»Das war eine Welle, genau wie die hunderte von Wellen heute und gestern und – ööörks«, bemühte sich Praian zu erwidern.

»Nein, das war viel stärker. Irgendetwas stimmt da nicht. Ich glaube, ich sollte einmal auf Deck nachschauen.«

Mit diesen Worten stieg Alrik die hölzerne Treppe hinauf und öffnete die Ladeklappe. Ein Schwall Wasser schwappte ihm entgegen. Der Himmel über dem Schiff bot einen prächtigen Anblick: dunkelgrün, mit lila-schwarzen Wolkenbergen, aus denen vereinzelt Blitze ins Meer zuckten. Dazu prasselte der Regen auf das Schiff. Praian sah durch die Luke, wie der Kapitän eifrig gestikulierte, verstand aber wegen des Lärms kein Wort. Eine gewaltige Welle peitschte plötzlich über das Deck; durch die geöffnete Luke schoss das Wasser auch in den Laderaum. Nur mit Mühe konnten Alrik und der Kapitän sich auf den Beinen halten. Wieder zuckte ein Blitz vom Himmel. Diesmal schlug er jedoch nicht ins Meer, sondern direkt in den Mast des Schiffes, der mit einem ächzenden Geräusch brennend umstürzte. Das Schiff begann jetzt langsam sich auf die Seite zu neigen.

»Praian, komm da raus! Schnell!« Praian sah Alriks Worte mehr, als dass er sie hörte. Er versuchte, die glitschige, nasse Treppe hinaufzusteigen, stürzte zu Boden, rappelte sich wieder auf, kletterte weiter und entkam… nur um von einer gewaltigen Welle von den Beinen gerissen zu werden. In letzter Sekunde gelang es ihm, sich an dem Stumpf des zerstörten Mastes festzuklammern. Schon schoss ein weiterer, turmhoher Wellenberg heran. Diesmal erzitterte die ganze Karavelle unter der Wucht des Aufpralls und ein vernehmliches Seufzen fuhr durch den Rumpf. Wütend schrie der Kapitän seine Befehle, im Brausen des Sturmes ging jedoch jedes Wort verloren. Die Mannschaft hätte aber ohnehin nicht verhindern können, dass der nächste Wellengigant die Seite des Schiffes wie ein Spielzeug zerdrückte. Laut splitterte das Holz und Praian vernahm plötzlich deutlich die Stimme des Kapitäns: »Liaella möge unsere Seelen behüten, wir sinken!«

Als die Karavelle sich endgültig zur Seite legte, brach der Rest des Mastes, an dem Praian sich noch immer festklammerte, vom Schiff. Nur mit äußerster Mühe brachte Praian die Kraft auf, nicht loszulassen. Alrik erging es weniger gut: Das Maststück, an dem Praian sich festhielt, schlug ihm gegen den Kopf und er stürzte zu Boden. Praian gelang es nur noch, ihn zu packen, bevor sie beide mitsamt Maststück von Deck gespült wurden.

Der Sturm trug sie in kürzester Zeit immer weiter weg vom Schiff, das hinter ihnen in die Tiefe gezogen wurde. Praian vermeinte, die Schreie der Matrosen zu hören. Dann war die Karavelle verschwunden und ihr vom Sturm hin und her geworfenes Maststück schien ganz allein auf dem riesigen Ozean zu treiben. Verzweifelt klammerte Praian sich am Mast fest, immer darauf bedacht, Alrik nicht loszulassen. Immer wieder wurden sie untergetaucht, schluckten Wasser, dann wurden sie wieder von einer Welle empor geschleudert, schienen fast zu fliegen. Einmal berührte etwas Glattes, Kaltes Praian an den Beinen und er fürchtete, jetzt werde ein Hai ihm sein Ende bereiten. Doch nichts weiter geschah. Nach einer Zeit, die Praian wie eine Ewigkeit erschien, ließ der Sturm nach. Und kaum hatten sich die Wolken verzogen, strahlte eine brennend heiße Sonne auf die Schiffbrüchigen nieder. Zum Namenlosen, wieso waren die Efferdnächte in Vinsalt so kalt, während er hier mitten auf dem Meer fast verbrannte? dachte Praian. Seine Augen schmerzten vom Salzwasser und er wusste nicht, ob Alrik noch lebte oder ob er einen Ertrunkenen im Arm hielt.

Doch da, vor ihm… da war Land! Mit letzter Kraft paddelte Praian los, ohne merklich näher zu kommen. Erst als er schon aufgeben wollte, wurde er plötzlich von einer großen Welle an den Sandstrand gespült. Neben ihm lag das Stück des Mastes, daneben Alrik – er hatte eine Platzwunde am Kopf und war auch sonst übel zugerichtet, aber er lebte.

Als die Sonne untergegangen war, fühlte Praian sich wieder kräftig genug, um aufzustehen. Auch Alrik war mittlerweile erwacht. Er hustete und spuckte Wasser, doch mit Praians Hilfe gelang es ihm, sich zu erheben und sich einigermaßen vorwärts zu schleppen.

Nachdem sie einige Zeit den Strand entlang gewandert waren, konnte Alrik sogar ohne Hilfe weitergehen. Gegen Morgengrauen erreichten die Beiden ein kleines Fischerdorf. Ein alter Mann beäugte sie misstrauisch, bevor er sie ansprach: »Efferd zum Gruße! Ihr seht aus, als wäret Ihr Golgari gerade noch einmal entwischt.«

»Das kann mal wohl sagen, guter Mann. Unser Schiff ist gesunken und es ist nur Efferds Gnade zu verdanken, dass wir noch am Leben sind.«

»Nun, dann solltet Ihr hoffen, dass auch Rondra Euch gnädig ist«, ertönte eine Stimme aus einer kleinen Hütte. »Ich denke allerdings eher, dass sie heute mit *mir* ist.«

Mit diesen Worten schritt ein sonnengebräunter, schlanker Mann mit einer langen Narbe quer über dem kahl rasierten Schädel und einem Schwert in der Hand aus der Hütte. Er trug einfache Leinenkleidung.

»Ich bin gekommen, um die Belohnung für Euren Tod zu verdienen. Ich wusste, wenn Ihr das Schiffsunglück überlebt, würdet Ihr früher oder später Richtung Drôl marschieren. Ihr seid zu berechenbar, alter Mann.«

»Aber wie konntet Ihr von dem Unglück wissen?«, rief Praian erschrocken aus.

»Kleiner, mein Schiff ist euch seit eurer Abreise aus Kuslik gefolgt... nur haben wir den Sturm etwas besser gemeistert. Nun, nachdem euer Schiff das Unwetter nicht überstanden hatte, war abzusehen, dass etwaige Überlebende an die Küste irgendwo zwischen diesem Dorf und Niteras, dem Dorf eine Tagesreise westlich, getrieben würden. Und da dieses Dorf hier Drôl am nächsten liegt, überredete ich den Kapitän, mich hier abzusetzen.«

Der alte Fischer war während dieser Rede verängstigt in einer der anderen Hütten verschwunden.

Obwohl Alrik sich kaum auf den Beinen halten konnte, zog auch er sein Schwert.

»Zeigt was Ihr könnt!«

Schneller, als Alrik in seinem geschwächten Zustand reagieren konnte, schlug der Gegner zu. Die Klinge schnitt in Alriks linken Arm. Müde versuchte Alrik einen Gegenangriff, den der Fremde mit Leichtigkeit abwehrte. Praian versuchte, sich in den Rücken des Feindes zu schleichen; dieser packte ihn jedoch mit einer lässigen Bewegung seines linken Armes und schleuderte ihn zu Boden. Alrik nutzte diesen kurzen Moment, um dem Fremden seinerseits eine Wunde am Oberschenkel zuzufügen.

»Unentschieden«, keuchte er. »Was sagt Ihr, sollten wir es ein andermal erneut versuchen?«

Der Angreifer grinste böse. »Heute fahrt Ihr zu Boron, Alrik Plötzbogen.«

Mit diesen Worten schwang er die Waffe herum, unter Alriks matter Parade hindurch, mitten in dessen Unterleib. Während Alrik auf die Knie sackte, drehte der Angreifer das Schwert in seinem Bauch herum. Mit einem Wutschrei sprang Praian auf und stürmte auf den Feind zu. Dieser bemühte sich, das Schwert aus Alriks Leib zu zerren, aber Alrik hielt die Klinge mit beiden Händen fest umklammert. Mit vor Schreck geweiteten Augen nahm der Angreifer wahr, wie Praian ihm die Klinge des erbeuteten Dolches mit aller Kraft zwischen die Rippen stieß. Dann brach auch er zusammen.

Weinend fiel Praian neben Alrik auf die Knie. »Alrik, wir sind fast da. Du musst durchhalten. Du darfst jetzt nicht sterben!«

»Ist schon gut, Kleiner. Irgendwann musste das passieren…

Hier… nimm mein Schwert… bewahr es auf… und sag Rondriane, dass es mir Leid tut«, flüsterte Alrik halberstickt und immer wieder unterbrochen von einem kurzen Aufhusten, mit dem er Blut auspuckte. Dann schwieg er endgültig.

Nach einer Woche kam Praian wieder in Vinsalt an. Im Hafen suchte er die *Flusskönigin* auf, um Rondriane Alriks letzte Nachricht zu überbringen und ihr Alriks Geldbeutel und das Schwert zu überreichen. Mit einem traurigen Seufzen sah Rondriane ihn an und sagte nur: »Ja, Kleiner, die Zeit von uns Alten ist eben abgelaufen. Und ich denke, die neuen Helden, das sind solche wie du. Nimm die Hälfte des Geldes und behalte das Schwert. Ich habe das Gefühl, du wirst es gebrauchen können.«

Damit verabschiedeten sie sich. Danach begab sich Praian nach Alt-Bosparan, wo er seinen früheren Nachbarn, den alten Gerion besuchte. Bis zum späten Nachmittag blieb er in dessen Stube und unterhielt sich mit ihm. Dann trat er wieder auf die Straße. An seinem Gürtel baumelte nun eine alte, verbeulte Schwertscheide, aus welcher der Griff eines ebenso alten Langschwertes ragte.

Draußen stand die kleine Neetya wieder einmal vor dem Ponyverschlag.

»Wo warst du so lange, Praian? Mama sagt, du wärst seit zwei Wochen nicht mehr in der Schule gewesen, du wärst ein heimlicher Phexensjünger und Avesanbeter und der Herr Praios würde dich bestrafen.«

Lächelnd öffnete Praian den Verschlag, nahm den alten Sattel vom Haken an der hinteren Wand und begann, das Pony zu satteln.

»Was machst du da, Praian? Du kannst doch nicht einfach auf dem Zauberpferd von Herrn Gerion reiten!«, krächzte Neetya hinter ihm.

»Es ist jetzt mein Zauberpferd. Ich habe es ihm abgekauft. Hier hast du eine Münze. Vielleicht kannst du dir irgendwann auch dein eigenes Pferd kaufen.«

»Aber wo willst du denn hinreiten, Praian?«

»In die Welt hinein. Durch ganz Aventurien. Und ich heiße nicht Praian, sondern Alrik.«

GUN-BRITT TÖDTER

NACHT UND NEBEL

Dunkelheit. Silberne Lichter, sich drehend, flirrend in gestaltloser Schwärze. Ein Rauschen wie von gleichmäßig schlagenden Flügeln, pochend, schmerzend das eigene Herz, aufbegehrend gegen die Schwäche und die Kälte, die mit harter Hand nach dem Leben greift.

Ein Laut quält sich aus der brennenden Brust, weicht über nach Rost schmeckende Lippen hinaus in die eisige, nach Unrat und Abfall stinkende Luft. Ein Stöhnen, einem Fluch gleich und auch einem Stoßgebet, den Schmerz zu beenden und all das hier nicht wahr sein zu lassen. *Der Tod schmerzt nicht, sondern das Sterben...* Der Tod führt die Seele zu den Göttern, aber das Sterben reißt sie aus dem Lebendigen. Worte, die keine Bedeutung haben, bis man sie am eigenen, zerbrechenden Leib erfährt. Du weißt, dass du stirbst. Jeder Tropfen Blut, der aus deinem Körper rinnt, ist der Verlust eines Quäntchen Lebens. Jeder Atemzug ist ein Schritt der Trennung entgegen. Jeder Herzschlag lässt dich schwächer werden. Wappne dich! Golgaris Flug gilt dir. In dieser Nacht, unter diesem Madamal, dessen silbernes Licht über der Stadt liegt.

Irgendetwas in mir ist zerbrochen. Ein Gedanke, der durch den grausamen Schmerz in ihrem Rücken die Schärfe einer unbarmherzigen Wahrheit gewinnt. *Ich bin gestürzt. Bei Phex! Der Sims war eine Illusion. Ist je etwas in dieser verfluchten Stadt noch, was es zu sein scheint?!*

Bei ihrem Versuch, sich aufzurichten, wird der Schmerz zu einem betäubenden Sturm. Tränen der Wut und ein Laut der Verzweiflung, als ihre Arme sich weigern, ihren leichten, schlanken Körper zu stützen. Unter ihren Fingern spürt sie nassen, warmen, schmierigen Lehm. Sie weiß, dass ihr eigenes Blut und nicht Jauche oder der Regen des vergangenen Tages den Boden unter ihr sättigt. Es berührt sie nicht so sehr wie der Gedanke an das Kleinod. Wie gewonnen... *Nein, das darf nicht sein! Phex, lass das nicht zu! Hilf... Phex, das war so nicht abgemacht!*

Schwere, düstere Wolken ziehen vor das Madamal und das Gespinst der Dunkelheit wird dichter. Der silberne Glanz, der auf irrsinnig dem Nachthimmel entgegenstrebenden Türmen, auf grotesk gestuften Dächern und auf hohen, von steinernen Figuren bevölkerten Brüstungen wie frühzeitiger Reif und in trüben Fenstern wie heller Nebel lag, weicht dumpfem Schwarz und düsterem Grau. Kaum einmal leuchtet das rotgelbe Licht einer getragenen Fackel über die grauen Wände des Irrgartens aus übereinander getürmten Behausungen. Aber die Blicke der Wiedergänger jener Stadt durchdringen die Dunkelheit mit dem Geschick nächtlicher Wesen, mit dem Gespür der aus finsterem Chaos Entstandenen und der kalten Gleichgültigkeit der aus lichtlosen Grüften Erhobenen. Hier, auf den Straßen, in den Gassen und Höfen, ist kein Platz für Licht und Leben.

Das Kleinod: eine Figur aus unscheinbarem Kupfer, lange nicht mehr poliert, von Grünspan überzogen. Ein Fuchs, scheinbar schlafend mit geschlossenen Augen, doch mit gespitzten Ohren, die buschige Rute eng um den liegenden, angespannten Körper gewunden. Die Statuette ist ein Meisterwerk von kaum drei Finger Höhe. Sie gefiel Phex, als eines seiner Füchslein sie mit einem um seine Gunst feilschenden Gebet zu ihm trug, und der Gott erfüllte das Kleinod mit einem Teil seiner Kraft.

Die Diebin: eine junge Frau, in dieser Nacht in Gott wohlgefälliges Grau gehüllt, die blonden Haare mit Ruß der hellen Farbe beraubt und das Gesicht mit Asche bestäubt. Gewandt und mutig, listig und mit einem Lächeln in den Augen ging sie einher unter den Menschen ihrer Stadt und pflegte das Handwerk ihres Gottes zu seinem Vorteil. Auch als diejenigen kamen, die die Stadt dem göttlichen Willen entzogen. Doch ihr Rückgrat ist gebrochen. Die Statuette ist in ihrer Hand. Das Wissen um ihre Niederlage wächst in ihrem Herzen.

Der Verfolger: ein Schatten, der kein Licht braucht, um Schatten zu sein. Selbstnutzige Gier treibt ihn, nicht das Ringen um die Schätze der Welt für den Listigen unter den Göttern. Nicht den Himmel zu schmücken ist sein Ziel, sondern das Dererund zu beherrschen und zu zerstören. Sein Schritt und Griff sind ebenso sicher, sein Sprung gleichermaßen weit und sein Wirken lautlos wie ihres, aber ihrer Geschmeidigkeit bei phexischer Tat setzt er die unbegreifliche Hässlichkeit dämonischen Wirkens entgegen. Sie sind einander ebenbürtig. Doch in dieser Nacht weiß er um seinen Sieg. Er weiß, dass das Geraubte nicht weit ist. Er wittert ihr Blut.

Er ist nah. Er ist wie der Gestank, der lautlos über die Dächer streift, um den Menschen den Atem zu nehmen. Die mondlose Finsternis hüllt ihn ebenso ein wie seine Beute.

Phex, Herr, einen letzten Handel! – Aber um was will ich feilschen?! Verzweiflung droht, ihren Verstand zu ersticken. Ihre Atemzüge sind schmerzvoll hörbar, zu laut, um ihn nicht zu ihr zu führen. Der kleine Fuchs in ihrer Hand ist schwer und sticht sie mit den Spitzen seiner Rute, seiner Ohren und der winzigen Schnauze.

Mein Leben für die Sicherheit deines Kleinods!

Nebel legt sich um ihre Sinne. Ein Traum an der Schwelle des Todes?

Ein Rabe krächzt. Der schwarz gefiederte, riesige Vogel hockt im leeren Fensterloch eines zerfallenen Gemäuers. Obwohl alles in Nacht und Nebel gehüllt ist, scheint hinter ihm ein grauer Mond. Sie erkennt das Haus, einst tief verborgen in den Gassen ihrer Stadt. Niedergebrannt und wieder aufgebaut, zerstört und geduldig wieder hergestellt. Das Haus, in dem eine Frau sie empfing und gebar, in dem sie in die Arme des Mannes gelegt wurde, der sie gezeugt hatte, in dem sie von Vater und Mutter geliebt und erzogen wurde. Risse ziehen sich durch das Gemäuer, auf seinem Boden verstreut liegen die Ziegel des Daches, auf Stühlen, Tischen, Schränken und Betten sammeln sich Staub und Unrat, modernde Flechten und längst verlassene Netze unzähliger Spinnen. Die funkelnden Augen des Raben mustern sie und folgen ihr, während ihr Schritt die Stille des Ortes stört. Jedes Geräusch ist hell, klirrend, als zerspränge Glas unter ihren Schuhen. Wispernde Stimmen der Vergangenheit erwachen unter ihren Sohlen. Das Gemach ist nunmehr eine Grube im Boden, gefüllt mit Steinen und rußgeschwärzten Balken. Das zerbrochene Schreibpult eingefallen, Pergamente und vergilbtes Papier wie trockenes Herbstlaub zerstreut. Sie sucht. Sie findet die Schätze geraubt. Nur der kleine Fuchs kommt unter Scherben und Schmutz zum Vorschein. Er sieht sie aus winzigen Augen an, aus zwei Türkisen, meisterhaft geschliffen und gleichsam lebend.

»Du bietest mir dein Leben? Was ist es nun, da du ohnehin stirbst, wert?« Die Worte sind leise, wie ein Flüstern. Spottet er ihrer?

»Tue ich das?«

Ihre Finger streichen über die kleine Figur. Ihre Augen brennen vor ungeweinten Tränen und ihre zitternden Finger suchen Trost, aber zu kantig ist das Kleinod, zu kalt das Metall.

»Spotte ich deiner? Gib mir eine Antwort auf meine Frage!«

Noch bin ich nicht tot!

»Gibt es für dich einen Ausweg? Sag, siehst du einen?«

Sie schüttelt stumm den Kopf.

»So ist dein Leben nichts, womit du handeln könntest.«

Was kann ich Dir sonst geben?

Was forderst Du?

»Deine Seele, bereitwillig, deinen Dienst in meiner Schar, nicht weniger. Dann magst du das Schicksal des Kleinodes bestimmen.«

Der Rabe krächzt. Sie blickt zu dem Vogel, dem Boten Borons, dem Sinnbild des nahen Todes, dem Wächter über alle Träume, die sie jemals geträumt hat. Der Bote erwidert ihren Blick, mustert sie, starrt sie an. Die Augen Alverans, beinahe gleich denen eines Menschen und doch so anders, zwischen schwarzem Gefieder.

Wieder sieht sie auf den Fuchs, der in ihrer Hand liegt, schwer und kalt, ohne sich zu regen. Ist es ein Traum? *Phex, dem Göttlichen Dieb, gehört meine Seele. Um das Leben zu feilschen, kann angehen, aber nicht um die Seele eines seiner Schatten! Wer bist du?!*

»Der Einzige, der hier die Macht hat, das Ding zu retten, an dem dir so gelegen ist!«

Sie erkennt: *Der, der gegen ihn spielt!*

»Und das Spiel gewinnen wird. Du kannst ihm eine Spielfigur bewahren, wenn du bereit bist, den Preis dafür zu zahlen!«

Es gibt andere, die an meine Stelle treten werden, um zu stehlen, was Ihm gehört!

»Eure größte Schwäche ist es, allein gegen mich anzutreten. Ihr werdet verlieren. Einer nach dem anderen. Eine Seele um die andere wird in mein Reich eingehen.«

Unsere Stärke ist es, im Schatten zu warten, unerkannt, unverraten, und den Verdammten zu nehmen, was ihnen nicht gehört! Es ist das Zeitalter der Menschen und nicht das der Dämonen!

»Ein Zeitalter folgt auf das andere. Ihr werdet vergehen wie alle anderen Völker vor euch. Nur die, die du Dämonen nennst, sind immer da gewesen. Sie sind, im Gegensatz zu euch, unsterblich. Du kannst Teil dieser Unsterblichkeit werden.«

Vergiss es! Ich feilsche nicht mit dir!

»Oh, junger, menschlicher Starrsinn. Und welche Verirrtheit! Verstößt du damit nicht gegen ein Gebot deines… Herrn?«

Nichts verstehst du! Verschwinde! Und verstecke dich vor Phex, wenn du es vermagst!

»Gut. So bestimme ich den Handel und nehme mir beides: das Kleinod *und* deine Seele.«

Der Flügelschlag des Raben verdunkelt das Licht des Madamals.

Finger wie die langen Glieder einer Spinne huschen über ihr Gesicht, kratzen mit scharfen Nägeln über ihre Haut und reißen sie in die Finsternis der Gasse zurück. Eine widerlich liebkosende Berührung, bevor die Klaue in ihr Haar greift und ihren Kopf unsanft aus dem Schmutz zieht. Der Schmerz ist eine Woge aus stechenden Flammen, irgendwo in ihrem

Rücken geboren, schrecklich, doch nicht heftig genug, um sie zurück in die Bewusstlosigkeit sinken zu lassen.

»Wo ist es?« Zischende Worte, nah an ihrem Ohr, und der unbarmherzige Griff fordern eine Antwort. Heißer, fauliger Atem streicht über die rußgeschwärzte Haut ihrer Wange und ihres Halses.

Die Statuette ist aus ihrer Hand verschwunden.

»Fort«, lautet ihre Antwort.

Noch ist sie nicht besiegt. Aber wo ist der Fuchs? Wer hat das Kleinod geraubt? Oder liegt es irgendwo zwischen Unrat und Abfall, in den Lehm getreten, verborgen vor seinem Blick?

»Wohin?« Die Frage klingt eindringlich.

»Ich weiß es nicht«, flüstert sie kaum hörbar. Ihr Blick jedoch ist seltsam klar. Der Schmerz, den er ihr zufügen möchte, als er ihren Kopf ruckartig näher zu sich zieht, dringt kaum mehr in ihr Bewusstsein. Jeder in dieser Stadt kennt und erkennt den Tod. Er ist nur noch eine Spanne entfernt und sein Spiegelbild zeigt sich in ihren Augen. »Das Spiel ist vorbei«, flüstern ihre lächelnden Lippen. »Und du hast es verloren.«

»Das Spiel ist erst vorbei, wenn deine Seele in der Mühle geschrotet wird«, widerspricht er ihr kalt. »Und dafür werde ich sorgen, Liebste! Du schuldest mir ein Leben.«

Ihre Worte sind leise, aber frei von Schmerz: »Du bist der Schuldner. Bei Phex, du.«

Der Tod ist heran und das Licht in ihren Augen erlischt.

Der Flügelschlag des Raben lässt ihr langes Haar wie Spinnweben wehen.

»Kein Verweilen! Kein Zögern, Phexenskind! Der Gierige Feilscher neidet dir deine Freiheit!«

»Golgari, sag mir, wo ist der Fuchs?«

»Dir bleibt keine Zeit, Seele, für eitle Fragen! Eile und fliehe! Fliege mit mir und du wirst Antwort erhalten!«

Und obschon sie keinen Körper mehr besitzt, der hätte frieren können, friert sie. Der Feind ist nah, viel zu nah. Sie wendet den Blick, sieht durch die Nacht und entdeckt den Fuchs. Das Kind hält ihn in seinen Händen geborgen und sich selbst in den Eingang einer Ruine geschmiegt. Seine Augen sind weit offen und blicken zu dem Mann, der seine Suche abbricht und sich den Leichnam über die Schulter wirft. Wenn er die Gasse verlässt, wird sein Schritt ihn an dem Kind vorbeiführen. Und sie kennt sein Gespür. Weder die dunklen Lumpen noch der angehaltene Atem werden das Kind vor ihm verbergen, denn sein schlagendes Herz wird es verraten.

»Lass mich das Kind schützen! Nur für den einen Augenblick lass mich verweilen!«

»Unvernunft und Phexens Fluch! Die Sorge der Lebenden ist nicht mehr dein. Ein letztes Mal: Komm, Seele!«

Ihr Zögern währt den Augenblick, den Golgari ihr lässt, und einen Herzschlag des Kindes. Dann verklingt das Rauschen seiner Flügel und die Kälte um sie nimmt grauenhafte Gestalt an. Nun gibt es keinen Ort, an dem sie sich verstecken könnte.

Da erklingt ein lautloses Raunen in ihren Gedanken, ein Flüstern, das ihr vertraut ist, tausendfach gefühlt in seinem Tempel und in ihren göttergegebenen Träumen hundertfach gehört: *Schließe die Augen, mein Kind! Ich bin hier, um meine Schuld zu begleichen.*

Wärme und Geborgenheit bietet ihr Phexens Mantel, der sich um ihre Seele legt, dicht und verbergend und dennoch weit genug, um auch das Kind und das Kleinod an seinem Schutz teilhaben zu lassen.

Unter ihnen liegt die Welt. Der Fuchs an ihrer Seite lächelt. Die Augen Alverans, beinahe gleich denen eines Menschen und doch so anders, erwidern ihren Blick und beantworten ihre Frage.

Der kleine Fuchs aus glänzend poliertem Kupfer hält die Augen geschlossen. Doch er ist hellwach.

MARKUS HATTENKOFER

DIE BRIEFE
DES NOVARIZIO
FURBONE YA
TRAMONTÁ

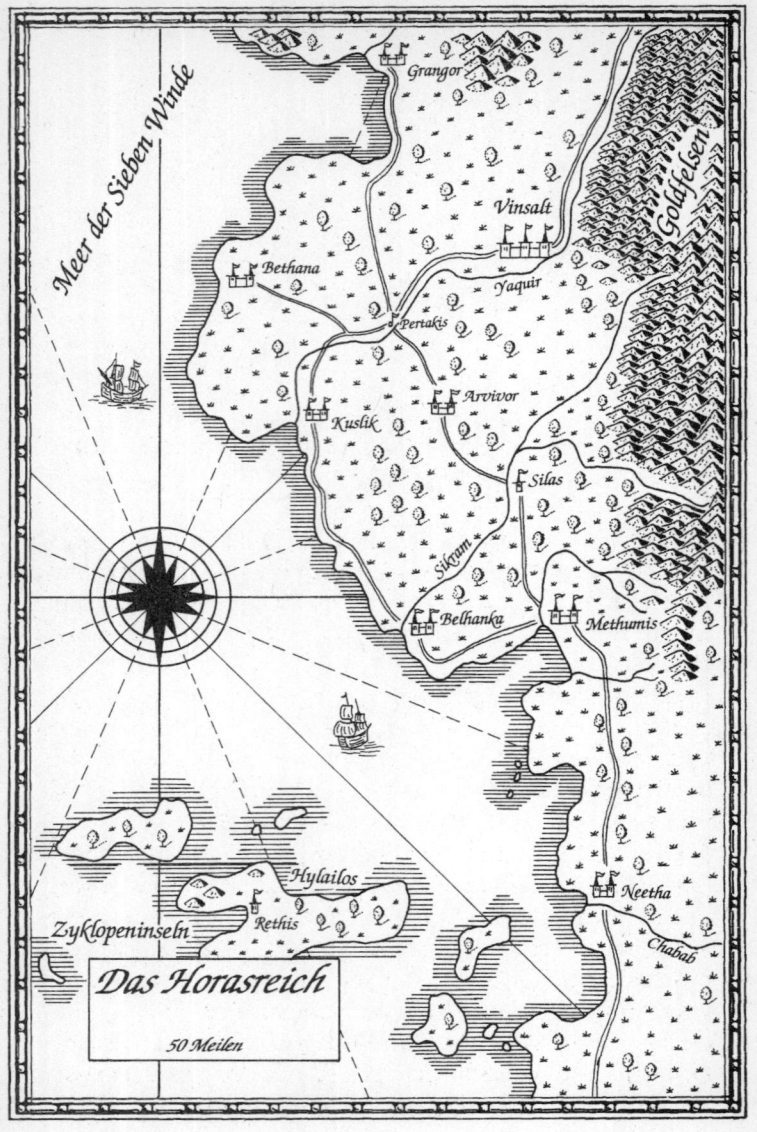

Meer der Sieben Winde

Goldfelsen

Grangor

Vinsalt

Bethana

Yaquir

Pertakis

Arvivor

Kuslik

Silas

Sikram

Belhanka

Methumis

Hylailos

Neetha

Zyklopeninseln

Rethis

Chabab

Das Horasreich

50 Meilen

Esquirio Novarizio Furbone ya Tramontá
z. Zt. *Gut Tramontano*
Stadtmark Neetha

An
Ihre Hochwohlgeboren
Comtessa Alisa di Fabrizi
Haus Horastreu
Merinada
Universitätsstadt Methumis

12. Ingerimm 2510 Horas

Hochwohlgeborene Comtessa,
hochaufrichtig bewunderte Domna Alisa!

Nach den Unbilden der letzten Tage finde ich endlich Zeit, Euch diese Zeilen zu schreiben. Wie Ihr dem Kopfe dieses Schreibens entnehmt, verfüge ich nun über mein eigenes Bütten mit dem mir zustehenden Titel.

Die Beerdigung meines Vaters, Dom Pauro ya Tramontá, war ein wenig ergreifender, nüchterner Akt und ich verstehe nicht, wie meine Mutter darüber so in Tränen zerfließen konnte – vermutlich wusste sie schon, was er uns hinterlassen würde.

Die Eröffnung des Testamentes, die mir als einzigem Nachkommen oblag, bestätigte dann auch alle meine Befürchtungen: Das kleine Landgut, auf dem mein Vater seine letzten Tage im seligen Weinrausch verbracht hatte, gehörte wohl seit ein paar Jahren einem jener emporgekommenen Handelsherren aus Neetha, einem unerfreulichen Großbürger namens Alcuino Grandoro. Jener hatte im Vertrag offenbar meinem Vater das Wohnrecht bis an dessen Lebensende eingeräumt und verbarg nur mühsam seine Freude über das vorzeitige Ableben des Verkäufers. Auch wollte er nicht in Erwägung ziehen, meine Mutter für ein monatliches Entgelt weiter dort wohnen zu lassen, und so beschloss sie, dem Orden der barmherzigen Badilakaner beizutreten – ein etwas kurioser Beschluss, wie ich finde, stand sie doch stets der lüsternen Rahja und dem berechnenden Phex näher als der mütterlichen Travia.

Das verbliebene Vermögen reicht gerade hin, um für mich und meine Mutter ein kleines monatliches Einkommen zu sichern – keineswegs genug, um einen auch nur annähernd standesgemäßen Lebensstil zu pflegen.

Ich hatte sehr gehofft, dass mir die Erbschaft genug Vermögen einbringen würde, um an Eurer Seite meine Studien bei Professor Rudgero Uomo di Fenna fortsetzen zu können – wie Ihr wisst, hatte er mir eine Assistentenstelle zugesagt, wenn ich bei ihm meinen Dottore machen wollte – doch wie die Dinge stehen, ist das wohl im Moment nicht möglich. Freilich, Ihr werdet einwenden, mein monatlicher Horasdor sei für einen Studenten ausreichend, aber Ihr kennt meine Liebe zum Spiel und zu den Frauen, zwei Laster, die uns ja stets sehr verbanden, verehrte Comtessa, und es wäre mir unerträglich, in eines jener Wohnheime zu ziehen, in denen die Studenten von bürgerlichem Stande wohnen – müsste ich doch stets an unsere Zeit im Haus Horastreu zurückdenken. Denkt an all die Bürgerlichen in der Thegunia-Chababia, die meinen, eine schlagende Studentenverbindung sei das Trittbrett zum Aufstieg in die Welt des Adels. Denkt an Jaltek Ostri, jenen Emporkömmling, der mein Novizenmeister war – welch diebische Freude er daran hatte, den Sohn eines Esquirio unter sich zu haben und ihn schikanieren zu können. Allein die Tatsache, dass ich ihn nun als Gerontokrato zum Duell fordern dürfte, wäre es beinahe wert, wieder nach Methumis zurück- zukehren.

Dennoch steht mein Entschluss nun fest, dass momentan ein weiteres Studium außerhalb meiner Möglichkeiten liegt. Mein Ziel ist es, mich ein wenig an den Adelshöfen umzutun und mir durch die eine oder andere Gefälligkeit einen wohlhabenden Gönner zu verschaffen (solange es nur kein bürgerlicher ist), sodass ich meine finanzielle Lage ein wenig aufbessern kann. Außerdem bietet mir das Gelegenheit, landauf landab ein wenig in den Bibliotheken der Adelshöfe und Hesindetempel zu schmökern – vielleicht gibt es ja doch irgendwo noch ein sinnreiches Buch zur Lautung in den alten Echsensprachen – denn wenn ich zu Professor Rudgero zurückkomme, so will ich ihm ein Thema für meine Examinatio zum Dottore vorlegen können, das ihn staunen machen soll. Eine Schande, dass die Linguistik ein so sträflich vernachlässigter Zweig der Geschichtswissenschaft ist.

Sollte es so weit sein, will ich als ein Mann bei Euch vorsprechen, dessen Lebensstils und dessen akademischer Erfolge Ihr Euch nicht zu schämen braucht – und das sei gelobt: Nicht eher will ich mich Euch wieder nahen, und sollte es mein Herz zerreißen, als bis ich dies von mir sagen kann. Durch diese Bedingung, die ich mir selbst um Euretwillen auferlege, hoffe ich, mich vor den Göttern als würdig zu erweisen, sodass ich vielleicht eines Tages den entsprechenden Stand erreichen kann, um als ein Gleichrangiger um Euch zu freien. Mögt Ihr mir dann immer noch so geneigt sein, wie Ihr es in unseren gemeinsamen Studententagen wart.

Unterdessen hoffe ich, dass Ihr mich auch bis dahin der Korrespondenz für würdig erachten werdet. Sowie ich weiß, wo ich für Boten zu finden sein werde, schicke ich Euch umgehend Nachricht und bin bis dahin Euer hingebungsvoller Bewunderer, getreuer Liebhaber, aufrichtiger Freund und untertänigster Diener

Novarizio ya Tramontá

Esquirio Novarizio Furbone ya Tramontá
z. Zt. Rethis
Hylailos

An
Ihre Hochwohlgeboren
Comtessa Alisa di Fabrizi

5. Rahja 2510 Horas

Hochwohlgeborene Comtessa,
inständig vermisste Domna Alisa!

Wie sehr ich unsere genussreichen Stunden in Methumis vermisse und mich nach Euren wilden Küssen zurücksehne! Ich erahne den Grad Eures Erstaunens, dass Ihr diese Nachricht von mir aus Rethis erhaltet, doch ich will Euch berichten, wie mein Glück mich hierher verschlagen hat.

Mein Weg führte mich zunächst auf einer nicht unbequemen Karavelle nach Kuslik, wo ich hoffte, nicht nur genug Edelleute von Einfluss und schlechten Sitten anzutreffen, um unter ihnen meinen Aufstieg machen zu können, sondern wo ich mir auch in der Bibliothek des Hesindetempels Funde versprach, die meine Studien vorantreiben könnten.

Ihr müsstet diese Bibliothek sehen, meine innig Begehrte! Ich weiß, dass Euch Eure Studien weit weniger ausfüllen als die Ungebundenheit des studentischen Lebens fern der väterlichen Strenge, und wie Ihr wisst, habt Ihr auch mich in weiten Teilen zu Eurer libertinen

Lebensphilosophie bekehrt, doch hier schlug mein Herz in aufgeregtem Erstaunen und auch Ihr würdet Euch des Schauders ob des hier zusammengetragenen Wissens nicht zu entziehen vermögen. Doch ebenso groß war auch meine Verwirrung. Wie etwas finden – zumal etwas so Seltenes wie Dokumente auf Altechsisch?

Der Bibliothecario, Fra Napoleno, machte mich schließlich auf ein Dilemma aufmerksam, das mich letzten Endes hierher nach Rethis verschlug: Sämtliches altechsisches Schrifttum hier ist magischer Natur (mein Einwand, dass man in den alten Echsenkulturen zwischen Götterdienst und magischer Praktik wohl unterscheiden müsse, fruchtete nichts). Da außerdem der Großteil der Schriften unübersetzt, ja ich vermute, seit Jahrtausenden ungelesen ist, nimmt man zunächst unbesehen eine hohe Brisanz des Inhaltes an, sodass unbekannte Studiosi nicht an diese Schriften herangelassen werden. Weder der Einwand, dass mich der Inhalt der Schriften ja herzlich wenig interessiere, vielmehr der Sprachstand für mich von Bedeutung sei, noch mein Pochen darauf, dass meine edle Abstammung doch für einen einwandfreien Leumund bürge, verbesserten meine Position.

Zuletzt gewährte mir die Mentorin Oleonora de Camasier eine Unterredung. Dem verknöcherten, verstaubten Frauenzimmer mit Hilfe der geeigneten Komplimente und Verstellungen auf das Einfachste ein durchwegs positives Bild von mir vermittelnd, brachte ich sie dazu, mir eine Chance zu geben. Diese Chance freilich bestand darin, dass ich eine Expedition des Tempels nach Hylailos begleiten muss, um meine Nützlichkeit, Hingabe an den Geist der Göttin Hesinde und zuvorderst meine unerschütterliche Tugendhaftigkeit zu beweisen. Fragt bitte nicht nach dem Zweck dieser Fahrt, ich würde nicht wagen, Euch davon zu schreiben – nicht weil die Sache geheim wäre (Ihr wisst, das würde mich nicht abzuhalten vermögen), sondern weil ich Euch die Fadheit und Profanität der Angelegenheit ersparen will.

Zu meinem weiteren Verdruss liegt die Leitung der Excursio bei einer Scholarin, einem jungen, zwar nicht gänzlich reizlosen, aber doch kaum inspirierenden Ding, das, wenngleich es wohl kurz vor der Weihe steht, so wenig vom Leben ermisst, als hätte es den Tempel noch nie von außen gesehen. Mich nun diesem Persönchen anbiedern zu sollen, ist wohl eine der schmählichsten Demütigungen, die mir bislang widerfahren sind. Allein, von ihrem Bericht bin ich in meiner Angelegenheit abhängig und ich wäre nicht der, den Ihr kennt, sollten mich Stolz oder die Notwendigkeit, mich zu verstellen, von etwas abhalten, was ich erreichen will.

Bald stachen wir also in See. Ihr vermögt nicht, Euch den Widerwillen auszudenken, mit dem ich daranging, der Scholarin, Vartlind Keromin mit Namen, meine pure, hesindianische Gesinnung und meine Philosophie der Abstinenz und Tugend zu vermitteln. Besonders erschwert wurde mir die Fassung durch den beachtlichen Werwolf, den ich mir am Abend vor unserem Auslaufen mit den Hafenhuren Kusliks angetrunken hatte (schließlich hatte ich eine lange Zeit der Dürre vor mir), und durch das unnachgiebige Brennen, das Praios' Auge auf meiner Stirne und in meiner trockenen Kehle entfachte. Allerdings bedurfte die Kleine auch kaum großer Anstrengungen, da sie in ihrer Naivität mehr als geneigt ist, bei ihren Mitmenschen gleiche Prinzipien zu vermuten, wie sie selbst sie als Ballast ihres Noviziats mit sich herumträgt.

Heute trafen wir in Rethis ein und meine Haut gleicht bereits der eines Waldmenschen. Ich danke Rahja, dass Ihr, meine Bewunderte, mich so nicht sehen könnt. Ich schreibe diese Zeilen in einem mehr als unangemessenen Zimmer einer örtlichen Taverna, das ich mir zudem mit einem Magus, der unseren Ausflug begleitet, teilen muss. Auf der Gasse vor dem Haus sind Tische aufgebaut, Spielleute zupfen ihre Instrumente zu den zunächst schleppenden, dann schneller werdenden Tänzen der wohlgestalten Zyklopäer, das Leben pulst auf den nächtlichen Straßen, Grillen zirpen in den Korkeichen und der Duft von gebratenem Hammel steigt herauf an mein Fenster. Ich allerdings werde all diese Dinge, die durchaus einen angenehmen Abend zu verheißen vermögen, unbeachtet liegen lassen und mich um das prüde Mädchen mühen müssen. Sogar auf den hervorragenden Wein und das Tanzen muss ich wohl verzichten. O Hesinde, diese Fahrt ist wahrlich eine Prüfung!

Mit sehnendem Gedanken an die Ausschweifungen, zu denen es uns – Euch, schmachtend begehrte Domna Alisa, und mich – in solchen Nächten zu treiben pflegte, bin ich Euer getreuester

Novarizio ya Tramontá

Esquirio Novarizio Furbone ya Tramontá
z. Zt. zur See
zwischen Hylailos und Kuslik

An
Ihre Hochwohlgeboren
Comtessa Alisa di Fabrizi

10. Rahja 2510 Horas

Hochwohlgeborene Comtessa,
meine Einzige, Domna Alisa!

Ein dreifach Rahja-Hoch auf den zyklopäischen Wein! Über mein wagemutigstes Hoffen hinaus hat

Rahja mir Gunst gewährt. Freilich hätte ich wissen müssen, dass Vartlind nach den Jahren der strengen Führung in der Kusliker Tempelschule insgeheim brennen musste auf die Schätze dieser Welt. Nur wenig Zuredens bedurfte es, ihr begreiflich zu machen, dass mit lauterer Büchergelehrtheit noch nichts gewonnen ist, dass der Mensch ach so vieles selbst erfahren muss, bevor er je daran denken kann, Weisheit zu erlangen. So kam es, dass sie vorgestern ihren ersten Becher Wein trank!

Ihr mögt lachen, meine Kundigste aller Genüsse, dass ich dies als Erfolg verbuche, dass ich es überhaupt der Erwähnung wert finde, doch lest, wie perfide ich verstand, mir dies zum Vorteil zu wenden, und Ihr werdet, so hoffe ich, von der Geschichte unterhalten sein.

Nachdem sie diesen Becher langsam und mit Argwohn geleert, stellte alsbald eine scheu-entkrampfte Hochstimmung sich bei ihr ein, die sie gar dazu brachte, mit den Hirten und Bauern ein Tänzchen zu wagen. Bevor sie sich zuletzt zurückzog, mischte ich ihr eines unserer bewährten Geheimmittelchen in den Schlummertrunk, sodass sie anderenmorgens tatsächlich ohne jenes lästige Pochen in den Schläfen erwachte, das schon so manchem ersten Rausch gefolgt ist.

Trunkenheit ohne Reue schürt freilich die Begierde nach mehr und anderenabends trank sie bereits ohne große Vorsicht deutlich mehr. Dieses Mal riet ich ihr zum schweren Rotwein. Schon ein paarmal hatte ich bis dahin vermutet, dass auch der Umgang mit einem Mann zu den Dingen gehört, von denen sie, wenn überhaupt, nur eine theoretische Anschauung hat – zu auffällig wandte sie sich ab, wenn sich einer der jungen Hirten am Brunnen wusch, zu verwirrt reagierte sie auf alle Gebärden der Vertrautheit durch mich, die ich daraufhin auch wohldosiert immer wieder zum Einsatz brachte. Schon am Ende des Abends war es also so weit, dass ich sie auf dem Weg in ihre Kammer stützen musste und sie alsbald ohne viel Zutuns in meinen Armen wiederfand.

Es ist erstaunlich, welche Bedeutung manche Symbole für Menschen bekommen können. So hätte etwa Vartlind nie gewagt, in der Öffentlichkeit ihr strenges Kopftuch, das Teil ihrer Tracht ist, zu lüften und ihr Haar zur Schau zu stellen, und auch auf dem Bette liegend und unter meinen Küssen keuchend zierte sie sich lange, das Tuch fallen zu lassen. Als dies aber geschehen war und ihr blondes Haar sich auf dem Lager ringelte, da war es, als hätte sie damit auch ihre letzte Wehr aufgegeben, und wohin immer ich auch mit meiner forschen Hand und meiner frechen Zunge vordringen wollte, fand ich keinen Widerstand mehr.

Es wird Euch, meine Gefährtin vieler Nächte, verwundern, wenn ich Euch schildere, dass ich, bevor es zum Äußersten kam, das Spiel unterbrach, mich ihrer Vergebung versicherte und ihr sagte, ich wolle nicht, dass sie einen Fehler begehe, den sie des Morgens bereuen könnte, und ging. Weshalb, mögt Ihr mich fragen, und ich werde Euch meine Beweggründe in aller Kürze entdecken. Hätte ich Rahjas teuerstes Geschenk mit ihr genossen, so hätte sie das anderentags ohne Zweifel erschreckt, sie hätte mich für den Verlust ihrer Selbstzucht verantwortlich gemacht, insgeheim hätte sie mir vielleicht gar vorgeworfen, sie wissentlich betrunken gemacht und verführt zu haben. So aber… aber nein, lest einfach, was geschah.

Am nächsten Tag, also dem heutigen, begaben wir uns wieder an Bord, um die Rückreise anzutreten. Vartlind mied mich und begegnete mir nur kühl. Den ganzen Vormittag duldete ich dies, derweil ich mir innerlich schon zu meinem Bubenstück gratulierte. Nach

dem Mahl nahm ich sie beiseite. Der sanfte, zuvor-
kommende Cavaliere, den ich ihr davor stets zur
Schau gestellt hatte, war gewichen, an seiner statt
stand ein Mann mit hartem, strengem Blick und eher-
nem Willen. Meine Stimme war sanft, aber fest, als ich
sie fragte, was sie mir vorzuwerfen hätte, da sie mich
solcher Missachtung für würdig befände. Unsicher
wandte sie den Blick ab und stammelte, es sei nur
recht, dass sie mich verachte, da ich sie in diesem ent-
würdigten Zustand zurückgelassen habe.

Auf ein solches Stichwort hatte ich gewartet.

»Domna Vartlind«, sprach ich, »uns beiden hat der
Wein gestern zugesetzt, da wir beide ihn nicht gewohnt sind. Aber vergesst bitte nicht, dass auch ich,
bei aller Hochachtung, die ich für Euch und Eure
Tracht und die Göttin hege, nur ein Mann bin, den
sanfter Liebreiz, wie er Euch geschenkt ist, an den
Rand seiner Beherrschung zu führen vermag. Niemals
zuvor bin ich so versucht worden. Ich hätte erwartet,
dass Ihr mehr Achtung dafür aufbringt, dass ich derjenige war, der verhindert hat, dass geschah, was wir
beide bereut hätten.«

»Wir wissen«, fuhr ich fort, »dass Ihr den Auftrag
habt, mich zu evaluieren. Welches Licht hätte es auf
mich geworfen, wenn ich die erste Gelegenheit, da der
Wein Eure Deckung sinken ließ, genutzt hätte, um mit
Euch in Rahjas Namen das Lager zu teilen? Hättet Ihr
nicht als getreuliche Chronistin Eurer Mentorin, unab-
hängig von Eurem persönlichen Gefallen an solch einer
Nacht, schildern müssen, wie schmählich schlecht es
um meine Selbstzügelung bestellt sei? Nun aber ernte
ich für mein Tun genau den Undank, dessen ich nicht
würdig sein wollte. Bitte, wenn Ihr wollt, dann sei es so.
Ich stehe ohne Reue zu meiner Handlungsweise, denn
ich weiß, dass sie auch in Eurem Namen richtig war.
Gestattet gnädigst, dass ich mich entferne.« Und diese

letzten Wort scharf gesprochen, machte ich kehrt und schritt zum Bug.

Ich musste nicht lange warten. Nach nicht einer halben Stunde trat sie von hinten an mich heran. »Verzeiht, Dom Novarizio«, sprach sie, »ich habe mich bei Euch zu entschuldigen. Ich weiß, dass Ihr recht wie ein Edelmann an mir gehandelt habt. Nur meine Unerfahrenheit ließ mich Euch so unbedacht entgegnen. Bitte nehmt meine Entschuldigung an und vergebt mir...«

Ich muss zugeben, dass mich ihre Stärke überraschte. Während ihrer Rede hatte ich darauf gelauert, den ersten Schimmer von Feuchtigkeit in ihrem Auge glitzern zu sehen, doch sie blieb hart. Trotzdem zog ich sie an dieser Stelle zu einer vergebenden Umarmung an mich, sodass sie mich nicht weiter mit ihrem unbeholfenen Gestammel traktieren musste. Nach Minuten ließ ich sie los und sah nun tatsächlich mit Befriedigung, dass sie verstohlen eine Träne aus dem Augenwinkel tupfte. Der Sieg war mein!

Diesen Brief schreibe ich an Deck des Segelschiffes sitzend, während zu unserer Linken rot der Praiosschild im siebenwindigen Meer versinkt. An meine Schulter gelehnt sitzt versonnen Vartlind und blinzelt schläfrig in die Sonne. Nie käme sie auf den Gedanken, mich zu fragen, an wen ich schreibe, und niemals würde sie sich gestatten, mir auf das Pergament zu spähen, um auch nur ein Wort zu erhaschen. Sie will sich meines wiedergewonnenen Vertrauens würdig erweisen. Es ist beinahe zu einfach, um wahr zu sein.

Des einen seid aber versichert, meine rahjaleibige Geliebte: Sowie diese Reise vorüber und der Bericht gegeben ist, wird noch etwas an mir gutzumachen sein für die Mühen und Umwege, zu denen ich mich gezwungen sah. Schlafe nur, süße, keusche Vartlind! Bevor der Mond der göttlichen Stute verstrichen ist, wirst auch du noch von Rahjas Kelch kosten, dass du dich daran verschlucken sollst.

Ihr seht, mit welcher Perfidie ich mich hier darüber hinwegtrösten muss, dass ich nicht wehrlos zu Füßen derjenigen liege, nach der mein Leib und meine Seele sich verzehren. O, dass sich meine Finger wieder in Eure Flanken grüben und mein Mund sich wieder an Euren Lippen labte! Als ohne Euch ewig Unbefriedigter bleibe ich

Novarizio ya Tramontá

Esquirio Novarizio Furbone ya Tramontá
Haus Travias Hafen
Brigonis
Kuslik

An
Ihre Hochwohlgeboren
Comtessa Alisa di Fabrizi

1. Namenloser 2510 Horas

Alisa!

Es ist getan. Ich hatte sie! Doch halt. Gestattet, dass ich mich sammle. Zu frisch und unmittelbar stehe ich unter dem Eindruck der vergangenen Nacht, da gerade der erste Tag des Namenlosen heraufdämmert.

Ich will, und sei es nur, damit ich Abstand gewinne, Euch zunächst erzählen, was sich alles ereignet hat, seit ich Euch schrieb, und ich will hübsch in der Reihung der zeitlichen Abfolge bleiben, sodass die jüngsten Ereignisse zuletzt behandelt sein sollen.

Ich entsinne mich, dass ich meinen letzten Brief an Euch verfasste, als wir unsere erste Nacht auf See verbrachten. Bald darauf erreichten wir wieder Kuslik. Ich bin ein zivilisierter Mensch, das wisst Ihr, und der

Aufenthalt in der Wildnis (und ich spreche von Rethis hier bewusst als Wildnis) bekommt mir nicht. Um nun also ungeniert wieder die Freuden der kultivierten Lebensart genießen zu können, erklärte ich Vartlind, dass ich sie bis zur Beschlussfassung durch die Mentorin nicht sehen dürfe, um nicht Einfluss auf ihr Urteil zu nehmen, und ich verabsäumte nicht, kunstfertig einfließen zu lassen, dass ich im Falle eines ablehnenden Bescheides sofort abreisen müsste.

Also genoss ich die folgenden Tage – und so sehr genoss ich sie, dass ich bald gezwungen war, von der *Quelle* in dieses bescheidenere Domizil umzuziehen. Ihr wisst, wie schlecht ich haushalten kann. Doch im Rahjamond findet sich für einen Edelmann und versierten Liebhaber auch so manche Leibesfreude, die keiner Entgeltung in blanker Münze bedarf.

Schließlich erreichte mich ein Bescheid der Halle der Weisheit, dass man mir die Erlaubnis gebe, alle sechs mich interessierenden Schriften ohne Aufsicht zu studieren. Ich hatte, ich muss es ehrlich gestehen, keine Hoffnung gehegt, eine so umfassende Lizenz zu erhalten. Vartlind muss sich sehr für mich eingesetzt haben.

Sechs Bücher! Ihr, Comtessa meines Sehnens, könnt ermessen, was dies für mich bedeutet, habe ich doch meine gesamten bisherigen Studien der alten Echsensprachen an einem einzigen, zudem kopierten Band und einigen Fragmenten betreiben müssen. Jedes der Bücher hier ist eine getreue Kopie ältester echsischer Schriftrollen und hat größeren Umfang als das eine, das ich bei Professor Uomo di Fenna studieren konnte. Der Traum eines jeden Linguisten!

Dieser Bescheid kam vorgestern und mit schlechtem Gewissen – ja, ich bin zu solchen Regungen fähig – entsann ich mich des Gelübdes, das ich getan hatte. Noch diesen Mond wollte ich Vartlind im Geiste Rahjas initiieren und dafür blieb mir nun just ein Tag. Ich weiß wohl, dass Hast der größte Feind einer Eroberung ist, zumal bei einer Jungfrau, doch trieb mich die Furcht, mir Rahjas Gunst zu verspielen, zur Eile.

Ich begab mich also geraden Wegs zu ihr und bat um die Gnade, den Nachmittag in ihrer Gesellschaft verbringen zu dürfen. Obwohl sie eigentlich bei irgendeiner Zeremonie zur Anwesenheit verpflichtet gewesen wäre, willigte sie ein. Um nun vor Sonnenuntergang ans Ziel zu kommen, setzte ich ein kleines Diner in den Yaquirauen an. Zweisam saßen wir im hohen Gras am Fluss, speisten und plauderten von der vergangenen Reise und, wie es unvermeidlich war, von uns. Sie versicherte mich ihrer höchsten Wertschätzung und dass sie sich mir in innigster Weise verbunden fühle. »Ihr habt«, sprach sie, »in mir eine Glut der Freundschaft entfacht, an der ich mich alle Tage wärmen kann.«

Ich erwiderte und ergänzte, dass sie mir im Wachen wie im Traume erschiene und dass das Licht ihrer Augen mir strahlender leuchte als Praiosschild und Madamal. Aber, so beeilte ich mich hinzuzusetzen, ich wolle keinesfalls, dass unsere frisch gekeimte, zarte Beziehung durch einen so profanen Akt wie das Liebesspiel entweiht würde. Diese mit durchtriebener Berechnung gesetzten Worte verfehlten – wie erwartet – ihre Wirkung nicht. Ohne Furcht und Scheu schmiegte sie ihren schlanken Körper an mich und meine Küsse wanderten erst zart über ihre Schläfen, bald drängender in ihren Nacken und zuletzt feurig über ihren Hals und Mund. Und wie zuvor war ihr Widerstand kaum mehr als ein symbolischer Akt, der bald erledigt und abgetan war. Praios berührte errötend die Hügel, als mir am letzten Tage des Mondes der lüsternen Göttin die kleine Vartlind ihren Schatz preisgab.

Ich hoffe freilich sehr, dass sie dabei nicht gleich empfangen hat, denn als ich den Schuss setzte, war längst die erste der Nächte eingekehrt, die unter keines Gottes Segen stehen. Die Namenlose Schwärze ist kein Sternbild, unter dem ich geboren sein möchte, um wie viel weniger gezeugt. Rahja mag verhüten, dass ich hier die Saat zu einem weiteren glücklosen Bastard gelegt habe.

Ich will Euch in äußerster Kürze berichten, wie dieser Akt sich abspielte, kann ich doch kaum hoffen, Euch, die Ihr wisst, wie Ihr mich mit einem Augenaufschlag um den Verstand bringen könnt, mit einer Episode mit einem solch blassen, unerfahrenen Pflänzchen in Eifersucht zu versetzen. Ach, wolltet Ihr mir diesen Triumph nur gönnen!

Ich war, das muss ich sagen, nicht wenig und sehr angenehm überrascht, auf welche Weise sie sich mir hingab. Sie konnte freilich keine Fertigkeiten zur Schau stellen, die zu erlernen sie ja vor dieser Nacht keine Gelegenheit gehabt hatte, aber ihre Fähigkeit, sich gehen zu lassen und mir so manchen Wunsch wortlos von den Augen abzulesen, dessen Existenz und Natur zu kennen, ich ihr niemals zugetraut hätte, verrieten ein natürliches Talent, wie es Rahja nicht jeder gewährt. In manchen Dingen mag wohl auch eine theoretische Ausbildung einiges an Unerfahrenheit wettmachen können, denn so manches weit geübtere Mädchen ahnt weniger von den Geheimnissen des Lustbettes als diese frisch Entjungferte. Ich muss also sagen, dass ich auf das Angenehmste entschädigt ward für jene Nacht in Rethis, als ich meine Ehre damit beflecken musste, dass ich eine willenlos hingegossene Jungfrau zu verschonen gezwungen war.

Doch war meine Rache für die Erniedrigung, sie überhaupt hofiert haben zu müssen, noch nicht vollzogen. Ihr versteht, dass es dabei keine Rolle spielen durfte, ob ich nun Gefallen an ihr fand und mir ihr sanfter, offener, neugieriger Charakter mittlerweile zusagte oder ob sie mich bestens befriedigt hatte. Es galt, die Ehre eines Esquirio ya Tramontá wiederherzustellen.

Als es aber an der Zeit war und wenig mehr zu erwarten als ein gefühlsschwerer Heimweg Hand in Hand im Sternenschein, fand ich in mir plötzlich recht wenig Bereitschaft, sie zu sehr zu verletzen. Legt mir dies nicht als Schwäche aus, ich bitte Euch, bedenkt, dass nur ein ungünstiges Schicksal sie mit mir auf jener Expedition zusammengeführt hatte und sie lediglich nur der nichtsahnende Agent und nicht der Initiator meiner Demütigung war. Ich beschritt also insgesamt einen sanfteren, nachsichtigeren Weg, wenngleich sie sicher nichts davon verstehen und meinen wird, ich hätte ihr das Übelste angetan. Als wir nämlich da so lagen, hauchte sie, die Augen verträumt gegen die Sterne gerichtete: »Novarizio, ich liebe dich.«

»Ich kann«, kam darauf meine Antwort, »mich nicht erinnern, Euch die Erlaubnis zu vertrauter Anrede gegeben zu haben.«

»Was ist los?«, fragte sie recht arglos. »Hast du nicht gehört, was ich gesagt habe? Ich liebe dich. Das meine ich wahrhaftig.«

»Ich habe es wohl gehört und ich zweifle nicht, dass dem so ist. Dennoch kann ich diesen Grad der Vertrautheit nicht so einfach jedem gestatten, Ihr versteht?«

»Was meinst du mit ›jedem‹? Haben wir nicht eben eine Vertrautheit miteinander genossen, die nicht mehr zu übertreffen ist?«, sprach sie, derweil sich in ihre Stimme bereits ein leichter Anflug von Entsetzen schlich.

»Ihr mögt meinen, dass die Tatsache, dass wir uns wechselseitig körperliche Befriedigung verschafft haben, schon derlei Vertrautheit konstituiere, doch ich muss Euch sagen, meine Teure, dass ich dann vielen Leuten das ›Du‹ einräumen müsste, von denen ich in manchen Fällen nicht einmal den Namen kenne. Ihr werdet verstehen, dass ich daher aus unserer geteilten Erfahrung kein Präzedens für einen allzu entgegenkommenden Umgangston machen kann und will.«

»Aber Novarizio«, rief sie, während ihr Tränen in die Augen traten, »sagtet Ihr nicht… sagtet Ihr nicht, wie viel ich Euch bedeute, wie viel… Hesinde! Wie einzigartig unsere Beziehung sei, welche…«

»Domna, mir scheint, Ihr verliert die Contenance. Ich werde mich entfernen. Wir können unser Gespräch ja fortsetzen, wenn Ihr in besserer Seelenverfassung seid. Ich werde sicher wieder bei Euch vorstellig werden, denn ich bitte Euch, mich nicht für brüsk zu halten und nicht etwa zu denken, ich hätte keinen Gefallen gefunden an unserer Romanze. Ja ich möchte gar sagen, dass mir selten mit so viel Feinfühligkeit und Hingabe von einer Frau Liebesdienst geleistet wurde. Gehabt Euch also recht wohl.« Und damit ging ich.

Nun, da dieser Austausch die Dauer eines Spazierganges aus den Yaquirauen hierher nach Brigonis zurückliegt, muss ich mir eingestehen, dass sich bislang kaum das Hochgefühl eingestellt hat, das zu erwarten gewesen wäre, da ich meine Ehre wiederhergestellt und sogar meinen Rahja gelobten Dienst noch zur rechten Zeit vollzogen habe. Es liegt vermutlich an der Müdigkeit und der allgemein gedrückten Stimmung, die stets die Namenlosen Tage zu umwölken pflegt. Schon bald werde ich recht in der Lage sein, die Erinnerung an diese Stunde meines Triumphes angemessen zu goutieren. Bis dahin will ich einstweilen von Euch, meiner Vertrauten, Abschied nehmen. Erwartet in Bälde den nächsten Brief von Eurem untertänigen Diener und aufrechten Freund

Novarizio ya Tramontá

Postscriptum: Ihr findet im Briefkopf meine Anschrift, die bis auf weiteres gelten wird. Wolltet Ihr mir die Freude machen, bei Gelegenheit ein paar Zeilen für mich zu erübrigen, so brächtet Ihr Freude und Trost in mein einsames, graues Leben.

N.y.T.

Esquirio Novarizio Furbone ya Tramontá
Haus Travias Hafen

An
Ihre Hochwohlgeboren
Comtessa Alisa di Fabrizi

18. Praios 2511 Horas

Hochwohlgeborene Comtessa,
sehnlich vermisste Domna Alisa!

Wie einsam sind meine Tage, wenn nicht der helle Klang Eures frivolen Lachens meine Ohren und Eure vollkommene Erscheinung meine Augen erfüllen! Ich lebe hier bald wie ein Frater in meiner Klause und gehe kaum aus. Wären nicht meine Studien, mich auszufüllen, ich möchte der Schwermut anheim fallen. Ich will Euch in Kürze berichten was sich ereignet hat.

Ich begann gleich nach Ende der Neujahrsfeierlichkeiten mit meinem Studium der Schriften. Eine intensive Arbeit, die da vor mir liegt! Mein Platz war ein leidlich gut ausgeleuchtetes Stehpult im vorderen Bereich des Lesesaales, wo ich begann, die Bücher zu durchforsten. Meine Hauptaufmerksamkeit galt bald einem Text aus der Ciszk'Hr-Periode. Jenes Buch ist wohl ein religiöses Werk und bildet die Liturgie der Verehrung des Kham-Cha-K'So. Schon mit Professor Uomo di Fenna bin ich gelegentlich auf den Kult dieses Gottes gestoßen, es muss sich um eine bedeutendere Sekte gehandelt haben. Da ich also Texte aus derselben Phase kenne, schien mir dieses Buch am geeignetsten, um mich tiefer in die Materie einzuarbeiten. Das Verhältnis von Schriftzeichen und Laut sowie die Intonationsmelodie dieser Sprache sind von so unerhörter Mysteriosität, dass ich zweifle, ob es mir je gelingen wird, sie zu enträtseln. Doch ich fürchte, ich werde zu speziell.

Meine Arbeit bestand also darin, zu studieren und dabei natürlich immer wieder vernehmlich zu intonieren, denn nur so ist Lautforschung möglich. Es störte sich auch zunächst niemand daran, bis vor einer Woche jener Mann auftauchte, dem ich als Letztem hier hatte begegnen wollen. Ihr ahnt es, Königin meiner Träume: Jaltek Ostri, jener Emporkömmling aus der Thegunia-Chababia! Wie es scheint, hat auch er seine Studien in Methumis beendet und arbeitet nun für eine Kanzlei in Kuslik, in deren Auftrag er eine größere Forschungsarbeit hier an der Halle der Weisheit durchzuführen hat. Er hat mir auch Genaueres dazu erklärt, doch fehlte mir, wie Ihr Euch denken könnt, die Lust aufzumerken. Dabei tat er recht freundlich und begrüßte mich überschwänglich als alten Verbindungsbruder. Hinter meinem Rücken freilich begann er alsbald wieder Fallstricke zu spannen.

Kaum dass jener Ostri drei Tage im Lesesaal verbracht hatte, beorderte mich der Bibliothekar, Fra Napoleno, zu sich und gab mir zu verstehen, dass es Beschwerden gegeben habe über meine störenden Zischlaute in der Lesehalle. Ich versicherte, dass dieses Prinzip ganz unveräußerlich zur gängigen Forschungsmethode der Linguistik gehöre, doch er blieb unerweicht und untersagte mir, weiterhin laut zu lesen. Ihr seht, dass Ostri mir wieder einmal Schwierigkeiten zu machen bestrebt ist, doch dieses Mal werde ich einen Weg finden, ihn mit gleicher Münze zu entgelten, Ihr mögt Euch darauf verlassen.

Auf diese Weise an der Arbeit gehindert, sah ich mich gezwungen, mich nach einer anderen Möglichkeit umzusehen. Ich wusste freilich, dass man mir nicht gestatten würde, das Buch außerhalb der Bibliothek zu bearbeiten, doch sehe ich kaum einen stichhaltigen Grund, der dagegen spräche. Kurz und gut, ich entschloss mich, das Buch (glücklicherweise ein Octavo, doch von erstaunlichem Umfang) für die Dauer meiner Forschungen zu entleihen. Hatte bis jetzt hunderte von Jahren niemand Interesse daran gezeigt, so war vorerst kaum zu befürchten, dass jemand danach fragte, und solange es offiziell für meinen Handgebrauch aus dem Magazin genommen war, würde man es dort auch nicht vermissen.

Fra Napoleno abzulenken war ein Leichtes. Ich beauftragte einfach einen Gassenjungen, einen Stein durch die Scheibe der Lesehalle zu werfen (was mich ganze drei Silbertaler kostete, denn, so meinte der respektlose Bube: »Is ja schließlich 'n verdammtes Tempelfenster, nich?«). Als der Frater dem Lärm nachging, entwich ich ruhigen und gelassenen Schrittes, das Octavo in meiner Tasche.

Seither studiere ich in meiner Kammer im Haus *Travias Hafen*, wo ich mir nebenher auch die Bequemlichkeiten leisten kann, die meinen Gedanken erst die rechte Tiefe verleihen: Wein, genug Licht von drei mehrarmigen Leuchtern und einen bequemen Sessel. So scheint mir das Buch sich erst recht zu entfalten, zu wahrem Leben zu kommen, und ich habe den Eindruck, die Worte in einer Klarheit wahrzunehmen, als kenne ich sie bereits auswendig. Und natürlich stößt sich hier niemand an lauter Rezitation.

In dieser Hinsicht bin ich also ein vom Glück gesegneter Mensch, es möchte gar sein, dass Phex mir diese

Gunst erweist für mein listiges Bubenstück, das ihm sicherlich gefallen hat. Darüber hinaus kann ich mir nur wenig gönnen, da ich nicht vor dem nächsten Ersten wieder zu Geld kommen werde und ein langer, karger Praiosmond vor mir liegt.

Hin und wieder erscheint mir Vartlind in meinen Grübeleien, der Ausdruck von völligem Glück und dämmernder Verzweiflung, die auf ihrem Gesicht so schnell einander jagten. Ich höre, sie sei von Mentorin de Camasier suspendiert worden, offenbar hätte sie an jenem Nachmittag des 3). Rahja, als wir am Yaquir uns vergnügten, zu einem hesindianischen Reinigungsfest anwesend sein müssen. Es gibt wohl Gerüchte, sie sei mit einem Mann fort gewesen, doch bin ich nicht sicher, ob mein Name in dem Zusammenhang schon gefallen ist. Andererseits, weshalb sollte sie mich noch decken?

Ihr werdet mich für sentimental halten, o Verschlagenste, aber ich gestehe, sie dauert mich ein wenig, und hätte ich mehr Zeit, so wollte ich sie auch sicherlich einmal besuchen. Sie würde mir vergeben, wenn ich ihrem vertrauensseligen Herzen wieder ein wenig die richtigen Reize zuspielte.

Doch werde ich mich stattdessen über mein Octavo hermachen; es ist unverständlich, wie komplex die Liturgie dieses Kham-Cha-K'So ist.

Mit schwerem Herzen und sehnendem Gedenken bleibe ich weiterhin Euer ergebener

Novarizio ya Tramontá

Postscriptum: Ich weiß, dass ich kaum hoffen kann, zwei Wochen nach meinem letzten Brief bereits Eure Antwort in Händen zu halten, doch ich muss Euch versichern, mit wie viel Ungeduld ich ersten Zeilen von Euch entgegenfiebere. Ihr würdet mich selbst mit wenigen Worten auf das Äußerste entzücken.

N.y.T.

Esquirio Novarizio Furbone ya Tramontá
Haus Travias Hafen

An den
Hochgelehrten Professor
Rudgero Uomo di Fenna
Institut für Geschichtswissenschaften
Universität Methumis

23. Praios 2511 Horas

Hochgelehrter Professore!

Ich hoffe sehr, Ihr wollt mir die Gunst erweisen, Euch meiner zu erinnern und einige Zeilen aus meiner Feder zu lesen, in denen ich Euch von aufregenden Erkenntnissen berichten will, die ich, die Echsensprachen betreffend, gewonnen zu haben vermeine.

Ich studiere hier in Kuslik seit einiger Zeit ein Octavo aus der Ciszk'Hr-Periode zum Kult des Echsengötzen Kham-Cha-K'So, der uns ja auch in Methumis schon beschäftigte. Wie Ihr Euch sicher entsinnt, gaben insbesondere Intonation, Rhythmik und Sprachmelodie dieser Texte immer Probleme auf. Ich will nun also von meinen Entdeckungen berichten und auch, wie es herging, dass ich sie machte.

Wenn ich mich Tag und Nacht innig mit dieser Schrift auseinandersetze, geschieht es mitunter, dass mich die verschlungenen, doch mittlerweile vertrauten Zeichen bis in den Schlaf verfolgen. Just gestern Abend passierte es, dass ich mit dem Kopf zwischen den Seiten des uralten Manuskriptes einschlief, und wieder träumte mir von den alten Echsen. Dieses Mal aber war der Traum lebendiger und gegenwärtiger als je zuvor. Im Traume war mir, als sähe ich einen Pyramidentempel, wie er in Eurem Buche beschrieben wird. Um ihn herum versammelten sich unzählige Anbeter des Kham-Cha-K'So – nicht jene degenerierten Echsen, denen man südlich von Neetha noch heute vereinzelt begegnet, sondern die alten und hohen Achaz, in aufwendige Stoffe gekleidet und mit fremdartigem Zierrat behängt. Marus sah ich und Leviatanim und der Hohepriester war ein Ssrkhrsech. Sie alle zogen, meiner nicht achtend, um die Pyramide und bildeten dabei ein komplexes Muster, in dem ich das Zeichen ›Kchm‹ wieder zu erkennen glaubte, das ja als Zeichen des Kham-Cha-K'So gilt. Schließlich hörte ich sie intonieren – einstimmig beteten sie seine Liturgie herauf und herunter, von der ich weite Teile auswendig kannte. Und wie sie sangen! Ein eigentümlicher Rhythmus war darin, und ich prägte ihn mir gut ein. Zuletzt fiel der Blick des Ssrkhrsech auf mich und ich erwachte in Schrecken – wohl auch, weil mein Nacken in der ungewohnten Schlafposition angefangen hatte bös zu schmerzen.

Obgleich es mitten in der Nacht war und ungeachtet des unangenehmen Kribbelns in Nacken und Schultern, steckte ich frische Kerzen auf und erprobte die neue Intonation. Ich sage Euch, sie ist von geradezu poetischer Einfachheit und Wirkung. Versucht also folgendes: Betrachtet die Liturgie als ein Versgedicht mit stets ungerader Silbenzahl je Zeile. Die erste Zeile hat eine Silbe, die nächste drei und so fort. Die längste Zeile hat sieben Silben, dann geht es rückwärts. Nach sieben solcher Strophen folgt ein Zwischenpart mit drei Zeilen á dreizehn Silben, anschließend beginnt das System von vorn. Achtet dabei nicht der Wortgrenzen! (Zu betonen ist in der Regel die vorletzte Silbe einer Zeile). Wenn Ihr so gliedert, werdet Ihr finden, dass die ersten Silben jeder Zeile mit der gleichen konsonantischen Lautfolge anfangen, mit der die letzten Silben jener Zeile enden. Vergleicht ein Beispiel:

Skyysk'
Khro K'Bsskh

Lshevv Mr'Torr Kssych'Kllsh
Shyys'M Kham-Cha K'Soch Msh'
Ktach Mra'Uch Rras'Myykt
Tzyllush'Rratz
Krakr
…

Ihr erkennt die Stelle sicher: Es ist der Höhepunkt des Lobpreisungschorals:

»Erwähle mich zu deinem Gefährten und deiner Beute, deine Krallen und deine Liebkosungen (ich denke, so ist ›Kssych‹ treffender zu übersetzen als das von Dottor Vitella vorgeschlagene ›Bisse‹) schenke mir, Kham-Cha-K'So, dein bin ich für mein ganzes Leben (hier nicht ›Häutung‹), wenn ich vor dir bekenne, dass du Macht hast über mich.«

Als ich den Text auf diese Weise laut intonierte, las ich plötzlich weit tiefere Bedeutungsebenen heraus, als ich je geahnt hätte – und fehlt es mir bislang auch an Begriffen, um zu beschreiben, welcher Art diese neuen Bedeutungen sind, so scheinen sie doch unmittelbarer Gefühlsausdruck zu sein, ja mehr noch: unmittelbare Gefühlsübermittlung! Denn als ich so sprach, da kam mir der einst als heilig geltende Text tatsächlich wie ein Gebet vor und eine Frömmigkeit und weihevolle Andacht durchströmte mich, wie kaum eines der Gebete an die Zwölf, die ich von Kindertagen an kenne, sie je bei mit auslöste, obwohl ich mich durchaus als götterfürchtigen Menschen ansehe. Versucht, ich bitte Euch, ob Ihr mit dieser Methode ähnliche Erfolge erzielt. Ich werde weiter mit der Schrift experimentieren und versuchen, einige Fortschritte bei der Entwicklung einer Metasprache zu machen, mit der diese Beobachtungen beschrieben und klassifiziert werden können.

Dies Euch in aller billigen Kürze mitzuteilen ist mir ein so inniges Bedürfnis, dass ich nicht einen Atemzug zögere, dies niederzuschreiben. Der Morgen dämmert und es zieht mich wieder an die Studien – ich bin von einer inneren Unruhe erfüllt, die mich wie eine Mischung aus frischer Verliebtheit und schlechtem Gewissen schaudern macht – ein gar seltsamer Kitzel!

Mit aufrichtiger Hochachtung
Euer dankbarer Schüler

Novarizio ya Tramontá

Esquirio Novarizio Furbone ya Tramontá
Haus Travias Hafen

An
Ihre Hochwohlgeboren
Comtessa Alisa di Fabrizi

3. Rondra 2511 Horas
Meine Wonne und mein Rausch,
angebetete Domna Alisa!

Welch eine verwirrende Zeit! Die Dinge geschehen um mich herum und kaum kann ich sie im Zurückblicken in die rechte Reihenfolge bringen, wühlt mich doch der Schlaf auf wie das Wachen und erscheint mir das Wachen doch unwirklicher als der Schlummer. Auch finde ich beides zu so unregelmäßigen und unvorhersehbaren Zeiten, dass unser Lebenswandel in Methumis dagegen stetig zu nennen wäre. Gestattet mir einen Moment der Sammlung und ich werde Euch so getreu berichten, wie ich es vermag.

Wisst zunächst: Ich befinde mich wohl – eine leichte Unverträglichkeit (des Weines, wie ich vermute – seit ich wieder solvent bin, habe ich mir eine teurere Sorte kommen lassen) lässt mir den Nacken fortwährend jucken und meine Haut austrocknen, aber das verdrießt mich nicht weiter.

Viel bedeutender ist meine Erkenntnis der Intonation der Kham-Cha-K'So-Hymnen. Ohne Euch mit Einzelheiten langweilen zu wollen, muss ich sagen, dass die Entdeckung der affektiven Wirkung der Worte betörend ist. Ich rezitiere beinahe den lieben langen Tag und den besten Teil der Nacht aus reiner Freude am Gefühl, das mich dabei durchströmt. Darüber entschlafe ich häufig, woraufhin sich mit schöner Regelmäßigkeit ein Traum aus der längst vergangenen Welt der alten Echsen einstellt, in dem die Rezitation nur umso lauter fortgesetzt wird, und wenn ich erwache, so bemerke ich es kaum. Ich bin mir beinahe sicher, dass Hesinde mir dieses als Geschenk machte, da ich so fleißig studierte.

Ich speise wenig, trinke viel, aber es bekommt mir gut. Andere Leibesgenüsse habe ich mir lange versagt, doch begann es mehr und mehr, mich hinauszutreiben, um ein Spundloch zu finden, an dem ich meinen Lendendurst stillen könnte. Bei dem Gedanken daran verfiel ich auf Vartlind, und da ich so stark und machtvoll mich fühle als nie zuvor, traute ich es mir mit Gewissheit zu, die rechten Worte zu finden und ihren Groll gegen mich wieder in fromme Lust zu wandeln.

So ging ich gestern – oder war es der Tag davor? Ich kann mich nicht entsinnen. Ich ging also zu ihr. Sie lebt nun, so erfuhr ich, in einem Haus, das einer älteren Verwandten gehört, ebenfalls in Brigonis. Ich wartete ab, dass die Dame des Hauses ausging, und drang alsdann, ohne zu klopfen oder zu fragen, in das Haus ein – kein Dienstbote war da, der mir dies verwehrte. Oh, wie erschrak Vartlind, als sie mich so plötzlich im Rahmen ihrer Kammertür stehen sah. Wie im Fieber schrie sie mich an. »Hinaus!«, schrie sie, »Wie wagt Ihr es? Raus, sage ich!«

»Domna Vartlind«, erwiderte ich, »bitte, beruhigt Euch. Sollte es uns, zwei von Hesinde gesegneten Menschen, nicht möglich sein, gefasst und mit Würde miteinander zu sprechen?«

Lange schwieg sie, atmete schwer, ließ sich sodann auf einen Stuhl sinken, als hätte sie eben einen langen Kampf gefochten und zuletzt verloren. Schwach und uninteressiert sich gebend, hieß sie mich sagen, was zu sagen ich gekommen war. Ich trat hinter sie und mit den Händen ihr Kraft in die Schultern walkend, begann ich zu sprechen. Vertraut mir, wenn ich sage, dass die Worte gut und geschmackvoll gewählt waren. Schließlich meinte sie: »Sollte es tatsächlich Euer Gewissen sein, das Euch hertrieb, so meinethalben: Ich vergebe Euch, doch bitte geht nun. Geht!«

Damit war ein wichtiger, erster Schritt getan und ich fuhr fort zu sprechen. Von der großen Vertrautheit sprach ich und von dem ausgezeichneten Einklang, der sich vor allem im körperlichen Umgang geäußert habe, dass es gelte, den Verkehr neu zu finden und Vertrauen zu fassen, Missverständnisse auszuräumen und uns auf dem Terrain zu treffen, das sich als gemeinsamer Grund erwiesen habe, und ähnlichen Unsinn mehr. Während ich so sprach, wandte sie langsam ihr Gesicht zu mir um und ich sah in ihren Augen, wie es ihr dämmerte. Plötzlich fuhr sie in die Höhe und taumelte vor mir zurück. »Ihr seid ein gewissenloses Untier, Esquirio! Könnt Ihr im Ernst glauben, ich hätte nicht mehr Scham im Leib als eine Hafenhure? Glaubt Ihr – denn mein Gefühl ist tot wie das Eure –, ich würde ohne Empfindung Euch erneut den ›Dienst erweisen‹, wie Ihr Euch auszudrücken beliebtet, und die Schenkel für Euch spreizen, gar noch wohlig stöhnen dabei? Ich kann nicht fassen, dass Ihr hier seid, dass Ihr deswegen gekommen seid. Von aller Schmach, die Ihr mir angetan habt, ist das… Dass Ihr mich für so…

Es ist demütigend. Ich will nicht davon reden, dass Ihr mir das Herz gebrochen habt mit Vorsatz und Absicht. Ihr könntet es nicht verstehen, da Ihr selbst keines besitzt! Ich wurde aus dem Tempel geworfen – wie Ihr wohl wisst. Der Göttin der Weisheit wollte ich mein Leben weihen, aber es schien mir wichtiger, Euch durch eine Lüge zu schützen. Vielleicht habt Ihr Recht, vielleicht bin ich wirklich so dumm, dass mir alles zuzutrauen ist. Aber dass Ihr hier seid, weil Ihr glaubt, mich mit ein paar Schmeicheleien das alles vergessen machen zu können, um mich zu gebrauchen wie einen Nachthafen zur Verrichtung Eurer geilen Notdurft und mich anschließend abermals in die Ecke zu werfen wie ein verschwitztes Hemd, bis ihr einen Monat später erneut verspürt, wie Euch der Kamm schwillt, und Ihr wieder kommt, mich ›zum Dienst‹ zu rufen! Dieser Gedanke… mir wird übel, wenn ich Euch sehe. Hinaus, Ihr ekelt mich! Hinaus!«

Während dieser Rede hatte ich zunächst noch zarte Einwürfe wie: »Aber Signora, nein, Ihr irrt«, vorgebracht, war aber gegen Ende mehr und mehr verstummt. Doch was sollte nun werden? Zu gehen wie ein gescholtener Knabe kam nicht in Frage, zumal ihr Liebreiz durch die dunklen, vom Weinen zart geschwollenen Augen und die hohleren Züge des Gesichtes noch gesteigert wurde und ihr Anblick in Rock und Hemd anstelle der strengen Scholarentracht mich in ungebärdiges Verlangen versetzte. Ich tat einen Schritt auf sie zu, getrieben von dem Impuls, mir mit Gewalt zu nehmen, wonach mich verlangte, da erschien ein Gedanke in meinem Sinnen wie von weit her: »Du hast hier nicht um ihre Gunst zu betteln und zu kämpfen. Sie muss dir gewähren, was dir zusteht. Du bist der Herr. Du befiehlst und sie gehorcht, das ist die Ordnung der Welt. Du hast die Macht. Du befiehlst!«

Wie im Traum begann ich plötzlich halblaut die heiligen Worte der Ciszk'Hr zu flüstern und ging, starr den Blick auf sie gerichtet, auf sie zu.

»Was murmelt Ihr da?«, rief sie und wich weiter zurück. »Was soll das heißen? Ich verstehe Euch nicht. Kommt mir nicht zu nahe. Kommt mir… Wie wird mir? Ich…« Bei diesen Worten fiel ihr Kopf in den Nacken und sie selbst auf die Knie. Als sie das Haupt wieder hob, hatte sich ihr Blick gewandelt, Furcht war zu Ehrfurcht, Abscheu zu Bewunderung geworden. Auf Knien kam sie langsam und lasziv näher zu mir und öffnete mir voll Reverenz den Gürtel. Während ich immer weiter die Gebete Kham-Cha-K'Sos murmelte, ergaben wir uns einem unvergleichlichen sinnlichen Rausch, wobei sie auf knappste Befehle hin stets willig tat, was ich von ihr verlangte – zuletzt beugte ich sie über ihr ›Buch der Schlange‹, das auf dem Tisch lag, und besaß sie in dieser leicht blasphemischen Position mit ungekannter Lust. Hesinde mag mir diese kleine Kaprice vergeben.

Euch, meiner beschlagenen Gefährtin vieler Nächte, muss ich nichts erzählen vom Kitzel, der sich aus dem Spiel mit der Macht in der Wechselbeziehung der Geschlechter ergibt. Doch solche Lust habt Ihr noch nicht gekostet! Vollkommene Macht über einen anderen zu besitzen und mich zur gleichen Zeit der vollkommenen Macht, die mich aus den Worten überkam, ganz zu ergeben, das verschaffte mir doppelte und dreifache Erfüllung. Solcherart das Zepter einer fremden Herrschaft zu sein, bereitete mir mehr Vergnügen als irgendetwas sonst – und auch Vartlind fiel von einer Verzückung schreiend in die nächste, wie es, so bin ich gewiss, noch keiner Frau geschehen ist.

Ich weiß nicht genau, wie ich nach Hause gelangte. Ich erinnere mich vage, dass ich schließlich, als ich mich erschöpft hatte, aufhörte, die segensvollen Worte zu rezitieren und mich zurückzog. Vor meinem Auge steht ein Bild von Vartlind, wie sie mit zerrissener Kleidung zusammengekrümmt am Boden ihrer Kammer liegt, im Schauder erschöpfter Lust zittert und dabei keucht, als wäre sie Stunde um Stunde von Wölfen gehetzt worden. Es mag sein, dass dieses Bild meinen Träumen entstieg, es mag aber auch sein, dass sie sich wahrhaft so befand, als ich sie verließ. Ich weiß es nicht mehr.

Ihr seht, mein Leben ist voll der vorzüglichsten Aufregungen und zugleich voll Verwirrung. Ich muss zusehen, dass ich mich ein wenig sammle. Bitte schreibt Eurem sehnsuchtsvollen

Novarizio ya Tramontá

Vartlind Keromin

Nacht des 4. Rondra, 2511 Horas

Novarizio!

Immer noch verstehe ich nicht, was du mit mir getan hast. Wüsste ich nicht sicher, dass du kein Magier bist, ich würde schwören, du hättest mich mit schwarzer Controllaria bezaubert. Egal, was es war, es ist mehr, als ich ertragen kann.

Ich erblicke meine Hände und Übelkeit steigt in mir auf, wenn ich mich erinnere, wie ich dich mit ihnen berührt habe. Ich spüre meine Zunge am Gaumen und schon würgt es mich, wenn ich mich des Geschmackes entsinne, mit dem du mich erfüllt hast. Ich höre meine Stimme in Weinkrämpfen schluchzen und schäme mich zu Tode, wenn ich nur denke, dass ich mit eben der Stimme wohlig gestöhnt und geschrien habe, als du bei mir warst – doch nichts ist so abstoßend, so frevelhaft und ekelerregend wie zu fühlen, dass inmitten all des Hasses, den ich im Übermaß für dich hege, immer noch ein winziger, aber heiß pochender Kern von Liebe ist. Das kann mir keiner der Zwölf vergeben.

Meine Abscheu vor mir selbst ist so groß, dass ich nicht einmal selbst Hand an mich legen kann – Efferds Element wird mir und dem, was in mir wächst, eine letzte Gnade erweisen müssen. Ich glaube, dass ich ein letztes frommes Werk an der Welt der gütigen Zwölfgötter tue, wenn ich mich und deinen Bastard, den ich seit den Namenlosen Tagen in mir habe, aus der Schöpfung tilge. Sie hat genug an dir zu tragen!

Die gnädige Mutter Hesinde erbarme sich deiner unglücklichen

Vartlind

Esquirio Novarizio Furbone ya Tramontá
Haus Travias Hafen
Brigonis
Kuslik

An
Ihre Hochwohlgeboren
Comtessa Alisa di Fabrizi

11. Rondra 2511 Horas

Comtessa!

Vergebt das Wachs auf dem Pergament, ich bin etwas ungeschickt zur Zeit. Ich weiß wohl, ich sollte weniger trinken, als ich es dieser Tage tue. Der Ausschlag an Nacken und Rücken hat sich dadurch nicht gebessert, im Gegenteil. Auch andere Beschwerden habe ich. Meine Augen sind äußerst trocken. Das Senken der Augenlider gelingt mir nur langsam und unter Schmerzen, sodass ich es mir fast abgewöhnte. Ich sollte es wahrhaftig mit dem Trinken ein wenig maßvoller angehen lassen, doch ist das Herz mir schwer. Von zweifachem Tod muss ich Euch sagen, wobei der eine mir so betrüblich erscheint, wie mich der andere erfreut.

Vartlind ist tot. Man fand sie vor etwa drei Tagen im Hafenbecken. Sie schrieb mir eine Abschiedsnote; sie hat es nicht verwunden, dass in jener Nacht des Namenlosen der Keim zu einem neuen Menschen in ihr gelegt ward. Ihr werdet einwenden, was sie mir denn bedeutete? Eine Zufallsbekanntschaft und eine flüchtige Aventurie, wie wir sie zuvor in Methumis hundertfach hatten! Nicht wahr, es ist seltsam. Vielleicht ist es so, weil ich mit ihr als Erster den Rausch der Macht des Kham-Cha-K'So genoss – andererseits: Wenn ich an sie denke, entsinne ich mich zuerst ganz anderer Begebenheiten, zuvorderst der, als wir auf dem Schiff nach Kuslik saßen, Praios golden im Meer versank und sie voll Vertrauen ihren Kopf an meine Schulter schmiegte. Und eine gewisse Reue steigt in mir auf, dass ich dieses Vertrauens nicht würdig war.

Um mir Ablenkung zu verschaffen und die Wärme der Sonne in mich aufzunehmen, die meine Lebensgeister erst weckt, bewege ich mich in letzter Zeit des öfteren ein wenig in der Stadt. Ein rechter Aufruhr ist hier, spricht man doch allerorten von geheimen Dokumenten, in denen die Königin selbst eine Abkehr von den Zwölfen fordere. Ich kann nicht sehen, was der Pöbel in den Schänken dabei mitzureden hätte.

Zweimal habe ich mir auch ein paar Frauen zur Gesellschaft gesucht, deren anfänglichem Unwillen mit den mächtigen Worten Kham-Cha-K'Sos schnell beigekommen war. Nie zuvor haben sich drei Frauen in vollkommenerem Einklang miteinander um mich verdient gemacht. Ich koste die Macht aus, indem ich die

142

Frauen abwechselnd sich gegenseitig befriedigen und einander Schmerzen bereiten lasse, was auch ihnen selbst zu hoher Wollust gereicht. Eines der Mädchen wäre beim letzten Male um ein Haar zu Boron gegangen, so lustvoll drückte ihr die eigene kleine Schwester den Hals zu. Mehr und mehr lerne ich auch, es ganz zuzulassen, dass die Worte Macht über mich gewinnen, denn darin liegt erst die vollkommene Beglückung.

Zwischendurch kehre ich immer wieder heim, wenn Unruhe mich befällt, das Buch könne dort nicht sicher sein. Ich muss mit prophetischen Kräften gesegnet sein, denn gestern, als ich heimkam, meldete mir die Wirtin, ein Herr sei da, mich zu sehen, und sie habe ihn im Zimmer warten geheißen. Und als ich nach oben stürmte und die Tür aufriss, stand da wahrhaftig jener schmierige Jaltek Ostri. »Die Zwölfe zum Gruße, teurer Bruder!«, sagte er zu mir. Wie ich mich denn befände? Da er mich schon so lang in der Bibliothek nicht mehr gesehen habe, sei er herübergekommen. Und was müsse er hier entdecken? Fra Napoleno werde sicher sehr erbaut sein, wenn man ihm dies Octavo zurückbrächte, das der, vor aller Tätigkeit, wohl noch gar nicht vermisst habe, wie es scheine. Mit diesen Worten nahm er dreist das Buch, klemmte es unter den Arm und ging die Treppe hinab.

Wie gelähmt stand ich einen Moment da, doch dann ergriff mich umso ungestümer der gerechte Zorn auf diesen Emporkömmling und mit kräftigen Sätzen sprang ich ihm nach. Auf offener Straße holte ich ihn alsbald ein. »Halt, schmutziger Dieb!«, rief ich. »Gebt mir mein Buch zurück!«

Ostri drehte sich langsam und mit breitem Grinsen um. »Einen Dieb heißt du mich?« (Diese Keckheit, mich auf offener Straße so vertraut und herablassend anzusprechen, zumal wir auch schon die Augen mancher Vorübergehender auf uns gezogen hatten!) Er fuhr fort: »Ausgerechnet du, du kleiner Schaumschläger von einem Gelehrten? Du hast deinen Platz vergessen, Novize!« Und er patschte zweimal kurz aufs Knie, wie man einen Hund zur Ordnung ruft. Als wäre ein Vorhang beiseite gezogen, sah ich mich plötzlich wieder als Neuling in der Thegunia-Chababia, wie er mich im Beisein seiner natürlich ebenfalls gemeinen Kumpane auf Knien seinen Boden wienern und seine Stiefel hatte wichsen lassen und mir beim geringsten verdrussvollen Blick die Scheide seines Rapiers übergezogen hatte. Unbeschreiblicher Zorn stieg in mir auf, alle Demütigungen jener Zeit und der drohende Verlust des Buches resultierten in einer kalten, grausamen Wut. Ohne noch denken zu müssen oder zu können, formte ich wieder die Wortes des Kham-Cha-K'So-Cantus auf meinen Lippen. Er taumelte, brach auf die Knie und blickte mich mit zitternder Ehrfurcht und Faszination an. Mit einem Kopfnicken bedeutete ich ihm, mir das Buch zurückzugeben. Auf Knien kam er heran und gab es mir. Allgemeines Gaffen ringsumher, als er da vor mir kniete. Schließlich zwängte er zwischen gepressten Zähnen hervor: »Genug, bitte. Bitte beendet das!«

»O nein, Freund«, sagte ich, ohne in Gedanken den Strom der geheiligten Worte verebben zu lassen. »Ich fürchte, du wirst es selbst beenden. Ich fürchte sehr, wenn niemand dich hindert, magst du dir noch ein Leid antun.« Meinen Hass in die Worte der Hymne legend, erfüllte ich ihn mit dem ganzen Widerwillen gegen seine Person, den ich in mir angestaut hatte.

Da ich mich so gereinigt hatte, ergriff mich wieder die wohlige Hingabe an Kham-Cha-K'Sos Worte der Macht und gelassen, ja beglückt sah ich zu, wie sich in Ostris Gesicht der Selbstekel ausbreitete und Ostri sich wie gehetzt unter den Gaffern umsah und ausrief: »Ein Bastard bin ich! Das niedrigste Gewürm, das je die Frechheit hatte, Dere mit seiner Anwesenheit zu beschmutzen! Verabscheuungswürdig, ohne eine einzige Rechtfertigung in dieser Welt!« Damit entriss er einem der Umstehenden ein Messer, das jener lose im Gürtel getragen hatte, und begann sich an Gesicht, Leib und Händen mit langen, blutenden Schnitten zu zieren.

Der Besitzer des Messers, offenbar ein Seemann, und ein bärtiger Handwerksbursche sprangen herzu und riefen: »Herr, lasst ab! Habt ein Einsehen!«, und: »Heilige Noiona, hilf! Er ist vom tollen Hund gebissen!«. Ostri aber hielt sie mit zwei zornerfüllten, waagrechten Sichelschlägen auf Distanz und trieb sich, da er merkte, dass ihm nicht mehr viel Zeit bliebe, bis sie ihn ergriffen, das Messer bis zum Heft in den Kehlkopf, sodass die beiden alsbald mit Blut besudelt waren wie die Schlachter. Mit Ruhe und voll innerer Gelöstheit hieß ich sie darauf, ihn zum Tempel der Hesinde zu bringen, dort sei er bekannt, und wandte mich nach Hause, derweil die echsischen Stimmen in meinem Kopf Triumph sangen.

Dieser Sieg, diese Wonne trösten mich gut über die Trauer um Vartlind hinweg. Nur hin und wieder gedenke ich ihrer, doch der Wein hilft mir auch dann. Ach, Ihr solltet diese Lust erleben, meine Rahjagleiche! Ihr sollt sehen, mit Hilfe der sakrosankten Worte kann ich Euch in Ekstasen führen, in die nimmer einer, sei er Mensch oder Gott, Euch geführt hat. Bis dahin müsst Ihr Euch leider weiter nach mir verzehren, meine Gespielin, mich rufen meine Studien.

Gnädigst

Novarizio ya Tramontá

Comtessa Alisa di Fabrizi
Haus Horastreu

An
Esquirio Novarizio Furbone ya Tramontá

Schwertfest, 2511 Horas

Lieber Novarizio!

Ich danke Euch zunächst für Eure regelmäßigen Briefe, die mir von Zeit zu Zeit immer wieder ein wenig Kurzweil bereitet haben. Ich bewundere Eure Feder.

In der Tat scheint Ihr in höchst aufregenden Abenteuern zu stecken, es tut mir aufrichtig leid um Eure kleine Scholarin. Ja, ›Eure‹ nenne ich sie! Mir ist natürlich bald klar geworden, dass Ihr mehr als Eure Leidenschaft an sie verloren hattet. Aber es ist recht. Zumal versöhnt dadurch, dass Ihr sie in den Tod getrieben habt, vergebe ich Euch diesen Akt der Untreue.

Wer wäre ich auch, dass ich mit Steinen würfe? Ihr wisst, ich reagiere reizbar auf Langeweile und habe selten Schwierigkeiten, sie mir zu vertreiben. Inmitten eines stürmischen Rahja, in dem ich die Favoriten und Mätressen so schnell an mir vorüberziehen sah, dass ich sie später kaum wieder erkannte, ergab sich eine ausgedehntere Liaison mit einem gewissen Undolpho von Boccadelmar-Galahan, einem absolvierten Adeptus der magischen Akademie und entfernten Verwandten der dicken Fürstin von Kuslik. Er ist emsig bemüht, die Lücken zu füllen, die Ihr bei Eurer Abreise offengelassen habt, auch wenn ich sagen muss, dass er Euch nur in ganz wenigen Belangen zu übertreffen vermag – insbesondere ist er weniger ergeben und experimentierfreudig als Ihr, der Ihr ja stets fügsam alles versucht habt, was ich Euch zuführte, und ohne Frage weniger zungenfertig.

Mit Undolphino verbringe ich also einen Gutteil meiner Zeit und eile von einer Eskapade zur nächsten. Ihr ahnt nicht, was die Burschen an der Universität diesen Sommer tragen! Und die Mädchen sind nur wenig besser. Geschmack hatte diese Stadt noch nie! Ihr werdet vergeben, dass ich Euch lange nicht zurückschrieb, doch Ihr schient mir ohnehin zu beschäftigt, als dass Euch die Geschichten meiner mühevollen Exzesse interessiert haben könnten.

Dass ich Euch nun schreibe, habt Ihr in der Tat mehr meinem Undolpho zu verdanken als etwa der Überzeugung, Ihr wärt zur besseren Einsicht gelangt. Als ich ihm zuletzt einige Passagen aus Euren Briefen vorlas – ich sagte bereits, dass ich Euren Stil schätze –, war er nachgerade bestürzt. Er faselte etwas von Obsessionen, geweckten Dämonen und geweihtem Tempelboden – weiß Hesinde, was er meinte. In jedem Fall bewog er mich, Euch seine innige Empfehlung zu übermitteln, die Nase einstweilen aus den Büchern zu lassen und abzuwarten. Er ist am selben Tag noch in seine Akademie und in die Universität zum Hesindetempel geeilt, um irgendwelche Schriften einzusehen. Ich glaube, er sagte, der Hohe Lehrmeister selbst wolle dieser Tage eine Note, Euch betreffend, an die Halle der Weisheit senden, damit sie sich der Sache annähmen.

Nun, ich bezweifle zwar, dass Ihr Euch in so unmittelbarer Gefahr befindet, wie Undolpho annimmt, aber wenn der heilige Ernst ihn ergreift, dann ist er zu niedlich und ohnedies nicht zu halten. Ich lasse ihm also seinen Spaß, solange mir der meine nicht zu kurz kommt, aber da hat er mich bislang nicht enttäuscht. Stellt Euch demnächst auf Besuch aus der Halle der Weisheit ein. Ich bin sicher, Ihr werdet auch diesem die Angelegenheit aufs Unschuldigste begreiflich machen können.

Ihr seht, noch seid Ihr meinen Fäden nicht entronnen. Nehmt diese kleine Rondranachtsintrige als eine milde strafende Geste für Eure Unstandhaftigkeit, mein kleiner Esquirio. Bitte schreibt den Ausgang der Kabale Eurer begierigen

Alisa di Fabrizi

Esquirio Novarizio Furbone ya Tramontá
Haus Travias Hafen

An
Comtessa Alisa di Fabrizi

19. Rondra 2511 Horas

O Schmach über Euch Treulose!

Wie konntet Ihr? Mich durch den erstbesten Bücherwurm zu ersetzen, der Euch begegnete, das allein ist schon ein Hieb, auf das Herz gezielt, doch mein Vertrauen so zu enttäuschen? Die Dinge, die ich Euch als Einziger anvertraute, weil ich bei Euch Verständnis und Anteilnahme erwartete, einem wichtigtuerischen Vorstadtgalan offenbart? Wie tief das trifft!

Ihr als Einzige konntet erahnen, wie wichtig mir diese Ergebnisse, wie privat und delikat meine Briefe zu behandeln waren! Mir dies anzutun mit der fadenscheinigen Begründung, ich hätte mein Herz, das ich Euch versprochen, Vartlind gegeben? Weh, ich Unseliger! In der Tat, sie hätte bessere Acht darauf gehabt! Um meines und Eures bin ich nun betrogen, da Ihr mir das Eure nur zum Schein gabt. Wo ist Aufrichtigkeit in dieser Welt? Wie wankelmütig ist der Sinn der Frau!

Doch noch stecke ich nicht auf, des seid gewiss. Noch ist die Abordnung des Hesindetempels nicht vorstellig geworden – und wenn sie kommt, so soll sie weder mich noch das Buch hier finden. Seid also zumindest bedankt für die Warnung, wenngleich Ihr Euren Treuebruch damit nicht gesühnt habt, Schändliche. Mit der Macht Kham-Cha-K'Sos kann und will ich Euch zeigen, wer der eine ist, dem Ihr Euch hingeben sollt. Seid unbesorgt, Ihr werdet auf Eure Kosten kommen – sofern Ich dies will! Erwartet mich zu jeder Stunde.

Huldvoll

Novarizio ya Tramontá

Professor
Rudgero Uomo di Fenna

An
Esquirio Novarizio Furbone ya Tramontá

25. Rondra 2511 Horas

Werter Esquirio, mein teurer Schüler!

Wie danke ich Euch für Euren Brief. Zu lange schon hattet Ihr nichts mehr von Euch hören lassen, doch ich wusste, dass auf Euren linguistischen Scharfsinn und Sachverstand Verlass sein würde. Ich habe mich einige Zeit mit Studien aufgehalten, sodass sich meine Antwort an Euch etwas verzögert hat.

Vom Geschehen am Institut weiß ich wenig Aufregendes zu berichten, die Universität selbst ist dagegen in Aufruhr. O, da entsinne ich mich, dass Ihr ja auch bekannt wart mit der Comtessa di Fabrizi. Ich fürchte, ich kann Euch sie betreffend keine gute Nachricht geben. Sie wurde Opfer eines höchst verwunderlichen und bedauernswerten Zwischenfalles, den ich Euch wohl nun auch schildern muss. Versteht aber bitte, dass ich meine Informationen nur sehr indirekt beziehe: Giondola, meine Haushälterin, hat mir das

149

meiste zugetragen, behandelt die Nachricht also mit der gebührenden Skepsis. Dies ist, was ich weiß:

Vor zwei Tagen drangen in der Mittagszeit plötzlich Schreie aus der Zimmerflucht der Comtessa im Haus Horastreu. Giondola merkte hier an, dass dies nicht weiter bemerkenswert sei, da die Comtessa regelmäßig Besuch zum rahja- und levthangefälligen Umgang zu empfangen pflege. Diese Schreie hallten aber wohl so fortwährend, laut und halb schmerzerfüllt durch die Straße, dass zuletzt eine Barbierin sich ein Herz fasste und nach dem Rechten sehen wollte. Nachdem sie die offenstehende Tür scheu durchschritten hatte, habe sie drinnen die Comtessa auf Knien ›in Stutenhaltung‹ – ich zitiere Giondola – vorgefunden, das ›hochwohlgeborene Hinterteil‹ dem – hier zögere ich – Mann zugereckt, der sie von seitlich-hinten besaß, ein Bein dabei grotesk abgewinkelt von sich streckend, und sie gleichzeitig mit den Zähnen im Nacken biss, dass das Blut nur so troff. Dabei schrie die Domna vor Wollust, wie es schien, oder doch auch in Verzweiflung? Was die Barbierin aber vollständig in Schock versetzte, war die Erscheinung des so ungestümen Liebhabers. Halb Echse sei er gewesen, sein Kopf kahl und voll Schuppen, die Augen starr, der Mund voll spitzer Zähne, halb allerdings auch Mensch, zumindest von der Brust abwärts. Glaubt aber gerade hier nicht unbedingt der Stimme der Straßen. Die Barbierin sei um Hilfe gerannt und bald darauf sei der gegenwärtige Favorit der Comtessa, ein Magus, dessen Name mir augenblicklich entfallen ist, mit einigen kräftigen Männern herbeigeeilt.

Der Magus sei vornweg hineingestürmt und habe dort das Monster auf seiner Comtessa vorgefunden. Wie von Dämonen gehetzt habe diese ausgesehen: blutige Liebesbisse überall am Körper, ein obszönes Muster in ihrer Haut. Wund und offen sei sie gewesen, das ganze Rückgrat entlang und als blutiger Kragen rund um den Hals. Der Schweiß sei an ihr herabgelaufen wie Regen im Efferd, Rotz und Wasser habe sie geheult und weißer Schaum habe ihr vor dem Mund gestanden.

Der Magier rennt also auf das Monster zu: »Herunter mit dir, du Bestie!«, schreit er. Doch der Notzüchtiger murmelt nur eine Zauberformel und plötzlich greift der Magus nach seinem eigenen Hals, kämpft mit sich selbst wie toll, haut den Kopf gegen die Wand und drückt sich die Luft ab. Dann bricht er zusammen und bleibt mit der Wange im Blut der Liebsten liegen.

Da fasst sich die Geschändete ein Herz. »Lass ihn, ich bitte dich«, keucht sie. »Ich gehöre dir, freiwillig, ohne Zwang. Ich bin deine gehorsame Dienerin, doch bitte: Lass ab von ihm!«

Plötzlich brüllt der Echsling: »Was, du undankbare Hafenhure? Ich zeige dir die Himmel, wohin Rahja selbst dich nicht führen kann, und du willst immer noch diesen Niemand da schützen? Du willst mir anbieten, was sowieso mein ist, mich bestechen mit Feengold, du Dirne? Ich werde dich lehren, was es heißt an SEINEN Wonnen sich zu laben!« Er murmelt wieder magische Cantiones und der Magus hebt den Kopf, wie an einem Galgenstrick hochgezogen, und muss röchelnd mit ansehen, wie der Inkubus nun mit den Krallenfingern in die Wunde fährt, die er der Comtessa am Rücken beigebracht hat. Sie schreit nicht einmal mehr, hat keine Kraft dazu, nur ihr Wimmern ist zu hören und seine Stimme, die nun wieder leise, wie im Wahn Horathi spricht. »Trauter vereint als je zwei Menschen waren. Du hast es nicht verdient, ich weiß. Du sollst es aber spüren. Du sollst, Liebchen. Was Liebende miteinander teilen können, davon sagt uns Rahja nur den ersten Vers. Levthan singt den zweiten, meinethalben.« Verträumt wiegt die Bestie den Kopf, fährt harscher fort: »ER aber flüstert uns das ganze Lied zu, Gefährtin. Nur keine Ungeduld! Ich will es dich lehren.«

Weiter wiegt er sich im sanften Takt. Der Unterleib beginnt wieder beinahe sacht, rhythmisch zu stoßen, und gleichwie liebkosend gleiten die Schuppenfinger in den aufgerissenen Nacken der Frau. Seine Worte sind Vermischung aus fremdem Gezischel und Brocken von Horathi. »Kss Tva'Hash. Ja, jetzt! Das Mra'Uch! Wusstest du, dass es dasselbe Wort ist bei ihnen: Leben, Niederkunft, Wiedergeburt, Häutung?«

Und mit diesen Worten gleitet seine Klaue mit einem unbeschreiblichen, reißenden Geräusch am Hals unter die Haut der Frau. O, nun schreit sie, die Domna, schreit wie am Spieß, doch das Ungeheuer achtet dessen nicht, ja es scheint ihm die Misshandlung noch zu versüßen. Sein Atem geht schneller, seine Worte kommen stoßender, während der Finger nun hier und dort unter die Haut fährt, das blanke Fleisch offenlegt. »Ja! Khiss'Erch! Erlebe das Mra'Uch, werde wiedergeboren durch mich. Ergib dich mir und danke es mir also! Dies ist die letztgültige Leidenschaft.«

Immer schneller tut er es und ihre Schreie werden immer verzweifelter und schmerzvoller, bis er sich zuletzt zuckend und brüllend in ihr verströmt. Welch unheiliger Same das gewesen sein muss! Am Rücken hängen nur noch blutende Hautlappen. Noch einmal schreit sie in tiefster Herzenspein und fällt dann vornüber in die ekle Lache aus Körpersäften.

In dem Augenblick, in dem die Geschändete tot zusammenbricht und dem Unwesen sich plötzlich ein langgezogener, klagender, kehliger Schrei entringt, als wäre ihm eben das Liebste entrissen, löst sich mit einem Mal der für den Moment vergessene Magus aus dem Bann und fällt wutheulend über den Dämon her. Auch die eben noch schreckensstarren Begleiter springen nun herzu, mit Stöcken und was sie gerade zur Hand haben schlagen sie den Unhold. Er bemerkt es zunächst gar nicht, vergießt bittere Tränen über die unter ihm liegende Tote, nimmt schließlich die Arme hoch, um sich zu schützen, kommt aber nicht mehr dazu, seine Zauberworte zu murmeln. Wieder und wieder treffen ihn die Schläge, bis er tot zu Boden sinkt, das Gesicht beinahe sanft in dem offenen Nacken der Comtessa ruhend, sein Gemächt noch in ihrem Leib.

So jedenfalls hat mir Giondola alles erzählt, wie viel bare Münze Ihr auf das Gassengeschwätz geben wollt, müsst Ihr selbst ermessen. Was auch immer davon wahr ist, mein lieber Esquirio, fest steht, dass Eure Bekannte einem grausamen Überfall zum Opfer fiel. Seid meines herzlichsten Beileides versichert.

Nun aber komme ich zum eigentlichen Grund meines Briefes: Eure Studienergebnisse. Ich habe Eure Technica erprobt und bin wahrhaftig verblüfft. Immer wieder zieht es mich zu dem alten Text und ich lese ein paar Zeilen, nur des Kitzels wegen, der mich dabei, wie Euch, erfüllt. Und tatsächlich, gestern Nacht begann auch ich schon, von den Worten zu träumen – immer fort ging die eindrucksvolle Litanei. Ich muss Euch Recht geben: Kham-Cha-K'So verdient erheblich mehr Aufmerksamkeit, als wir ihm bisher geschenkt haben. Ich bleibe also daran.

Bitte teilt mir bald mit, wie es Euch mit Euren weiteren Studien ergangen ist. Wisst, dass ich Euch hier gerne als Doctorandus hätte – Methumis erwartet Euch mit offenen Armen.

Mit verbindlichster Hochachtung

Rudgero Uomo di Fenna

Christel Scheja

DIE UNVOLLKOMMENE TÄNZERIN

Der klagende Klang der Kabashflöte untermalte den Rhythmus der Dabla und der stampfenden Füße auf dem Holzboden. Lächelnd, aber in sich selbst versunken tanzte die junge Frau zum Takt der Trommel. Einen Herzschlag lang stand sie still, dann führte sie die beiden Lichter in den Handinnenflächen vors Gesicht und schien einen Kuss auf das Feuer zu hauchen. Smaragdgleich blitzten ihre schmalen, grünen Augen auf, während ihre Hüften zu beben begannen und die Perlfransen und Münzen an Hüfttuch und Rock leise klirrten und aufblitzten. Ihre Arme bewegten sich in einer anmutigen Geste vor dem Körper und dann zur Seite.

Plötzlich kam Leben in ihre schlanke Gestalt. Mit ausgestreckten Armen drehte sie sich, und je schneller sie wurde, desto näher führte sie die aufflammenden Lichter an ihren Körper und im Wechselspiel vor Brüsten und Schoß auf und ab.

»Genug! Ich habe genug gesehen, Tashila!« Der Klang von Flöte und Trommel erstarb; die schwarzhaarige Tänzerin blieb stehen und blickte verwirrt zu der Sprecherin.

Die grauhaarige Frau, die der Darbietung mit strengem Blick gefolgt war, schüttelte den Kopf. »Wo hast du diese Bewegung gelernt? Bei den Dirnen in der Unterstadt, die vermeinen, die Männer so in ihren Schoß locken zu können?«, schimpfte sie. »Diese Geste ist obszön und einer Sharizad deines Ranges nicht würdig! Willst du seine Hoheit Prinz Chamallek beleidigen, wenn du vor ihm tanzt?«

Die Tänzerin schien von dem Tadel unbeeindruckt. »Behauptet der Prinz, solch ein großer Kenner unserer Kunst zu sein, Kadirah? Man sagt doch, dass er kein richtiger Mann sei. Wie soll er einen Unterschied zwischen einem Diamanten und einem Mondquarz feststellen, wenn er keine Leidenschaft spürt?«

»Das sind doch alles nur Gerüchte, mein Augenstern! Wo hast du die nur wieder aufgeschnappt? Der Prinz ist ein wohlhabender Kaufherr und seine Neider zerreißen sich das Maul über ihn, weil er sich angeblich mit Beschwörern abgibt! Aber das ist alles nicht wahr. Chamallek ist ein Kunstkenner. Er schätzt alles Schöne und nur das Vollkommene findet in seinen Augen Gnade. Bei Rahjas lieblicher Gestalt, willst du, dass er dich in Schande wie eine Dirne davonjagt, wie es schon so vielen anderen passiert ist? Du bist so eigensinnig wie ein Bidenhocker! Hast du denn alles vergessen, was ich dich gelehrt habe? Demut und Vollkommenheit der Gesten sind die Zierde jeder Sharizad! Du aber hebst stolz und hochmütig den Kopf. Statt den Blick scheu zu senken, schaust du geradewegs ins Auge des Betrachters! Und du tanzt, was dir gerade in den Sinn kommt! Warum habe ich nur eine so undankbare Schülerin angenommen! Ich hätte mich nicht von Abrizah überreden lassen sollen, dich überhaupt auszubilden!«

»Verzeih mir, Kadirah! Ich vergesse immer wieder, dass es auch im Tanz Regeln gibt.« Das junge Mädchen seufzte. »Ich weiß sehr wohl, dass in der Demut und der Ergebenheit einer Sharizad ihre Stärke liegt. Indem sie dient, herrscht sie. Mit ihrem Augenaufschlag regiert sie Fürstentümer, mit dem Schwung ihrer Hüften die Gedanken eines Mannes. Ihre Lippen sind frische Rosenblätter, die ihm die Freuden Rahjas verheißen, und ihr Leib der Altar, auf dem er die Göttin anbetet, ohne sie zu berühren.«

»Ja, so habe ich es dich gelehrt, mein Augenstern«, erklärte die alte Frau. »Ach, ich weiß doch, dass du den Tanz mehr liebst als alles andere, aber du musst lernen, dich zu beherrschen. Nun komm und zeige mir noch einmal den Schleiertanz, denn ich will nicht, dass du uns alle vor den Augen Shabras beschämst!«

Die junge Tänzerin ließ den Schleier, den sie gerade aufgenommen hatte, beinahe wieder fallen. Ihre schmalen, grünen Augen weiteten sich. »Shabra?«

»Ja, der Prinz hat auch sie eingeladen!«

Kadirah bemerkte, wie sich die Jüngere einen Moment anspannte, und lächelte. Mit dieser Bemerkung hatte sie das junge Mädchen endlich zur Vernunft gebracht, denn Shabra war derzeit die ungekrönte Shanja der Tänzerinnen von Rashdul und Tashila ihre ärgste Rivalin.

»Bei den Quellen des Mhanadi! Sieh dir nur diese Pracht an!« Aisha-Lea, eine der jungen Musikantinnen, die Tashila begleiteten, blickte mit offenem Mund in ein Zimmer mit kostbaren Wandbehängen und Möbelstücken aus Mohagoni und anderen kostbaren Hölzern aus den Regenwäldern des Südens. »Prinz Chamallek muss unermesslich reich sein!«

»Es sieht danach aus!« Tashila zeigte sich weniger beeindruckt von dem Glanz, der sie umgab. »Vielleicht gibt er uns ja etwas davon ab, wenn wir sein Wohlwollen gewinnen!« Energisch zog sie das halbwüchsige Mädchen weiter, als sich der Leibgardist des Prinzen, der sie durch das Haus führte, räusperte. »Was machst du eigentlich, wenn wir mal in den Palast der Shanja eingeladen werden?«, neckte sie die Freundin, die vor Verlegenheit errötete. »Oder in die unheimliche Pentagramm-Akademie?«

Der Mann führte sie zu einem kleinen Raum am Rande der Festhalle, aus dem Frauenstimmen drangen. »Hier könnt ihr euch vorbereiten, bis man euch ruft«, erklärte er und öffnete die Tür.

Tashila trat ein, nicht ohne dem jungen Mann mit

einem frechen Augenaufschlag zuzulächeln, und runzelte die Stirn, als dieser nicht einmal mit der Wimper zuckte. Hatte der Kerl etwa einen Keuschheitseid geschworen wie die Hadjiinim? Oder war er gar ein Eunuch? Sie war es nicht gewohnt, dass ihr Blick keine Wirkung auf das Gegenüber zeigte.

Dann stand sie einer Schar von Mädchen gegenüber, die sich bereits in dem Raum aufhielten und sich emsig um eine schwarzhaarige Schönheit kümmerten, die so tat, als würde sie die Neuankömmlinge nicht bemerken. Stattdessen begutachtete sie ihre violett lackierten Fingernägel und die mit Mustern bemalten Handinnenflächen, während eine Dienerin ihr Haar mit Perlschnüren verflocht und zu einer komplizierten Frisur aufsteckte.

Shabra machte ihrem Namen alle Ehre. ›Die Glänzende‹ trug ein Kostüm aus mitternachtsblauer Seide und Schleierstoff, das mit feinen goldflirrenden Ornamenten und Perlen bestickt war, und ihre Brüste wurden von zwei wie Vögel gearbeiteten Schalen gehalten. Der Gürtel um ihre Hüften war aus feinsten Metallgliedern gearbeitet und schwere Perlfransen raschelten bei jeder ihrer Bewegungen. All dieser Putz betonte ihre üppigen weiblichen Formen aufs Vortrefflichste.

Shabra entschied sich schließlich, ihre jüngere Rivalin eingehend zu mustern, nachdem sie deren stumme Bewunderung genossen hatte. Die Dienerinnen hatten Shabras dunkle Augen durch Lidschatten und Kajal noch deutlicher hervorgehoben, die Augenbrauen wie Halbmonde geformt und die klassisch strengen Gesichtszüge mit Goldpuder bestäubt, sodass sie wie aus Metall gegossen wirkten. Es war Shabras Absicht, den bildlichen Darstellungen der lieblichen Göttin so nah wie möglich zu kommen.

Tashila neigte zur Begrüßung den Kopf, aber ihre Geste war alles andere als demütig. Die grünen Augen blitzten spöttisch auf. Ihre dunkle Mähne glitzerte längst nicht so rabenschwarz wie die der älteren Tänzerin und fiel ungebändigt auf Schultern und Rücken.

Shabra blickte hochmütig zurück, während sie innerlich vor Zorn bebte, dass man sie zwang, den Raum mit dieser... dieser namenlosen Dirne aus der Unterstadt zu teilen. In die Niederhöllen mit diesem kleinen, frechen Hühnchen, das sich erdreistete, sich Sharizad zu nennen! Pah, was fanden die Männer nur an diesem dürren Ding, deren Rahjaäpfel keine Hand ausfüllten? Mit diesen schmalen Hüften konnte sie doch noch nicht einmal einen jungen Hahn in Verzückung versetzen! Shabra rümpfte die Nase. Dann winkte sie nach dem federgeschmückten Kopfputz, um sich abzulenken.

Tashila zuckte mit den Schultern und zog sich mit ihren Musikerinnen in eine Ecke des Raumes zurück, in der sich Shabra nicht ausgebreitet hatte. Schnell waren die Bündel ausgepackt, Rock und Oberteil angelegt. Ein Stirnband mit halbmondförmigen Verzierungen und tropfenförmigen Anhängern hielt ihr die Haare aus der Stirn. »Halt doch still!«, lachte Aisha-Lea, als Tashila sich danebengegangenen Glitzerstaub aus dem Gesicht wischte.

»Du solltest besser aufpassen, du ungeschicktes Ding!«, erwiderte Tashila und gab der Musikantin einen Klaps auf den Hintern, was diese mit einem Quietschen quittierte. Sollte Shabra ruhig den Eindruck gewinnen, ihre junge Rivalin sei noch ein dummes Kind. Dann würde die Überraschung umso größer sein.

Große Feuerschalen erhellten den weiten Saal und warfen ihr Licht genau auf die kreisrunde Fläche, auf der Shabra bereits zum Klang der Dablas und Kabashflöten tanzte, als Tashila mit ihren Musikantinnen eintrat und sich einen Platz nahe des Eingangs suchte.

Shabra machte ihrem Ruf alle Ehre. Aufrecht und stolz bewegte sie sich in dem Rund – immer dem Takt der Dabla folgend. Ihre Hüften kreisten, schwangen und pendelten. Der Gürtel um ihre Hüften schien aus unzähligen lebenden Schlangen zu bestehen und die Ornamente auf ihrem Rock flirrten wie lebendige, in einem Netz gefangene Wesen. Von ihren Brüsten schienen sich die ruhenden Vögel zu erheben und davonzufliegen – als Boten der Verheißung ihrer Liebe.

Nicht nur Tashila wurde warm, als sie sich von dem Zauber der Bewegungen einfangen ließ. Um sich herum vernahm sie schweres Atmen und leises Seufzen. Die Zuschauer in ihrer Nähe ließen keinen Blick von Shabra, während ihre Hände nicht müßig wurden, die Schauer in ihren Lenden und Schößen noch zu verstärken. Männer wie Frauen waren von Shabra angetan, die nun erst ihren Oberkörper und ihren Unterleib in Vibrationen versetzte zum schnellen Solo der Dabla und dann zu wilden Drehungen wechselte, die ihren Rock in Wellen um sie fliegen ließen. Urplötzlich brach die Trommel ab. Shabra sank in sich zusammen. Nach einer unendlich erscheinenden Pause erhob sie sich langsam, mit schlängelnden Bewegungen, und wandte sich wieder dem Publikum zu. Stolz nahm sie den Jubel der Anwesenden zur Kenntnis und wandte sich mit einer Verneigung dem Gastgeber zu, der sie ganz offensichtlich lobte.

Tashila biss sich auf die Lippen. Ihr Körper spannte sich an, doch das war nicht die Aufregung vor dem nahenden Auftritt. Etwas war hier falsch! Ihr Blick schweifte über die Zuschauer, die sich noch immer von Shabras Schauspiel erholten, zu den reich geschmückten Wänden, zu der Empore, auf der der Gastgeber mit seinen Freunden ruhte. Noch nie hatte sie gesehen, dass…

»Du bist an der Reihe, Tänzerin!« Ein Diener in dunkel glänzender Kleidung riss Tashila aus ihren Gedanken. Sie winkte ihren Musikantinnen zu und schob ihre verwirrenden Überlegungen beiseite. Die konnte sie später wieder aufnehmen, der Tanz war jetzt das Allerwichtigste.

Sie streifte ihre feinen Lederschühchen ab und zuckte zusammen, weil sich der Marmor unter ihren Füßen einen Moment lang unnatürlich kalt und irgendwie feucht anfühlte. Sie kauerte sich in die Anfangspose und zupfte den Schleier noch einmal zurecht, dann gab sie den Musikantinnen ein Zeichen. Aisha-Leas Kabashflöte begann mit einer klagenden Weise. Langsam, mit einem strahlenden Lächeln erhob sich Tashila aus ihrer kauernden Pose und lüftete zögernd den Schleier, als sei sie eine jungfräuliche Braut in der Hochzeitsnacht. Sie wusste, dass ihre Augen und ihr Mund etwas anderes verrieten als Scheu. Herausfordernd blickte sie Prinz Chamallek an, als sie langsam auf ihn zuschritt, die Hüften sanft wiegte und wellenförmig pendeln ließ. Dann, als die Dabla einsetzte, explodierte sie förmlich. In einer schwungvollen Bewegung flog der Schleier beiseite und Tashila wirbelte mit schnellen Drehungen wieder von ihm fort, kam zur Ruhe, lockte mit Gesten und Bewegungen ihres Oberkörpers, schüttelte sich, ließ das mit Fransen besetzte Oberteil vibrieren, danach Bauch und Hüften.

Aufreizend huschte sie um einen dickbäuchigen Kaufmann, der es sich gefallen ließ, dass der Saum ihres Rocks beinahe sein Gesicht berührte, und schmiegte sich kurz an einen stämmigen Wüstenprinzen, der selbst noch in Samt und Seide nach Pferd roch. Doch immer wieder suchte ihr Blick den des Prinzen, der wie eine Statue auf seinen Kissen saß und unbeeindruckt an seiner Wasserpfeife sog, während die restlichen Anwesenden sich von dem Zauber ihres Tanzes einfangen ließen. Lächelnd beobachtete sie, dass manch eine

Hüfte zuckte, manch ein Fuß sich im Takt bewegte, so als wolle der Betreffende im nächsten Moment aufspringen und sie erhaschen oder sich ihrem Tanz anschließen.

Tashila spürte, wie sie selbst von Erregung ergriffen wurde und warme Schauder durch ihren Körper pulsten. Ihre Hände glitten über ihren Leib, ohne ihn zu berühren, ihre Gesten lockten einen unsichtbaren Liebhaber, der das Feuer in ihrem Schoß stillen sollte. Und diese Empfindungen teilte sie den Zuschauern mit. Einer rief den Namen der Lieblichen Göttin, andere waren so entrückt, dass sie vermeinten, die Tänzerin in den Armen zu halten und sie lustvoll zu liebkosen.

Nicht so Chamallek – und diese flammenden, kalten Augen, die hinter ihm aus der Wand zu blicken schienen! Tiefster Abscheu, abgrundtiefer Hass lag in ihnen.

»Ah!« In dem Moment fuhr ein scharfer, stechender Schmerz durch Tashilas Leib. Die Tänzerin konnte sich gerade noch abfangen und den umgeknickten Knöchel entlasten. Beschämt schlug sie die Augen nieder und biss sich auf die Lippen. Tränen schossen ihr in die Augen. Wie hatte ihr das nur passieren können! Versagt wie eine Anfängerin, die ihre eigenen Beine nicht auseinanderhalten konnte.

Verlegen blickte sie in die Menge, die aus ihren Träumen gerissen worden war. Enttäuschte Gesichter wandten sich von ihr ab und unwilliges Murmeln erklang, Fluchen wie das von unbefriedigten Gästen aus Abrizahs Palast der ewigen Freuden, die mehr von den erkauften Mädchen erwartet als bekommen hatten.

»Schimpf und Schande für mich!«, murmelte Tashila und humpelte auf den Prinzen zu, um sich keine Blöße zu geben.

»Es sah zunächst vielversprechend aus, meine Schöne, aber umso größer ist meine Enttäuschung«, sagte dieser höhnisch in die Stille. »Verschwinde mit deinen Dienerinnen, ehe ich dich mit Hunden und Peitschen hinausjagen lasse!«

Tashila wollte etwas erwidern, schloss den Mund aber wieder, als sie seinen drohenden Blick einfing. Dann drehte sie sich um und winkte ihren verwirrten Musikantinnen zu, die rasch ihre Sachen einsammelten und ihr folgten. Die junge Tänzerin verließ hoch erhobenen Hauptes den Saal, während hinter ihr Musik einsetzte, weil Shabra gebeten worden war, die Anwesenden noch einmal mit ihrer Kunst zu erfreuen.

»Sollten wir nicht besser auf die Sänfte warten, Herrin Abrizah wollte sie doch bald schicken?« Aisha-Lea versuchte Tashila zurückzuhalten. »Dein Knöchel könnte noch schlimmer werden.«

»Ach was, ich kann laufen!«, erwiderte die Tänzerin mit Tränen in den Augen. »Glaubst du, ich hocke wie eine Bettlerin auf den Stufen dieses Palastes, bis uns jemand abholt? Nein, da gehe ich den Trägern lieber entgegen!«

»Du konntest doch nichts dafür«, versuchte Aisha ihre Freundin zu beschwichtigen. »Jeder kann umknicken, davor ist auch Shabra nicht gefeit! Dieser Prinz ist an allem schuld. Was bildet er sich eigentlich ein? Du hast die Gäste besser verzaubern können als Shabra! Ich habe mehrere gehört, die dich mit der schönen Rahja verglichen!«

Aisha-Lea erschrak heftig, als Tashila außer Sichtweite des Palastes in die Hände klatschte. »Das ist es!«, rief sie und begann zu lachen. Sie stützte die Hände in die Hüften und konnte sich gar nicht mehr beruhigen.

»Was ist denn jetzt los?«

»Ist Tashila über dem Schmerz verrückt geworden?«

»Bei Rahja, der Knöchel muss ihr mehr zugesetzt haben, als wir dachten. Tashila, bitte beruhige dich doch!« Ängstlich hielt Aisha-Lea die Freundin fest. »Da ist ein Brunnen! Komm, setze dich dort auf den Rand und erhole dich. Ich will deinen Knöchel kühlen… ieeek!«

Die junge Musikantin quietschte auf, als Tashila sie plötzlich umarmte und fest an sich drückte. »Es war mein Glück, dass ich mir wehgetan habe, dass ich versagte!«

»Warum?« Jetzt verstand Aisha-Lea gar nichts mehr. »Shabra wird nicht säumen, deine Schande überall zu verkünden, sodass dich kaum noch einer einlädt!«

»Ich glaube nicht, dass sie das tun wird!«, wisperte Tashila ihr ins Ohr. »Mir waren schon die ganze Zeit über einige Dinge seltsam vorgekommen, aber ich habe sie nicht miteinander in Verbindung gebracht. Es war nicht allein der Prinz, der sich nicht rührte, als sei er wie ein Eunuch fern jeder Lust… nein, die Lust, die ich fühlte, die ich auf meiner Zunge schmeckte, war schal! Das war bereits so, als Shabra tanzte – und bei Rahja, sie war auf ihre Weise vollkommen. Wem auch immer Prinz Chamallek huldigt…« Sie drückte Aisha-Lea fest an sich. »Die Gerüchte von den Beschwörern und Dämonen, mit denen er sich abgibt, müssen wahr sein! Liebste Aisha, indem ich so kläglich versagte, rettete ich uns alle vor einem Schicksal schlimmer als der Tod! Arme Shabra!«

»Ich wusste ja, dass dieses lächerliche Hühnchen versagen würde! Es geschieht ihr nur recht! Und ich werde dafür sorgen, dass sie erkennt, wo ihr wirklicher Platz ist«, sagte Shabra zu sich selbst. Ein letztes Mal richtete sie ihr Haar, ehe sie auf die Tür zuschritt, hinter der der Prinz sie nun, nachdem das Fest beendet war, zu einer privaten Vorstellung erwartete. Als Lohn und Vorauszahlung hatte er ihr ein Geschmeide senden lassen, das im Wert andere Geschenke, die sie früher erhalten hatte, bei weitem übertraf. Einen so großzügigen Mann konnte sie doch nicht warten lassen!

Einer der Leibgardisten öffnete die Tür und wies die Tänzerin mit einer Geste hinein. Shabra fröstelte, als sie durch die Tür trat. Warum war es nur so dunkel hier? Aber schon wurde eine Öllampe höher gedreht und erhellte das nur mit Kissen und Wandbehängen ausgeschmückte Zimmer. Kleine Tischchen vermochten die Last der mit Leckereien gefüllten Tabletts kaum zu tragen und ein süßer Duft erfüllte den Raum, viel zu schwer, zu drückend.

Shabra rang nach Luft.

Der Prinz hatte seine Prunkgewänder abgelegt und gegen einen blutroten Kaftan eingetauscht. Nun trat er ihr entgegen und reichte ihr die Hand. »Komm, meine strahlende, vollkommene Schönheit, ich möchte dich jemandem vorstellen.«

Shabra nickte ergeben und blickte einer Gestalt entgegen, die in ein bodenlanges, vielfach geschlitztes Kleid aus blutrotem, feucht glänzendem Leder gehüllt war. Die harten, kantigen Gesichtszüge wiesen sie ebenso wie das zu einem dünnen Fädchen pomadisierte Oberlippenbärtchen als männlich aus, während sich das feine Leder ihres Gewands über strotzende Brüste spannte. Ein kalter Glanz lag in den abgrundtief dunklen Augen.

»Im Namen unserer erhabenen Herrin Belkelel!«, sagte Chamallek mit sanfter Stimme, die Shabra kalte Schauer über den Rücken jagte. »Hier bringe ich dir die schönste und vollkommenste Sharizad Rashduls – mein Geschenk an dich! Lehre sie die Tänze voller Lust und Schmerz, brich ihre Vollkommenheit und zerstöre ihre Schönheit!«

Shabra riss die Augen weit auf und rang nach Luft. Statt der Wandbehänge sah sie nun Ketten und Gestelle, an denen sich nackte, blutüberströmte Gestalten wanden, zwischen den Kissen blitzten Zangen, Messer und andere Folterwerkzeuge hervor.

Panikerfüllt versuchte sie sich umzudrehen und davonzulaufen, doch der Prinz hielt sie mit eisernem Griff fest. »Bring sie unserer dornenreichen Herrin dar! Koste ihr Blut, schmecke ihre Qual…«

Der Rest seiner Worte ging in Shabras Schreien unter, als die dämonische Gestalt die Tänzerin ergriff und in die Arme schloss.

CHRISTOPH DAETHER

PHEXENKINDER

Ein greller Blitz erhellte den trüben Himmel und dann grollte der Donner durch die Luft, so nah und tosend, als ob Rondra selbst ihren Zorn über die Stadt bringen wollte. Wenig später fielen die ersten Tropfen auf das Pflaster von Elenvinas Straßen, hinterließen dunkle Flecken in dem Staub, der die Steine bedeckte, und bald stürzte der Regen in wahren Kaskaden vom Himmel hinab. Die Wassermassen wuschen die Straßen rein von Schmutz und Unrat, den sie in reißenden Bächen von dannen spülten.

Mit einem Sprung flüchtete Fianna in den Eingang eines Hauses und schüttelte heftig den Kopf, um die Regentropfen aus ihrem Haar zu schleudern. Ausgerechnet jetzt musste es anfangen zu regnen, zu einem Zeitpunkt, der ungünstiger nicht hätte sein können. Sie lehnte sich an die steinerne Wand und atmete mehrmals tief ein, während sie das unangenehme Gefühl beschlich, dass man ihren rasenden Herzschlag meilenweit hören könnte. Noch einmal sog sie die Luft ein, dann lugte sie vorsichtig um die Ecke des Hauseingangs. In einiger Entfernung entdeckte sie die beiden Büttel, die an einer Kreuzung standen und sich ratlos umblickten, als ob sie jemanden suchten. Selbst aus ihrem Versteck heraus glaubte Fianna, die grimmigen Mienen der Gardisten erkennen zu können, deren Wappenröcke wie nasse Säcke an den Körpern klebten und nicht nur die Beweglichkeit, sondern auch die gute Laune der beiden deutlich minderten. Schließlich zuckten sie mit den Schultern und marschierten davon.

Ein Grinsen huschte über Fiannas Gesicht. Fürs Erste war sie diesen Schwachköpfen wieder einmal entkommen. Ihre Hand glitt in die lederne Tasche, die an ihrem Gürtel hing, und tastete nach dem Geldbeutel, den sie eben mit geschickten Fingern und einem schnellen Messerschnitt von seinem Besitzer getrennt hatte. Bereits im Gewimmel der Bauern, Fuhrleute und Bürger auf dem Marktplatz hatte sie die beiden Gardisten erspäht, doch der pralle Geldbeutel an der Seite des feisten Kaufmannes war einfach zu verlockend gewesen. Sie liebte die Gefahr und ihrem eigenen Geldbeutel ging es zur Zeit ohnehin nicht besonders gut, sodass sie kurz entschlossen die Gelegenheit beim Schopfe gepackt hatte. Obwohl der Kaufmann den Diebstahl sofort bemerkt und nach den Büetteln gerufen hatte, war sie davongekommen, wie schon so viele Male zuvor. Nun nestelte sie an den Verschnürungen herum und stellte zufrieden fest, dass sie hoch gespielt und gewonnen hatte. Sie füllte das Geld in ihren eigenen Geldbeutel, den sie sorgsam in ihrer Gürteltasche verstaute, warf den nunmehr leeren Beutel des Kaufmannes auf die Straße und schaute ihm nach, als er von den Wassern fortgespült wurde. Sobald der Regen nachließ, trat sie zurück auf die Straße und suchte die nächstgelegene Taverne auf.

Fianna öffnete die Tür, trat hindurch und blickte sich um. Es war noch früh am Nachmittag und dementsprechend leer war es auch im Schankraum des *Roten Ochsen*. Zu ihrer Rechten entdeckte sie einen leeren Ecktisch, in dessen Nähe keine Gäste saßen. An diesem Tisch würde sie wohl vorerst ihre Ruhe haben und ein wenig ausspannen können. Gemächlich schlenderte sie hinüber, ließ sich auf der in der Ecke angebrachten Bank nieder und legte die Füße auf einen ebenfalls zu ihrem Tisch gehörenden Stuhl. Erst jetzt, als sie sich nicht mehr bewegte, stellte sie fest, wie kalt ihre durchnäßten Kleider waren, und spürte, wie sich die Müdigkeit in ihr breit machen wollte. Mit einem Seufzen streifte sie die nasse Jacke von ihren Schultern und legte sie achtlos neben sich auf die Bank. Dann ließ sie ihren Blick nochmals durch die Taverne streifen. Am anderen Ende des Raumes waren ein paar zerlumpt wirkende Gestalten damit beschäftigt, mit ihren Wurfmessern ein an der Tür hängendes Holzbrettchen zu treffen, doch entweder waren sie im Messerwerfen wenig geübt oder bereits zu betrunken, denn kaum eine Klinge fand ihr Ziel. Etliche Messer fielen sogar laut klirrend zu Boden, weil sie so ungeschickt geworfen worden waren, dass sie mit dem Griff gegen das Holz der Tür prallten. Als die Schankmagd, eine üppige Blondine, den Werfern eine weitere Runde brachte, wandte Fianna ihren Blick ab und erspähte nahe der Eingangstür weitere Gäste, die sich dem Boltanspiel widmeten und konzentriert in ihre Karten blickten.

Auch Fianna war eine gute Boltanspielerin, wenngleich sie nicht immer nach den Regeln spielte und sich für gewöhnlich manch eines Taschenspielertricks bediente, um ihren Mitspielern das Geld aus dem Beutel zu ziehen. Doch im Augenblick stand ihr nicht der Sinn nach Kartenspielen.

»Was darf es denn sein?« Eine Männerstimme riss Fianna aus ihren Gedanken. Fast kam es ihr vor, als ob sie geschlafen hätte, und so dauerte es einen Augenblick, bis sie den Wirt erkannte, der vor ihr stand und sie fragend anblickte.

»Kräutertee«, murmelte sie leise vor sich hin, bis ihr in den Sinn kam, dass der Wirt ihre Stimme kaum vernommen haben konnte. »Einen Kräutertee«, wiederholte sie ihre Bestellung und sah dem Wirt auffordernd ins Gesicht, der fragend die linke Augenbraue hochzog, als er Fiannas Wunsch vernahm. Dann nickte er, schlurfte zurück hinter die Theke und gab der blonden Schankmagd einen Wink, worauf diese durch eine Tür hinter der Theke verschwand.

Fianna schüttelte den Kopf, als ob sie dadurch die müßigen, einschläfernden Gedanken vertreiben könnte, die ihr immer und immer wieder durch den Kopf gingen. Normalerweise, so rief sie sich ins Gedächtnis, galt ihr erstes Interesse in Schänken und Tavernen immer den Fluchtmöglichkeiten, die die Örtlichkeiten boten. Meist war sie den Bütteln, die nach ihren dreisteren Raubzügen die Kneipen auf der Suche nach Verdächtigen inspizierten, weniger durch Glück als vielmehr durch eine wohl geplante Flucht durch Hintertüren, Fenster und Höfe entkommen und so sollte es eigentlich auch bleiben. Finstere und feuchte Verliese mochte sie beim besten Willen nicht als annehmbare Heimstatt betrachten.

Mit einem leisen Klopfen setzte die blonde Schankmagd den irdenen Teetopf vor ihr ab; ein klein wenig zu schwungvoll, denn aus dem bis an den Rand gefüllten Gefäß schwappte die Flüssigkeit heraus und breitete sich dampfend auf dem Tisch aus. Fianna zog einen Heller aus ihrem Geldbeutel, drehte ihn spielerisch zwischen den Fingern und warf ihn der Schankmagd zu, ohne auch nur in deren Richtung zu schauen.

Allein schon der Duft des Kräutertees weckte ihre müden Lebensgeister, und als sie den ersten Schluck durch ihre Kehle rinnen ließ, spürte sie, wie sich die Wärme in ihrem Inneren ausbreitete. Mit jedem Schluck fühlte sie sich besser und nach der zweiten Tasse war auch das letzte bisschen Kälte und Müdigkeit verschwunden.

Am Tisch der Boltanspieler wurde es mit einem Mal laut und polternd fiel ein Bierkrug zu Boden, als ein älterer, leicht gebeugter Mann sein Gegenüber am Hemdkragen packte und ihm wüste Beschimpfungen ins Gesicht brüllte. Der Angegriffene, ein in feines Tuch gekleideter Jüngling, schien überrascht ob des

Wutanfalles seiner Mitspieler, doch da sie ihn einen Schummler und vermaledeiten Betrüger nannten, lief sein noch bartloses Gesicht puterrot an. Als er etwas erwidern wollte, schlug ihm der Alte kurzerhand die Faust ins Gesicht und schleifte ihn quer durch den Schankraum bis zur Eingangstür. Während der dritte Spieler, ein Söldner mittleren Alters, aus dem Münzhaufen des Jünglings zwei Stapel bildete und dabei den einen oder anderen Taler in seinem Wams verschwinden ließ, beförderte der Alte den Betrüger mit einem kräftigen Fußtritt hinaus auf die Straße. Dann kehrte er an den Tisch zurück, steckte den einen Münzstapel in seinen Geldbeutel und bedeutete dem Wirt mit einem Wink, zwei weitere Bierkrüge aufzutischen.

Fianna lachte innerlich. Es geschah diesem Schnösel schon recht, denn wer nur betrügen, sich aber nicht verteidigen konnte, war am Spieltisch nicht gut aufgehoben, wie sie aus eigener Erfahrung wusste. Dennoch war sie nie derart unsanft hinausbefördert worden und hatte sich aus so manch vertrackter Situation herausreden können. Zur phexschen Kunst gehörte nun einmal mehr als ein schnelles, geschicktes Händchen.

Die beiden verbliebenen Spieler machten nun einen etwas niedergeschlagenen Eindruck. Fianna konnte nicht entscheiden, ob das am zwangsläufigen Ende der Partie liegen mochte oder ihnen ob ihrer Blindheit gegenüber dem Betrüger gar das Bier nicht mehr so recht schmecken wollte. In jedem Falle, so schien es, konnten die beiden ein wenig Aufmunterung vertragen. Das Spiel, das der Jüngling mit den beiden getrieben hatte, beherrschte Fianna schon lange und zudem weitaus besser, wie sie glaubte. So ergriff sie ihre Sachen, marschierte zielstrebig auf den Tisch zu und ließ sich ungefragt an diesem nieder.

»Ihr scheint mir recht einsam zu sein, seit Euer

Freund Euch verlassen hat«, stellte Fianna nüchtern fest und griff nach den Spielkarten, die noch in der Mitte des Tisches lagen. Geschickt ließ sie die Karten durch ihre Finger gleiten, von einer Hand in die andere.

»Wenn du uns verspotten willst, dann verzieh dich gefälligst. Sonst wird es dir bald genauso ergehen wie unserem *Freund*!« Die Stimme des Söldners hatte einen rauen Klang und der faulige Atem, der Fianna entgegenschlug, machte ihr den Kriegsmann nicht gerade angenehmer.

»Ich dachte, Ihr würdet vielleicht noch ein kleines Spielchen wagen«, entgegnete Fianna, ohne den Blick von den Karten zu wenden. »Oder glaubt Ihr allen Ernstes, ich wollte mich über Euch lustig machen? Seid froh, dass Ihr diesen Schnösel losgeworden seid!« Während sie sprach, mischte sie beiläufig den Stapel. »Nun, wonach steht Euch der Sinn?«, fragte sie und noch bevor einer der beiden eine Antwort gegeben hatte, flogen die Karten eine nach der anderen aus ihren Händen und bildeten drei Stapel von je fünf Karten auf dem Tisch.

»Ich weiß nicht, wie es um Eure Geldbeutel bestellt ist, doch ich denke, ein Silbertaler Einsatz ist für den Anfang genug, meint Ihr nicht?« Sie holte ihren Geldbeutel aus der Tasche hervor, klemmte ihn zwischen die Schenkel, zog einen Taler heraus und legte ihn in die Mitte des Tisches.

Der Alte begann zu lachen, sah seinen Kameraden an und griff nach den Karten. »Recht so, lass uns ein Spielchen wagen. Wollen mal sehen, ob du Rorliff das Wasser reichen kannst«, sagte er und klopfte dem Söldner aufmunternd auf die Schulter.

Fianna nahm ihre Karten auf und blickte hinein. Das Spiel begann gut, denn ihr Blatt zeigte die Zwei, die Vier und den Ritter des Feuers und mit diesen drei

Karten eines Elements hatte sie bereits einen Dschinn auf der Hand. Es sollte nicht allzu schwierig sein, im Verlauf des Spiels einen Elementarfürsten oder gar eine Zitadelle zu bilden.

Ihre beiden Mitspieler warfen je einen Taler Einsatz in die Mitte und Rorliff, der zu Fiannas Linken saß, begann. Er tauschte zwei Karten, der Alte tat es ihm gleich. Auch Fianna tauschte zwei Karten aus und erhielt den Magier des Erzes und das Ass des Feuers; der Elementarfürst war damit vollständig. Wenig später gelangte sie in den Besitz der Feuer-Sieben, sodass sie nun sogar eine Zitadelle auf der Hand hatte. Sie beendete die Kaufrunde und erhöhte den Einsatz um drei Taler, Rorliff ging mit, während der Alte den Einsatz um weitere fünf Taler erhöhte. So ging es einige Male, bis der Alte passte, Rorliff wollte die Karten sehen und deckte eine Straße auf. Mit lockerer Hand warf auch Fianna eine Karte nach der anderen auf den Tisch, doch als sie das Ass aufdeckte, verschwand das Grinsen von Rorliffs Gesicht. Fianna strich ihren Gewinn ein, während nunmehr der Söldner die Karten mischte und neu austeilte.

So verging die Zeit und Phex zeigte sich zu Fiannas großer Freude des Öfteren auf ihrer Seite. Ihre Mitspieler schienen den Betrüger bereits vergessen und ihren Gram mit einigen Krügen Bier heruntergespült zu haben. Nun war der Alte – sein Name war Halkan, wie Fianna zwischenzeitlich herausgefunden hatte – wieder an der Reihe, die Karten auszuteilen, als ein Schatten auf den Tisch fiel.

»Sieh einer an, eine Boltanrunde«, erklang eine Männerstimme, »mir scheint, hier bin ich richtig. Ihr habt doch nichts dagegen, wenn ich mich zu Euch geselle?«

Fianna blickte ihre Mitspieler an und zuckte mit den Schultern. Halkan murmelte etwas, das sich entfernt wie ›meinetwegen‹ anhörte, und mit einer Handbewegung bedeutete Rorliff dem Neuankömmling, sich zu setzen. Mit einem Lächeln ließ sich dieser neben Fianna nieder, zog einen Geldbeutel aus seinem Wams und legte ihn geräuschvoll vor sich auf den Tisch. Das helle Klingen etlicher Münzen ließ Halkan und Rorliff aufblicken, doch mit einer schnellen Bewegung schob sich eine Hand über den Beutel.

»Euer Interesse in Ehren, meine Freunde, aber diese Taler wollen verdient sein. Lasst uns beginnen, ehe die Karten zu Staub zerfallen.«

Halkan nickte und begann auszuteilen. Alsbald flogen Karten und Münzen in die Mitte des Tisches und der Neuankömmling – er stellte sich als Travidan vor – erwies sich als äußerst gerissener Boltanspieler. Zu Anfang waren die Spiele noch recht ausgeglichen; mal gewann Rorliff, dann Fianna und Halkan und auch Travidan konnten manchen Sieg für sich verbuchen und die eingesetzten Taler einstreichen. Dann gewann Travidan fünf Spiele in Folge.

Fianna wurde misstrauisch. Zwei, vielleicht drei Spiele hintereinander zu gewinnen, das mochte ja noch mit rechten Dingen zugehen, aber fünf? Irgendetwas stimmte da nicht. Sie würde ein wenig auf diesen Travidan Acht geben müssen.

Rorliff gewann das nächste Spiel und weder er noch Halkan schienen Travidans Glück eigenartig zu finden. Nun war Travidan wieder an der Reihe, die Karten zu geben. Aus den Augenwinkeln beobachtete Fianna, wie Travidan mischte und austeilte. Da! Hatte er nicht gerade eben eine Karte im Ärmelaufschlag verschwinden lassen?

Das Spiel begann und schon bald schien Travidan wieder die Oberhand zu haben, denn Runde um Runde erhöhte er den Einsatz. Verstohlen beobachtete Fianna den Streuner und ihre Aufmerksamkeit wurde belohnt. Mitten ihm Spiel, als Halkan und Rorliff nachdenklich in ihre Karten blickten, zog Travidan eine Karte aus dem Ärmel, fügte sie in sein Blatt ein und ließ eine andere Karte auf den Ablagestapel fallen. Der Kerl war tatsächlich ein Falschspieler!

So ging es etliche Spiele lang weiter; immer wieder erwischte Fianna Travidan dabei, wie er Karten verschwinden ließ und im passenden Augenblick wieder hervorholte. Um keinen Verdacht zu erwecken, ließ Travidan gelegentlich einen seiner Mitspieler gewinnen, doch letztlich war er derjenige, der die meisten Taler einstrich.

Fianna überlegte fieberhaft, was sie tun sollte. Wenn sie ihn darauf ansprach, würde er ohnehin leugnen und sie würde sich mit Halkan und Rorliff um die von Travidan ergaunerten Beträge streiten müssen. Doch dann hatte sie eine Idee. Nach dem Spiel, wenn er die Taverne verließ, würde sie ihn zur Rede stellen und sich ihren Anteil zurückholen, und wenn sie es geschickt anstellte, konnte sie ihm für ihr Schweigen auch noch ein paar Taler mehr abnehmen. So ließ sie ihn denn gewähren, darauf bedacht, selbst nicht zu viele Taler zu verlieren.

Travidan erhöhte den Einsatz um zwei Taler und sah seine Mitspieler erwartungsvoll an. Rorliff ließ die Karten auf den Tisch fallen. »Ich steige aus«, verkündete er und auch Halkan legte die Karten auf den Tisch.

Fianna blickte auf die beiden Spieler, stierte zurück in ihr Blatt und sah schließlich Travidan ins Gesicht. Dieser blieb ruhig und gelassen, lächelte, als ob er kein Wässerchen trüben könnte, und trommelte gelangweilt mit den Fingern auf der Tischplatte herum. Dieser Hund! Das Risiko war einfach zu groß. Wenn sie jetzt den Einsatz erhöhte, würde sie das Geld nur verlieren. Hörbar sog sie die Luft ein. »Ich passe«, sagte sie und ließ die Karten ebenfalls fallen.

Travidan steckte die Münzen in seinen Geldbeutel, zog ihn zu und ließ ihn in seiner Manteltasche verschwinden. Fianna warf ihm einen fragenden Blick zu und auch Rorliff und Halkan blickten ihn verwundert an. Der Söldner ließ die Karten, die er gerade neu zu mischen begonnen hatte, auf den Tisch fallen. »Wollt Ihr Euch schon verdrücken?«, fragte er unmutig.

»Nun, es ist spät. Ich denke, es wird Zeit, den Abend zu beschließen«, entgegnete Travidan und erhob sich. Als er das dunkle Funkeln in Rorliffs und Halkans Augen bemerkte, die über seinen Ausstieg wenig erfreut zu sein schienen – was nach der verlorenen Geldmenge, die Travidan eingestrichen hatte, wohl auch nicht weiter verwunderlich war –, zuckte er kaum merklich zusammen und Fianna blieb seine Reaktion nicht verborgen. Mit einer schnellen Handbewegung zog er ein paar Münzen aus der Tasche, warf sie auf den Tisch und winkte dem Wirt zu.

»Heda, Herr Wirt, bringt meinen Freunden hier noch eine Runde!«, rief er durch den Schankraum und der Angerufene antwortete mit einem geschäftigen Nicken. Die Aussicht auf ein weiteres Bier vertrieb den rachelustigen Ausdruck aus Rorliffs und Halkans Gesicht, und während Travidan sich noch in seinen Umhang hüllte, kam der Wirt auch schon heran und stellte die Bierkrüge schwungvoll auf den Tisch.

»So lasst es Euch denn munden«, sagte Travidan und ein Lächeln huschte über seine Lippen. Fianna griff nach einem der Krüge und nahm einen großen Schluck, abwartend, wie Halkan und Rorliff sich gegenüber Travidan verhalten würden. Doch die beiden Spieler schienen ihren Verlust bereits verwunden zu haben, langten nach den Krügen und stießen miteinander an. Travidan nickte den dreien nochmals freundlich zu. »Wohlan, werte Dame, meine Herren, gehabt Euch wohl!« Dann wandte er sich ab und ging zur Tür hinaus.

Fianna nahm einen weiteren Schluck, während sie fieberhaft überlegte, wie sie sich ebenfalls aus dem Staub machen könnte, ohne dass es den beiden auffiele und sie in den Verdacht geriete, mit Travidan unter einer Decke zu stecken. Da kam der Zufall ihr zu Hilfe. Ein wenig mühsam stemmte Rorliff sich von seinem Stuhl empor und wankte zur Hintertür. »Tschuldigung«, murmelte er mit schwerer Zunge, »ich muss mal dahin, wo auch der Kaiser allein hingeht.«

Halkan erhob sich ebenfalls, griff nach den Bierkrügen, die er und Rorliff bereits geleert hatten, und blickte Fianna auffordernd an. Schnell führte sie ihren Krug zum Mund, leerte ihn in einem Zug und reichte ihn Halkan, der sich daraufhin umdrehte und in Richtung Theke marschierte.

Fianna nutzte die Gunst der Stunde. Schnell stand sie auf, klaubte ihre Sachen zusammen und wandte sich zum Gehen. In der Tür winkte sie dem Wirt zum Abschied zu, dieser erwiderte ihren Gruß, doch Halkan, der sich mit den Armen auf den Schanktisch stützte und auf den Wirt einredete, bemerkte nichts davon. Behende schlüpfte Fianna ins Freie und verschwand in der Dunkelheit.

Die Straße war leer. Suchend blickte sich Fianna um und sah gerade noch den Zipfel eines Umhanges hinter einer Hausecke verschwinden. Bemüht, so leise und doch so schnell wie irgend möglich zu sein, lief sie die Straße hinunter und verharrte an der Ecke. Vorsichtig lugte sie um sie herum und blickte in eine fast stockfinstere Gasse. Ganz am Ende sah sie Travidan wiederum in eine andere Straße abbiegen. Entschlossen zog Fianna ihren Umhang fester um die Schultern, tastete nach ihrem Rapier, das an ihrer Seite hing – wo sollte es auch sonst sein, schalt sie sich selbst – und ging festen Schrittes durch die Gasse. Ein wenig mulmig war ihr dabei schon zumute, des Nachts in einer ihr weitgehend unbekannten Stadt einen Mann durch dunkle Gassen zu verfolgen, den sie kaum kannte und der mit Sicherheit kein aufrechter Bürger war, doch sein Falschspiel durfte nicht ungesühnt bleiben! Wenn sie jemandem das Geld aus der Tasche zog, dann konnte sie gut damit leben; wenn aber jemand sie um ihr Geld betrog, dann war das etwas völlig anderes! Schließlich hatte sie hart darum gekämpft und Phex war auf ihrer Seite.

Während Fianna noch diesen Gedanken nachging, hatte sie die Straße erreicht und sah sich erneut suchend um. Aus den Häusern fiel hier und da ein schwacher Lichtschein auf das Pflaster und in einiger Entfernung sah sie Travidan leicht wankend die Straße entlanggehen. Augenscheinlich spielte er den Betrunkenen, der auf dem Heimweg von seiner Stammtaverne war, und die wenigen Menschen, die außer ihm noch zu sehen waren, schenkten ihm keine Beachtung.

Irgendetwas führt der Bursche doch im Schilde, dachte Fianna, wenn er solche Spielchen treibt. Wahrscheinlich hatte er etwas vor, wobei er lieber schon im Vorfeld unbemerkt bleiben wollte, und dieses Vorhaben war mit Sicherheit wenig praiosgefällig. Fianna folgte Travidan in einigem Abstand, den Blick zu Boden gesenkt. Ihre Neugier war geweckt worden und mit ein wenig Glück ließ sich aus der ganzen Sache noch etwas mehr herausholen als nur die verlorenen Taler.

Plötzlich stolperte Travidan und stürzte zu Boden. Mit einer raschen Bewegung sprang Fianna zur Seite und drückte sich in einen Hauseingang, in der Hoffnung, dass sie von niemandem, insbesondere nicht von Travidan, bemerkt worden war.

Als sie wieder aus ihrem Versteck hinaustrat, vorgebend, gerade das Haus zu verlassen, bemerkte sie einen jungen Burschen, der neben Travidan stand und diesem auf die Füße half. Wie benommen richtete jener sich auf und stützte sich auf den Jüngling, der ihm einen Arm um die Hüften legte, um ein weiteres Umfallen des vermeintlich Betrunkenen zu verhindern. Zusammen wankten sie von dannen und bogen alsbald in ein Gässchen ein.

Fianna schlich ihnen hinterher. Als sich die beiden unbeobachtet glaubten, beendeten sie ihr Schauspiel und liefen schnelleren Schrittes fort. Ein paar Ecken und Gassen weiter hielten sie schließlich vor einer mit Weinranken und Efeu überwucherten Mauer an. Der junge Bursche schob einige Ranken zur Seite, sodass ein Durchlass erkennbar wurde, zog einen Dolch aus dem Gürtel und machte sich in der Finsternis an irgend etwas zu schaffen. Eine Tür öffnete sich in dem Mauerloch und die beiden entschwanden.

Fianna beeilte sich, doch als sie den Durchlass erreichte und unter die Weinranken schlüpfte, war die Tür bereits wieder geschlossen und ein Schloss nicht zu entdecken. Durch die Ritzen der Tür konnte Fianna allerdings einen Riegel auf der anderen Seite erahnen, den man mit einem schmalen Gegenstand und etwas Geschick gewiss würde bewegen können. Dazu hatte der Bursche also den Dolch gebraucht!

Fiannas Rapier war für solcherlei Dinge leider wenig geeignet. Kurzentschlossen trat sie zurück in die Gasse, zog ihre Handschuhe aus der Tasche, streifte sie über und begann, nachdem sie sich vergewissert hatte, dass niemand sie beobachtete, an den Ranken die Mauer emporzuklettern. Oben angekommen, legte sie sich bäuchlings auf die Mauer, um möglichst unauffällig zu bleiben.

Auf der anderen Seite befand sich ein verwilderter Garten und irgendwo zwischen den Bäumen und Sträuchern konnte sie flüchtige Bewegungen und leises Rascheln vernehmen. Vorsichtig glitt sie die Mauer hinunter, rollte sich ab und verharrte in der Hocke. Leise Stimmen waren zu hören. Behutsam einen Fuß vor den anderen setzend schlich Fianna vorwärts. Bald war sie nahe genug herangekommen, um die Stimmen zu unterscheiden. Sie hockte sich hinter einen verkrüppelten Baum, der inmitten einer ehemaligen Hecke stand, die seit Jahren nicht mehr gestutzt worden war. Dieser alte Garten war wahrlich der beste Ort, den man für geheime Besprechungen und die Abwicklung krummer Geschäfte finden konnte; ein braver Bürger würde sich wohl kaum hierher verirren, schon gar nicht zu dieser nächtlichen Stunde.

»…und wenn du den Riegel am Hintereingang hochschiebst, kannst du leicht aus der Gasse in den Hof kommen, ohne dass dich jemand bemerkt!«, hörte Fianna den jungen Burschen sagen.

Der Schemen, der Travidan sein musste, zupfte sich nachdenklich den Bart. »Bis in den Hof, ja, doch wie geht es dann weiter? Wenn ich mich recht entsinne, hat der olle Mackebrecht da immer ein paar Hunde herumlaufen und die werden einem nächtlichen Gast wie mir sicherlich nicht wohlgesonnen sein.«

»Tja, das ist tatsächlich ein Problem«, entgegnete Travidans Gegenüber, wobei er das Wort Problem genüsslich in die Länge zog. »*Dein* Problem, wenn man es genau betrachtet.«

»Mein Problem, ja«, murmelte Travidan. »Aber das werde ich schon irgendwie aus der Welt schaffen. Die Klunker sind es schließlich wert, dass man etwas für sie riskiert!«

Nachdenklich zog Fianna die Augenbrauen hoch. Der Streuner war beileibe ein gerissener Bursche und verstand sich augenscheinlich nicht nur auf Falschspiel und Betrug, sondern auch auf manch andere phexsche Schliche.

»Ich könnte dir natürlich helfen, das Problem zu lösen«, flüsterte Travidans Begleiter geheimnisvoll und mit einer schnellen Handbewegung zog er eine Phiole aus der Tasche, in deren Glas sich das Licht des Madamals silbern spiegelte. Auffordernd hielt er dem Streuner das Fläschchen vor die Nase, doch als dieser danach greifen wollte, zog er die Hand geschwind zurück.

»Nicht so eilig, mein Freund. Alles hat seinen Preis und dieser Trunk«, er grinste von einem Ohr zu anderen, »ist nicht gerade billig.«

»Du bist ein gerissener Hund, Dorian«, schimpfte Travidan, »ein Halsabschneider sondergleichen!« Nach einem Moment des Schweigens jedoch setzte er nach: »Wieviel?«

»Fünf Dukaten. Nicht mehr, nicht weniger. Besorge dir einige Stücke Fleisch und lege sie einen halben Tag in dieses Elixier ein. Wenn du die Brocken dann den Kötern zum Fraß vorwirfst, werden sie dich in Ruhe lassen.«

»Und du bist sicher, dass das Zeug wirkt?«, fragte Travidan unsicher. »Fünf Dukaten für ein Fläschchen Wasser ist nämlich eine ganze Menge. Bei dir weiß man ja nie…«

»Habe ich dich jemals hinters Licht geführt? Selbstverständlich wirkt das Zeug! Mein Lieferant ist der beste Alchimist im Umkreis von hundert Meilen!«, prahlte Dorian, »und außerdem weiß ich doch, was ich an dir habe. Du bist mein bester Kunde, Travidan. Es gibt nicht viele, die es wagen würden, ausgerechnet in Mackebrechts Haus einzusteigen, und du bist der Einzige, dem ich zutraue, da lebend wieder herauszukommen, ohne dass Hände und Füße in Ketten gelegt sind. Und in gewisser Hinsicht sind wir aufeinander angewiesen, schließlich lebe ich von deinen Gaunereien!«

Und das wahrscheinlich nicht schlecht, dachte Fianna. Fünf Dukaten für eine kleine Phiole eines Elixiers, dessen Wirkung nicht einmal genau abgeschätzt werden konnte, ließen hinter den Machenschaften Travidans weitaus mehr als nur kleinere Einbrüche auf gut Glück vermuten. Allem Anschein nach war dieser Dorian Informant und Hehler zugleich, der es anderen überließ, die Kastanien aus dem Feuer zu holen. Bei dem von Travidan geplanten Einbruch musste es sich um eine ganz große Sache handeln, wenn schon im Vorfeld solche Beträge den Besitzer wechselten; auch das Wort Klunker, das die beiden gebraucht hatten, sprach durchaus für eine große Menge zu erbeutenden Goldes. Doch diese Suppe würde sie Travidan gehörig versalzen! Was der Streuner konnte, konnte sie auch, mit Sicherheit sogar besser! Wer dieser Mackebrecht war und wo sich sein Haus befand, würde sie gleich am nächsten Morgen in Erfahrung bringen. Immerhin galt es, das Grundstück vorher auszuspähen, den eigenen Diebstahl vorzubereiten und dann vor Travidan zuzuschlagen!

»Und wo genau befinden sich die Juwelen?«, fragte Travidan und stellte damit genau die Frage, die auch Fianna gerade durch den Kopf ging. Schließlich konnte sie ja nicht, noch dazu ohne Lärm zu machen, ein ganzes Haus auf den Kopf stellen.

»Also«, begann Dorian, »meines Wissens werden die Steinchen in einer Stahlschatulle in Mackebrechts Schreibtisch verwahrt. Allerdings ist da ein Schloss vor, das noch zu knacken sein wird, aber mit Dietrichen kannst du ja umgehen…« Dorian bohrte mit dem Zeigefinger in der Luft herum, gleich so, als ob er ein imaginäres Schloss damit öffnen wollte. »Du könntest natürlich auch versuchen, an den dazugehörigen

Schlüssel zu kommen, doch den, so habe ich mir sagen lassen, hat der Dicke am Tage um den Hals hängen und des Nachts unter seinem Kopfkissen liegen. Da heranzukommen dürfte selbst dir nicht gelingen…«

Das sind ja rosige Aussichten, dachte Fianna und schaffte es gerade noch, das Seufzen, das ihrem Mund entfleuchen wollte, zu unterdrücken. Da würde sie wohl ihre Dietriche bemühen müssen, ob es ihr nun passte oder nicht. Vielleicht war die Stahlschatulle mit den Juwelen ja auch klein genug, um sie mitzunehmen, doch bei so wertvollem Inhalt würde sie höchstwahrscheinlich von innen her mit dem Holz des Schreibtisches verschraubt sein.

»Wir werden sehen«, sagte Travidan, »noch eine Nacht und die Steinchen gehören mir. Ich hoffe, sie erzielen einen guten Preis.«

»Das will ich wohl meinen«, entgegnete Dorian. »Genaugenommen habe ich schon jemanden an der Hand, der an den Juwelen sehr interessiert ist. Du wirst dein Geld bekommen. Und ich meins selbstredend auch…«

»Nun gut. Dann gib mir die Phiole, ich werde sie wohl brauchen können. Und wehe dir, wenn der Trank keine Wirkung zeigt!« Dabei kramte Travidan in seinen Taschen herum und zählte Dorian fünf Dukaten in die Hand, worauf ihm dieser das Fläschchen überreichte, das der Streuner sofort sorgsam in seinem Wams verbarg.

Fianna hatte genug gehört. Es wurde Zeit, dass sie von hier verschwand, ehe die beiden Ganoven auf dem Rückweg über sie stolperten. Vorsichtig schlich sie den Pfad zurück, der zu der Tür am Mauerloch führte, gerade noch rechtzeitig, denn auch Travidan wandte sich bereits zum Gehen.

»Morgen treffen wir uns hier wieder, eine Stunde vor Sonnenaufgang«, rief Dorian dem Streuner zum

Abschied leise zu. »Und sieh zu, dass du erfolgreich bist; mein Käufer wartet auf die Ware…«

»Sieh du nur zu, dass du das Geld dabei hast«, gab Travidan zurück, hob die Hand zum Gruß und machte sich von dannen. Dorian verschwand in die andere Richtung und war alsbald in der Dunkelheit nicht mehr zu sehen.

Fianna verbarg sich hinter ein paar Büschen nahe der Tür und wartete, bis sie sicher sein konnte, dass der Streuner verschwunden war. Dann verließ sie ihr Versteck und kletterte über die Mauer. Frohen Mutes schlenderte sie durch die dunklen Gassen zurück zu ihrer Herberge.

Als sie die Herberge erreichte, waren die Türen bereits geschlossen; immerhin war es weit nach Mitternacht. Fianna pochte kräftig gegen die Tür, die sich nach kurzer Zeit knarrend öffnete. Missmutig blickte der Herbergswirt ihr entgegen, verärgert ob der späten Störung.

»Nun macht nicht so ein verdrießliches Gesicht, ich bin es nur!«, sagte Fianna fröhlich, warf dem Wirt eine Münze zu und trat ein. »Mein spätes Erscheinen soll ja Euer Schaden nicht sein. Ich gehe doch recht in der Annahme, dass Ihr mir ein Bett im Schlafsaal reserviert habt?«

Der Wirt nickte müde, wies auf die Treppe, die ins Obergeschoss führte, und murmelte verschlafen: »Gewiss habe ich das. Den Weg kennt Ihr ja, sodass ich mich wohl wieder zur Ruhe begeben kann.«

»Wohlan, möge der Herr Boron über Euren Schlaf wachen und möget Ihr den Rest der Nacht nicht mehr gestört werden.«

»Wo sich so ein hübsches Ding nur immer die Nächte lang herumtreibt«, brummelte der Wirt, während er zurück in seine Schlafstube schlurfte.

Tja, das würdest du wohl gerne wissen, dachte

Fianna, aber das werde ich dir mit Sicherheit nicht verraten. Ihre nächtlichen Unternehmungen gingen niemanden etwas an. Es reichte, sich auszumalen, was ihre Eltern ihr erzählen würden, wenn sie von ihrem Lebenswandel wüssten. Phexgefälligkeit war in ihrer Familie alles andere als verbreitet; die rondrianischen Tugenden waren es, auf die immer Wert gelegt worden war. Und nun war die Tochter aus gutem Hause zu einer Herumtreiberin geworden, die sich landauf, landab ihren Lebensunterhalt mit Spiel und Gaunereien verdiente, anstatt daheim zu sitzen und dem Willen der Eltern zu folgen, die immerfort bestrebt gewesen waren, sie zu einer Dame zu erziehen, nachdem sie schon als Kind das Kriegerhandwerk verabscheut hatte. Dennoch wurde sie zuweilen von Wehmut übermannt, wenn sie an die Heimat dachte, die sie im zarten Alter von vierzehn Jahren verlassen hatte, um dem strengen Elternhaus zu entfliehen und die Welt zu entdecken, die sie bis dahin nur aus Büchern und den Erzählungen anderer gekannt hatte. *Daheim ist, wo man dich versteht*, sagte ein altes Sprichwort, doch verstanden worden war sie von ihren Eltern nie und für eine Rückkehr war es zu spät.

Viel zu spät, genau, dachte Fianna und gähnte herzhaft. Leise legte sie Mantel und Rapier auf die erste Treppenstufe, huschte zur Hintertür der Herberge, entriegelte diese und suchte den Abtritt auf, der sich in einem Verschlag auf dem Hof befand.

Erleichtert schlich sie wenig später die Treppe zum Schlafsaal hinauf, öffnete vorsichtig die Tür und suchte sich ein freies Bett nahe der Tür. Leise schlüpfte sie aus Stiefeln und Hose, schob ihre Habseligkeiten unter das Bett – nicht ohne zuvor ihren Geldbeutel unter das Kopfkissen zu verfrachten – und legte sich nieder. Kaum hatte sie sich in ihre Decke gewickelt, war sie eingeschlafen.

Müde blinzelte Fianna. Helles Sonnenlicht fiel durch die Fenster der Herberge in den Schlafsaal und tauchte ihr Bett in warmen Glanz. Überall um sie herum wimmelten emsig die anderen Schlafgäste umher, packten ihre Siebensachen und verschwanden die Treppe hinunter, um ihrem mehr oder weniger göttergefälligen Tagewerk nachzugehen. Fianna hingegen war wenig nach Aufstehen zumute. Irgendetwas in ihrem Kopf flüsterte, dass es unmöglich schon Zeit zum Aufstehen sein konnte, schließlich hatte sie sich gerade erst schlafen gelegt. O Phex, warum waren deine Nächte nur so kurz? Verschlafen blickte sie sich im Saal um. Am Ende des Raumes erblickte sie Rorliff und Halkan, die gerade ihre Bündel schnürten. Die beiden musste sie hier nun wirklich nicht sehen! Schnell drehte sie sich auf die andere Seite und zog die Decke über den Kopf, damit die Spieler sie nicht erkennen konnten, wenn sie an ihr vorüber zur Treppe gingen. Trotz ihrer Müdigkeit hielt sie die Augen offen, um nicht vom Schlaf übermannt zu werden; sehen konnte sie durch die Decke nichts.

Wenig später stapften die beiden an ihr vorbei, ohne darauf zu achten, wer dort noch in seinem Bette lag.

»Und ich sage dir, die zwei stecken unter einer Decke. Warum sonst sollte sich das Mädel so schnell verzogen haben? Die war doch verschwunden, kaum dass dieser Travidan aufgestanden war«, hörte Fianna Halkan schimpfen.

»Was musst du sie auch aus den Augen lassen, wenn ich mal pissen geh', hä?«, polterte Rorliff zurück.

»Dann musst du eben nicht so viel saufen. Alles, was ich am Nachmittag gewonnen hatte, habe ich am Abend wieder verloren. Verfluchte Gauner! Wenn ich die in die Finger kriege, breche ich denen alle Knochen. Ein ehrliches Spiel in Ehren, aber da war was faul!«

»Jaja, ein ehrliches Spielchen, darauf verstehst du dich ja besonders gut, nicht wahr?«, entgegnete Rorliff. »Und überhaupt: Warum sollten die gemeinsame Sache gemacht haben? Immerhin war die Kleine ja viel eher in der Schänke als er. Und du gehst doch auch immer, wenn ich mich vom Acker mache!«

»Ach halt den Rand«, maulte Halkan. »Wenn ich dir sage, dass die unter einer Decke stecken, dann tun sie das auch. Ich merke sowas!«

»Wenn du meinst. Aber hübsch war sie ja, diese Fianna. Die könnte des Nachts mal unter meine Decke kommen!«, gab Rorliff zurück und die beiden Spieler verfielen in Gelächter, während sie die Treppe hinunterstiegen und endlich mit einem lauten Krachen die Tür der Herberge zuwarfen.

Fianna atmete hörbar aus. Da hatte sie ja gerade noch einmal Glück gehabt! Mit einem allein wäre sie fertig geworden, aber zwei waren eine Nummer zu groß für sie. Langsam richtete sie sich auf und sah sich im Saale um. Von irgendwoher erklang ein leises Schnarchen und zwei Betten neben ihr drehte sich jemand auf die andere Seite. Die restlichen Betten waren bereits leer und nur ein Gaukler, an dessen Schuhen fröhlich einige Glöckchen bimmelten, war noch damit beschäftigt, sein Bündel zu schnüren.

Die Streunerin gähnte und blickte zum Fenster hinaus. Dem Stand der Praiosscheibe nach konnte sie sich durchaus noch eine Mütze Schlaf genehmigen, immerhin hatte sie in der Nacht Großes vor, sodass es sich empfahl, ausgeschlafen zu sein.

Grinsend warf der Gaukler ihr einen Blick zu, als er seinen Packen über die Schulter warf und sich ebenfalls aufmachte, und das helle Klingen der Glöckchen erfüllte den Raum. Als er an Fiannas Bett vorbeimarschierte, ahmte er ein Gähnen nach, winkte ihr zu und warf hinter sich die Tür ins Schloss. Dann polterte er fröhlich pfeifend die Treppe hinunter, wobei er sich alle Mühe gab, möglichst laut zu sein, damit auch die letzten Schlafmützen aus den Federn krochen.

Fianna stöhnte auf. Dieses Gauklervolk hatte nur Blödsinn im Kopf! Zu einer anderen Tageszeit mochten solche Späße ja durchaus angebracht sein, aber doch nicht zu dieser frühen Morgenstunde. Ächzend ließ sie sich zurück auf die strohgefüllte Matratze sinken und schlief wieder ein.

Es klapperte laut, als Alrike den blechernen Eimer fallen ließ und sich das Wasser, mit dem sie eigentlich den Boden des Schlafsaales hatte schrubben sollen, über die Dielen ergoss. Fluchend ließ sie den Besen ebenfalls los, der sogleich polternd auf die Bretter krachte und Fianna endgültig aus ihren Träumen riss.

»Verdammte Hühnerscheiße!«, schimpfte Alrike, ließ sich auf die Knie sinken und langte nach Eimer und Lappen, um das Wasser aufzuwischen.

Fianna setzte sich auf und gähnte. »Eine wahrhaft praiosgefällige Begrüßung hast du da am frühen Morgen auf den Lippen, Alrike!«

Erschrocken fuhr die Angesprochene herum und um ein Haar hätte sie den Eimer erneut umgestoßen.

»Fianna! Musst du mich so erschrecken? Wo kommst du überhaupt her?«

»Das Gleiche könnte ich dich fragen. Seit wann wird denn geputzt, wenn noch Schlafgäste da sind?«

Die Magd blickte sich suchend um. »Wieso? Hier ist doch keiner mehr!«

»Bin ich vielleicht niemand?«, fragte Fianna amüsiert.

»Das wollte ich damit nicht gesagt haben«, entgegnete Alrike, »aber in einer Stunde ist es Mittag und da ist sonst keiner mehr da. Auch du nicht. Irgendwann muss ich hier ja anfangen, schließlich muss ich auch noch in der Küche helfen!«

»Mittag? Um Phexens willen!« Fianna schlug die Decke zurück und sprang aus dem Bett. »Das hat mir ja gerade noch gefehlt!« Sie zog ihre Sachen unter dem Bett hervor, schlüpfte in Hose und Stiefel und kramte ihr Geldbeutelchen unter dem Kopfkissen hervor. »Bin gleich wieder da«, rief sie Alrike zu, stürmte aus dem Schlafsaal die Treppe hinunter und eilte hinaus in den Hof. Am Brunnen füllte sie Wasser in eine Schüssel, spritzte sich etwas von dem kühlen Nass ins Gesicht und benetzte auch Arme und Oberkörper, nachdem sie das Hemd ausgezogen hatte.

Hinter ihr ertönte ein Pfiff. »Seht, die nasse Rahja von Elenvina!«, rief eine Männerstimme. Fianna drehte sich um, während sie sich mit ihrem Hemd die Arme trockenrieb. Meinolf, einer der Knechte, trug einen Eimer mit Essensresten über den Hof, um damit die Schweine zu füttern, die in einem Schuppen ihr Dasein fristeten.

»Komm her, wenn du etwas willst!«, rief Fianna ihm neckend zu. »Natürlich nur, wenn du dich traust.«

Meinolf lachte. »Einem Rahjaopfer bin ich nie abgeneigt, holde Maid!«, antwortete er, stellte den Eimer ab und näherte sich ihr.

»Soso«, entgegnete Fianna und als er heran war, legte sie die Hand in seinen Nacken und drückte ihm einen Kuss auf die Wange, während Meinolf seinen Arm um ihre Hüften schmiegte. Doch ehe der Knecht sich's versah hatte ihm Fianna den Inhalt der Schüssel über den Kopf gekippt und lachte. »Dann passen wir ja gut zusammen. Ich die nasse Rahja und du der nasse Levthan!«

Auch Meinolf lachte und schüttelte sich das Wasser aus den Haaren.

»Na los, an die Arbeit, sonst gibt's noch Ärger«,

sagte sie aufmunternd und gab ihm mit der flachen Hand einen Klaps aufs Hinterteil. »Was soll denn dein Herr von dir denken, wenn du hier während der Arbeitszeit die Gäste belästigst?«

Meinolf grinste nur.

»Und warte einmal ab, was deine Alrike dazu sagt, dass du anderen Mädchen schöne Augen machst! Das wird ihr sicher gefallen. Oder etwa nicht?« Fianna wusste, dass sie den Knecht damit an seinem wunden Punkt erwischt hatte und dass auch die Magd ein Auge auf Meinolf geworfen hatte. Meinolf blickte verlegen zu Boden, seufzte etwas, das sich wie »Ach ja, die Alrike« anhörte und blickte zum Haus, um sich zu vergewissern, dass Alrike ihn nicht beobachtet hatte.

Fianna streifte ihr Hemd über und ging zur Tür zurück, nicht ohne dabei provozierend mit dem Hintern zu wackeln. Junge Burschen wie Meinolf waren ja so leicht um den kleinen Finger zu wickeln, wenn man ihnen nur genug Hoffnungen machte...

Als sie den Schlafsaal wieder betrat, funkelte Alrike sie wütend an; mit dem Besen in der Hand sah sie aus wie eine wunderschöne, böse Hexe. Fianna ahnte, dass die Magd das Schauspiel im Hof vom Fenster aus beobachtet hatte.

»Nun mach nicht so ein Gesicht. Ich will nichts von deinem Meinolf«, sagte sie beschwichtigend.

»Jaja, das kann jeder behaupten. Das da unten sah aber gerade ganz anders aus!«, entgegnete Alrike trotzig.

»Ach Alrike, du musst noch so viel lernen!«, antwortete Fianna und trat auf die Magd zu. »Männer sind eine ganz besondere Sorte Mensch. Du musst sie immer wieder in die richtige Richtung lenken und darfst die Zügel nie zu locker lassen, sie aber auch nicht zu fest anziehen. Wenn du es richtig anfasst, sind sie folgsam wie ein junger Hund. Versuch es nur; du wirst sehen, dass ich Recht habe!«

»Meinst du wirklich?« Alrike klang nicht überzeugt.

»Aber natürlich. Gib ihnen das, was sie wollen, aber immer nur ein bisschen. Du hast es doch eben beobachtet, oder nicht?«

Alrike nickte.

»Und nun mach dich wieder an die Arbeit. Ich will nicht, dass einer von euch meinetwegen Ärger bekommt. Außerdem muss ich ohnehin aufbrechen; der Tag ist schon viel zu weit fortgeschritten und ich habe noch einiges zu erledigen.« Fianna packte ihre Sachen zusammen, legte das Rapier an und warf ihren Rucksack über die Schulter. »Gehab dich wohl, Alrike! Und mach dir keine Sorgen um Meinolf. Er ist ein guter Junge!«

»Kommst du heute Nacht wieder?«, fragte Alrike.

»Ich glaube nicht. Es wird Zeit weiterzureisen. Aber sage niemandem, dass ich fort bin, hörst du?«

Die Magd nickte stumm. Fianna winkte ihr noch einmal zu, stieg die Treppe hinab und verließ die Herberge.

Die Straße war voller Menschen. Die halbe Stadt schien auf den Beinen zu sein und überall hörte man die Stimmen der Händler, die ihre Waren anpriesen, bisweilen durchmischt mit Kindergeschrei oder dem Brüllen eines Esels, der seinen Karren nicht weiterziehen mochte. Mühsam bahnte Fianna sich ihren Weg durch die Menge, bis sie den Marktplatz erreichte. Hier und dort stellte sie den richtigen Leuten die richtigen Fragen und hatte alsbald herausbekommen, dass der Kaufherr Mackebrecht, das auserkorene Opfer der kommenden Nacht, mit Vornamen zwar Jorn hieß, von allen aber nur Klein-Stoerrebrandt genannt wurde.

Der Name Klein-Stoerrebrandt war Fianna in den

vergangenen Wochen schon des Öfteren untergekommen, und wo sich dessen Haus befand, wusste sie bereits. Vor einer Woche hatte sie vor dem Gebäude gestanden und sich gefragt, ob es einen Einbruch und das damit verbundene Risiko wert sei oder nicht. Damals war sie noch davor zurückgeschreckt, denn mit den beiden Wehrheimer Bluthunden war gewiss nicht gut Kirschen essen. Wenn man aber wusste, wo man in dem Haus suchen musste, und sich noch dazu sicher sein konnte, dass sich das Risiko lohnte, sah die ganze Sache anders aus. Travidan allerdings musste entweder besonders mutig oder besonders verrückt sein, wenn er durch den Hof in das Haus eindringen wollte. Er würde sich ziemlich umgucken, wenn sein Elixier nicht so wirkte, wie dieser Dorian es ihm zugesichert hatte.

Trotz der Hunde war Fianna fest entschlossen, Travidan eins auszuwischen und die Juwelen vor ihm zu ergattern. Sie musste wohl oder übel eine andere Möglichkeit finden, in das Gebäude einzudringen. So schwer konnte das ja nicht sein.

Eine halbe Stunde später stand sie vor dem Haus des Kaufmanns und sah sich um. Linkerhand befand sich das Hoftor, das zwar einfach aufzubrechen schien, aber von jedem auf der Straße beobachtet werden konnte; zudem lauerten dahinter die beiden Hunde. Die schwere, eisenbeschlagene Haustür aus Eichenholz würde allen Einbruchsversuchen lange standhalten und außerdem war sie nicht besser vor Blicken geschützt als das Hoftor. Nein, es musste noch eine andere Möglichkeit geben.

Fianna sah sich suchend um und plötzlich hatte sie eine Idee. Nach kurzer Suche entdeckte sie die Gasse, die Dorian beschrieben hatte und von der aus Travidan durch eine Tür in den Hof gelangen wollte, und betrachtete die Häuser von der Rückseite. Über dem

Hintereingang von Mackebrechts Haus, der in den Hof hineinführte, befand sich ein Balkon, von dem aus man sicherlich unbemerkt in das Gebäude eindringen konnte, ohne sich mit den Hunden herumschlagen zu müssen. Wenn sie sich von einem anderen Grundstück her über die Dächer heranschlich, sollte ihr Vorhaben eigentlich gelingen. Frohen Mutes schlenderte sie zurück auf die Straße.

Fianna nutzte den frühen Nachmittag, um die letzten Vorbereitungen zu treffen. Nach einem ausgiebigen Mahl erwarb sie bei einem Seiler ein dünnes Seil, das für ihr Gewicht ausreichend sein musste, und kaufte bei einem Krämer einen alten, schmalen Dolch; das Rapier würde sie nur stören, doch gänzlich unbewaffnet mochte sie nicht einhergehen. Während sie durch die Straßen stromerte und nochmals über den Markt bummelte, wäre sie um ein Haar Halkan und Rorliff in die Arme gelaufen, schaffte es aber gerade noch, sich zwischen zwei Ständen zu verdrücken. Als sie wenig später aus ihrem Versteck hervortrat, hatte sie eine Birne in der Hand, die ihr aus einem Korb entgegengehüpft war. Tja. Genüsslich verspeiste sie die süße Frucht, schlenderte weiter und schlug, einer Eingebung folgend, den Weg zum Phextempel ein.

Behutsam öffnete Fianna die Pforte des Tempels und trat ein. In der Halle des nächtlichen Gottes war es kühl und das Grau der Wände trug ein Übriges dazu bei, dass Fianna zu frösteln begann. In der Mitte der Halle stand auf einem halbschritthohen Sockel, aus dem grauer Nebel waberte, eine lebensgroße Fuchsstatue, deren Onyxaugen listig funkelten. An der Decke schwebte, von fast unsichtbaren Drähten gehalten, eine silberne Mondsichel, in der sich das Licht der Fackeln an den Wänden widerspiegelte, das sich auch in den unzähligen kleinen Sternen und Monden, die in Wände und Decke eingelassen waren, tausendfach brach. Wenn man die Decke genau betrachtete, erkannte man sogar die Sternbilder des Zwölfkreises, wie man sie in einer klaren Nacht beobachten konnte.

Fianna näherte sich andächtig der Fuchsstatue, kniete nieder und zog ihren Geldbeutel aus der Tasche. Es konnte mit Sicherheit nicht schaden, dem Diebesgott vor dem nächtlichen Einbruch ein Opfer zu bringen und um gutes Gelingen zu bitten. Langsam nestelte sie die Verschnürung des Beutelchens auf, zog eine Münze heraus und warf sie in die Opferschale, die zu Füßen des Fuchses auf dem Boden stand. Die Münze landete mit einem dumpfen Pochen in der metallenen Schale, das Fianna stutzig machte. Das Geräusch hatte sich nicht gerade nach Metall auf Metall angehört. Ob sie den listigen Gott verärgert hatte? Schnell zog sie weitere Münzen aus dem Beutel und warf sie nacheinander in die Schale und von Mal zu Mal hörte sich das Aufschlagen des Geldstückes auf dem Boden der Schale metallischer an. Fianna lächelte in sich hinein. So war er, der Herr Phex; es gefiel ihm, wenn man auch um die Opfergaben mit ihm feilschte. Frohgemut schickte Fianna ein stilles Gebet an den göttlichen Fuchs. Als sie geendet hatte, kramte sie einen letzten Taler hervor und ließ ihn in die Schale fallen, wo er mit einem glockenhellen Klingen landete.

Die Streunerin erhob sich und wandte sich zum Gehen. Vor der Tür drehte sie sich noch einmal um, blickte zu der Statue und schlug das Zeichen des Fuchses vor der Brust.

Als sie durch die Pforte hinaustreten wollte, stieß sie beinahe mit einem jungen Mann zusammen, der im Begriff war, den Tempel zu betreten.

»Phex zum Gruße, meine Dame«, ertönte Travidans Stimme und ließ Fianna zusammenzucken. Ausgerechnet Travidan! Der hatte ihr gerade noch gefehlt! Doch nun war es geschehen. Schnell erwiderte sie den Gruß, zwängte sich an Travidan vorbei auf die Straße und ließ ihn verdutzt an der Pforte stehen.

Den restlichen Nachmittag verbrachte Fianna damit, auf dem Markt ihre Vorräte aufzufüllen. Um kein weiteres Risiko einzugehen, wählte sie den ehrlichen Weg und bezahlte die Waren, wobei es ihr immerhin oft genug gelang, durch Feilschen einen guten Preis zu erzielen. Vermutlich war es das Beste, am nächsten Morgen aus der Stadt zu verschwinden, noch bevor Mackebrecht den Diebstahl bemerken würde und die Stadtwache alarmieren konnte, und ein ausreichender Vorrat konnte da nicht schaden. Unter Umständen würde sie einige Tage querfeldein wandern müssen, um den Bütteln aus dem Weg zu gehen, und nur von Wurzeln und Beeren wollte sie sich nicht ernähren müssen.

Die Gedanken der vergangenen Nacht kamen ihr wieder in den Sinn. Vielleicht würde sie doch nach Garetien zurückkehren und eine Weile in der Heimat bleiben. Mittlerweile war sie ohnehin so alt, dass sie sich von ihren Eltern nichts mehr sagen lassen würde, und nach der kommenden Nacht würde sie genug Geld haben, um vorerst über die Runden zu kommen, ohne auch nur einen Finger rühren zu müssen.

Ach ja, Garetien, die Heimat im Zeichen des Fuchses... Konnte es ein besseres Ziel geben? Fianna bezweifelte es. So hatte sie denn ein Ziel, dem sie sich zuwenden konnte, und wenn es ihr dort nicht gefiele, konnte sie immer noch nach Gareth, Wehrheim oder Rommilys weiterreisen. Ein Phexenskind wie sie kam in jeder Stadt gut zurecht.

So hing sie ihren Gedanken nach, beobachtete das Gebaren der Gaukler und lauschte dem Gesang der

Spielleute, die sich auf dem Markt ihre Taler verdienten. Als die Krämer und Handwerker schließlich am Abend ihre Stände abbauten, betrat sie die nächstbeste Taverne, um sich noch ein wenig für ihre nächtliche Aufgabe zu stärken.

Gegen Mitternacht verließ Fianna die Taverne und machte sich auf den Weg zu Mackebrechts Anwesen. Die Straßen waren größtenteils wie leer gefegt und nur zuweilen kreuzte jemand ihren Weg. Den Patrouillen der Stadtwache pflegte sie ohnehin weiträumig auszuweichen, um gar nicht erst in die Verlegenheit zu kommen, deren sicherlich gerechtfertigte, aber aus Fiannas Sicht völlig überflüssige Fragen beantworten zu müssen. Kurz bevor sie Mackebrechts Haus erreichte, erblickte sie eine Straße weiter zwei Büttel und verschwand schnell und unbemerkt in den nächtlichen Schatten einer Seitengasse. Als sie ihr Ziel erreichte, sah sie gerade noch, wie im Obergeschoss des Kaufmannshauses das letzte Licht gelöscht wurde. Anscheinend befand sich dort das Schlafgemach des Händlers. So musste sie also noch ein Weilchen warten, bis sie sicher sein konnte, dass im Hause auch wirklich alles schlief.

Immerhin kam sie nicht zu spät, denn Travidan konnte mitnichten schon vor ihr dort gewesen sein, während das Licht noch brannte. Kein Dieb würde es wagen, bei Nacht in ein Haus einzusteigen, dessen Herr nicht schlief; so verrückt konnte auch Travidan nicht sein!

Vorsichtig näherte Fianna sich der Gasse, die hinter den Häusern entlangführte, und spähte hinein, doch es war nichts zu sehen. Schnell drehte sie sich um, vergewisserte sich, dass niemand sie sehen konnte, und schlüpfte in die Gasse. Auch hinter Mackebrechts Haus war alles ruhig; und als sie sich an der Mauer hinaufgehangelt hatte, konnte sie im Hof die Hunde umherlaufen sehen. Sie ließ sich wieder auf den Boden fallen und schlich weiter.

Hinter einem großen Busch versteckte sie ihren Rucksack und ihr Rapier, nachdem sie den Dolch in den Gürtel gesteckt und das Seil ausgepackt hatte. Dann kramte sie ein altes Lederband aus der Tasche hervor und knotete die Haare im Nacken zusammen. Es konnte losgehen!

Behende kletterte Fianna auf die Mauer. Nachdem sie sich davon überzeugt hatte, dass ihr dort weder Mensch noch Tier in die Quere kommen würde, sprang sie in den Hof des Hauses hinab, das sich zwei Häuser neben dem Anwesen des Kaufmannes befand. Schnell überquerte sie den Hof und drückte sich an die Hauswand. Linkerhand befand sich ein Stallgebäude, das an das Wohnhaus grenzte und auch annähernd so hoch war. Vorsichtig öffnete Fianna die Stalltür und trat in das dunkle Innere. Sobald sich ihre Augen an die Finsternis gewöhnt hatten, entdeckte sie eine Stiege, die auf den Stallboden hinaufführte.

Als sie den Boden erreicht hatte, tauchten plötzlich zwei glühende Punkte im Dunkel auf und mit einem leisen Fauchen verschwand ein Schatten im Heu. Fianna schrak zusammen, schalt sich aber sogleich eine Närrin. Nun hatte sie sich schon von einer Katze einen Schrecken einjagen lassen, die wie sie selbst ihrem nächtlichen Jagdtrieb nachging!

Wenig später öffnete sie mit einem leisen Quietschen die Heuklappe, die sich in einem vorspringenden Giebel an der Längsseite des Stalles befand, und spähte hinaus. Im Hof war noch immer alles ruhig und auch das Kaufmannshaus war dunkel. Vorsichtig kletterte sie aus der Öffnung und suchte Halt auf der mit Holzschindeln bedeckten Dachschräge, wobei sie bemüht war, sich solange wie möglich am Gebälk des Giebels festzuhalten. Ohne abzurutschen erreichte sie den First des Stallgebäudes und kroch geduckt auf das Haupthaus zu, dessen Dach einen knappen Schritt über dem First begann. Ohne lange nachzudenken richtete sie sich auf, hechtete über die Dachkante und schob sich auf allen vieren die gebrannten Tonziegel hinauf, bis sie auch den Dachfirst erreicht hatte.

Fianna atmete tief durch. Der Aufstieg war geschafft und damit hatte sie den schwierigsten Teil hinter sich. Gebückt schlich sie über die Ziegel, kletterte hinüber auf das Dach des Nachbarhauses und war innerhalb weniger Augenblicke am Haus des Kaufmannes angelangt, dessen Dach wiederum ein wenig höher lag. Mit einem Satz überwand sie auch diese Hürde, kletterte über die Ziegel und verharrte schließlich hinter dem Schornstein.

Am Horizont strahlte die Mondsichel in die klare Nacht hinab und das Leuchten der Sterne erinnerte Fianna an das Innere des Phextempels. Von hier oben betrachtet sah die Stadt richtig friedlich aus, als ob keine Unbill in der Nacht lauerte. Doch in den Gassen herrschte zu dieser Stunde das lichtscheue Gesindel, zu dem aus der Sicht der Garde auch Fianna gehörte, wenngleich sie sich natürlich selbst nicht so sah. Wie die Krämer und Handwerker am Tage ihrer Arbeit nachgingen, so verdiente sie sich des Nachts auf ihre Art und Weise das nötige Geld zum Leben.

Alles Gute kam bekanntlich von oben, dachte sie und nahm das Seil von der Schulter. Mit geschickten Fingern legte sie eine Schlinge um den Schornstein, die sie im Notfalle auch lösen konnte, indem sie an einem der beiden Seilenden zog. Dieser Knoten, den sie vor Jahren von einem anderen Mitglied ihrer Zunft gelernt hatte, war ihr schon des Öfteren hilfreich gewesen. Sodann ließ sie das Seil vom Dach hinuntergleiten, überprüfte noch einmal den Halt der Schlinge und kletterte schließlich an dem Strick hinunter, bis sie auf dem rückwärtigen Balkon zu stehen kam.

Ein Blick in den Hof verriet ihr, dass Travidan noch immer nicht zugegen war, denn die Hunde liefen nach wie vor im Hof herum. Phex sei Dank befand sie sich hoch genug über dem Boden, sodass sie von ihnen nicht wahrgenommen wurde.

Fianna untersuchte die Tür, die vom Balkon in das Innere des Hauses führte. Wie sie gehofft hatte, würde sich die Tür mit dem Dolch und ein wenig Geschick öffnen lassen. Behutsam schob sie den Dolch unter die Tür, zog den Griff nach oben und drückte damit zugleich auch die Tür in die Höhe, sodass der Riegel aus dem Haken sprang. Bereits beim ersten Versuch hatte sie Erfolg, öffnete die Tür und trat in den Flur des Hauses.

Alles war still. Angestrengt lauschte Fianna ins Dunkel und hörte in einiger Entfernung ein leises Schnarchen. Ein gutes Zeichen! Wenn alles schlief, hatten Diebe ein leichtes Spiel.

Sie versuchte sich zu orientieren. Das Schlafzimmer befand sich zur Straße hinaus, und wenn Mackebrecht sich wie die meisten anderen Kaufleute verhielt, dann war das Arbeitszimmer gewiss nicht allzu weit davon entfernt. Suchend sah sie sich um. Das fahle Mondlicht fiel durch ein Fenster auf ein Gemälde an der Wand. Es zeigte einen dicken Mann mittleren Alters; Fianna war sich sicher, dass es den Hausherrn selbst darstellte. Irgendwie kam ihr das Gesicht bekannt vor und sie erinnerte sich, wo sie ihn schon einmal gesehen hatte, und musste sich ein Lachen verkneifen. Erst gestern hatte sie Mackebrecht auf dem Marktplatz den Geldbeutel vom Gürtel geschnitten. Der Kerl musste ja einiges auf dem Kerbholz haben, wenn Phex ihrer beider Wege derart oft zum Schaden des Kaufmannes kreuzte…

Intuitiv wandte Fianna sich nach rechts in den Flur. Auf der dem Schlafzimmer abgewandten Seite des Flures befand sich lediglich eine einzige Tür. Auf gut Glück drückte Fianna die Klinke herunter, öffnete die Tür und ging hinein. In der Mitte des Raumes stand ein großer Schreibtisch, darauf einige Stapel Papier und ein Tintenfass. An den Wänden hingen etliche Gemälde und alle zeigten sie feiste Kerle und fette Weiber, die dem Händler nicht unähnlich sahen und wohl seine Ahnen darstellten.

Fianna betrachtete die Gemälde nicht weiter; schließlich hatte sie es nicht auf diese zweifelhafte Kunst, sondern auf eine andere Beute abgesehen. Sie umrundete den Schreibtisch und untersuchte die Türen des Möbelstückes. Die rechte Tür klemmte, ließ sich aber ansonsten ohne Probleme öffnen. Allerdings befanden sich in dem Fach lediglich Handelsverträge, Schuldverschreibungen und dergleichen mehr, mit denen sich nichts Rechtes anfangen ließ. Die linke Tür hingegen war verschlossen. Fianna kramte ihre Dietriche aus der Jackentasche und machte sich am Schloss zu schaffen. Bald hatte sie es geknackt und öffnete die Tür. Der Inhalt sah schon verheißungsvoller aus, denn auf dem Boden des Faches stand neben einem großen, prall gefüllten Geldbeutel die von Dorian beschriebene Stahlschatulle, doch wie sie bereits befürchtet hatte, ließ sich diese keinen Finger breit bewegen. Wohl oder übel würde sie auch das Schloss der Schatulle aufbrechen müssen.

Betrübt stellte Fianna fest, dass keiner ihrer Dietriche klein genug war, um die Schatulle damit öffnen zu können. Leise fluchte sie vor sich hin. Nun musste sie zusehen, dass sie irgendwie an den Schlüssel kam.

Auf leisen Sohlen schlich sie auf den Flur, holte tief Luft und wollte soeben die Tür zu Mackebrechts Schlafzimmer öffnen, als sie feststellte, dass das Schnarchen dahinter verstummt war. Stattdessen war das Knarzen des Bettes zu hören, so als ob sich eine schwergewichtige Person darin auf die andere Seite wälzte. Fianna legte die Hand auf die Klinke und wollte sie gerade herunterdrücke, da waren aus dem Inneren schlurfende Schritte zu vernehmen. Verdammt! Geschwind huschte sie zurück in das Arbeitszimmer des Kaufmannes, lehnte die Tür an und horchte.

Mackebrecht trat aus seinem Schlafzimmer, gähnte herzhaft und schlurfte zur Treppe, die er mit schweren Schritten hinunterpolterte. Die Zwölfe mochten wissen, was ihn zu dieser nächtlichen Stunde hinunter trieb! Fianna nutzte die Gelegenheit, hastete in das Schlafzimmer hinüber und klaubte den Schlüssel unter dem Kopfkissen des Kaufmannes hervor. Eilig lief sie zurück ins Arbeitszimmer, öffnete die Schatulle, entnahm ihr ein kleines Holzkästchen und einen Tuchbeutel, legte diese zusammen mit dem Geldbeutel auf den Schreibtisch und verschloss das Behältnis wieder.

Wenige Augenblicke später stand sie wieder am Bett des Kaufmanns und schob den Schlüssel zurück unter das Kissen. Da hörte sie Mackebrecht die Treppe hinaufstapfen und allem Anschein nach befand er sich schon auf den letzten Stufen. Wenn sie jetzt den Flur überquerte, würde sie dem Kaufmann direkt in die Arme laufen. Suchend sah sie sich um. Der Vorhang! Schnell verschwand sie hinter den schweren Stoffbahnen und drückte sich gegen die Wand, in der Hoffnung, dass der Kaufmann den Umriss ihres Körpers in der Dunkelheit nicht bemerken würde.

Schnaufend kam Mackebrecht in den Raum, schloss die Tür und ließ sich auf seine Bettstatt fallen. Fianna wagte kaum zu atmen. Erst nach schier endlosen Minuten ertönte wieder das beruhigende Schnarchen. Vorsichtig kam Fianna hinter dem Vorhang hervor und schlich zur Tür, die sich Phex sei Dank ohne zu knarren öffnen ließ.

Wieder im Flur stehend schloss sie behutsam die Tür und ging zurück in das Arbeitszimmer. Dort langte sie nach ihrer Beute, die sie sorgsam in ihrer Gürteltasche verstaute, und machte sich auf den Rückweg. In dem Moment ertönte aus dem Erdgeschoss ein Knacken und mit einem leisen Quietschen öffnete sich eine Tür. Das musste Travidan sein! Fianna eilte auf den Balkon, lehnte die Tür an und blickte in den Hof. Drunten lagen die beiden Hunde auf dem Boden und bewegten sich nicht mehr. Das Mittelchen, das Dorian dem Streuner angedreht hatte, schien tatsächlich wirksam gewesen zu sein.

Aus dem Inneren des Hauses war plötzlich ein helles Scheppern zu hören. Das Geräusch glich dem einer auf dem Boden zerspringenden irdenen Vase und war selbst auf dem Balkon noch laut zu hören. Sogleich schien das ganze Haus auf den Beinen zu sein. Wild fluchend stürmte Mackebrecht aus seinem Schlafzimmer und von unten waren Schritte zu hören, die die Treppe hinaufhasteten. Neugierig spähte Fianna durch die Glasscheiben der Balkontür.

»Hab ich dich erwischt, Bursche!«, tönte des Kaufmanns Stimme durch den Flur. Im Lichte einer Lampe, mit der zwei weitere Männer die Treppe hinaufgestiegen kamen, erkannte Fianna Travidan, der unter dem massigen Leib des Kaufmannes lag und versuchte, sich von der Last zu befreien. Schon sprangen die beiden Bediensteten herbei und hielten den Streuner fest, während Mackebrecht sich mühsam aufrappelte.

»Ein Dieb in meinem Hause«, brüllte der Kaufmann. »Dir werd ich's zeigen!« Mackebrecht rammte Travidan die Faust in den Magen, dass diesem die Luft wegblieb. Mittlerweile war auch die Frau des Händlers aus dem

Schlafgemach herbeigekommen und schlug fassungslos die Hände vor das Gesicht.

Zwei weitere Bedienstete, ein Knabe von vielleicht sechzehn Götterläufen und eine junge Magd, kamen die Treppe herauf.

»Ah, Ugo, lauf sofort zum Gardehaus und hole die Büttel!«, befahl der Kaufmann dem Jüngling und jener tat, wie ihm geheißen. »Und du, Sannah, wirst ein Seil herbeischaffen, auf dass wir den Burschen fesseln können!«

Travidan rang nach Luft. »Tja, dieser Streich wird dir übel bekommen«, sagte Mackebrecht und verpasste dem Streuner ein schallende Ohrfeige. »Zufällig habe ich einige gute Beziehungen; sei dir sicher, dass deine Strafe beileibe kein Zuckerschlecken werden wird. Dafür werde ich sorgen!«

Fianna verspürte Mitleid mit Travidan. Das hatte er nun doch nicht verdient! Im Licht der Lampe entdeckte sie auf halbem Wege zwischen der Tür und dem Kaufmann zwei Säbel, die gekreuzt an der Wand hingen. Kurz entschlossen öffnete sie die Tür, stürmte in den Flur, riss die Säbel von der Wand und trat Mackebrecht mit voller Wucht in den Rücken, sodass dieser vornüber fiel und die Treppe hinabstürzte. Die Frau des Kaufmannes begann zu kreischen und Travidan gelang es, sich mit einem Arm loszureißen. Fianna warf ihm einen der Säbel zu, doch der Streuner schaffte es nicht, ihn aufzufangen, da ihn der Knecht, der noch immer an seinem Arm hing, im letzten Augenblick zurückriss. Erst als Fianna dem Diener die flache Seite ihres Säbels vor die Brust schlug, kam Travidan frei. Sofort stürzte er auf die Treppe zu, bückte sich im Vorbeilaufen nach dem am Boden liegenden Säbel und hieb nach dem Knecht, der ihm, kaum dass er wieder auf den Beinen stand, nachsetzte.

Unterdessen wandte sich Fianna dem anderen

Knecht zu, der mit einem Wutschrei auf sie zuge-
stürmt kam. Fianna riss den Säbel zu Seite, damit er
nicht hineinlief – töten wollte sie ihn schließlich nicht.
Dann ließ sie sich zu Boden fallen und trat ihm zwischen die Füße, sodass er den Halt verlor und stürzte.
Rasch rappelte sie sich auf und schlug ihm die Faust
gegen die Schläfe, woraufhin der Knecht endgültig
bewusstlos zu Boden ging.

Derweil war Travidan am unteren Ende der Treppe
angelangt, riss die Tür auf und wollte gerade hinaus-
stürmen, als sein Verfolger ihn am Kragen packte. Der
Streuner drehte sich um und drosch ihm den Säbel auf
den Arm. Nach einem weiteren Treffer am Bein ließ
der Knecht von Travidan ab, der auf die Straße hi-
naussprang, die Tür hinter sich zuschlug und das Weite
suchte.

Fianna ließ den Säbel fallen, trat hinaus auf den Balkon, griff nach dem Seil und kletterte in die Höhe.
Kaum war sie am Schornstein angekommen, holte
sie das Seil ein, wickelte es notdürftig zusammen und
warf es sich über die Schulter. Sie holte tief Luft. Das
war ja gerade noch einmal gut gegangen! Sodann
machte sie sich auf und schlich gebückt über die
Dächer zurück. Bald war sie wieder auf dem Dach des
Stalles angelangt, sprang hinunter in den Hof und
kletterte über die Mauer zurück in die Gasse. Dort
holte sie ihre Sachen unter dem Busch hervor und verschwand in der Dunkelheit.

Wenig später erreichte Fianna die Herberge. Sie er-
klomm die Mauer, schlich zum Stall hinüber und ließ
sich auf einem Heuballen nieder. Neugierig holte sie
ihre Beute hervor, öffnete das Holzkästchen und besah
den Inhalt. Auf dunkelblauem Samt ruhten, im Kreis
angeordnet, zwölf bunte Edelsteine und in der Mitte
lag ein fast doppelt so großer Diamant. Die Steine des

Zwölfkreises! Fianna untersuchte die Steine genauer. In die Edelsteine war das Symbol des jeweiligen Gottes eingeschnitten. Ehrfürchtig nahm Fianna den Türkis, den Stein Phexens, aus dem Rund und führte ihn an die Lippen. O göttlicher Fuchs, ich danke dir für das Gelingen dieses Streiches! Kurzentschlossen steckte sie den Türkis in ihren Geldbeutel. Diesen Glücksbringer würde sie behalten! Dann ging sie in den Hof hinaus und suchte sich einen Kieselstein, den sie anstelle des Türkises in das Kästchen legte.

Danach untersuchte sie den Inhalt des Tuchbeutels und nickte zufrieden. Wie sie vermutet hatte, enthielt er verschiedene Juwelen. Wenn sie diese Ware an Travidans Hehler losschlagen konnte, hatte sie für lange Zeit ausgesorgt.

Als der Morgen graute, lief Fianna durch die Gassen zu dem verwilderten Garten, kletterte über die Mauer und näherte sich der Stelle, an der Dorian und Travidan in der Nacht zuvor gesessen hatten und auch nun wieder saßen.

»Was?«, hörte sie Dorian schimpfen. »Bist du nicht ganz bei Trost! Wie soll ich denn jetzt an die Steine kommen?«

»Da war noch jemand anderes in dem Haus, eine Frau. Wenn die nicht gewesen wäre, säße ich jetzt im Kerker. Ich frage mich nur, warum sie mir geholfen hat!«

Tja, das frage ich mich auch, dachte Fianna.

»Vielleicht hat Phex ein Einsehen mit dir gehabt und beschlossen, dass dir für deine Dummheit nicht auch noch die einem Dieb gebührende Strafe zuteil werden soll. Und nun mach dich auf die Socken. Hier kannst du heute ohnehin nichts mehr ausrichten. Ich werde meinen Käufer aufsuchen und ihm berichten, dass die Steine verloren sind, denn heute will Mackebrecht sie weiterverkaufen. Am besten, du verschwindest für eine Weile…«

Travidan nickte betreten. Dann drehte er sich um und machte sich von dannen.

»Vielleicht solltest du noch einmal ein bisschen üben gehen«, rief Dorian ihm spöttisch hinterher, doch der Streuner überhörte den Ruf.

Nachdenklich trommelte Dorian mit den Fingern auf dem Oberschenkel herum. Jetzt oder nie, dachte Fianna, trat aus ihrem Versteck und näherte sich dem Burschen.

»Wie ich hörte, sucht Ihr etwas Bestimmtes, nicht wahr?«, sagte sie und Dorian blickte erschrocken auf.

»Wer seid Ihr?«, fragte er barsch, während seine Hand zum Gürtel wanderte, an dem ein langer Dolch hing.

»Wer ich bin, tut nichts zur Sache. Ich schlage Euch ein Geschäft vor. Ich gebe Euch dieses«, dabei zog sie das Kästchen aus der Tasche, »und Ihr gebt mir den Beutel, den Ihr Eurem erfolglosen Freund vorenthalten habt.«

Überrascht starrte Dorian auf das Kästchen. »Los, zeigt mir den Inhalt!«, forderte er. Fianna öffnete das Kästchen, gewährte ihm einen Blick und schloss es wieder.

»Also gut«, knurrte der Hehler. »Doch da war noch mehr. Seid Ihr sicher, dass Ihr nicht noch etwas für mich habt?«

»Vielleicht«, entgegnete Fianna. »Aber erst will ich den Inhalt Eures Beutels sehen.«

Dorian öffnete den Geldbeutel und kippte den Inhalt, einen Haufen goldglänzender Dukaten, auf den Boden.

»Wohlan, das will ich mir gefallen lassen. Einpacken!«, befahl Fianna und Dorian steckte die Münzen zurück in den Beutel. Dann zog sie den Juwelenbeutel aus der Gürteltasche und warf ihn dem Hehler zu. Anschließend legte sie das Kästchen auf den Boden, griff nach dem Geldbeutel und wandte sich zum Gehen.

»Gehabt Euch wohl. Es war mir ein Vergnügen«, sagte Dorian. Fianna nickte ihm über die Schulter zu, huschte zur Mauer, kletterte hinüber und verschwand in der Gasse.

Gähnend erwachte Fianna. Müde fegte sie das Heu von ihren Kleidern, öffnete die Tür der Herbergsscheune, lief über den Hof und kletterte über die Mauer. Es mochten zwei Stunden gewesen sein, die sie geschlafen hatte. Doch was sollte es? Nun hatte sie genug Geld, um ein paar Monde so lange schlafen zu können, wie sie wollte, ohne die Nächte mit Spiel oder Raubzügen zubringen zu müssen.

Sie bummelte durch die Straßen, schaute noch einmal dem Treiben auf dem Marktplatz zu und entschied schließlich, dass es Zeit sei, die Stadt zu verlassen. Zielstrebig marschierte sie in Richtung Stadttor.

Schon von weitem hörte sie den Tumult, der am Stadttor herrschte. Irgendwo in der Stadt schien immer jemand unzufrieden zu sein, der seinem Ärger lautstark Luft machen musste. Und dann gab es auch noch die Sorte Menschen, die den Ärger mit der Obrigkeit wie magisch anzogen.

Travidan schien einer dieser Unglücklichen zu sein. Umringt von drei Bütteln stand er vor dem Wachhaus und zwei abgerissene Gestalten redeten wild gestikulierend auf die Gardisten ein. Halkan und Rorliff! Wurde sie diese beiden denn niemals los?

»Selbstverständlich hast du beim Boltan beschissen, das habe ich doch genau gemerkt! Also, rück die Taler wieder raus!«, brüllte Halkan den Streuner an und einer der Büttel sah sich zum Eingreifen genötigt.

Missmutig zog er Halkan zur Seite, was diesen nur noch wütender machte.

»Durchsucht ihn doch, Ihr werdet das Geld und die gezinkten Karten schon finden«, forderte Rorliff die Wachen auf, aber diese schüttelten den Kopf.

»Da müsst Ihr etwas mehr an Beweisen vorbringen als die Behauptung, dass er Euch betrogen hat. Habt ihr keinen Zeugen?«, fragte ein Mann mittleren Alters, der offensichtlich der Weibel der Torwache war.

»Beweise, Beweise«, schimpfte Halkan, »schaut in seine Taschen, da sind die Beweise!«

»Nun beruhige dich endlich, so kommen wir auch nicht weiter«, zischte Rorliff. »Da war noch dieses Flittchen, das mit ihm unter einer Decke gesteckt hat«, erklärte er wichtigtuerisch und machte dabei eine Handbewegung, als wolle er jemandem den Hals umdrehen.

»Eine Begleitung?«, fragte der Weibel. »Wie sah sie denn aus? Ihr werdet Euch gewiss an sie erinnern, oder?«

Rorliff kratzte sich am Kopf. »Nun, blond war sie, denke ich. Und einen Zopf hat sie gehabt… Vielleicht so um die zwanzig Götterläufe…«

»Und eigentlich hat sie gar nicht schlecht ausgesehen«, mischte Halkan sich ein. »Ihr wisst schon…«

»Hm, was noch?«, murmelte Rorliff vor sich hin. Dann schien ihm etwas eingefallen zu sein, denn er öffnete den Mund, sprach aber nicht, sondern starrte nur stadteinwärts.

»Da, da ist sie ja«, rief er aufgeregt und fuchtelte wild mit den Armen in der Luft herum.

Fianna, die inzwischen nahe genug herangekommen war, ergriff die Flucht nach vorn. Schnell lief sie auf Travidan zu, packte ihn am Kragen und warf ihn beinahe zu Boden. »Hab ich dich endlich, du Mistkerl«, rief sie wütend, »rück sofort die Taler wieder heraus, die du ergaunert hast!« Dann wandte sie sich an die Wachen, die einander verwundert ansahen. »Ein Betrüger ist er, ein Falschspieler, wie er im Buche steht!«

»Nun macht einmal halblang«, mischte sich der Weibel ein, »schön eins nach dem anderen. Wenn Ihr hier alle durcheinander schreit, werden wir wohl kaum zu einer Lösung kommen. Und außerdem seht Ihr mir allesamt nicht sonderlich rechtschaffen aus!«

Das war ja wohl die Höhe! »Untersteht Euch«, schnauzte Fianna den Weibel an, »wollt Ihr mir hier etwa übel nachreden? Das verbitte ich mir!«

»Gemach, gemach. Vielleicht solltet Ihr Euch zurückziehen und Eure kleinen Unstimmigkeiten allein klären. Das hat doch eh alles keinen Sinn! Ihr beschuldigt Euch letztlich alle nur gegenseitig!« Der Weibel drehte sich um und marschierte ins Wachhaus zurück. »Streunerpack!«, murmelte er grimmig.

»Ihr habt den Weibel gehört, also macht Euch von dannen!«, forderte einer der Büttel die viere auf, aber weder Halkan und Rorliff noch Travidan zeigten sich davon sonderlich beeindruckt. Fianna machte einen langsamen Schritt rückwärts.

»Nun haut endlich ab!«, schimpfte der andere Büttel und legte drohend die Hand an den Griff seines Kurzschwertes.

Halkan und Rorliff blickten sich kurz an und bedeuteten Travidan mit einem Wink, ihnen zu folgen. »Und du kommst auch mit!«, rief Rorliff Fianna zu. »Nun mach schon!« Fianna trat einen Schritt vor und tat, als wolle sie den beiden folgen. Halkan packte Travidan am Arm und zog ihn mit sich.

Die beiden Büttel wandten sich einem Bauernkarren zu, der polternd durch das Tor gefahren kam.

»Haltet den Dieb!«, erscholl es da aus einiger Entfernung und Fianna verdrehte die Augen. Durch die

Masse der Menschen stapfte Jorn Mackebrecht schnaufend auf sie zu. Langsam verlor sie die Geduld. Den Kaufmann musste sie hier nun beim besten Willen nicht auch noch haben!

Die beiden Wachen ließen den Bauersmann allein und hielten Ausschau nach dem Dieb, der Mackebrechts Rufen zufolge ja ganz in der Nähe sein musste. Travidan riss sich los und eilte dem Tor entgegen, doch die beiden Büttel hielten ihn auf. »Ach, ein Dieb bist du auch, ja?«

Halkan und Rorliff schienen von dem Schauspiel genug zu haben. »Lass uns verschwinden«, raunte Rorliff seinem Gefährten zu, »diese Sache hier wird mir entschieden zu heiß. Nachher hängen die uns auch noch was an!« Halkan nickte. Dann wandten sich die beiden um und verschwanden im Gewühl.

Zufrieden stellte Fianna fest, dass sie sich davongestohlen hatten. Nun hatte sie ein Problem weniger. Allerdings war es endgültig Zeit, diesen Ort zu verlassen, bevor Mackebrecht sie wieder erkannte.

Travidan hatte inzwischen seinen Kusliker Säbel – die Götter mochten wissen, wo er diese Waffe ergaunert hatte – aus dem Gürtel gezogen und schlug auf die Büttel ein.

Fianna stöhnte auf. Der Bursche war grandios darin, sich in Schwierigkeiten zu bringen! Schnell zog sie ihr Rapier und eilte Travidan zu Hilfe.

Mit wenigen Hieben hatten sie sich den Weg freigekämpft. Travidan hatte seinen Gegner in den Unterleib getroffen, sodass dieser zusammengebrochen war. Fiannas Gegner, weniger schwer verletzt, kümmerte sich um seinen Kameraden.

»Nun lauf«, raunte Fianna Travidan zu, »noch eine Chance werden wir kaum bekommen!«

So schnell sie konnten, hasteten die beiden durch das Stadttor und ergriffen die Flucht.

Nachdem sie einige Zeit gelaufen waren – es mochten zwei oder drei Meilen gewesen sein – spürte Fianna, wie ihre Kräfte nachließen. Die Wunde am Arm, die sie sich während des Scharmützels zugezogen hatte, blutete zwar nicht mehr, schmerzte aber bei jeder noch so kleinen Bewegung. Es war schon ein unheimliches Glück, dass sie noch nicht von den Bütteln eingeholt worden waren, die sie bestimmt verfolgten.

Etwa fünfzig Schritt vor sich entdeckten sie ein Fuhrwerk, das Heu geladen hatte. Mit etwas Überredungskunst würden sie sich darunter verbergen und so den Bütteln entgehen können.

Dann hatten sie den Wagen erreicht und Fiannas Herz machte einen Sprung, als sie den Kutscher erkannte. Meinolf! Sie redete kurz auf den Knecht ein und dieser nickte. »Und du hast uns nicht gesehen, verstanden?«, fragte sie.

»Aber sicher«, antwortete Meinolf und grinste verschmitzt.

Fianna und Travidan krochen unter das Heu; ein besseres Versteck ließ sich in mehreren Meilen Umkreis gewiss nicht finden.

Bald darauf war auf der Straße Hufgeklapper zu hören. »Heda, Kutscher, hast du wohl zwei Landstreicher hier vorbeilaufen sehen?«

Fianna wagte kaum zu atmen. »Nein«, antwortete Meinolf, »seit ich aus der Stadt heraus bin, ist niemand an mir vorbeigekommen.«

»Also hast du wohl auch niemanden unter dem Heu auf dem Karren liegen«, stellte der Sprecher fest und schon raschelte es im Heu, als einer der Büttel den Speer hineinstieß. Glücklicherweise traf er weder Fianna noch Travidan.

»Da ist niemand. Wenn wir sie bis jetzt nicht geschnappt haben, werden sie wohl querfeldein gelaufen sein. Lasst uns umkehren!« Nach kurzer Beratung ritten die Büttel davon und Meinolf klatschte dem Pferd die Zügel auf die Kruppe.

Wenig später krochen Fianna und Travidan unter dem Heu hervor und kletterten zu Meinolf auf den Kutschbock, glücklich, die Flucht überstanden zu haben.

Am Nachmittag erreichten sie ein Gasthaus, das am Wegesrand lag. Auf Fiannas Bitte hielt Meinolf den Karren an und Travidan sprang herunter.

»Ich danke dir«, sagte Fianna und gab dem Knecht einen Dukaten in die Hand. »Du bist ein guter Junge.« Sie drückte ihm einen Kuss auf die Wange und stieg ab. »Mach's gut, Meinolf! Und nochmals Danke!«

»Hab ich gern gemacht, Fianna«, antwortete der Knecht. »Doch ich muss weiter. Gehabt Euch wohl!« Er lenkte den Wagen wieder auf die Straße und winkte ihnen zum Abschied zu.

»Grüß Alrike von mir«, rief Fianna Meinolf hinterher.

»Und nun?«, fragte Travidan.

Fianna stütze sich auf seine Schulter. »Nun brauche ich eine Pause. Mit dir macht man ganz schön was mit!«

»Dann wird es wenigstens nie langweilig mit mir, oder?«, entgegnete Travidan und lenkte seine Schritte zur Tür des Gasthofes, doch Fianna hielt ihn fest.

»Richtig«, flüsterte sie und legte ihm die Arme um den Hals, »und Phexenkinder wie wir bekommen immer, was sie wollen.« Sie küsste ihn.

Sven Hammerström

ERKENNTNISSE

Yasmina stand an der Steuerbord-Reeling des kleinen Handelsseglers. Der Wind trieb graue Wolken über den Himmel des südlichen Meeres der Sieben Winde und wehte ihr das nachtschwarze Haar um die spitzen Ohren. Die Halbelfe spürte kaum, wie ihr der Wind das Haar auch ins starre Gesicht wehte. Alles was sie spüren konnte, war dieser Kloß im Hals, der alles in ihr absterben ließ und nur unendliche Leere zurückließ.

Weinen? Nein, das konnte sie nicht. Um wen auch? Sie war schließlich ein Nichts und um nichts weint man nicht. Sie war eine leere Hülle, ein Spielball der Götter, an die sie nicht glauben konnte. Ihr Blick wanderte nach unten. Dort klatschte eine bleigraue Welle, von weißer Gischt gekrönt, an den Rumpf des Schiffes. Fast sah es so aus, als verberge sich hinter dem Grau ein Gesicht. Yasminas Blick versank im Grau des Meeres. Sie war allein. Allein, von Menschen umgeben, die sie nicht verstanden, die sie trotz all der gemeinsamen Jahre nicht einmal richtig kannten... die sie eigentlich nur bemerkten, wenn sie wieder eines ihrer Kräuter benötigten, um die Wunden zu heilen, die sie in letztendlich fruchtlosen Kämpfen gegen das Böse davongetragen hatten.

Yasminas junges Gesicht verzog sich zu einem freudlosen Lächeln. Genau genommen hatte sie nicht einmal eine Familie – niemanden, der sie des Nachts in den Arm nahm, wenn sie wieder von niederhöllischen Alpträumen geschüttelt wurde. Alpträume, die aus der über Aventurien dräuenden Schwärze kamen und sie aus dem Schlaf hochfahren ließen. Ihre Mutter, eine

Hexe, war schon seit Jahren tot. Ihre menschlichen Halbbrüder hassten sie für das, was sie war, und ihren Vater hatte sie ein halbes Leben lang sehnsüchtig gesucht. Doch nun, da sie ihn gefunden hatte, war er nur ein freundlicher, dem Badoc anheim gefallener Fremder. Ein bei den Menschen gefeierter Elf, der sein eigenes Leben lebte – und in diesem Leben gab es für sie keinen Raum. O ja, und schließlich war da noch seine Seite ihrer Familie: unnahbare Bekannte, die sie bei ihren Besuchen in den Salamandersteinen in ihrer Mitte nur duldeten. Yasmina starrte zum Ufer hinüber, wo sich im lichten Grau dieses Tages dunkel die Hänge des Regengebirges abzeichneten. Auch sie waren nah und zugleich unnahbar.

Was mochte der Sinn eines Lebens sein? Die endlose Suche nach jener Wärme, die trotz allem nie erreichbar ist und sich verflüchtigt wie ein trügerischer Nebel, wenn man versucht, nach ihr zu greifen? War alles, was blieb, der fade Nachgeschmack eines Morgens in den Armen eines Mannes, der sich in der vorangehenden Nacht selbst seinen Preis genommen hatte? Eines Mannes, den man nicht nach einem liebevollen Kuss und einer heimeligen Umarmung lächelnd verlässt, sondern dem man Münzen auf den Nachttisch legt, bevor man die Tür leise für immer hinter sich schließt? Wieder wanderte ihr Blick zum bleiernen Grau des Meeres unter ihr. Wenn das Schimmern hinter den Wellen dort unten wirklich ein Gesicht wäre, gehörte es gewisslich einem alten Mann. Vielleicht hätte er in seinem Leben sogar die Liebe gefunden. Ihr jedoch war es in alle Ewigkeit nicht bestimmt, sie zu finden! Das war ihr erst vor kurzem geweissagt worden. Bis in alle Ewigkeit! Yasmina stöhnte leise auf. Wie wahr! Denn sie war der magischen Verbindung eines Elfen mit einer Hexe entsprungen und eine Eigeborene, sodass ihr Leben tatsächlich eine Ewigkeit andauern konnte. Ihr Herz, das, was davon übrig war, krampfte sich zusammen. Eine Ewigkeit im vergeblichen Sehnen nach der Liebe, die sie nie finden würde.

Eine warme, zärtliche Schwinge strich ihr tröstend über die Wange und Dankbarkeit durchfuhr sie. Lächelnd wandte sie den Kopf und blickte in die schwarzen Augen ihres Raben Yagan, der vergessen auf ihrer Schulter hockte und nun seinen Kopf von ihrer Wange löste, um ein paar trippelnde Schritte zur Seite zu gehen. »Rraah, Yasmina«, krächzte er leise und blickte sie fast traurig an.

»Ach du bist es, Yagan.« Mechanisch hob Yasmina ihre Hand um den Raben am Bauch zu kraulen, während ihr leerer Blick wieder aufs Meer hinaus wanderte.

»Yasminaah… Yagan lieb!« Erneut schmiegte sich der Rabe an die kühle Wange, aber Yasmina schien es nicht mehr zu bemerken. Ihr Blick ruhte auf dem bleiernen Grau des Meeres unter ihr. Dem bleiernen *erlösenden* Grau? Dort unten lag eine andere Ewigkeit. Eine Ewigkeit für sie? Eine Ewigkeit in Efferds Reich, zu dem sie wohl genauso wenig gehörte, wie irgendwohin sonst. Falls es Efferd überhaupt gab. Vielleicht allerdings war dieser Schemen dort im Wasser ja sogar ein Abbild des Meeresgottes.

Yasminas Blick wanderte zum Bug des Schiffes. Dort stand ihr Freund Rahjadan mit seiner Geliebten Fiaga. Sie hatte die Arme ausgebreitet und lehnte sich, von Rahjadan gehalten, nach vorne über die Reeling hinaus wie eine lebendige Galionsfigur. Das Lächeln auf Rahjadans Gesicht wärmte auch Yasminas Herz ein bisschen: Wenigstens hatte ihr Freund seine Liebe gefunden. Yasminas Blick wanderte zurück zu den Heckaufbauten des Schiffes, wo sich ihre Kajüten befanden. Dort mochte ihr Freund Pagol bei den anderen sein. Wahrscheinlich war er gerade in das Studium eines seiner Bücher versunken. Erst vorhin hatte er sie gefragt, ob es ihr nicht gut gehe, doch während sie noch nach Worten der Erklärung gesucht hatte, hatte er abwesend lächelnd genickt, ihr die Hand auf die Schulter gelegt und gesagt, dass er sich später ausführlicher mit ihr unterhalten werde. Dann hatte er sich sein Buch gegriffen, um sich in eine ruhige Ecke ihrer Kajüte zurückzuziehen. Wieder wanderte ihr Blick zum bleiernen Grau der Ewigkeit unter ihr – ihrer Ewigkeit? Wie in ganz weiter Ferne nahm sie ein klägliches Krächzen und panisch trippelnde Schritte und Flügelschlagen auf ihrer Schulter wahr, als sie sich langsam über die Reeling beugte: »Yasminaah??!«

Das Gesicht im Wasser war plötzlich ganz klar. Schulterlanges blaugraues Haar und ein rauschender Bart umrahmten das Antlitz eines alten Mannes. Seine Augen jedoch schienen mit der Kraft der Jugend zu strahlen, eine ewige Weisheit bergend und sich dem Suchenden öffnend. Sie sprachen von immer währender Wahrheit und von der Bestimmung eines Lebens... der Bestimmung ihres Lebens...

Sturm peitschte durch die diffuse Dunkelheit, schäumende Wellenfluten spülten über das Deck des kleinen Handelsseglers. Rahjadan schrie irgendetwas, während er sich mit einer Hand krampfhaft an einem Seil am Hauptmast festklammerte. Mit der freien Hand hielt er Fiagas Unterarm umfasst. Sie sah mit schmerzverzerrtem Gesicht zu ihm empor, während sich das Schiff unter einer neuen Welle zur Seite warf. Die eben noch feste Umklammerung löste sich, das Mädchen schrie gellend, und während der Schrei vom tosenden

Sturm hinfort getragen wurde, schleuderten die Wassermassen sie über das Deck und über die Reeling. Das Letzte, was man von ihr sah, war ihre suchende Hand zwischen zwei sich überschlagenden Wellenbergen. Ohne darüber nachzudenken, ließ Rahjadan das Seil los und hastete schwankend über das Deck zu der Stelle, an der seine Geliebte im Meer verschwunden war. Sein Körper straffte sich zum Sprung, als ein erneuter Ruck das Schiff durchlief. Seine Hüfte krachte gegen das erbarmungslos emporschnellende Holz der Reeling und sich überschlagend stürzte der Streuner in die tobende Gischt. Der Rumpf des Seglers barst an einem Riff und legte sich endgültig auf die Seite. Ihr Sicherheitsseil lösend rutschte nun auch Yasmina neben ihren Gefährten über die Planken auf das grau tobende Element zu und hinein, ihm hilflos ausgeliefert. Undurchdringliche Nacht lag über dem schwarzgrauen Meer, das den kleinen Handelssegler verschlang.

Sonnige Wärme auf dem schmerzenden Rücken. Beruhigendes Rauschen sanft an einen Strand spülender Wellen und fremdartige Tierschreie zwängen sich durch pochenden Kopfschmerz hindurch und vervielfachen ihn. Sand zwischen den Zähnen und auf der geschwollenen, trockenen Zunge. Licht sticht zwischen die schmerzhaft emporgezwungenen Augenlider. Mühsam formt der taube Mund ein Flehen: »Wasser!«

»Schnauze!« Eine raue Männerstimme übertönt die fremden Tierschreie und Schmerz explodiert in der Seite, als eine schwere Stiefelspitze ihr Ziel findet. Kettengeklirr übertönt das gequälte Aufstöhnen. Ketten, die Hand- und Fußgelenke umfangen. Mühsam geöffnete Augen blinzeln in das stechende Licht und erkennen ein bärtiges Gesicht, das hämisch, gelbe Zahnstummel entblößend, grinst. »Steh auf, SKLAVE!«

Die heiße Mittagssonne brütete über dem Lager. Beißender Schweiß lief Yasmina in die Augen, während sie mit schmerzenden Fingern eine Seidenliane bearbeitete. Mehr aber noch schmerzte der Eisenring mit den eingravierten antimagischen Symbolen um ihren Hals. Yasmina warf heimlich einen kurzen Blick neben sich auf Fiaga. Die junge Frau hatte, seit sie in jener Nacht vor drei Wochen von fünf betrunkenen Wärtern aus der Zelle gezerrt worden war, kein Wort mehr gesprochen und ihre Augen waren seither stumpf und gebrochen. Als Rahjadan später davon erfahren hatte, war er in wilde Raserei verfallen. Zwei Wochen auf dem Krankenlager hatte sie ihm eingebracht und nun konnte er nur noch im Sitzen am Auspresstisch arbeiten. Doch Yasmina glaubte nicht, dass er wirklich wusste, was für Arbeiten er jetzt verrichtete. Pagol hatte sie schon lange nicht mehr gesehen. Er wurde, in Ketten gelegt, in einer unterirdischen Kammer gehalten. Auch dem Rest der Gefährten erging es vermutlich nicht viel besser.

Yasminas Finger bluteten. Seltsam, für ihre Familien würden sie auf einer Reise im Süden Aventuriens verschollen sein. Vielleicht würde man vom Untergang ihres Seglers erfahren. So würden sie und ihre Gefährten in den Erinnerungen der Familien und Freunde zu Mythen werden, besungen, bewundert, betrauert – oder einfach vergessen. So wie sie selbst.

Sklaven und Mythen, verflucht zum lebenden Tod.

Das gütige und zugleich herrische Gesicht im Grau der Wellen verblasste und verschwand. Yasmina beugte sich von der Reeling zurück und schüttelte benommen den Kopf, was zu heftigem Flattern und empörtem Kreischen auf ihrer Schulter führte. So viele Bilder hatten ihr Bewusstsein durchflutet. Yasmina wusste, dass sie die Wahrheit waren. *Eine* Wahrheit. Eine

Wahrheit, die hätte sein können und die doch nie sein würde. Frieden und Ruhe umhüllten die Halbelfe. Sie ahnte, wessen Bilder, wessen Frieden und Ruhe es waren, die sie erfüllten. Sie wusste nicht, weshalb gerade Er ihr diese Bilder gesandt hatte, verstand nicht den Sinn, so wie sie Sein Wesen nicht verstand. Aber ihr wurde klar, dass es Ihn gab, wie es auch seine elf Geschwister geben musste. Sie würde die Zwölfe wohl nie verehren, doch war sie sich Ihrer Nähe nun bewusst. Ihr Leben hatte eine Bestimmung, denn diese Welt brauchte sie und ihre Gefährten im ewigen Kampf gegen das Böse. Sie war ein Teil der Hoffnung anderer, Teil von deren Freude, die erst durch sie werden konnte. Mut durchflutete sie. Und noch etwas: Verstehen! Sie hatte der Prophezeiung nicht genau genug zugehört! Ihr war die Liebe der STERBLICHEN nicht bestimmt. Die Liebe an sich hingegen konnte und sollte auch sie finden. Nur eben nicht unter den Menschen. Vielleicht bei den Elfen. Vielleicht auch bei einer anderen Eigeborenen. Ein Lächeln umspielte ihre Lippen und ihr Körper straffte sich, als sie sich zum Deck umwandte.

Pagol kam auf sie zu, sie mit besorgtem Gesichtsausdruck musternd. Sie ging ihm entgegen, und als er zu sprechen anhob, legte sie ihm den Zeigefinger auf die Lippen. »Ich weiß schon, Pagol. Danke! Es ist alles gut.« Sie schlang dem verdutzten Magier den Arm um die Hüfte. »Lass uns hineingehen, es gibt bald Abendessen.«

Rahjadan öffnete gerade seiner Geliebten die Tür zu ihrer gemeinsamen Kajüte und verbeugte sich schelmisch lächelnd, als der Magier und die Halbelfe an ihm vorbeigingen. Yasmina zog Pagol mit sich und genoss ihr Gefühl des Friedens. Vielleicht würde es noch lange anhalten. Vielleicht sogar bis in alle Ewigkeit.

Thomas Finn

GREIFAX'
VERMÄCHTNIS

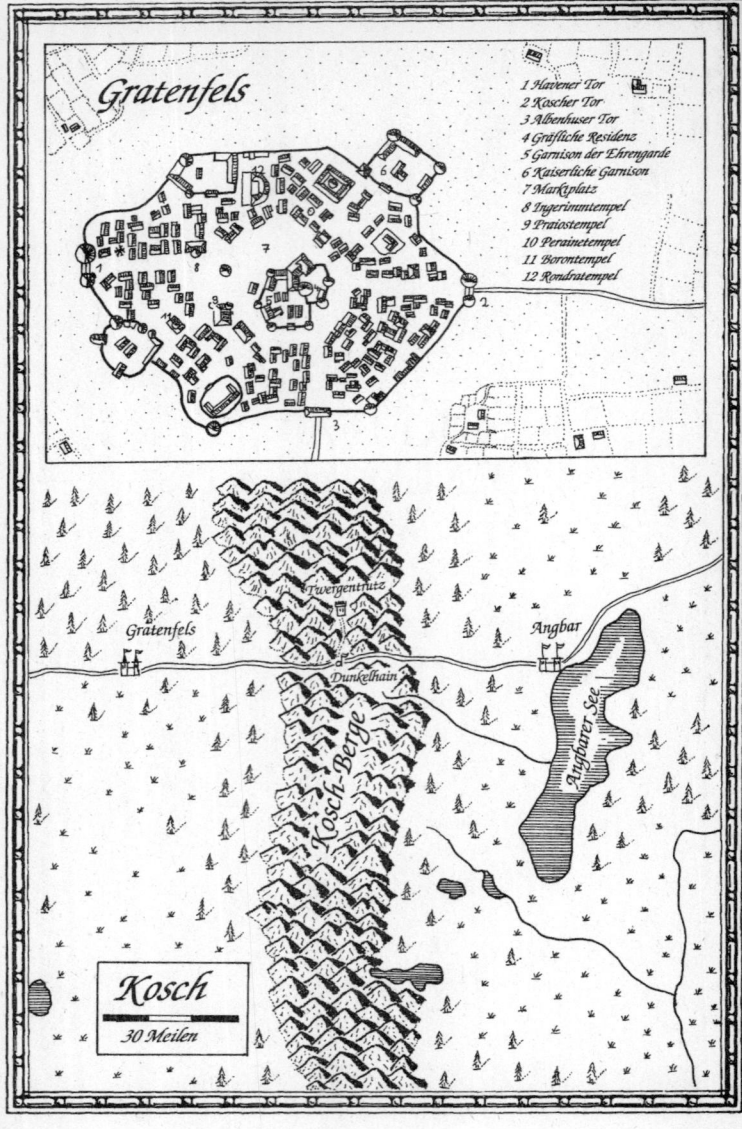

Gratenfels

1 Havener Tor
2 Koscher Tor
3 Albenhuser Tor
4 Gräfliche Residenz
5 Garnison der Ehrengarde
6 Kaiserliche Garnison
7 Marktplatz
8 Ingerimmtempel
9 Praiostempel
10 Perainetempel
11 Borontempel
12 Rondratempel

Gratenfels

Zwergentrutz

Angbar

Dunkelhain

Kosch-Berge

Angbarer See

Kosch

30 Meilen

Ich weiß noch genau, wann ich Greifax' mysteriöse Aufzeichnungen fand. Es war an einem Windstag im Jahre 27 Hal. Die ganze Welt schien damals im Kampf gegen den finsteren Dämonenmeister Borbarad zu liegen. Naja, vielleicht nicht die ganze Welt, aber wenn man den Erzählungen der Flüchtlinge aus dem Osten des Reiches lauschte, die in vereinzelten Gruppen über den Kosch zu uns ins entlegene Gratenfels kamen, konnte man schon diesen Eindruck gewinnen.

Nicht, dass wir damals den Ernst der Lage völlig verkannt hätten. Bestimmt nicht. Aber was zählten diese künstlich aufgebauschten Geschichten von geifernden Dämonen und ganzen Armeen ›kalter Alriks‹, wie die angeblich um ihre Grabesruhe gebrachten Toten hinter vorgehaltener Hand genannt wurden, gegen das, was wir Gratenfelser erlitten hatten. All die Zumutungen und Demütigungen, die wir kaum drei Jahrzehnte zuvor unter der Söldnerherrschaft des wahnsinnigen Grafen Baldur Greifax von Gratenfels hatten erdulden müssen. Uns Gratenfelsern brauchte man nichts zu erzählen. Herrscher kommen und gehen, seien es nun Magier oder normale Sterbliche. Die Kunst besteht eben darin, sich nicht bange machen zu lassen. So dachte ich, so dachten die meisten von uns zumindest in jenem Jahr.

Natürlich sank unser Selbstvertrauen mit jedem neuen Tross Flüchtlinge, der in der Stadt eintraf, und uns wurde ganz allmählich klar, dass die Ereignisse im Osten mehr Anlass zur Besorgnis gaben, als man bis dahin angenommen hatte. Man halte sich bloß vor Augen, wie weit Gratenfels vom umkämpften Osten entfernt liegt. Außerdem befindet sich mit dem Kosch ein ganzes Gebirge zwischen uns und den Kernlanden des Reiches. Wir waren daher froh, dass die meisten der zerlumpten Elendsgestalten Richtung Albernia nach Westen weiterzogen. Nicht, dass wir Gratenfelser die Gastfreundschaft nicht hoch halten würden. Travia selbst kann bezeugen, wie sehr wir ihre göttlichen Gebote beherzigen. Aber Gratenfels ist eben nicht unbedingt die Gegend, in der man als Auswärtiger gerne sesshaft wird, denn wer sich hier niederlassen will, muss in der Lage sein, die hohen Steuern zu entrichten, die unser Landesherr, der ehrenwerte Graf Custodias, seit Jahren einzuziehen gezwungen ist. Nicht, dass er die hohen Abgaben aus eitel Eigennutz erhoben hätte. Mitnichten. Jeder Gratenfelser weiß schließlich, dass die Grafschaft seit Jahrzehnten auf einem Schuldenberg sitzt, der – würde man die einzelnen Dukaten zu einem Turm aufstapeln – selbst die höchsten Zinnen des Koschgebirges um Meilen überragt. Übrigens ebenfalls eine Hinterlassenschaft des wahnsinnigen Grafen Baldur Greifax von Gratenfels.

Ich deutete ja schon an, dass der irrsinnige Graf drei Jahrzehnte zuvor Aberhunderte von Söldnern anwerben ließ und nicht nur uns, seine Schutzbefohlenen, sondern auch unsere Nachbarn jahrelang in Angst und Schrecken versetzte. Immerhin wusste niemand, wen er mit diesem Söldnerheer als Erstes überfallen würde. Vor allem der Graf von Wengenholm befürchtete damals, dass Graf Greifax mit seinem Heer die Grenze überschreiten und ihn aus seinem Land verjagen wollte. Glücklicherweise blieb es bei ein paar kleineren Grenzscharmützeln, während Greifax' Armee wuchs und wuchs. Mein Vater berichtete mir, dass der Graf in seinem Verfolgungswahn irgendwann von seinen Untergebenen verlangte, dass man bei seinem Erscheinen die Grußformel »Grotho Garax Grotho Greifax Graf von

Gratenfels« rufen musste. Es stellte sich heraus, dass diese Worte dem Rogolan, der Sprache der Zwerge, entlehnt waren und so viel bedeuteten wie »Ich gehorche, Greif, ich gehorche!«. Spätestens da war allen klar, dass der Graf völlig den Verstand verloren hatte. Denn wer sich mit den Greifen, den Abgesandten unseres strahlenden Götterfürsten Praios, vergleicht, dem mussten alle Sinne abhanden gekommen sein. Wer die Grußformel nicht aufsagen konnte, wurde umgehend verhaftet und landete in den Kerkern der Garnisonen – wenn er nicht gleich vor Ort hingerichtet wurde. Es sollen damals eine Menge Fremde auf diese Weise zu Tode gekommen sein, die die Grußformel naturgemäß nicht kennen konnten.

Selbstverständlich waren es nicht nur die vielen Söldner, die die Grafschaft ins finanzielle Unglück gestürzt hatten. Während seiner Herrschaft ließ Graf Greifax zu allem Übel auch eine wuchtige Stadtmauer hochziehen. Eine Mauer, gegen die sich selbst die stolzen Fachwerkhäuser und Tempel im Innern unserer Stadt winzig ausnehmen und die nebenbei schuld daran ist, dass sich die nach faulen Eiern stinkenden Ausdünstungen unserer weltbekannten Schwefelquellen selbst bei günstigem Wind kaum verziehen.

Man könnte noch eine ganze Reihe von Dingen auflisten, die Gratenfels unter Greifax' Herrschaft ausbluten ließen. Etwa den völlig überdimensionierten Ausbau der greifaxschen Burg oder den Neubau der drei großen, heute weitgehend leer stehenden Garnisonen, die Graf Greifax damals am Stadtrand errichten ließ. Vor allem die alten Gratenfelser können da so manche Anekdote aus der damaligen Zeit beisteuern. Sie verweisen dann immer auf die Bürger in Honingen oder Abilacht und wie gut es denen gehe, da die heute nicht so hohe Abgaben zu entrichten hätten. Und hinter vorgehaltener Hand wird der alte Graf bei der Gelegenheit auch schon mal mit der einen oder anderen Verwünschung bedacht.

Baldur Greifax' Treiben dauerte solange an, bis er um 4 Hal von unserem damaligen Kaiser Hal abgesetzt wurde. Es heißt, unser Graf habe sich – angeblich um einer Arrestierung zuvorzukommen – bei Nacht und Nebel aus Gratenfels fortgeschlichen und sich in die unwegsamen Schluchten und Täler des Koschgebirges zurückgezogen. Und wenn man die Gratenfelser nach seinem Schicksal befragte, hieß es stets, dass er sich dort auch noch dieser Tage versteckt halte. Als Kinder hatten wir jedenfalls keinen Zweifel an den Schauergeschichten der Koscher Händler, die stets gewisse Andeutungen über das Schicksal des alten Grafen enthielten. Am unheimlichsten fand ich jene, in denen von einem verrückten Einsiedler im Gebirge die Rede war, dessen irres Gelächter bei Nacht auf den hochgelegenen Almen des Gebirges erklang und als geisterhaftes Echo in den Schluchten des Greifenpasses zu hören war. Niemals führten die Händler den Namen des Grafen im Munde, aber wir alle wussten natürlich, von wem die Rede war.

Und doch glaube ich rückblickend, dass der Spott und die Flüche über den alten Greifax in jener Zeit, in der Name und Taten Borbarads unser aller dunkelste Ängste schürten, verhaltener als sonst ausfielen. Denn in Wahrheit waren wir Gratenfelser in jenem Jahr zum ersten Mal wirklich froh darüber, dass wir uns angesichts der Invasion des schier unbesiegbaren Dämonenmeisters in dem Gefühl sonnen konnten, uns nötigenfalls hinter den mächtigen Schutzwall zurückziehen zu können, den uns Greifax hinterlassen hatte.

Ich selbst war zu jener Zeit in einem Alter, in dem meine besten Freunde bereits eine Lehre begonnen hatten – eine Betätigung, die sie von morgens bis abends derart in Anspruch nahm, dass kaum noch Zeit für andere Dinge blieb. Thallian, mein Spielkamerad aus Kindertagen, ging bei Meister Bromhold in die Bäckerlehre und der dicke Goswin erlernte bei seiner Tante das Alchimistenhandwerk. Ihn hatte es am schlimmsten von uns allen getroffen. Seine Tante bestand nämlich darauf, dass Goswin in seinem ersten Lehrjahr drei Tage die Woche den Schwefelbrechern bei unseren angesehenen Heilquellen zur Hand ging, und das, obwohl der Gute schon beim Anblick körperlicher Arbeit aussah, als ob er einen Tag in einer dieser nivesischen Schwitzhütten zugebracht hätte.

Ich hatte es da besser. Als Sohn des angesehenen Gratenfelser Kaufmanns Savertin Okenheld, der mit dem Handel von Gewürzen ein kleines Vermögen erworben hatte, gehörte ich zu den wenigen Heranwachsenden unserer Stadt, die über genügend freie Zeit verfügten, um wenigstens hin und wieder dem nachzugehen, was ich damals als das ›wahre Leben‹ bezeichnete. Denn entgegen den Plänen meines Vaters wollte ich nicht etwa in seine Fußstapfen treten, sondern die Welt kennen lernen, und zwar nicht als kleingeistige Krämerseele, wie ich meinen Freunden gegenüber immer wieder beteuerte, sondern als ruhmreicher Held. Als so einer, wie es in jenen Jahren der bekannte albernische Schwertmeister Raidri Conchobair war.

Da mein Vater wollte, dass ich mir eine gute Allgemeinbildung erwarb, bevor er mich auf seine Reisen mitnahm, musste ich mich tagsüber mit so weltbewegenden Dingen wie Rechnen, Lesen und Schreiben, der Geschichte und Rogolan, der Zwergensprache, und dem mindestens ebenso schweren Bosparano abquälen, wie die altertümliche Sprache der Gelehrten genannt wird. Als ob man je gehört hätte, dass ein Raidri Conchobair auch nur zu irgendeinem Zeitpunkt in seinem ruhmreichen Leben auf die Hilfe der sturen Zwerge angewiesen war oder gar jemals in einer längst ausgestorbenen Sprache hätte brillieren müssen. Man stelle sich das vor: Raidri Conchobair im Kampf gegen den Riesenoger Arzuch. Und gerade, als er zum Todesstoß ansetzt, haucht er dem grunzenden Ungetüm ein zierliches »Alea iacta est!« entgegen. Das ist Bosparano und bedeutet so viel wie »Es ist entschieden!«. Einfach lächerlich.

Damals schenkte ich vielmehr den Barden und Bänkelsängern Glauben, in deren Liedern der Schwertmeister dem Oger irgendetwas in der Art wie »Die Götter kennen Gnade, ich nicht!« oder »Hier, du Fettmonster, friss Stahl!« entgegengeschleudert hat. Mein Vater hatte auf jeden Fall keine Ahnung, was einen richtigen Mann ausmacht. Ich für meinen Teil träumte von Heldentaten, feuerspuckenden Drachen und, na ja, natürlich auch von dankbaren und hübschen Mädchen, die so ein Schwertmeister ja quasi nebenbei rettet. Da mein Vater mir nicht erlaubte, mich an einer der Kriegerakademien des Reiches zu bewerben, schlich ich mich abends immer öfter aus meiner Dachstube, um meine Zukunft selbst in die Hand zu nehmen. Mein Wunsch war es, mich heimlich den Veteranen des ›Gratenfelser Bogenschützenvereins von 16 Reto‹ anzuschließen, allesamt Ehrengardisten des Grafen, die sich auch heute noch einmal die Woche nahe der Burg zum Stammtisch einfinden. Heute ist mir natürlich klar, dass sich unter diesen ›Recken‹ eine ganze Reihe aufgeblasener Maulhelden befinden. Damals aber schien mir der Umstand, dass die Ehrengarde unserem stets abgebrannten Grafen Custodias nahezu unentgeltlich aushilft, ein Zeugnis von Ehre und Heimatverbundenheit.

Mein erster Kontakt mit den Veteranen war zumindest für mich ernüchternd. Die knapp zwanzig anwesenden

Haudegen, die im Weinkeller der Garnison gerade laut grölend auf unseren Grafen anstießen, lachten sich halb tot, als ich mich bei ihnen vorstellte und ihnen meinen Wunsch vortrug. »Bist du nicht der junge Okenheld?«, fragte mich die schwergewichtige Weibelin Alara, nachdem sich das Gelächter wieder etwas gelegt hatte.

»Jawoll«, antwortete ich zackig, »ich bin Marbon, der Sohn von Savertin Okenheld.« Das demütigende »Ach, die alte Krämerseele«, das irgendwo im Hintergrund ertönte und zu einer neuen Lachsalve unter den Gardisten führte, überhörte ich geflissentlich.

Wenigstens Alara schien mich ernst zu nehmen. Als wieder Stille eingekehrt war, fragte sie mich leutselig: »Wie alt bist du denn, Marbon?«

Angesichts dieser Frage versuchte ich so gerade wie möglich zu stehen: »Fast siebzehn Jahre. Ich bin am fünften Boron zehn Hal geboren, habe also in drei Wochen Geburtstag.«

Mit einem bedeutungsschwangeren »Aha« wandte sie sich wieder ihren feixenden Kameraden zu. »Dann ist die Sache klar. Du weißt doch, dass Boron der Gott des Todes und des Schlafes ist?« Natürlich wusste ich das, was für eine blöde Frage. Wer wusste das nicht? Aber erst in diesem Moment wurde mir klar, dass das tatsächlich eine Bedeutung haben könnte. Schließlich steht niemand dem Tode so nah wie ein echter Schwertmeister. Ich nickte daher nur. Alara drehte sich erneut zu mir um. »Dann weißt du auch, dass sich Marbon von Marbo ableitet, Borons göttlicher Tochter, die uns die Träume schickt?« Irgendwo im Hintergrund war ein Prusten zu hören.

»Weißt du, was das zu bedeuten hat?«

»Dass ich auserwählt bin?«, fragte ich schüchtern.

»Nein«, jetzt erst verzogen sich ihre Mundwinkel zu einem spöttischen Grinsen, »die Götter wollen dir sagen, dass du weiterträumen sollst, Bubi!«

Der Weinkeller erbebte förmlich unter dem Gegröle das jetzt ausbrach. Irgendwo kippte sogar ein Weinkrug um, weil einer der Männer prustend vor Lachen mit beiden Fäusten auf den Tisch trommelte. Ich stand nur da und spürte, wie mir das Blut ins Gesicht schoss. Dann drehte ich mich um und versuchte möglichst mit Haltung den Weinkeller zu verlassen. Erst auf der Straße schossen mir die Tränen in die Augen und ich war froh, dass es bereits so dunkel war, dass niemand meine Schande sehen konnte. Das Lachen der Gardisten aber war noch zu hören, als ich bereits den Hungerturm auf dem Marktplatz hinter mich gebracht hatte.

Eine Woche lang war nichts mit mir anzufangen. Natürlich hatte sich der peinliche Zwischenfall schnell in der Stadt herumgesprochen und ich war nur froh, dass mein gestrenger Vater gerade in Honingen weilte, um dort seinen Geschäften nachzugehen. Selbst Thallian und Goswin schenkten einander stets dieses gewisse Grinsen, wenn sie glaubten, ich schaue nicht hin. Zugute halten muss ich den beiden allerdings, dass sie wenigstens so viel Taktgefühl besaßen, mich nicht direkt auf meinen peinlichen Auftritt anzusprechen. Aber auch ohne Worte wurde mir schmerzlich klar, dass ich in ihren Augen nichts anderes als ein aufgeblasener Gernegroß sein musste, der kindischen Träumen nachhing, anstatt sich dem Leben wirklich zu stellen. Aber die Aussicht, in die Fußstapfen meines Vaters zu treten und ebenfalls zu einem Erbsenzähler zu werden – Phex verzeih mir – nein, das war einfach nicht, was ich wollte. Nur, was wollte ich überhaupt?

Heute ist mir natürlich bewusst, dass ich mich erst in diesen Tagen anschickte, die Schwelle zum Erwachsensein zu überschreiten. Damals aber schien es mir, als ob meine Mannesehre für immer verletzt sei und das Leben für mich nur Trübsal und Enttäuschungen bereithalten würde. Unserem Hausmädchen gegenüber täuschte ich eine starke Erkältung vor und drückte mich so vor den Unterrichtsstunden bei meinem Hauslehrer. Tatsächlich verkroch ich mich in meinem Bett, zog mir die Decke über den Kopf und wäre am liebsten tot gewesen. Wieder und wieder versuchte ich mir vorzustellen, wie ich als ruhmreicher Held hoch zu Ross mit heruntergeklapptem Visier und stolz erhobener Lanze gegen feuerspuckende Drachen, keulenschwingende Oger und andere Bestien ritt, die ich aus Büchern, Liedern und Erzählungen kannte. Doch jedesmal hörte ich von irgendwoher das hämische Lachen der Ehrengardisten aufbranden und meine Träume hatten nichts Tröstendes mehr, sondern wurden schal und unwirklich. Ich fühlte mich so einsam wie noch nie in meinem Leben.

Eines Nachts aber hatte ich einen merkwürdigen Traum. Ich war wieder mit Schild und Schwert gegürtet und stand allein mit meinem schwarzen Rappen – ich besaß in meinen Träumen immer einen schwarzen Rappen – an einer Wegkreuzung. Ich versuchte mich in der fremden Landschaft zu orientieren, als ich plötzlich eine vertraute Stimme vernahm, die ich schon lange nicht mehr gehört hatte. »Marbon«, rief sie mich an. Ich drehte mich um und erkannte zu meiner Verwunderung, dass ich nicht mehr die Zügel meines Streitrosses in den Händen hielt, sondern die Hand einer Frau, die milde lächelnd auf mich herabblickte. Noch bevor ich ihr Gesicht sah, wusste ich, dass meine Mutter neben mir stand, die an einem schlimmen Fieber gestorben war, als ich fünf Jahre alt war. Still sahen wir uns an, dann nahm sie mich in den Arm und sie war so, wie ich sie in Erinnerung behalten hatte: warm, sanft und mitfühlend. Ich fühlte mich unsagbar geborgen.

Als ich am nächsten Morgen erwachte, war mir, als sei ich auf eigentümliche Weise berührt worden. Der Traum war so deutlich in meinem Gedächtnis haften geblieben, als hätte sich die Begegnung wirklich zugetragen. Ich setzte mich auf die Bettkante und betete zu Borons Tochter Marbo, um ihr für ihr Geschenk zu danken. Zugleich hatte ich ein unglaublich schlechtes Gewissen, weil mir schmerzhaft bewusst wurde, wie lange ich schon nicht mehr an meine verstorbene Mutter gedacht hatte. Ja, erst in diesem Augenblick wurde mir klar, wie sehr ich sie die ganze Zeit über vermisst hatte.

Ich war schneller in den Kleidern als an einem gewöhnlichen Tag, und ohne einen Bissen zu mir zu nehmen, verließ ich unser Haus, um mich zum Borontempel mit seinem kleinen Totenacker zu begeben. Ich weiß noch, dass mir unser Hausmädchen verwundert hinterherblickte und mich fragte, ob ich wieder gesundet sei. Aber all dies schien mir in jenem Moment so unwichtig, dass ich ohne eine weitere Antwort hinauslief.

Als ich das Tor mit den boronheiligen Rabensymbolen durchschritten und die Grabreihen abzählte, war ich froh darüber, dass mein Vater zu den wohlhabenderen Bürgern der Stadt gehörte, denn nicht jeder Familie war es vergönnt, ihre Angehörigen so nah beim Tempel bestatten zu können. Es war über drei Jahre her, dass ich ihr Grab zum letzten Mal aufgesucht hatte, doch ich fand es sofort. Der halbrunde Marmorgrabstein mit dem zerbrochenen Rad, dem Symbol des beendeten Lebens, ragte aus dem Boden empor. Das Grab selbst war mit frisch gepflanzten Glockenblumen geschmückt, die das Erdreich gleich einem blauvioletten Baldachin überspannten. Blumen, die meine Mutter stets geliebt hatte und die sich noch heute in meinem Elternhaus finden lassen. Ich hatte bis dahin nicht gewusst, dass mein Vater das Grab so liebevoll pflegen ließ.

Unter dem zerbrochenen Rad prangte der Name meiner Mutter, darunter war eine kleinere Inschrift in Bosparano eingelassen, die ich erst an diesem Tag bemerkte. Ich kniete nieder und bemühte all meine Sprachkünste, um die Zeile zu übersetzen: »Liebe meines Lebens!«. Mir schossen die Tränen in die Augen, da ich erkannte, dass dies ein letzter, sehr persönlicher und vor allem diskreter Gruß meines Vaters war. Plötzlich sah ich ihn mit anderen Augen und ich begann mich zutiefst zu schämen.

Ich weiß nicht mehr, wie lange ich vor dem Grab im Gebet verharrte, aber irgendwann erklang hinter mir ein leises Räuspern. Ich drehte mich um und erkannte zu meiner Überraschung Seine Gnaden Gelon Prahle, den greisen Geweihten des Borontempels. Sein schlohweißes Haar wirkte stets so, als würde es in Rinnsalen von seinem Kopf fließen. Wie immer war der schweigsame Geweihte in der dunklen Kutte von einer Aura der Ernsthaftigkeit umgeben, die ich als Kind als furchteinflößend empfunden hatte. Aber vielleicht ist es auch nur so, dass die Jungen, durch deren Adern Tsas Lebenskraft wie ein reißender Bach strömt, einfach nicht gern an das Ende allen Seins erinnert werden. An diesem Tag jedenfalls hatte Prahle nichts Furchteinflößendes an sich, eher etwas Beruhigendes.

Er deutete zum Himmel, an dem sich, vom Kosch kommend, schwarze Wolkenmassen zusammengezogen hatten, aus denen inzwischen, ohne dass ich es bemerkt hatte, dicke Tropfen auf den Boronsacker fielen. »Boron sieht es zwar gern, wenn die Sterblichen ihrer Toten gedenken«, sprach er mich an, »doch ich glaube nicht, dass deine Mutter es gern sehen würde, wenn du dich an ihrem Grab verkühlst!« Fast schien es mir,

als ob ein schelmisches Grinsen Prahles Lippen umspielte. Aber wann hatte man je einen Borongeweihten
lächeln sehen?

»Komm in den Tempel, Marbon. Boron wird dich
auch dort erhören. Und wenn du lieber mit seinem
derischen Vertreter reden möchtest, leihe ich dir mein
Ohr.« Prahle drehte sich um und ich war viel zu verblüfft, als dass ich etwas anderes hätte tun können, als
ihm zu folgen. Er kannte sogar meinen Namen! schoss
es mir durch den Kopf.

Kaum hatten wir die Tempelhalle betreten, in der
es betörend nach Weihrauch roch, brach draußen mit
Macht das Unwetter los. Mit lautem Donnergrollen
öffneten sich Alverans Schleusen und Efferd, der Gott
des Wassers und der Meere, überschüttete Stadt und
Land mit seiner nassen Gabe. Im Tempel selbst hingegen war es wohltuend ruhig und warm. Ich verneigte mich ehrfürchtig in Richtung der großen Rabenstatue, die von zwei qualmenden Rauchschalen flankiert
wurde. Ich wollte etwas sagen, doch erinnere ich mich,
dass ich diesen berühmten Kloß im Hals hatte, der mir
nur ein Krächzen ermöglichte. Ich räusperte mich vernehmlich und fühlte mich sofort schuldig, die Ruhe
des heiligen Ortes gestört zu haben. Also verlegte ich
mich auf ein Flüstern und sah beschämt zu Boden.
»Ich denke, dass ich gern mit Euch sprechen würde,
Euer Gnaden.«

Prahle, der inzwischen Weihrauch nachgelegt hatte,
nickte, als ob er nichts anderes erwartet hätte. Dann
bedeutete er mir, mich mit ihm zu einer nahen Sitz-
bank zu begeben. Ich setzte mich, rang nach Worten
und schließlich sprudelte es aus mir heraus. Ich erzählte ihm von meinen Träumen, meinen Hoffnungen
und Wünschen, meinem schlechten Gewissen meinen
Eltern gegenüber, einfach von allem. Und es über-

raschte mich keineswegs, dass auch er schon von meinem peinlichen Auftritt bei den Ehrengardisten gehört hatte.

Als ich endete, war das Unwetter draußen abgeklungen und ich fühlte mich erschöpft und leer – und zugleich auf eine wundervolle Art befreit. »Deine Mutter«, setzte Prahle an, »war eine in jeder Hinsicht bemerkenswerte Frau. Dein Vater tat gut daran, sie zum Eheweib zu nehmen. Vor allem aber war deine Mutter eine aufrechte und götterfürchtige Person. Noch bevor sie bemerkte, dass Tsa ihren Leib gesegnet hatte, hatte sie einen Traum. Fünf Nächte hintereinander träumte sie von einem Raben, der an ihr Fenster klopfte und Einlass begehrte. Sie war natürlich besorgt und suchte mich auf, um mich zu bitten, ihr zu helfen, diese Träume zu deuten. Doch ich konnte nicht mehr tun, als sie zu beruhigen und ihr zu raten, in sich hineinzulauschen. Wenn die Götter sich den Sterblichen offenbaren, geschieht dies in der Regel still und leise und auch ich war mir sicher, dass sich hinter diesen Träumen eine Botschaft verbarg. Eine Woche später hatte sie Gewissheit, denn du hattest dich inzwischen angekündigt. Wie groß war die Freude, als du im Boron zur Welt kamst. Ein Ereignis, so schicksalhaft, dass deine Mutter darauf bestand, dir den Namen Marbon zu geben – in Gedenken an Borons göttliche Tochter. Deine Mutter war überzeugt davon, dass sie es war, die dich angekündigt hatte.«

Ich blickte Seine Gnaden mit Ehrfurcht an. »Und was hat das zu bedeuten?«

Mit einer hilflosen Geste hob er die schmalen Schultern und blickte in Richtung Rabenstatue. »Ich weiß es nicht. Das wirst du herausfinden müssen. Höre auf dich selbst und gehe deinen Weg, wie die Götter es von dir erwarten. Lass dich nicht beirren, sei standhaft und akzeptiere, dass sich dir, wie jedem Menschen,

Hindernisse in den Weg stellen, aus denen du lernen musst. Hab keine Furcht, den einmal eingeschlagenen Pfad bis zum Ende zu beschreiten, und erinnere dich stets daran, dass vom ersten Schritt, den du tust, der Rest deines Weges bestimmt wird.«

Geron Prahle erhob sich, berührte mitfühlend meine Schulter und ließ mich nun allein meinen Gedanken nachhängen. Als ich den Tempel verließ, war es draußen bereits dunkel. Ich dachte noch lange über den Raben aus den Träumen meiner Muter nach, der fünfmal an ihr Fenster geklopft hatte. Erst Jahre später fiel mir auf, dass er verkündet hatte, wie alt ich sein würde, wenn sie aus dem Leben schied.

Der Besuch beim Borongeweihten bestärkte mich darin, den einmal eingeschlagenen Pfad bis zum bitteren Ende zu beschreiten. Wenn man mich nicht ernst nahm, gut, dann musste ich eben dafür sorgen, dass man es tat.

Inzwischen war über weitere Flüchtlinge die Kunde nach Gratenfels gedrungen, dass nun auch Ysilia im Osten unwiederbringlich an den Dämonenmeister Borbarad gefallen war. Ein Großteil der Kompanie Kaiserlich Nordmärkischer Armbruster, die in der Kaiserlichen Garnison unserer Stadt stationiert waren, wurde über den Kosch abkommandiert und damit näher ans Schlachtengeschehen verlegt. Immer öfter durchquerten Beilunker Reiter in rasendem Galopp die Stadt, um die westlichen Provinzen des Reichs mit den neuesten Meldungen über die Ereignisse im Osten zu versorgen. So ernst war es zuletzt während der damals knapp zehn Jahre zurückliegenden Orkeninvasion zugegangen und nicht wenige Stimmen prophezeiten, dass es noch viel schlimmer kommen würde. Auch diese Geschehnisse hatten ihren Anteil daran, dass ich meinen Entschluss in die

Tat umsetzte. Das Land brauchte keine Krämer, das Land brauchte Krieger!

Ich wurde also wieder bei den Ehrengardisten vorstellig, die natürlich sofort in schallendes Gelächter ausbrachen, als sie mich nur sahen. Ich aber war entschlossen, alle Häme standhaft über mich ergehen zu lassen und der Truppe zu zeigen, was ich unter Ehre verstand. Mir war es inzwischen egal, dass ich ob meiner Hartnäckigkeit sogar tagsüber auf der Straße belustigt angesprochen wurde. Ich erschien zu jedem ihrer Treffen, schaute sie ausdruckslos an, ließ den Spott an mir abgleiten und verabschiedete mich stets nach einer halben Stunde mit den Worten: »Ich komme wieder!«. Es dauerte fast drei Wochen, bis mich die Haudegen ernst zu nehmen begannen. Zunächst wurden aus den Spöttereien Drohungen, um mich loszuwerden, dann – als auch das keinen Erfolg zeitigte – versuchten sie mich einfach zu ignorieren. Irgendwann beäugte mich der eine oder andere von ihnen mit wirklicher Neugier.

Als ich mich eines Abends wieder mit den gleichen Worten verabschieden wollte, bat Weibelin Alara die Runde energisch um Ruhe und blickte mich misstrauisch an. »Es ist dir also ernst, Bubi. Du willst tatsächlich bei uns Aufnahme finden? Hast du überhaupt eine Ahnung, welche Pflichten auf dich zukommen werden?«

Inzwischen hatte ich so viel Selbstbewusstsein, ihr geradewegs in die Augen zu schauen, doch über meine kecke Antwort war ich selbst überrascht. »Ich will das Kämpfen erlernen, Weibelin. Und was Eure Aufgaben anbelangt, bisher habe ich Euch nur beim Saufen zusehen können!«

Für einen Moment wurde es still im Weinkeller. Totenstill.

Dann brach Alara unvermittelt in wieherndes Gelächter aus, in das die anderen johlend einstimmten. Statt wie zu erwarten mitten ins Gesicht schlug sie mir auf die Schulter.

»Du gefällst mir, junger Okenheld. So viel Schneid hätte ich dir gar nicht zugetraut! Und das will was heißen! Also, du willst lernen, wie man kämpft? Das kannst du haben. Wir fangen gleich damit an.«

Grinsend stellte sie mich nun einem Gardisten nach dem anderen vor und mit jedem musste ich unter lautem Absingen der lokalen Hymne ›Gratenfels, du Urgestein, kein' andere soll mein' Heimat sein!‹ mit einem großen Humpen Bier anstoßen. Mein Gesang verkam natürlich Schluck für Schluck zu einem unverständlichen Gelalle. Und als ich dem fünfzig Mann starken Banner bis auf den letzten Mann meine Aufwartung gemacht hatte, war mir vom vielen Schwarzbier so übel, dass ich mich unter dem anfeuernden Gegröle der anderen mitten im Gang erbrach. Danach begann alles um mich herum zu kreisen und meine Erinnerungen verlassen mich zu diesem Zeitpunkt. Seit diesem Abend bin ich davon überzeugt, dass über dem Trinker der gemeinsame Segen Rahjas, der Rauschhaften, und Borons liegt, der ja auch der Herr des Vergessens ist. Rahja sorgt für den Spaß beim Trinken und Boron dafür, dass der Trinker all die Peinlichkeiten vergisst, die er im Vollrausch angestellt hat. Und so möchte ich über das, was ich an diesem Abend angeblich noch so alles getan haben soll, lieber den Mantel des Schweigens breiten.

Ich habe keine Ahnung, wie ich nach Hause gekommen bin. Aber als ich am nächsten Morgen in meinem Zimmer erwachte, war ich stolz wie ein Zaunkönig, denn ich wusste, dass mich die Bande endlich akzeptiert hatte. Und wenn nicht dieser unerträgliche Kater und die Androhung unseres verärgerten Hausmädchens gewesen wären, alle meine Eskapaden meinem Vater zu verraten, wäre ich an diesem Morgen wahrscheinlich vor Freude geplatzt.

Die nächsten Tage über war ich derart von Energie erfüllt, dass es mir leicht fiel, nicht nur das Pensum für meinen Hauslehrer zu erfüllen, sondern mich abends auch noch zum Schwert- und Kampftraining der Garde einzufinden. Alara übernahm es persönlich, mich zu unterrichten. »Damit ich mich nicht blamiere, wenn ich dich dem Grafen vorstelle«, wie die Weibelin stets augenzwinkernd anmerkte.

Diese Bemerkung machte mich natürlich sehr stolz, auch wenn ich wusste, dass es mit dem Vorstellen vor Ablauf von ein bis zwei Jahren nichts werden würde. Inzwischen war mir auch klar geworden, dass sich die Ehrengardisten mitnichten nur zum Gelage einfanden. Zwar gingen die meisten von ihnen tagsüber einem anderen Beruf nach, doch galt es als selbstverständlich, sich ein- bis zweimal die Woche in der Garnison der Ehrengarde zu gemeinsamen Waffenübungen zusammenzufinden. Anschließend unterhielt man sich über das tägliche Einerlei und tauschte wie alle anderen Bewohner der Stadt den neuesten Tratsch aus. Selbstverständlich drehten sich unsere Gespräche immer häufiger um die Geschehnisse im Osten und es war deutlich zu spüren, dass nicht nur mir, sondern auch den meisten meiner neuen Kameraden mulmig zumute war, wenn der Name Borbarad fiel, den irgendwann jemand den ›Bethanier‹ nannte – wobei es von da an blieb. Ich weiß bis heute nicht warum, aber uns war wohler zumute, den Dämonenmeister nicht bei seinem richtigen Namen zu nennen.

Es verging ein weiterer Monat und ich dachte, mein Lebensziel begänne sich auf dem eingeschlagenen Weg zu erfüllen. Thallian und Goswin zollten mir bewundernden Respekt für das Erreichte. Sie hatten niemals ernsthaft damit gerechnet, dass es mir gelingen würde, von der Garde unterrichtet zu werden – und dann auch noch von Weibelin Alara persönlich, die in der Stadt als wirklich harter Brocken galt. Selbst mein Vater reagierte nicht mit dem erwarteten Zorn, als er von seiner Reise wiederkehrte und von meinen zurückliegenden Aktivitäten hörte. Er bat mich lediglich zu einer Unterredung unter vier Augen. Ich musste ihm an jenem Nachmittag versprechen, weiterhin mit Fleiß meinem Unterricht nachzugehen und mit der endgültigen Entscheidung für eine militärische Laufbahn noch mindestens ein Jahr zu warten. Heute bin ich ihm dankbar dafür, denn die Werber kamen auch in unsere Stadt und lockten mit Ruhm und Ehre. Ich wusste damals noch nicht, wie gewunden die Pfade eines Menschenlebens verlaufen können.

Die entscheidende Wende in meinem Leben trat während eines abendlichen, etwas ausufernden Stammtisches in Gestalt der gräflichen Zofe Bodia ein, einem hübschen jungen Ding, deren auffallendstes Merkmal ein langer, geflochtener Zopf war, den sie keck über die linke Schulter geworfen hatte. Immer wenn sie aufgeregt oder erzürnt war, zog sie an ihm, sodass man glaubte, sie würde sich irgendwann noch das Haupthaar ausreißen. Jener Abend, von dem nun die Rede ist, bot wieder Anlass zu dieser Angewohnheit, denn sie ließ ihre Augen erbost über die knapp fünfzehn anwesenden Trinker schweifen, die aufgrund von Alaras Geburtstag allesamt so viel über den Durst getrunken hatten, dass keiner mehr in einem ansprechbaren Zustand war.

»Bei Praios' Licht«, schimpfte sie, »ist unter Euch Saufköpfen denn keiner mehr in der Lage, seinen Pflichten nachzukommen?!«

Ich weiß nicht, ob es dieser Ausdruck wütender Hilflosigkeit war, der mich so rührte, oder die Tatsache, dass mir Bodia als der Inbegriff der Schönheit erschien. Auf jeden Fall erlebte ich bei ihrem Anblick erstmals das, was die Barden meinen, wenn sie davon sprechen, wie es ist, von Rahjas Hauch gestreift zu werden. Ich hatte mich verliebt! Und mit welcher Macht!

Ich kam erst wieder zu mir, als der Krug in meinen Händen überschäumte. Ich war von Alara als ihr persönlicher Geburtstags-Adjudant eingeteilt worden, was in Wahrheit nichts anderes bedeutete, als dass ich für die versammelte Mannschaft den Zapfalrik spielen musste, der dafür zu sorgen hatte, dass die Krüge niemals leer wurden. Ein schneller Blick über die Anwesenden überzeugte mich, dass außer mir tatsächlich niemand mehr nüchtern war. Zwar erhob sich schwankend der fette Rupold, aber seine glasigen Augen zeigten mir, dass er vor mindestens einer halben Stunde jene Grenze überschritten hatte, an der man ihm noch guten Gewissens Aufträge des Grafen hätte anvertrauen können.

Bevor sich Bodia mit einem bekümmerten Seufzen umdrehen und den Weinkeller wieder verlassen konnte, wischte ich mir meine Finger an einem Lappen ab und sprach sie an.

»Wartet, kann ich etwas für Euch tun?« Ich sprang über einen der Hocker, umrundete ein leeres Bierfässchen und überhörte sogar Alaras lallendes »Ja, Bubi, mach disch an se ran…«.

Bodia musterte mich von oben bis unten und vor lauter Verlegenheit trat ich nervös von einem Fuß auf den anderen.

»Du bist einer der Ehrengardisten?«

»Na ja«, erwiderte ich zögernd, »ich… äh… bin sozusagen noch in der Ausbildung. Aber ich will mal einer werden. Mein Vater ist der Händler…«

»Ah«, fiel sie mir ins Wort, »dann bist du dieser junge Mann, der der Ehrengarde solange auf die Nerven gefallen ist, bis man sich seiner erbarmt hat?«

Ich hätte vor Scham im Boden versinken mögen. Niemals hätte ich gedacht, dass mein Auftritt selbst auf der Grafenburg für Gesprächsstoff gesorgt hatte. Glücklicherweise lächelte mich Bodia an, zog mich am Ärmel und bedeutete mir mitzukommen. »Nur gut, dass du nicht jeden Unsinn von denen mitmachst.« Ja, ich war ebenfalls froh, in diesem Augenblick nüchtern zu sein, wenngleich ich in Bodias Nähe auch ein merkwürdig trunkenes Gefühl verspürte, das mir wackelige Beine und Herzrasen bescherte.

Auf dem Weg zum Burgtor der gräflichen Residenz, die mitten in der Stadt direkt neben der Garnison liegt, erklärte sie mir, dass überraschend hoher Besuch eingetroffen sei und mal wieder nicht genügend Diener bereitstünden, um die Gasträume herzurichten. Ich hatte schon davon gehört, dass die Ehrengarde auch in solchen Fällen ihren Mann stehen musste, aber ehrlich gesagt war mir die Garde in jenem Augenblick völlig egal. Ich war viel zu sehr damit beschäftigt, Bodia nicht zu offensichtlich auf ihre hübschen Beine zu starren. Das dümmliche Grinsen, das die ganze Zeit wie eingemeißelt in meinem Gesicht stand, bemerkte ich nicht einmal.

Nachdem mich Bodia an den zwei Gardisten des Burgtors vorbeigelotst und mich anschließend Hauptmann Arto von der Marsch, der Wachkommandant dieser Nacht, in Augenschein genommen hatte, erhielt ich zum ersten Mal in meinem Leben die Gelegenheit, mir die gräfliche Burg von innen anzusehen. Auch hier hatte der wahnsinnige Graf Baldur Greifax von Gratenfels vor weit über zwanzig Jahren völlig irrwitzig anmutende Umbaumaßnahmen vornehmen lassen. Nicht nur, dass der Burghof auf eigentümliche Weise verbaut war, ich erkannte, dass aus versteckten Ecken und Erkern der Türme und des Hauptgebäudes Angst einflößende Pechnasen hervorstachen, ganz ähnlich jenen, die außerhalb der Burg zu sehen waren – nur, dass man mit diesen hier auch einem Angreifer auf den Treppen des Innenhofs zusetzen konnte. Mindestens zweimal ließen wir verschachtelte Gänge zurück, in denen man spitze Fallgatter herunterlassen konnte. Sie waren darauf angelegt, eine Gruppe Angreifer gewaltsam aufzuteilen, sodass man selbige dann in blutige Mann zu Mann Gefechte verwickeln konnte. Bodia raunte mir zu, dass die ganze Burg überdies von Geheimgängen durchzogen sei, mittels derer man einem Angreifer in den Rücken fallen konnte. Sie behauptete sogar, dass bis auf den heutigen Tag bei weitem noch nicht alle Gänge gefunden worden seien.

Da beim Ausbau der Burg der schwarze Basalt des Koschs Verwendung gefunden hatte, machte die Burg insgesamt einen finsteren und beklemmenden Eindruck. Ich schüttelte innerlich den Kopf. Solch eine Anlage hätte man vielleicht in den unzivilisierten Markgrafschaften erwartet, die stets auf einen Überfall durch blutrünstige Orks, Goblins oder Novadis eingestellt sein mussten, aber doch nicht hier, mitten im Zentrum des Reiches. Was war bloß im Hirn des alten Grafen vorgegangen? Immerhin, der unheimliche Eindruck der Burg hinterließ wohl nicht nur bei mir seine Wirkung. Zumindest hatte ich das Gefühl, dass es nicht nur an den engen Gängen lag, dass mir Bodia bei unserem Aufstieg zum Gästetrakt etwas näher rückte. Mir war das natürlich nur recht.

Irgendwann hatten wir einen Gang erreicht, von dem mehrere Türen abzweigten. Bodia öffnete die mittlere

und führte mich in ein Zimmer, das mit Möbeln voll-
gestellt war und einen eher unsauberen Eindruck
machte. »Dieses Zimmer muss ausgeräumt werden, da
hier heute Nacht der persönliche Adjudant von Pagol
Greifax von Gratenfels nächtigen wird.«

»Was?«, fuhr ich überrascht zu ihr herum. »Pagol
Greifax, der ›Wahrer der Ordnung Mittelreich‹, ist persönlich auf der Burg? Der Privatsekretär des Licht-
boten, des obersten Praiosgeweihten ganz Aventuriens? Ist der nicht auch der Bruder des alten Grafen?
Du weißt schon, von Graf Baldur Greifax, dem Wahnsinnig…«

Weiter kam ich nicht, da mir Bodia energisch die
Hand auf die Lippen legte und ungeduldig an ihrem
Zopf zog. »So spricht man nicht über den alten Herr-
scher!«

»Wieso?«, fragte ich trotzig. »Jeder in der Stadt
spricht so über den alten Greifax.« Bodia sah sich unangenehm berührt um.

»Aber nicht hier, wo die Wände Ohren haben.«

Ich erinnerte mich an die ominösen Geheimgänge
und wurde stiller.

»Und was macht Pagol Greifax von Gratenfels hier?«

»Woher soll ich das wissen?«

Ich verzog meinen Mund zu einem spöttischen Grinsen. »Du willst mir weismachen, dass du zwar über
meine Eskapaden Bescheid weißt, aber nicht über den
hohen Besuch auf dieser Burg?«

Bodia verdrehte seufzend die Augen. »Er kam heute
Abend mit einem ganzen Tross an. Es heißt, dass er
auf dem Weg zu König Cuano Ui Bennain in Albernia
sei und dort auch mit dem Schwertmeister Raidri
Conchobair zusammentreffen wolle.«

Ich hielt vor Staunen den Atem an. »Und dann
macht er ausgerechnet in jener Grafschaft Halt, über
die sein wahnsinn… äh… über die sein Bruder einst

geherrscht hat? Wie hat denn Graf Custodias reagiert, als er von dem unerhofften Besuch erfuhr?«

Bodia stampfte ungeduldig mit dem Fuß auf, musste aber über meine Hartnäckigkeit lächeln. »Marbon, ich bin hier als Zofe und nicht als Haushofmeister angestellt. Was weiß ich? Der Graf ist ein kluger Mann, er wird dem Wahrer der Ordnung gegenüber schon die rechten Worte finden. Hilf mir lieber, hier Ordnung zu schaffen. Das da, das und das«, sie deutete auf eine kleine Kommode, einen Stuhl und einen Kandelaber, »muss auf eines der Turmzimmer geschafft werden.«

Ich zuckte die Achseln, lächelte ihr noch einmal zu und schnappte mir den Kandelaber, der bei weitem nicht so leicht war, wie es zuerst den Anschein hatte. Grinsend wies mir Bodia den Weg zu einer Turmtreppe und schloss, nachdem wir oben angelangt waren, ein verstaubtes Turmzimmer auf, das mit alten Möbeln vollgestopft war. Ich sah mich kurz um, stellte den Kandelaber in eine freie Ecke und überlegte schon, wie ich vor Bodia beim Transport der noch schwereren Kommode Haltung bewahren sollte. Aber ehrlich gesagt, hätte ich ihr zuliebe auch einen leibhaftigen Bären nach oben geschleppt, wenn ich ihr damit zu imponieren vermocht hätte. Plötzlich fiel mein Blick auf einen Krug, der achtlos in einem alten Weidenkorb lag. Eher beiläufig hob ich ihn auf und stellte fest, dass auf ihm eine sinnenfreudige Widmung stand: »Wer keine Laster hat, hat auch keine Tugenden!«.

Ich las Bodia die Widmung vor und musste lachen. Bodia lachte ebenfalls, dann schaute sie mich verblüfft an. »Du kannst lesen?«

»Ja«, antwortete ich verwirrt. »Mein Vater ist Kaufmann und er besteht darauf, dass ich all diesen Kram können muss: Lesen, Schreiben, Rechnen, ein bisschen Geschichte und zwei Fremdsprachen.« Für einen Moment hatte ich das Gefühl, dass mich Bodia mit grenzenloser Bewunderung ansah. Dann riss sie wieder an ihrem Zopf, so als ob sie sich selbst zur Vernunft bringen wollte.

»Einen klugen Vater hast du. Komm jetzt, der Rest muss auch noch nach oben.« Bevor sie sich aber umdrehte, um mit ihren zierlichen Trippelschritten nach unten zu laufen, warf sie mir einen derart rätselhaften Blick zu, dass mir fast der Krug aus der Hand gefallen wäre. Konnte das sein? Völlig irritiert blickt ich ihr nach. Wo bitte hatte man jemals davon gehört, dass sich Frauen von jemandem beeindrucken ließen, der lesen und schreiben konnte? Meinen Vater im Geiste vielmals um Entschuldigung für meine ewige Nörgelei bittend, lief ich Bodia hinterher.

Als ich unten ankam, standen bereits zwei weitere Bedienstete des Grafen im Zimmer, die zusammen mit Bodia damit angefangen hatten, das Zimmer zu säubern. Ich hätte für einen von Bodias rätselhaften Blicken alles gegeben, aber sie schien mich gar nicht wahrzunehmen. Ich hingegen mühte mich nun mit den anderen beiden Möbelstücken ab. Als ich endlich auch die Kommode nach oben ins Turmzimmer gewuchtet hatte, setzte ich mich und wischte mir den Schweiß von der Stirn. Wie konnte ich Bodia bloß noch einmal beeindrucken? Ich ließ meine Blicke also erneut durch den Raum schweifen, um irgendetwas zu finden, das eine Beschriftung aufwies. Eine Stimme in einem klareren Winkel meines Geistes flüsterte mir zwar die ganze Zeit über zu, dass ich mich völlig kindisch benahm, aber ich überhörte sie trotzig. Liebe macht bekanntlich blind – und ich wollte in diesem Moment nichts anderes, als dass mir Bodia noch einmal diesen wundervollen Blick zuwarf.

Wie dem auch sei, im flackernden Zwielicht der Laterne, die Bodia nahe des Zimmereingangs stehen gelassen hatte, war meine Suche kein einfaches Unterfangen. Allmählich drang ich tiefer in das Turmzimmer vor. Dabei stieß ich durch Zufall auf einen unter einem weißen Laken verborgenen alten Sekretär, der ganz hinten im Zimmer stand. Als ich das Laken eher beiläufig beiseite zog, wirbelte ich Wolken von Staub auf, die mich nicht nur in der Nase kitzelten, sondern auch den Eindruck des Vergänglichen, der auf dem Zimmer lastete, verstärkten. Meine Verblüffung war groß, als mir klar wurde, was für einen Schatz ich da entdeckt hatte, denn das kostbare Möbelstück bestand aus dem Holz der sonnengetränkten Bäume des Südens und war über und über mit praiosgefälligen Intarsien in Form von Greifensymbolen geschmückt. Ich hatte keine Ahnung, warum man ein solches Prachtstück ausgerechnet hier in diesem Turmzimmer verkommen ließ. Allein für die vielen kunstvollen Greifenschnitzerein aus Bernstein, die Schubladen und Rückwand des Sekretärs zierten, hätte mancher Liebhaber – hier ging mein Kaufmannserbe mit mir durch – gut und gern bis zu zweihundert Dukaten gezahlt.

Bewundernd ließ ich meine Finger über die filigranen Arbeiten gleiten, als plötzlich ein deutlich vernehmbares Klicken ertönte.

Erschrocken fuhr ich zurück. Dann stellte ich im trüben Licht der Laterne fest, dass sich an der Rückwand eine verborgene Klappe geöffnet hatte. Ich konnte es nicht fassen. Ich hatte durch Zufall einen verborgenen Mechanismus berührt, der ein Geheimfach geöffnet hatte.

Ich schaute mich noch einmal vorsichtig um, ob mich auch niemand beobachtete, dann ließ ich meine Hände in den Hohlraum gleiten und zog ein kleines zerfleddertes Büchlein hervor, dessen Einband aus einfachem Kalbsleder bestand. Verwundert und mit jenem eigentümlichen Gefühl im Bauch, das man hat, wenn man als kleiner Junge von vergrabenen Piratenschätzen hört, blätterte ich in dem Büchlein herum. Seitenweise war es mit einer krakeligen Schrift vollgeschrieben. Einige Passagen waren in Garethi gehalten, andere hingegen in gelehrtem Bosparano. Auch Abbildungen waren vorhanden. So zum Beispiel die eines ehrfurchtgebietenden Greifen, was mich allein schon deswegen mulmig stimmte, weil diese bekanntermaßen als direkte Abgesandte unseres strengen Götterfürsten Praios gelten. Andere Seiten waren mit merkwürdigen Wegeskizzen und Übersichtsplänen vollgeschmiert. Verwirrt blätterte ich wieder zurück und fand einen sonderbaren handschriftlichen Eintrag, aufgrund dessen mir das kleine Büchlein vor Aufregung fast aus den schweißnassen Händen gerutscht wäre: »Alle Wahrheit liegt in Praios' Händen. Baldur Greifax von Gratenfels.«

Mir wurde schlagartig klar, dass ich ein geheimes Tagebuch oder zumindest ein persönliches Notizbüchlein des wahnsinnigen Grafen gefunden hatte, geheime Aufzeichnungen, die nun schon seit Jahrzehnten unentdeckt in dem Geheimfach des Sekretärs gelegen hatten. Mit pochendem Herzen blickte ich zu den Schnitzereien am Sekretär. Es schien mir, als schauten mich die Greifen tadelnd an, als wollten mich die geflügelten Gestalten ermahnen, auf dem rechten Wege zu bleiben und das Buch wieder zurückzulegen. Ja, ich wusste in dem Moment, dass von dieser Entscheidung mein ganzes zukünftiges Leben abhängen würde. So kam es, dass ich vielleicht eine gute Minute unentschlossen im Raum stand, dann siegte die Neugier. Mit einer raschen Bewegung ließ ich das Büchlein unter meine Kleidung gleiten, schloss das Geheimfach, breitete das Laken über den Sekretär, nahm die Laterne und eilte nach unten.

Dort hatten die Bediensteten mittlerweile ihre Arbeiten erledigt. Das Zimmer war inzwischen so sauber und aufgeräumt, dass es kaum wieder zu erkennen war. Sogar Blumen befanden sich nun auf dem Tischchen neben dem Baldachinbett. Ich versuchte so unverdächtig wie möglich zu wirken, doch in Wahrheit klopfte mein Herz bis zum Hals.

Bodia lächelte mich erneut auf jene eigentümliche Art und Weise an, wie es – wie mir heute klar ist – nur Frauen zu tun vermögen, die Interesse an einem Mann haben. Damals aber war ich verwundert über ihr Gebaren, da ich ihr diesmal doch noch nicht einmal etwas vorgelesen hatte.

Ohne ein Wort zu sagen, führte sie mich durch die Burg hinab zum Innenhof, während ich die ganze Zeit über nach einem einigermaßen klug wirkenden Satz suchte, mit dem ich das verlegene Schweigen zwischen uns beenden könnte. Aber die liebliche Bodia direkt vor mir und das geheime Grafenbüchlein versteckt unter meinem Hemd, das war in diesem Moment zu viel des Guten. Mir fiel einfach nichts ein.

Wir hatten die Treppe zum Erdgeschoss schon fast hinter uns gebracht, als plötzlich ein Klingeln zu vernehmen war. Bodia verharrte, offenbar war dies ein Zeichen für sie.

»Warte hier«, flüsterte sie mir zu, »ich muss nur kurz nach den hohen Herrschaften sehen.« Bevor ich etwas sagen konnte, war sie auch schon die Treppe nach oben geeilt und ließ mich verwirrt im Dunkeln zurück.

So allein in dieser unheimlichen Burg dachte ich natürlich wieder an das Büchlein in meinem Hosenbund und dass ich in Wahrheit nichts als ein schändlicher Dieb sei. Ich erwog bereits, das Buch wieder zurückzulegen, als ich plötzlich hörte, wie sich unten an der Treppe eine Tür öffnete. Durch den sich auftuenden Spalt wurde der unter mir liegende Gang von einem breiten Lichtschein erhellt. Unwillkürlich tastete ich mich im Dunkeln einige Treppenstufen nach oben, um nur ja nicht gesehen zu werden.

Die leisen Stimmen zweier Männer waren nun zu vernehmen, von denen mir eine vertraut vorkam. Plötzlich fiel es mir wieder ein und verzweifelt hielt ich den Atem an, um bloß nicht gehört zu werden, denn die, die ich erkannte, war zweifelsohne die Stimme des Grafen Custodias. Und nach allem, was ich nun mit anhörte, konnte die andere nur die von Baldurs Bruder Pagol Greifax von Gratenfels sein, dem praiosgefälligen Wahrer der Ordnung Mittelreich. Bei allen Göttern, wie sollte ich meine Anwesenheit hier auf der Burg erklären, wenn ich gefunden wurde? Ich war ja noch nicht einmal ein vollwertiger Ehrengardist. Vor allem, was würde man zu dem gestohlenen Büchlein sagen, das ich unter meiner Kleidung versteckt hielt und das der Wahrer der Ordnung bestimmt sofort finden, ja gewiss schon von weitem durch das schützende Hemd hindurch sehen würde? Mir kam gar nicht in den Sinn, dass ich ja beim Hauptmann der Wache ordnungsgemäß gemeldet war. So verhielt ich mich vor lauter Schreck still, lauschte dem wenige Schritt unter mir geführten Gespräch und betete zum listenreichen Phex, dass ich nicht entdeckt würde.

»...wären wir uns also einig, was das betrifft. Auf jeden Fall wäre ich Euch sehr verbunden, wenn Ihr dem Fürsten mein Anliegen nicht nur persönlich vortragen, sondern auch dafür eintreten könntet, dass er wenigstens die Hälfte der Kosten übernimmt.« Die Stimme des Grafen war selbstsicher wie immer. Keine

Spur von Scheu, da er mit dem Wahrer der Ordnung Mittelreich sprach. Nun ja, er war ja auch ein Graf.

Pagol Greifax von Gratenfels lachte verhalten auf. »Natürlich, der Fürst weiß ja um Eure, sagen wir, etwas angespannte finanzielle Situation. Letztlich profitieren ja beide Parteien davon. Und seine Eminenz heißt diese Einigung schließlich ebenfalls gut.«

Die beiden Männer entfernten sich ein Stück den Gang entlang, als der Wahrer der Ordnung plötzlich stehen blieb und sich neuerlich an den Grafen wandte. »Ach ja, da wäre noch eine andere Sache. Vom Kosch sind wieder Gerüchte an unsere Ohren gedrungen, nach denen mein Bruder erneut gesehen wurde. Eine äußerst peinliche Angelegenheit. Ich wäre Euch daher dankbar, wenn Ihr Euch des Problems mit etwas mehr Eifer annehmen könntet. Sein Geisteszustand macht es natürlich notwendig, dass die Sache mit äußerster Diskretion behandelt wird. Aber mir wäre sehr viel wohler zumute, ihn gut versorgt auf unserem Familiensitz zu wissen, als dass er weiterhin im Kosch herumspukt.«

»Selbstverständlich, mein lieber Pagol«, beruhigte ihn der Graf. »Sollte ich Hinweise auf seinen Aufenthaltsort erhalten, werde ich in der Sache mit aller zu Gebote stehenden Diskretion vorgehen und Euch umgehend informieren. Mein Wort darauf. Doch jetzt möchte ich Euch Euer Zimmer zeigen…«

Die beiden betraten den Innenhof, den sie, wie ich durch eine Schießscharte hindurch erkennen konnte, mit wenigen Schritten überquert hatten.

Plötzlich erklangen hinter mir Schritte und Bodia tauchte mit ihrer kleinen Laterne wieder auf und bedachte mich mit verhaltenem Spott. »Ah, da bist du ja noch. Hast du dich im Dunkeln so allein ohne mich gefürchtet?«

Ich erhob mich, drehte mich um und unvermittelt

standen wir uns von Angesicht zu Angesicht gegenüber. Jeder Schalk verschwand nun aus ihrem Gesicht und wir blickten uns beklommen in die Augen. Noch nie war ich einem Mädchen so nah gewesen. Ich sah, dass sich ihr Busen merklich hob und senkte, und war froh, dass die Lichtverhältnisse so schlecht waren, denn sonst hätte sie gesehen, dass mein Gesicht vor Aufregung glühte und meine Hände zu zittern begonnen hatten. Ich wusste, dass jetzt etwas passieren musste, fand aber nicht den Mut, den ersten Schritt zu tun. Plötzlich beugte sich Bodia vor und gab mir einen Kuss, der so kurz war, dass ich ihn kaum erwidern konnte.

»Ich glaube, du bist nett«, hauchte sie. Dann rauschte sie an mir vorbei, nahm meine Hand und führte mich über den Innenhof in Richtung Burgtor. Als wir draußen vor dem Tor standen, dessen Mannpforte die Gardisten augenzwinkernd für uns geöffnet hatten, war klar, dass sich unsere Wege nun trennen würden. Mit belegter Stimme fragte ich Bodia, ob wir uns irgendwann wieder sehen könnten. Bodia zögerte, zog in ihrer unnachahmlichen Weise an ihrem Zopf und erklärte mir traurig, dass sie im Gefolge der Gräfin schon am nächsten Tag für drei Wochen nach Nordmarken abreisen müsste. Wenn ich sie danach aber wieder sehen wolle, würde sie sich freuen. Und wie ich wollte!

Als sie sich anschickte, in die Burg zurückzugehen, hielt ich sie fest. Diesmal war ich es, der sie direkt vor den Augen der feixenden Wachen küsste. Ein Kuss, der wie ein Versprechen war und den ich mein Lebtag nicht vergessen werde.

Als ich am nächsten Tag erwachte, schwamm ich im Glück. Ich hätte meine Freude am liebsten in die ganze Welt hinausposaunt. Jedenfalls bis zu jenem Augenblick, als mir das Büchlein des alten Grafen Baldur Greifax wieder einfiel. Nicht dass meine liebliche Bodia vergessen gewesen wäre, aber sofort hatte mich, wie am Abend zuvor im Turmzimmer der Grafenburg, als ich das Büchlein das erste Mal in Händen gehalten hatte, wieder dieser feierliche Ernst erfasst. Ich kramte Greifax' Notizen also wieder hervor, schlug den Ledereinband auf und begann zu lesen.

Ich brauchte fast eine ganze Woche, um aus dem Gekritzel des wahnsinnigen Grafen schlau zu werden. Aber sein Inhalt fesselte mich so sehr, dass ich die Notizen wie ein Besessener Seite für Seite durchging und sogar die Übungsabende bei den Ehrengardisten ausfallen ließ. Von den Besuchen bei meinem Lehrer ganz zu schweigen. Zum Teil musste ich mühsam, Buchstabe für Buchstabe, das Geschriebene entziffern. Insbesondere die Passagen in Bosparano, die offenbar in der Absicht geschrieben worden waren, den Inhalt einem flüchtigen, ungebildeten Leser vorzuenthalten, führten mich an die Grenzen meiner Leistungsfähigkeit. Was ich aber herausfand, war so merkwürdig und geheimnisvoll, dass ich Praios mehrmals täglich um Verzeihung für meinen Diebstahl anflehte und gleichzeitig dem listigen Phex vor lauter Aufregung dankte, dass er mich das Buch hatte finden lassen.

Zunächst einmal stellte ich fest, dass der Verfasser der Eintragungen ein zutiefst praiosgläubiger Mann gewesen sein musste. Mehrfach fand ich ganze Passagen, in denen in flammenden Worten die Lehren des Götterfürsten über Recht und Ordnung wiedergegeben wurden. Nach allem, was ich von der greifaxschen Familie wusste, verwunderte mich dies kaum. Was mich aber doch überraschte, war, dass ich irgendwann feststellte, dass das Buch zu einem späteren Zeitpunkt eine gewisse Überarbeitung erfahren hatte. Einige Passagen des Textes waren geschwärzt, zwei Seiten sogar ganz herausgerissen, andere hingegen mit wirklich seltsam wirkenden Kommentaren versehen, die einfach keinen Sinn ergaben.

Das eigentliche Rätsel war aber das Folgende. Die dem Büchlein ursprünglich zugrunde liegenden Aufzeichnungen beschrieben die Ergebnisse einer Suche nach einem Objekt, das Baldur Greifax von Gratenfels mit dem Begriff ›Satinavs Spiegel‹ umschrieb. Ich war glücklicherweise gebildet genug, um zu wissen, wer Satinav ist. Der Legende nach soll Satinav ein göttergleiches Wesen sein, das vom Weltenschöpfer Los an das Schiff der Zeit gefesselt wurde. Seit dieser Zeit gilt Satinav als Wächter über das Gestern, das Heute und das Morgen. Baldur Greifax, so viel war dem Text zu entnehmen, hatte sich offenbar aus Sorge um ein Ereignis, das er als ›horrende Blasphemie‹ und ›leichtsinnigen Frevel‹ bezeichnete, auf die Suche nach ›Satinavs Spiegel‹ gemacht und in dem Buch all das zusammengetragen, was er über dieses merkwürdige Ding in Erfahrung gebracht hatte. Ich hatte keine Ahnung, um was es sich dabei handelte und warum er die Suche danach aufgenommen hatte. Was mir aber klar wurde, als ich die frühen Aufzeichnungen mit dem später zum Teil darübergeschmierten Gekritzel verglich, die zweifelsohne aus ein und derselben Feder stammten, war, dass Baldur Greifax von Gratenfels nicht immer irrsinnig gewesen sein konnte. Im Gegenteil. Die ursprünglichen Eintragungen waren in einem überaus vernünftigen Stil abgefasst und verrieten sogar eine gewisse Form von Humor. Die späteren Einträge aber waren unverständlich, ergaben keinen Sinn und hatten höchstens eines gemeinsam: verzweifelte Umnachtung!

Rätsel gaben auch die vielen Skizzen und landkartenähnlichen Darstellungen in dem Buch auf. Erst nach einigen Tagen merkte ich, dass sie ein eigenes Rätsel beinhalteten, denn als ich sie jeweils einzeln auf neues Papier durchzeichnete und die Fragmente einer plötzlichen Eingebung folgend aneinanderlegte, ergab sich aus all den Einzelteilen eine zusammenhängende, große Karte. Da waren Pfade, Schrittangaben, Himmelsrichtungen, Höhenmeter, Wasserfälle und andere markante Punkte verzeichnet, die ich an dieser Stelle nicht alle aufführen möchte.

Das erste Mal in all diesen Tagen beschlich mich die Ahnung, dass Greifax' mit Besessenheit durchgeführte Suche vielleicht sogar von Erfolg gekrönt gewesen war.

Dank seiner Aufzeichnungen war ich zum Komplizen seines ureigensten Geheimnisses geworden – wenngleich ich noch nicht verstand, worin dieses eigentlich bestand – und ich hatte das eigenartige Gefühl, dass uns eine gewisse Seelenverwandtschaft verband. Meine Euphorie schlug jedoch bald in Ernüchterung um, da mir klar wurde, dass ich mit den isoliert von jedem Bezugspunkt vor mir ausgebreiteten Kartenteilen nichts, aber auch gar nichts anfangen konnte.

Während ich über all diese Dinge nachgrübelte, wurde mir bewusst, wie wenig ich über Baldur Greifax von Gratenfels wusste. Dass er wahnsinnig gewesen war, war jedem in der Stadt bekannt. Aber hatten ihn die Götter schon bei seiner Geburt mit diesem Makel versehen oder war er erst später durch irgendeinen Umstand zu jenem Mann geworden, als der er uns allen in Erinnerung geblieben war?

Mir fiel keine andere Person ein, die ich nach diesen Dingen fragen konnte, als Seine Gnaden Gelon Prahle, den greisen Geweihten des Borontempels. Er war alt und sicherlich auch verschwiegen genug, sodass ich es auf einen Versuch ankommen lassen konnte, mich in dieser Angelegenheit an ihn zu wenden.

Als ich den Tempel des Totengottes betreten wollte, der sich still und erhaben inmitten des Gewirrs aus Gassen und Häusern erhob, kam mir wie zur Mahnung eine Flüchtlingsfamilie aus dem umkämpften Osten unseres Reiches entgegen. Bisher hatte ich es immer vermieden, den Elendsgestalten allzu nahe zu kommen. Umso betroffener war ich, als ich mich so unvermittelt mit den Zeugen von Borbarads Machtergreifung konfrontiert sah. Scheu und still blickten sie zu Boden, das wenige, das ihnen verblieben war, krampfhaft an sich gepresst. Sie vermieden es, mich anzublicken, doch das, was ich sah, zeugte von so viel erlittenem Leid und Entsetzen, dass ich, wie vom Blitzstrahl unseres Götterfürsten getroffen, an der Schwelle zum Tempel verharrte. Mit trockenem Mund blickte ich ihnen hinterher. Spätestens in diesem Augenblick wurde mir bewusst, dass die Invasion der dunklen Heerscharen des Dämonenmeisters kein lokaler Konflikt, sondern eine Gefahr war, die das ganze Reich, ja vielleicht sogar die ganze Welt, ganz Dere bedrohte.

»Was du hier siehst, mein Sohn, ist erst der Anfang.« Erschrocken wandte ich mich um und erblickte Seine Gnaden, den Borongeweihten, der lautlos hinter mich getreten war und der Familie ebenfalls nachsah. Die Züge des greisen Geweihten drückten eine Besorgnis aus, wie ich sie in solch heiligem Ernst noch nie zuvor bei einem Menschen gesehen hatte. »Bei der Schlacht im Osten geht es nicht um Macht und Landgewinn. Es ist ein Kampf um unseren Glauben, ein Kampf um die Grundfesten unserer Welt. Wer weiß, vielleicht ist das prophezeite Ende aller Zeiten schon nah…« Der Geweihte schüttelte fast unmerklich den Kopf. Von einem Moment zum anderen wurden seine Züge wieder friedlicher, dann wandte er sich mir zu.

»Aber ich glaube kaum, dass du mich deswegen

aufsuchst.« Fast war mir, als würde wieder eine gewisse Belustigung in seiner Stimme erklingen. »Und, hast du inzwischen deinen Pfad im Leben gefunden?« Ich war zu überrascht, als dass ich diese Frage sofort hätte beantworten können. Vor Verlegenheit räusperte ich mich und nickte zögernd.

»Ich denke schon, Euer Gnaden. In der Zwischenzeit ist eine Menge passiert.«

Der Geweihte führte mich in die Tempelhalle mit der alles überragenden Rabenstatue unseres Herrn Boron. »Nun, du wirst es spätestens dann wissen, wenn dich dereinst Borons Bote Golgari über das Nirgendmeer vor den Thron des Erhabenen führt. Denn Wege sind stets gewunden.«

Ich konnte damals noch nicht wissen, was er meinte, aber mir war das Thema unangenehm. Schließlich hatte ich mich gerade erst dazu entschlossen, nach Ablauf der von meinem Vater und mir vereinbarten Frist eine militärische Laufbahn einzuschlagen. Wege konnten nämlich auch gerade sein. Bevor ich den Mut gänzlich verlor – die meisten Geweihten hatten dieses ganz bestimmte Etwas, das einen irgendwie in seinen Überzeugungen verunsicherte – kam ich direkt auf den Anlass meines Besuches zu sprechen. »Euer Gnaden, kanntet Ihr Graf Baldur Greifax von Gratenfels, als er noch über Stadt und Land herrschte?«

Diesmal war ich es, der den Geweihten überraschte. Gehlon Prahle schaute mich verwundert an. »Es passiert nicht oft, dass jemand nach dem alten Grafen fragt. Er war zwar weitaus häufiger bei den Brüdern und Schwestern im Tempel unseres Herrn Praios zu sehen, aber der Graf war alles in allem ein sehr götterfürchtiger Mann, der seine Pflichten erfüllte. Ja, ich kannte ihn persönlich.«

Ich wusste jetzt, dass ich mit Prahle den richtigen

Mann gefunden hatte, um über Graf Greifax Klarheit zu gewinnen.

»Sagt, ist der alte Graf schon immer… äh… Ihr wisst schon, von den Göttern geprüft gewesen?«

Prahle zog interessiert eine Augenbraue nach oben. »Das ist eine Frage, die mir noch nie gestellt wurde.« Er fixierte mich einen Augenblick, dann rang er sich zu einer Antwort durch. »Wer sind wir, dass wir uns anmaßen, beurteilen zu können, ob der Zustand des alten Grafen eine göttergegebene Prüfung war?« Verlegen senkte ich den Blick.

»Heißt es nicht, dass die Götter selbst aus dem Munde derjenigen sprechen, die wir als wahnsinnig bezeichnen? Nicht von ungefähr kümmern sich meine Brüder und Schwestern vom borongefälligen Orden der Heiligen Noiona um jene, deren Geist verwirrt scheint. Aber ich sehe schon, darauf zielt deine Frage nicht ab. Ich denke, dass Graf Greifax in den ersten Jahrzehnten seiner Herrschaft zwar ein überaus gestrenger Landesvater war, aber ›von den Göttern geprüft‹, wie du es bezeichnest, war er nicht. Im Gegenteil, kaum jemand in den damaligen Jahren versuchte die Gebote unseres Götterfürsten unnachgiebiger zu befolgen als er. Da stand er seinem Bruder Pagol Greifax von Gratenfels in nichts nach. Ich erinnere mich noch, mit welcher Sorge er bei der Krönung Kaiser Hals dessen gleichzeitige Erhebung in den Götterstand verfolgt hat. Die Geschichte lehrt uns schließlich, dass die Götter derartige Anmaßungen…« Der Geweihte räusperte sich plötzlich, als wolle er verhindern, dass ein unbedachtes Wort über seine Lippen käme.

»Wie dem auch sei, ich für meine Person glaube, dass es die Sorge um sein Vaterland war, die ihn nach und nach in den Wahnsinn gestürzt hat. Er hätte wahrscheinlich alles dafür getan, dieses Ereignis ungeschehen zu machen.«

Zum zweiten Mal an diesem Tag hatte ich das Gefühl, als ob mich Praios' feurige Lanze getroffen hätte, und ich schaute den Borongeweihten mit aufgerissenen Augen an. Plötzlich war mir klar, was Greifax gemeint hatte, als er in seinen Aufzeichnungen von ›Blasphemie‹ und ›Frevel‹ sprach. Und noch bevor Seine Gnaden seine Rede beendet hatte, glaubte ich Greifax' Geheimnis gelüftet zu haben: Satinav war der Herr über die Zeit! Vielleicht war ›Satinavs Spiegel‹ ein göttliches Artefakt, mit dem man die Zeit beeinflussen konnte. Was für ein ungeheuerlicher Gedanke! Vor lauter Aufregung begannen meine Hände schweißnass zu werden. Natürlich bemerkte Seine Gnaden die Veränderung, die in mir vorging. Doch er war entweder zu höflich oder aber zu geduldig, um mir seinerseits Fragen zu stellen.

»Euer Gnaden«, platzte es aus mir heraus, »begab sich Graf Greifax damals, also nach der Krönung Kaiser Hals, auf irgendwelche Reisen? Oder tat er vielleicht etwas anderes, was Euch so auffällig erschien, dass Ihr Euch heute noch daran erinnert?«

Der Borongeweihte musterte mich erneut mit einem Blick, der einer einzigen Frage gleichkam. Doch wieder zog er es vor, nicht weiter in mich zu dringen. »Abgesehen von all den Verpflichtungen, die er als Landesherr in den Nachbargrafschaften und in den Baronien zu erfüllen hatte, fallen mir nur seine regelmäßigen Reisen nach Gareth ein. Dort soll er stets einen ganzen Tag im Tempel des Lichts meditiert haben. Zumindest bis zu dem Tage, als Kaiser Hal von der versammelten Geweihtenschaft in den Götterstand erhoben wurde. Dem Praiosschrein nahe der Greifenzinne stattete er auf diesen Reisen regelmäßig einen Besuch ab und es heißt, dass seine Opfer an den Götterfürsten stets sehr großzügig ausfielen.«

»Die Greifenzinne?«, fragte ich verwundert.

»Jener Berg im Kosch, dessen Gipfel die Gestalt

eines geflügelten Löwen mit dem Antlitz eines Adlers aufweist und an die geflügelten Boten unseres Götterfürsten gemahnt: die Greifen! Als Gratenfelser solltest du wissen, dass der Greifenpass, der sich durch den ganzen Kosch bis nach Angbar zieht, von diesem Berg seinen Namen hat.«

Ich konnte förmlich spüren, wie sich all die Wissensfragmente in meinem Kopf, die eben noch in heilloser Verwirrung dalagen, zu einem sinnvollen Ganzen zusammenfügten. Das war es!

Ich sprang auf, verneigte mich tief vor dem Geweihten, bedankte mich hastig und wollte schon nach draußen stürmen, als mich Gelon Prahle noch einmal zurückhielt.

»Marbon, ich weiß nicht, welchem Zweck deine Fragen dienen, aber manchmal ist es besser, wenn man gewisse Dinge unangetastet lässt. Niemand ahnt, was Baldur Greifax von Gratenfels in den Wahnsinn trieb, aber du solltest noch eines wissen: Gegen Ende seiner Herrschaftszeit kam es hier in Gratenfels zu einem wundersamen Ereignis, das sogar in eine der frühen Ausgaben dieser Gazette aus der Kaiserstadt, den ›Aventurischen Boten‹, Eingang fand. Graf Greifax wurde am helllichten Tage von einem Blitzstrahl getroffen, als er angeblich, wie es damals abfällig hieß, mit einer Magd anbändeln wollte! Tatsächlich kam man in Gareth überein, dass dies in Wahrheit ein göttliches Zeichen Seiner Herrlichkeit Praios gewesen war, Greifax' Treiben ein Ende zu setzen. Und niemand sollte so leichtsinnig sein, den Willen der Zwölfgötter in Alveran hinterfragen zu wollen.«

Ich nickte beklommen, dann eilte ich hinaus. Auch wenn mir sehr wohl klar war, dass die Worte des Borongeweihten eine unausgesprochene Warnung enthielten, war ich mir ebenso der Tatsache bewusst, dass es inzwischen viel zu spät war, um mich noch aufzuhalten. Ich wollte das Geheimnis des Baldur Greifax von Gratenfels lüften, und wenn dies die letzte Tat meines jungen Lebens gewesen sein sollte.

Sehr früh am nächsten Morgen brach ich auf. Ich ›lieh‹ mir den Packesel aus unserem Stall, nachdem ich mich in der Speisekammer mit Vorräten für eine knappe Woche eingedeckt hatte. Unter meiner Reisekleidung trug ich den schweren Dolch meines Großvaters versteckt, der, solange ich denken konnte, über dem Kamin in unserer Wohnstube gehangen hatte. Die Abschiedszeilen, die ich zurückließ, bekäme mein Vater vermutlich erst zu sehen, wenn ich bereits den Grenzposten bei der Ruine der alten Feste Koschwacht hinter mir gelassen hatte und mich längst auf dem Weg in den Kosch befand. Ich folgte dem steinigen Greifenpass bis zu dem Dörfchen Dunkelhain, dann schlug ich mich quer durchs Gebirge. Die folgenden Tage wurden reichlich unbequem und gefährlich. Ich musste im Freien schlafen, entging nur mit viel Glück einer blutrünstigen Gruppe marodierender Orks, die ich bei dieser Gelegenheit das erste Mal in meinem Leben zu Gesicht bekam, verlief mich mindestens zweimal und fand den Weg zu den Ausläufern der Greifenzinne nur, weil mir zwei zwergische Goldsucher dabei behilflich waren, die mich während meines kargen Nachtmahls überrascht hatten. Letztlich waren es meine holprigen Kenntnisse in der Zwergensprache, die mich ihre Sympathie gewinnen ließen, und wieder einmal war ich meinem weitsichtigen Vater für die umfassende Ausbildung dankbar, die er mir hatte angedeihen lassen.

Die Greifenzinne war der Schlüssel zum Ganzen, denn auf Greifax' großer Karte, die ich eingewickelt in Leder mit mir führte, war eine auffällige Bergkuppe in Form eines liegenden Greifen eingezeichnet, die sich – wie erwartet – als Ausgangspunkt der greifaxschen ›Schatz-karte‹ erwies. Mir stand nun eine Queste bevor, die mich in den kommenden Tagen in immer größere Höhen und an den Rand meiner Leistungsfähigkeit führen sollte. Mir schoss durch den Kopf, dass, wenn ich hier sterben würde, mein Leichnam vielleicht erst in vielen Jahrzehnten gefunden würde. Wenn über-haupt. Meine Lebensmittel verbrauchten sich sehr viel schneller, als ich eingeplant hatte. Und auch meine vom Aufstieg schmerzenden Beine sowie die vielen Schürfwunden und Prellungen, die ich mir unterwegs zuzog, machten meinen Gebirgsmarsch immer mehr zur Tortur. Doch kam es mir nie in den Sinn, meine Suche abzubrechen. Ich wusste einfach, dass es jetzt kein Zurück mehr gab.

Als ich mich eines Morgens klamm und frierend aus meinen Decken rollte, lagen neben mir ein gutes Dut-zend frisch gepflückter Pilze und Beeren. Ich hatte keine Ahnung, wer mich mit diesen willkommenen Nahrungsmitteln bedacht hatte, aber ich nahm die Gabe dankbar an. Inzwischen reichten meine Lebens-mittel, die ich längst rationiert hatte, höchstens noch für zwei oder drei Tage. Auch an den kommenden Morgen fand ich beim Erwachen stets einige Beeren und Pilze neben meinem Schlaflager. Meine Versuche, den unbekannten Gönner, der stets in der Nacht zu mir kam, zu stellen, scheiterten daran, dass ich, auch wenn ich mir fest vornahm wachzubleiben, stets schon bald vor lauter Erschöpfung in den Schlaf fiel. Ich dankte daher Travia und nahm dies als segensreiches Zeichen weiterzuziehen.

Endlich hatte ich die letzte Markierung auf Greifax' Karte gefunden, einen verkrüppelten Baum in Form einer gewundenen Schlange, der einsam und allein auf einem steinigen Hochplateau stand. Dahinter begann ein schmaler Felsgrat, der, soweit ich das aus den Aufzeichnungen der Karte deuten konnte, zu einer Höhle oder etwas Ähnlichem führen musste. Ich war so erschöpft, dass es mir schwerfiel, mich überhaupt noch auf den Beinen zu halten, doch kann ich mich noch gut an das Hochgefühl erinnern, das mich bei der Erkenntnis überkam, dass ich es nun bald geschafft haben würde.

Ich ließ mein Packpferd zurück, nahm den Grat in Angriff und hatte knapp hundert Schritt später den gesuchten Eingang gefunden, der etwa zwei Mannlängen hoch und breit war. Ich drehte mich noch einmal um und erblickte in weiter Ferne, über ein tiefes Tal hinweg, die Greifenzinne, die wie ein mahnendes Bollwerk aus den stolzen Hügeln und Gipfeln der Koschs ragte. Ich atmete ein letztes Mal tief die klare Gebirgsluft ein, dann betrat ich das Innere des Berges.

Der Ort, der sich mir nun offenbarte, war ein Wunder der Schöpfung. Ich durchschritt titanische Felsdome, die in ihrer Pracht an die erhabenen Bingen der Zwerge gemahnten, Tropfsteinhöhlen, deren Stalakmiten und Stalaktiten sich schon vor Jahrhunderten zu Säulen gigantischer Schönheit vereinigt hatten und Kavernen, in denen sich das Licht meiner Fackel in Hunderten spiegelnder Kristalle brach. Und dann fand ich jenen Ort, den Greifax in schierer Hilflosigkeit mit zwei banalen Worten belegt hatte, der sich aber in seinem alveranischen Glanz allem entzog, was sich mit menschlicher Sprache ausdrücken lässt: Satinavs Spiegel!

Vor mir erstreckte sich ein unbewegter, nahezu kreisrunder Höhlensee, der von zwölf uralten Stelen umringt wurde, erzenen Säulen, die keinesfalls von Menschenhand errichtet worden sein konnten. Allesamt waren sie etwa sechs Schritt hoch und mit eigentümlichen Piktogrammen und Runen beschriftet. Das aber war es nicht, was mich in den Bann zog. Der See selbst war es. Sein Wasser, das von einer gleißenden Säule reinen Sonnenlichts beschienen wurde, das sich aus unerreichbaren Höhen einen Weg bis zur Oberfläche des Sees gebahnt hatte, erschien mir wie flüssiges Silber. Die Lichtsäule brach sich darin auf eigentümliche Weise, sodass überall an den Höhlenwänden silbrige Lichtreflexe aufflammten. Das Gleißen und Glitzern um mich herum durchflutete die Kaverne mit einer derartigen Helligkeit, dass meine Augen zu tränen begannen. Um mich zumindest ein wenig vor der strahlenden Pracht zu schützen, kniff ich die Augen zusammen und hob die Rechte in der Hoffnung, Schatten zu finden – ein aussichtloses Unterfangen. Ich brannte vor Aufregung. Plötzlich glaubte ich, Klänge wie von überdischen Sphären zu hören, doch konnte das sein? Langsam tappte ich vorwärts, um das Ufer des Sees zu erreichen. Ich war so aufgewühlt, dass ich nicht bemerkte, dass plötzlich ein raubtierhafter Geruch an meine Nase drang.

Ich hatte vielleicht noch zehn Schritt zwischen mir und ›Satinavs Spiegel‹ zu überwinden, als der gleißende Dom plötzlich von einer majestätischen Stimme erfüllt wurde, die bis tief in mein Innerstes drang: »Besinne dich. Dies ist ein Hort der Götter, der dem Sterblichen nur Unglück bringt!«

Wie vom Donner gerührt blieb ich stehen und schaute mich ängstlich um. Dann, als ich ihn zwischen all dem Lichterschein erblickte, fiel ich vor lauter Demut unwillkürlich auf die Knie. Er ruhte auf einer versteckten Felsnase in etwa fünfzehn Schritt Höhe und ich konnte ihn nur erkennen, da sich sein mächtiger Leib von der Farbe roten Goldes zu voller Größe erhoben hatte und er nun inmitten all der Helligkeit stand. Sein Körper, auf dem sich gewaltige Muskelstränge abzeichneten, war der eines riesigen Löwen. Doch sein Kopf und seine majestätischen Schwingen glichen denen eines Adlers. Meiner Kehle entrang sich ein unkontrolliertes Keuchen, denn es war ein Greif, ein Sendbote unseres Götterfürsten Praios, der sein Wort an mich gerichtet hatte.

»Wisse«, brandete die Stimme des Greifen wieder auf, »dass einst, als der dreizehngehörnte Satinav versuchte, sich auf das Schiff der Zeit zu schwingen, und für diesen Hochmut vom Weltenschöpfer an den Ort seines Frevels gebunden wurde, er drei Tränen ob seiner Tat vergoss. Und so wie Satinav es nicht mehr vermag, seinen Blick vom fernen Horizont des Zeitenmeers abzuwenden, ist es jenen, die die vergossenen Spuren seines unerträglichen Leids finden, möglich, einen Blick auf jene nebligen Gestade zu erhaschen, die das Schiff der Zeit durchfährt.«

Ich duckte mich unter dem Blick des Greifen und sah mein Ende schon gekommen. Und doch vernahm ich wohl, was der Greif mir zu erklären versuchte. ›Satinavs Spiegel‹ oder vielmehr seine ›Tränen‹ ermöglichten es, in zukünftige Zeiten zu blicken. Mir schwindelte ob dieser ungeheuerlichen Eröffnung.

»Noch immer erfüllen Satinavs Trotz und Aufbegehren seine Tränen. Und seine unsterbliche Wut hindert die Götter daran, euch Sterbliche davor zu schützen, die verborgenen Stätten seines Leids aufzusuchen. Erfahre aber auch, dass die Götter in ihrer unendlichen Weisheit sehr wohl zu verhindern wissen, dass du jene Einblicke, die du an dieser Stätte zu erhaschen glaubst, mit anderen Sterblichen oder Unsterblichen teilen kannst. Ich werde dich nicht daran hindern, vom Wasser des Sees zu trinken, aber du wirst die Höhle erst verlassen dürfen, wenn du einen heiligen Eid abgelegt hast, der dich dem Gehorsam des Götterfürsten selbst unterwirft. Sobald du versuchen solltest, einem anderen gegenüber Zeugnis abzulegen von diesem Ort und dem, was du vielleicht gesehen hast, wird dich von da an und für alle Zeit die Strafe des Götterfürsten ereilen. Wähle also klug!«

Der Greif faltete seine Schwingen, die er während seiner Rede erhoben hatte, wieder zusammen und blickte mich unverwandt an. Ich hingegen lag wie zerschmettert am Boden und versuchte meine Gedanken zu ordnen. Ich hatte immer nur vorgehabt, Greifax' Geheimnis zu finden. Nie aber war mir in den Sinn gekommen, mir zu überlegen, was ich tun würde, wenn ich an meinem Ziel angelangt wäre. Es war mir freigestellt worden, einen Blick auf die Zukunft zu erhaschen. Vielleicht nur auf eine mögliche Zukunft, aber das war noch immer mehr, als jedem anderen Sterblichen vergönnt war. Ich würde wahrscheinlich sogar einen Blick auf meine eigene Zukunft werfen können. Und wer wüsste nicht gern, welche Herausforderungen noch auf einen zukommen würden, und welche Lebensspanne einem die Götter beschieden hatten? Würde ich mein Leben nicht viel intensiver leben, wenn ich wüsste, dass ich schon in einem Monat von Boron abberufen würde? Aber würde mich das Wissen um das Ende meiner Existenz nicht auch quälen und mir all das nehmen, was das Leben so schön und aufregend macht?

Plötzlich kam mir das Schicksal von Baldur Greifax von Gratenfels in den Sinn. Ich zweifelte keinen Augenblick daran, dass er von der Möglichkeit, einen Blick in die Zukunft zu werfen, Gebrauch gemacht hatte. Und vor allem zweifelte ich nicht daran, dass er letzten Endes an dem, was er gesehen hatte, zerbrochen war. Nur, was mochte er gesehen haben? Ich überlegte, welche Ereignisse sich allein während der letzten dreißig Jahre zugetragen hatten: der zweite Zug der Oger, der das Reich fast zu Fall gebracht hatte, die Answinkrise, die das Reich im Bürgerkrieg versinken ließ, der Orkensturm, der erst kurz vor Gareth zurückgeschlagen werden konnte, das Schisma innerhalb der Praioskirche, das einen Mann wie den Grafen sicherlich im Innersten seines Wesens getroffen hatte, und nicht zuletzt die Invasion des finsteren Dämonenmeisters, die an Schrecken alles überbot, was das Reich in den Jahren zuvor erlebt hatte. Und das waren lediglich die Dinge, von denen ich bereits wusste! All das schreckliche Wissen vermochte der alte Graf mit niemandem zu teilen. Niemandem konnte er sich anvertrauen. Mir schossen die Tränen in die Augen, als mir klar wurde, wie verzweifelt Greifax gewesen sein musste, welches Seelenleid er zu ertragen hatte angesichts von Ereignissen, die er ohnmächtig auf sich zurollen sah. Plötzlich ergaben auch all seine Taten einen schrecklichen Sinn. Der gewaltige Ausbau der Stadtbefestigung, die vielen Garnisonen, die Greifax ohne Rücksicht auf die finanziellen Verhältnisse der Grafschaft errichten ließ und nicht zuletzt das gewaltige Söldnerheer, das er in jenen Tagen angeworben hatte. Greifax wollte in Wahrheit nur eines: vorbereitet sein!

Ich erhob mich und schaute müde und geblendet zu dem Greifen hinauf. »Nein, ich möchte keinen Blick in die Zukunft werfen. Ich möchte nur nach Hause.«

»Dann sprich die heilige Eidesformel nach«, brandete es von der Felsnase zu mir herab, »und es sei dir gestattet zu gehen.« Ich tat, wie mir geheißen wurde. Es war ein langer Schwur, den ich ohne große Überraschung mit den mir wohl vertrauten Worten »Grotho Garax Grotho« beenden musste: »Ich gehorche, Greif, ich gehorche!«. Selbst heute wundert es mich nicht, dass sogar der merkwürdigen Grußformel, die der Graf einst von all seinen Untertanen zu hören verlangt hatte, eine wundersame und versteckte Bedeutung zu eigen war.

Als ich den geheimnisvollen Ort wieder verlassen hatte und mehr als nachdenklich talwärts zog, hörte ich irgendwann weit hinter mir ein irres Gelächter. Eigentlich war es nur als verzerrtes Echo zu hören, das sich an den Steilwänden des Gebirgsmassivs gebrochen und so den Weg bis zu mir gefunden hatte. Ich wandte mich um und sah ihn: Baldur Greifax von Gratenfels!

Genau genommen sah ich nur eine winzige Gestalt, die einsam und allein hoch oberhalb jener Stelle hockte, an der ich das Höhlenlabyrinth betreten hatte. Aber ebenso, wie ich wusste, dass das Gelächter mir galt, wusste ich auch, dass er es war, der dort auf sich aufmerksam gemacht hatte. Der alte Graf wuchtete einen großen Felsbrocken über seinen Kopf und ließ ihn den Berg hinunterfallen. Der Brocken zersprang an einem noch gewaltigeren Felsen in zahlreiche kleinere Stücke, die ihrerseits andere Steine mit sich rissen. Der Fels, auf dem Greifax' Brocken aufgeschlagen war, löste sich unter der Wucht des Aufpralls und rollte nun ebenfalls rumpelnd in die Tiefe. In wenigen Augenblicken war die kleine Geröll-Lawine zu einem gewaltigen Bergrutsch angewachsen, der sich mit Donnern und Getöse seinen Weg in die Tiefe bahnte. Ich befand mich weit jenseits des unmittelbaren Gefahrenbereiches, trotzdem sah ich zu, dass mein Packesel und ich eine schnellere Gangart einschlugen. Als ich etwas später wieder zurückschaute, zeugte nur noch eine riesige Staubwolke von dem gewaltigen Schauspiel, dessen Zeuge ich geworden war. Der Eingang zu der Höhle mit ›Satinavs Spiegel‹, so wurde mir klar, lag nun unter Quadern von Felsgestein begraben.

Den Weg zurück durch das Gebirge überstand ich nur, da ich auf meinem letzten Rastplatz wieder einen großen Haufen Beeren und Pilze entdeckte. Sogar zwei kleinere Nagetiere fand ich daneben, die offenbar mit einer Steinschleuder erlegt worden waren. Auch dies schrieb ich inzwischen Greifax' Wirken zu. Ich weiß bis heute weder, warum mir der alte Graf dabei half, die wundersame Höhle mit dem Greifen zu finden, noch, warum er diese erst verschloss, als ich sie wieder verlassen hatte. Vielleicht tat er all dies, weil er wollte, dass wenigstens ein Mensch auf dieser Welt existiert, der ihn verstehen kann. Vielleicht aber bewegten ihn auch Gründe, die ich nie begreifen werde.

Ich für meinen Teil habe es später nie bereut, den Blick in die Zukunft ausgeschlagen zu haben. Ich wollte nie wissen, was kommen wird, und es interessiert mich auch heute nicht. Im Gegenteil, wer in sich hinein-horcht, weiß, dass es Gewissheiten gibt, für die es kei-nes Blickes in die Zukunft bedarf. Nicht von ungefähr heißt es, dass das Schiff der Zeit von zwei Segeln an-getrieben wird: den Träumen und den Wünschen. Ich jedenfalls träumte schon damals davon, dass ich ein Leben mit meiner geliebten Bodia verbringen würde. Und genauso kam es später auch.

Händler, wie es sich vielleicht mein seliger Vater er-hofft hatte, wurde ich übrigens nicht, auch kein ruhm-reicher Held, dessen Taten von den Barden besungen werden. Ich trat vielmehr der Geweihtenschaft des Boron bei und hoffe, dass das Wissen um jene wun-dersame Höhle im Kosch dereinst mit meinem Tod in Vergessenheit geraten wird. Denn da ich Greifax' Ver-mächtnis schon wenige Tage nach meiner Rückkehr verbrannt habe, existieren außer mir nur noch sehr wenige, die von diesem Geheimnis wissen, nämlich die unsterblichen Götter. Und das ist auch gut so.

Andrea Perkuhn

MONDSTEINE

Er konnte ihren Ruf bereits hören, als noch nichts zu sehen war. Der Gletscher lag eisig und unberührt vor ihm, umringt von gleichgültig schweigenden Berggipfeln. Ein Schaudern fuhr ihm vom Scheitel bis tief in den Rücken und seine spitzen Ohren konzentrierten sich weiter auf das Geräusch.

Der Ruf wurde lauter, langsam, aber stetig. Noch konnte er das Wort, das sie riefen, nicht verstehen, doch war das auch gar nicht nötig, denn er kannte es. Er hatte schon unzählige quälende Male auf dem Schlachtfeld gehört, wie es gleich einer alles verschlingenden Flut über den zerfetzten Leibern von Zwergen, Elfen, Menschen und Pferden anschwoll und zusammenbrach, um alles unter sich zu begraben.

Jetzt konnte er es hören, wirklich hören, und es trieb ihm ein wildes Lachen aus der Kehle. »Finsternis!… Finsternis!… Finsternis!« Er wusste, er konnte diesem Ruf nicht entkommen, und wenn er tief in sich hineinhorchte, konnte er fühlen, dass er es auch gar nicht wollte.

»Finsternis!… Finsternis!« Mittlerweile war dieses dunkle Versprechen so deutlich zu verstehen, dass diejenigen, von denen der Ruf ausging, jeden Moment am Rand der Eisfläche erscheinen mussten.

Und dann konnte er sie sehen. Zuerst erblickte er nur einige Lanzen, deren Spitzen von getrocknetem Blut schwarz verkrustet waren, danach die Köpfe, kurz darauf die ersten marschierenden Körper. Er sah Wesen, die nicht über Deres Antlitz wandeln sollten: Bauern und Soldaten, deren verstümmelte Leiber entschlossen vorwärts schritten; Kreaturen, deren rot glühende Augen unter weiten Kapuzenumhängen hervorstachen; Skelette, die ebenso zielstrebig marschierten wie ihre grauenhaften Gefährten. Und sie alle überragte ein haushohes, gehörntes Wesen, das sein Maul aufriss und einen Ruf erklingen ließ, der die Seele sucht und sie mit Sicherheit findet, um sie zu vergiften.

Unsagbare Kälte und lähmender Gestank schlugen ihm entgegen, als die Armee unbeirrt weiter auf ihn zumarschierte. Er blinzelte und dachte: Sie kommen. Das ist meine Erlösung. Endlich. Er zog Felljacke und Lederhemd aus, streifte sich die pelzigen Handschuhe von den schlanken, bleichen Fingern und breitete die Arme aus. Die Farbe seiner Haut, die den mageren Körper umspannte, unterschied sich kaum von den Eis- und Schneeflächen der Umgebung. Sein schmaler Brustkorb hob und senkte sich ruhig und gleichmäßig, während er ihnen weiterhin entgegenblickte. Gelassen.

Stetig kamen die Kreaturen näher. Schon erhoben die Skelette, die in der ersten Reihe marschierten, ihre Schwerter zum Schlag. Der Elf lächelte, legte den Kopf in den Nacken und schloss die Augen, voller Erwartung, den bittersüßen Schmerz des ersten Hiebes zu spüren.

Doch nichts geschah.

Er öffnete die Augen wieder und blickte auf den eisigen und beinahe göttlich stillen Gletscher. Er war allein.

Es begann mit einem Glucksen im Magen und rollte über den Schlund hinauf, bis es als hartes Lachen aus seinem Mund sprang und immer lauter wurde, ihn nach Luft schnappen und schließlich im Schnee zusammenbrechen ließ.

Einen Moment lang hallte das irre Lachen von den Gipfeln wider, dann wurde es still und nur noch das Geräusch des Windes, der über den Gletscher fegte, war zu hören.

Laraji trieb mit einem kehligen Laut die Hunde zur Eile an. Bald schon würde der kurze, trübe Tag einer langen und selbst für das Empfinden einer Nivesin underisch kalten Nacht weichen. Sie musste Farlorn möglichst noch vor Einbruch der Dunkelheit erreichen. Eigentlich hätte sie bereits am frühen Morgen aufbrechen sollen, doch die schwierige Niederkunft ihrer Schwester hatte sie aufgehalten. Es war nun mal so üblich, dass die engste weibliche Verwandte der jungen Mutter das Neugeborene mit Kräutern und Karenschmalz salbte, um es mit den Geistern der Ahnen zu versöhnen.

Jetzt musste sie sich also sputen. Früher waren sie jeden Mond mit dem Schlitten nach Farlorn gefahren, um die bei der Jagd erbeuteten Felle gegen Getreide, Dörrobst, Salz und Dinge, welche die Sippe nicht selbst herstellen konnte, einzutauschen. Doch seit der letzte Sommer ausgeblieben und einem anhaltenden Winter gewichen war, gab es nur noch wenig Tiere zu jagen und der Jäger brauchte den Beistand der Himmelswölfe, um nicht der grausamen Kälte zum Opfer zu fallen. Das lediglich rucksackgroße Bündel auf dem Schlitten zeugte vom Elend der nivesischen Jäger.

Es begann wieder in harten, dichten Flocken zu schneien und Laraji zog ihre Fellkapuze tief ins Gesicht, sodass kaum mehr als die Augen herausschauten. Der Schlitten glitt in hohem Tempo über die verschneite Ebene Richtung Norden. Die Gipfel der Eiszinnen, die sie sonst immer wieder mit ihrer Erhabenheit und Unnachgiebigkeit beeindruckten, waren durch den Schleier des Schneetreibens nur noch als schemenhafte, unregelmäßige Gebilde am Horizont zu erkennen. Als die Dämmerung einsetzte, konnte sie unweit vor sich Lichter sehen oder vielmehr durch das Schneegestöber erahnen: Farlorn.

Die etwa zwei Dutzend einfachen Holzhäuser waren bereits mit einer dicken Schneeschicht bedeckt und duckten sich zwischen die umliegenden Hügel, sodass man sie nur anhand des schwachen Lichtscheins und der rauchenden Kamine als menschliche Siedlung ausmachen konnte.

Keine Menschenseele war zu sehen, als Laraji mit dem Schlitten zwischen den Häusern hindurchglitt. Ihr Ziel war das Haus des Händlers Ugdalf, das den Umschlagplatz für nahezu sämtliche Waren, die Farlorn erreichten oder verließen, darstellte. Gerade hatte sie den steinernen Firuntempel hinter sich gelassen, als ihr ein kleines Schild auffiel, das in einem erleuchteten Fenster lehnte. ›Krämer‹ stand in ungelenken Buchstaben auf einem schmalen Brett. Sie war schon viele Male in Farlorn gewesen, doch war ihr dieser Laden nie aufgefallen. Überhaupt war merkwürdig, dass es neben Ugdalf in diesem Nest in der entlegensten Einöde Aventuriens einen zweiten Vertreter der handelnden Zunft geben sollte. Einem Impuls folgend, befahl sie den Hunden zu warten und ging zur Eingangstür.

Die Tür war verschlossen. Laraji klopfte und lauschte. Der Wind pfiff um die niedrigen Häuser und trieb die Schneeflocken durch die Straßen. Nichts.

Laraji klopfte erneut und diesmal hörte sie ein leises, schlurfendes Geräusch aus dem Inneren der Hütte. Ein Riegel wurde zurückgeschoben und die Tür ging auf. Eine alte Nivesin blinzelte um die Ecke. »Wer auch immer Ihr seid, kommt schnell herein und macht die Tür schleunigst hinter Euch zu.« Die junge Nivesin tat, wie ihr geheißen war.

Sie stand in einem Raum, der offensichtlich zwei Bestimmungen diente, denn ein Teil war ein gemütlich eingerichteter Wohnraum mit Feuerstelle und Schlafplatz, während der andere Teil als Lager für Dinge aller Art genutzt wurde. Laraji erkannte Felle, Spielzeug, Fackeln, Lederreste, verrostete Schwerter, unbespannte Bögen, verschiedene Tiegel und Phiolen sowie etliche Kisten und Truhen, in denen wahrscheinlich noch Unmengen ähnlicher Gegenstände darauf warteten, entdeckt zu werden.

Inmitten dieses heillosen Durcheinanders stand die alte Nivesin und lächelte sie zahnlos an. Ihr dünnes, weißes Haar war zu einem Zopf geflochten, der ihr bis zur Hüfte reichte. Die von vielen Fältchen umrandeten Augen schauten die junge Nivesin erwartungsvoll an. »Die Himmelswölfe seien mit Euch! Mein Name ist Mijena vom Stamme Vechjas. Was kann ich für Euch tun, mein Kind?« Laraji zog sich die Kapuze vom Kopf, legte ihre Handschuhe ab und zog ihren Anaurak aus, denn in der Hütte war es angenehm warm.

»Den Schutz der Himmelswölfe auch über Euch«, sagte sie. »Ich bin Laraji von Ringsals Stamm. Verzeiht, dass ich hier so einfach hereinplatze, aber Euer Schild hat meine Neugier geweckt, denn ich hatte es zuvor noch nie bemerkt.« Die Alte schaute belustigt zu, wie aus dem in dicke Felle eingewickelten, mit vereistem Schnee behafteten Menschen vor ihr eine junge, recht große Nivesin mit langen, kupferroten Locken, auffällig grünen Augen und herben, vielleicht sogar ein bisschen wilden Gesichtszügen wurde.

»Ihr konntet meinen Laden auch bisher nicht bemerkt haben, denn bis vor kurzem existierte er noch gar nicht. Mein ganzes Leben lang habe ich die verschiedensten Dinge gesammelt und da kam mir vor ein paar Wochen die Idee, dass ich versuchen könnte, sie zu verkaufen, sofern mir der Gott der Händler seine Hilfe gewährt.« Sie grinste schelmisch.

Ihr Gesicht wurde wieder ernster, als sie sagte: »In diesen Zeiten muss man jede Gelegenheit nutzen, die einem das Überleben sichern kann. Wenn der nächste Sommer auch ausbleibt, und momentan sprechen die Geister unserer Ahnen zu den Weisen davon, dann wird ein Überleben hier im Norden schier unmöglich werden. Aber weiter in den Süden zu ziehen, ohne auf dem Weg zu verhungern oder zu erfrieren, ist momentan fast ebenso unmöglich.«

»Vielleicht ist es ja doch wahr, dass der eisige Jäger erwacht ist und sich sein dämonisches Reich immer weiter ausdehnt und uns diesen nicht enden wollenden Winter bringt…«, sagte Laraji leise und mit stockender Stimme.

»Die Zeichen stehen schlecht und die Geister warnen vor undenkbarem Übel… Doch lasst uns nun über etwas Erfreulicheres reden, denn die Tage und Nächte sind finster genug und es wird noch viele davon geben. Sucht Ihr etwas Bestimmtes?«

»Nein, eigentlich bin ich ja nur zufällig hier und würde mich einfach gerne mal umsehen.«

»Nur zu. Ich werde inzwischen einen Tuuki zubereiten. Mögt Ihr auch einen?« Laraji nickte, denn ein warmer Tee wäre nach der langen Fahrt durch den Schnee gewiss das Richtige.

Sie wusste gar nicht, wo sie beginnen sollte. Die Gegenstände waren wild übereinander gestapelt und in jedem Winkel gab es etwas Interessantes zu sehen. Vieles waren alltägliche Dinge der Nivesen und Norbarden, aber manches kam auch aus anderen Teilen des Kontinents, wie etwa der schon leicht angerostete Khunchomer, aus dessen Scheide noch ein wenig Sand der Wüste rieselte.

In einer fellbespannten Truhe stieß Laraji auf einen zylindrischen Behälter aus Holz, auf dem ein Wolf abgebildet war. Als sie ihn schüttelte, vernahm sie ein zartes Klimpern. Sie suchte nach einem Verschluss, doch konnte sie keinen finden.

Die alte Krämerin schaute bei dem Geräusch auf: »Ich weiß, was in dieser Röhre steckt, doch leider war ich nie in der Lage, sie zu öffnen. Sie wurde mir von dem Schamanen meines Stammes zur Aufbewahrung gegeben, bis der rechte Zeitpunkt gekommen sei, sie weiterzureichen. Wenn Ihr es schafft, ihren Schließmechanismus zu überwinden, gehört der Inhalt Euch.«

Laraji schaute erst die alte Nivesin und dann den Behälter in ihrer Hand mit gerunzelten Brauen an. Sie konnte keinen Mechanismus entdecken; bis auf die Schnitzerei war der Zylinder vollkommen glatt.

Die junge Nivesin betrachtete den kunstvoll geschnitzten Wolf: Er stand mit erhobenem Kopf am Rande einer Schlucht und blickte auf die umliegenden schneebedeckten Gipfel eines Gebirges. Einsamkeit und Schönheit strahlte das Bild aus. Laraji musste an ihre Kindheit denken und an die Zeit, als ihr zum ersten Mal ein Wolf begegnet war: Sie war vier Jahre alt gewesen und hatte sich aus Neugier allein aus der Jurte entfernt. Die Geräusche und Gerüche der sommerlichen Steppe hatten sie gelockt. Als sie völlig selbstvergessen an einem Bach spielte, hatte sie plötzlich das Gefühl, beobachtet zu werden, und im selben Moment spürte sie warmen Atem in ihrem Nacken. Vorsichtig drehte sie sich um: Ein Wolf stand direkt hinter ihr und fixierte sie mit seinen bernsteinfarbenen Augen. Er war so dicht herangekommen, dass seine Schnauze fast ihre Nase berührte, und sie nahm den leicht würzigen Geruch wahr, der seinem Fell entströmte. Im nächsten Augenblick wandte sich der Wolf um und sprang davon. Nach diesem Erlebnis war es endlich so weit, dass sie ihren zweiten Namen, ihren Wolfsnamen, vom Schamanen des Stammes erhielt. Laraji lächelte bei dem Gedanken an dieses Ereignis und ihre Lippen bewegten sich lautlos, als sie ihn aussprach.

In diesem Moment sprangen an beiden Seiten des Zylinders in ihren Händen die kreisrunden Deckel ab und ein kleiner Gegenstand fiel auf den Fußboden und rollte ein Stück über die Holzdielen, bis er vor der

Feuerstelle liegen blieb. Laraji ging hinüber, hob den Gegenstand auf und betrachtete ihn im Schein des Feuers: Es war ein schlichter Ring aus Metall, schwarz angelaufen, und an einigen Stellen blätterte die oberste Schicht ab, die sich im Laufe der Zeit bereits zersetzt hatte. Nichts Besonderes. Doch in seiner Mitte befand sich ein ovaler Stein, nicht größer als der Nagel von Larajis kleinem Finger, dessen eisige Farbe die Jahre so unbeeindruckt überstanden hatte, als wäre er soeben erst in diesen Ring gefasst worden. Laraji hielt ihn gegen das Licht und erkannte in der leicht milchigen Fläche eine Maserung, die sie an Spalten, Risse und Luftblasen in einem gefroren See erinnerte. »Er ist wunderschön. Wollt Ihr ihn mir wirklich schenken, Mijena? Vielleicht ist er ja wertvoll.«

»Ich stehe zu meinem Wort; er gehört Euch.« Nach einer kurzen Pause fuhr die alte Nivesin fort: »Es ist ein Mondstein, doch manche nennen ihn auch ›Liskas Tränen‹. Es gibt eine uralte, fast vergessene Legende unseres Volkes über diese Steine. Es heißt, dass Liska, die sanfteste unter den Himmelswölfen, als der Mensch Mada aus Eifersucht ihre beiden Welpen erschlug, Tränen des Zorns und der Trauer weinte. Als diese Tränen auf die Eiszinnen tropften, gefroren sie, sodass aus ihnen eisfarbene Steine wurden. Sie prallten an den mächtigen Gipfeln ab und verteilten sich in alle Himmelsrichtungen über Dere. Man sagt, dass in den Mondsteinen magische Kräfte wohnen – sie finden diejenigen, die Zorn und Trauer kaum mehr auszuhalten vermögen, und erlösen sie davon.«

Laraji konnte sich nicht vorstellen, dass diese Geschichte wahr sein sollte, denn noch nie zuvor hatte sie von einer derartigen Legende gehört, obwohl auch in ihrer Sippe ein paar alte und weise nivesische Männer und Frauen lebten. Außerdem fühlte sie sich weder besonders zornig noch besonders traurig, sodass es wahrscheinlich nur einem Zufall zuzuschreiben war, dass sie die Röhre hatte öffnen können und jetzt die Besitzerin dieses Ringes war. Bestimmt war das Holz im Laufe der Jahre schon porös geworden und durch ihr Betasten endgültig auseinander gefallen.

Sie blickte zu der alten Frau hinüber, die lächelnd auf einem Hocker saß, und meinte, Phexens Schalk in deren Augen blitzen zu sehen.

»Nun«, sagte Laraji und zuckte mit den Schultern, »so danke ich Euch vielmals für dieses Geschenk. Ich muss mich jetzt leider auf den Weg machen. Man erwartet mich noch im Hause des Händlers Ugdalf und meine Hunde haben sich auch endlich einen Unterschlupf und ihr Fressen verdient.« Sie streifte sich den Ring über den kleinen Finger der linken Hand, denn nur dort wollte er passen.

Laraji trank rasch ihren Tee aus und machte sich dann auf den Weg in die Dunkelheit – mittlerweile war das Tageslicht vollständig gewichen. Den Himmelswölfen sei Dank hatte sie es nicht mehr weit, nur ein paar Straßen mussten noch durchfahren werden.

Die alte Nivesin stand noch einen Augenblick an der Tür, als Laraji den Hunden das Kommando zum Aufbruch gab. Eine Träne lief ihr über das runzlige Gesicht.

Ugdalf umarmte Laraji herzlich und brummte mit seiner tiefen dröhnenden Stimme: »Mokoshas Segen über Dich… und natürlich auch den Schutz der Himmelswölfe! Es ist ja nun schon bald vier Monde her, dass du unser Haus mit deinem Besuch beehrt hast.« Der norbardische Händler hielt Laraji ein gutes Stück von sich weg und sah sie prüfend an. »Eurer Jagdglück scheint weiter nachgelassen zu haben. Pass nur auf, dass dich der Wind nicht bald von deinem Hundeschlitten fegt.«

Er lachte schallend, wobei sein langer Schnurrbart wie ein Zweig im Wind zitterte.

Laraji knuffte ihn freundschaftlich in seinen recht beträchtlichen Bauch, der trotz der harten Zeiten von einem gewissen Maß an Wohlstand im Hause der Händlerfamilie zeugte. »Wie habe ich deinen derben Sinn für Humor doch vermisst, Ugdalf. Wie geht es Eila und Larik? Sind sie im Haus?« Mit dieser Frage betrat Laraji das einladend erleuchtete Heim des Händlers. Dort fand sie im großen Wohnraum Ugdalfs Sohn und seine Ehefrau und die Begrüßung fiel ebenso herzlich aus wie jene wenige Augenblicke zuvor. Eila nahm sie in ihre kurzen, aber kraftvollen Arme und drückte sie an ihren üppigen Busen. Kastanienbraunes Haar, zu zwei dicken Zöpfen geflochten, war links und rechts von ihrem nach Art der Norbarden traditionell kahl geschorenen Scheitel zu sehen. Die braunen Augen blickten Laraji warmherzig an. »Unser Haus sei auch dein Haus. Willkommen, Tochter der Steppe aus Ringsals Stamm. Warum bist du so lange nicht mehr gekommen? Wie geht es deiner Mutter und deiner Schwester? Müsste der Tag ihrer Niederkunft nicht bald gekommen sein? Aber, ach, was rede ich so viel. Du hast bestimmt Hunger und so schmal wie dein Gesicht geworden ist, kannst du etwas zu essen auch gut vertragen. Hoffen wir nur, dass Ugdalf etwas von unseren Vorräten übrig gelassen hat.« Sie zwinkerte Laraji zu und lief in die Küche, um sich der Vorbereitung des Essens zu widmen.

Der Abend wurde gemütlich und lang. Nach einem üppigen Mahl, dass Laraji als willkommene Abwechslung gegenüber der kargen Kost ihrer Sippe genoss, sodass sie an dessem Ende meinte, die nächsten Jahre nie wieder auch nur eine Brotkrume essen zu können, saßen die drei noch lange am Feuer. Sie tranken selbstgebrannten Kräuterschnaps, erzählten einander Geschichten aus alten Zeiten und erinnerten sich an längst vergangene Sommer, wie etwa an jenen, als Ugdalf Laraji das Lesen und Schreiben beigebracht und sie ihn im Gegenzug in der Kunst des Fährtenlesens unterrichtet hatte. Larik war unterdessen mit dem Kopf auf dem Schoß seiner Mutter eingeschlafen und nuckelte verzückt an seinem Daumen.

Als Laraji endlich den Weg in das Gästezimmer fand – den Luxus eines solchen Raumes konnte sich die Händlerfamilie in dem doch recht großen Steinhaus leisten – war es mitten in der Nacht und der Schnapsdunst waberte wie träger Abendnebel durch ihren Kopf. Sie war erleichtert, sich endlich hinlegen zu können, denn der Tag war lang und hart gewesen.

Aber trotz ihrer Müdigkeit fand Laraji in den nächsten Stunden keinen Schlaf. Unruhig wälzte sie sich hin und her, ständig auf der Schwelle zur ersehnten Ruhe und sie doch nicht erreichend. Obwohl es in dem einfach eingerichteten Raum ungeachtet des Feuers in dem kleinen Kamin recht kühl war, klebte ihr das Hemd schweißnass am Leib. Sie musste an die Worte der alten Krämerin denken: »Sie finden diejenigen, die Zorn und Trauer kaum mehr auszuhalten vermögen, und erlösen sie davon.«

Im Morgengrauen schlief Laraji schließlich ein, doch war es weder eine lange, noch eine erholsame Ruhe, denn auch im Traum ließ die alte Nivesin sie nicht los: Larji stand am Rande eines verschneiten Hochplateaus. Unter ihr konnte sie schneebedeckte Gipfel und vereiste Täler sehen, in weiter Ferne eine Ebene. Ein schneidender Wind pfiff jaulend über das Plateau, sodass es klang, als würden Hunderte von empfindsamen Wesen von etwas Grauenhaftem heimgesucht. Er zerrte wild und kraftvoll an ihr und zwang sie einen Schritt vom Abgrund zurücktreten, wenn sie nicht über die Kante fallen wollte. Plötzlich meinte sie im

Heulen des Windes eine Stimme zu vernehmen – erst leise, dann lauter werdend: »Jeder Mensch hat ein Schicksal, das ihm von den Göttern vorherbestimmt ist. Es gibt kein Entkommen.«

Laraji erkannte die Stimme der alten Nivesin und lächelte zögernd. Die Stimme wiederholte diesen Satz immer wieder und hob die Lautstärke weiterhin an. Es wurde quälend; sie hielt sich die Ohren zu. »JEDER MENSCH HAT EIN SCHICKSAL, DAS IHM VON DEN GÖTTERN VORHERBESTIMMT IST. ES GIBT KEIN ENTKOMMEN.« Es begann bereits in ihrem Kopf zu dröhnen wie ein gewaltiger Gong und zu schwingen wie ein mächtiges Pendel. Ihre Ohren und ihr Kopf schmerzten mit jeder Schwingung mehr. Der Schmerz bohrte sich gleich einer riesigen Nadel von ihrem Kopf aus durch Schlund und Lunge, sodass sie nach Atem rang, und fuhr weiter bis in den Magen. Laraji würgte.

Dann war es mit einem Mal still, kein Lüftchen regte sich, doch gerade als sie erleichtert aufatmen wollte, spürte sie eine Hand in ihrem Rücken, die ihr einen kräftigen Stoß gab. Berggipfel und Täler rasten auf sie zu.

Laraji wachte schreiend auf. Jemand hielt sie fest, streichelte beruhigend über ihr Haar und redete auf sie ein. Es war Eila. »Du hast anscheinend schlecht geträumt, aber jetzt ist es vorbei. Ich wollte dich zum Frühstück wecken und fand dich noch im Bett, offensichtlich in einem bösem Traum gefangen.«

Laraji wischte sich mit der Hand den Schweiß von der Stirn. Diese war ungewöhnlich heiß. »Eila… ich… ich fühle mich elend.« Als sie versuchte aufzustehen, begann sich das Zimmer um sie herum zu drehen, sodass sie rücklings wieder ins Bett plumpste.

Eila schaute besorgt auf die junge Nivesin. »Ohne Frage bist du krank. So kannst du auf keinen Fall zu deiner Sippe zurückkehren. Am besten bleibst du erst einmal liegen, ich werde einen Kräutersud herstellen, der dir hoffentlich ein wenig helfen wird.« Mit diesen Worten erhob sich Eila von der Bettkante und verließ den Raum. Dankbar schloss Laraji die Augen, denn das Zimmer hatte bereits wieder begonnen, seine wirbelnde Fahrt aufzunehmen. »Daran ist bestimmt nur der Selbstgebrannte schuld«, dachte sie benommen.

Sie glitt dahin in Schwindel erregender Höhe. Hügel und Wälder, Bäche und Weiler, Höfe und Städte zogen unter ihr vorbei. Sie war zu hoch oben, um Mensch oder Tier erkennen zu können – frei und ungebunden von der Last des Lebens und Überlebens auf Deres Antlitz.

Sie ließ sich tiefer hinabsinken und konnte schon bald Bauern, die auf ihren Feldern arbeiteten, und Fuhrwerke, die über die Straßen rumpelten, erkennen. Sie folgte einem Fluss, der sich durch eine sanfte Hügellandschaft wand; eine kleine Stadt lag mitten in seinen Fluten, mit beiden Ufern durch Brücken verbunden. Weiter dem Verlauf des Flusses folgend, dessen ebene Ufer in der für Auwiesen typischen Weise grün und fruchtbar leuchteten, konnte sie in einiger Entfernung eine Menschenmenge ausmachen. Eine riesige Menschenmenge, die hin und her wogte wie hohes Steppengras in einem Gewittersturm. Und dann konnte sie auch die Geräusche unter sich wahrnehmen und in diesem Moment war ihr klar, was diese vielen Menschen – wohl an die fünftausend mussten es sein – hier zusammengeführt hatte.

Sie schritten auf dem blutigen, die Seele aufreibenden Weg einer Schlacht.

Eilas Stirn war von tiefen Sorgenfalten durchzogen, als sie der jungen Nivesin mit einem feuchten Tuch den

Schweiß aus dem erhitzten Gesicht wischte. Das Fieber schien trotz der Kräuter und der kalten Wickel um Larajis Waden, die stündlich erneuert werden mussten, nicht zu weichen. Seit Eila Laraji gestern zum Frühstück hatte wecken wollen und anschließend das Zimmer verlassen hatte, um sich um die Medizin zu kümmern, war die junge Frau nicht mehr zu Sinnen gekommen; sie lag nur da, schweißgebadet.

Eila stand auf und reckte sich. Es war Zeit, einen Bissen zu essen. Danach würde sie wieder an das Bett der kranken Freundin zurückkehren.

Schlachtenlärm rings um sie herum: Waffen trafen mit hellem Singen aufeinander. Schreie erklangen – Schreie der Wut, der Angst, der Verzweiflung, des Schmerzes und der Todessehnsucht. Und Leiber verhakten sich mit jedem Hieb ineinander und trennten sich wieder voneinander in dem auch Gegner vereinigendem Trachten, den Kampf als Sieger zu verlassen. Es waren Soldaten, Söldner, Magier und einfache Bauern, die sich der Übermacht des Feindes zu erwehren suchten, doch dieser war nicht nur an Zahl überlegen, sondern schien auch weitaus mächtiger, denn seine Streiter ließen den tapferen Recken den Atem stocken und das Herz in der Brust rasen.

Modernde, dämonischen Gestank verbreitende Wesen schritten neben Schwerter schwingenden Skeletten, an denen faulende Fleischreste hingen. Ein tigerartiges Katzenwesen, das aufrecht durch die Reihen der Kämpfenden schritt, übergab mit seinen mächtigen Prankenhieben bei jedem Schritt einen weiteren Kämpfer dem Tod. Und über allem wehte eine Fahne, auf deren blutroten Grund eine schwarze, siebenstrahlige Krone zu sehen war.

Laraji wandte sich entschlossen dem feindlichen Kämpfer zu, der ihr am nächsten stand. Das Skelett hob das Schwert, zielte auf ihren Hals, da riss sie den rechten Arm hoch, deutete mit Zeige- und Mittelfinger auf den Untoten und entließ einen mächtigen Feuerstrahl aus ihren bleichen, schlanken Fingern. Die fahlen Knochen gingen sofort in Flammen auf und fielen in sich zusammen. Auf diese Art und Weise vernichtete sie wohl an die zehn dieser knochigen, unbeseelten Kämpfer.

Gerade wollte Laraji sich dem nächsten Gegner zuwenden, als sie *sie* erblickte. All der Kampfeslärm wurde augenblicklich zu einer summenden Kulisse, die kaum mehr an ihre spitzen Ohren drang. Noch nie in ihrem ganzen Leben hatte sie etwas so Schönes gesehen: Vor ihr stand eine Elfenfrau, klein und von zerbrechlich wirkender Gestalt. Ihr langes, silbern schimmerndes Haar wehte offen und strich zärtlich über ihre nackten Schultern. Ihre Augen waren halb geschlossen und ein kaum hörbares »Komm!« perlte über ihre rubinroten Lippen. O ja, Laraji wollte zu ihr gehen und dieses süße Versprechen einlösen. Als sie jedoch auf das überderische Wesen zutrat, schnürte ihr etwas die Kehle zu. Sie versuchte noch einen Schritt zu gehen und musste würgen. Da näherte sich die Elfenfrau, trat an sie heran und fuhr ihr mit zärtlichen Fingern den Arm entlang, über die Schultern bis zum Hals. Laraji erschauderte vor Wonne und ihr wurde schwindelig. Im nächsten Moment spürte sie, wie sich mächtige Krallenhände um ihre Kehle schlossen und sie blickte in eine rabenschwarze Fratze, deren zu einem dämonischen Grinsen verzogenes Maul das Letzte war, was sie sah, bevor sie das Bewusstsein verlor.

Eila versuchte Laraji festzuhalten, doch es gelang ihr nicht, denn die Faust der Nivesin traf sie mitten ins Gesicht, sodass sie das Gleichgewicht verlor und zurücktaumelte. Laraji schlug wild um sich und schrie aus Leibeskräften.

Das Fieber hatte in den vergangenen vier Tagen nicht nachgelassen und Eila hätte in Larajis Krankheit das Sumpffieber vermutet, wenn sie nicht gewusst hätte, dass die Nivesin in ihrem ganzen Leben noch keinen Sumpf betreten hatte. Sie wusste keinen Rat mehr und hatte schließlich nach einer Heilkundigen schicken lassen. Doch auch diese konnte ihr nicht helfen und hatte nur empfohlen, die Kranke weiterhin mit Kräutern und kalten Wickeln zu pflegen. Eilas Sohn Larik war zur Sicherheit im Hause seiner Tante untergebracht worden, da keiner wusste, ob die rätselhafte Krankheit ansteckend war.

So plötzlich wie Larajis Ausbruch begonnen hatte, war er vorüber. Schweißnass und bleich lag sie auf den Kissen. Eila ging zu ihr und wischte ihr die Stirn ab, wie sie es in den vergangenen Tagen schon unzählige Male getan hatte. Ihr Blick fiel auf Larajis linke Hand, die kraftlos auf dem Fell lag, das als Bettdecke diente. Ein Ring zierte den kleinen Finger. Das Metall war schäbig, aber der Stein strahlte eine eisige Schönheit aus, die sie an die Jahrhunderte alten Gletscher der Eiszinnen erinnerte.

Laraji fand sich am Rande eines Gletschers wieder. Die Gipfel ringsum glaubte sie zu kennen, auch wenn sie sich nicht erinnern konnte, woher. Der Wind pfiff durch die Gletscherspalten und stimmte seine eisige, endlose Melodie an. Da vernahm sie ein Lachen; wild und irre sprang sein Widerhall sie von den Wänden aus Stein, Eis und Schnee an. Sie rappelte sich auf und begann, in die Richtung, aus der das Lachen kam, zu gehen. Als sie auf der ebenen Fläche des Gletschers angekommen war, meinte sie an seinem Ende eine Höhle zu erkennen, vor deren Eingang eine Gestalt stand. Laraji ging weiter und nun erkannte sie ihn: einen hochgewachsenen, bleichen Elfen, der mit nacktem Oberkörper auf dem Gletscher stand, als erwartete er etwas – die Arme weit ausgebreitet, die Augen geschlossen. Selbst für einen Elfen war er unglaublich dünn und jeder seiner Knochen zeichnete sich unter der fast durchscheinenden Haut ab. Der Wind spielte mit seinem langen, weißen Haar.

Als sie nur noch wenige Schritt von ihm entfernt war, öffnete er die Augen und sah sie unverwandt an, um im nächsten Moment mit einem Lachen, das wie das Kreischen einer Harpyie klang und von den umgebenden Gipfeln in schauderhaften Echos vervielfältigt wurde, zusammenzubrechen. Laraji wollte die Hand nach ihm ausstrecken und bemerkte im selben Augenblick einen Ring mit einem Edelstein an seinem Finger. Klar wie ein Bergkristall und zugleich milchig wie Frühnebel, so schimmerte er.

Sie schlug die Augen auf. »Hesinde und den anderen Göttern sei gedankt, dass du wieder wach bist!«, sagte eine vertraute Stimme und sie wurde Eila gewahr, die auf einem Stuhl neben ihrem Bett gesessen hatte und sich nun über sie beugte.

»Was… was ist denn passiert?«

»Du hast fünf Tage lang in einer Art Fieberschlaf gelegen und wir haben schon nicht mehr zu hoffen gewagt, dass du es überstehen würdest.«

Laraji richtete sich erstaunt auf ihrem Lager auf. Ihr war durchaus bewusst, dass sie geschlafen hatte, denn die Erinnerungen an die Träume hingen noch wie kalter Morgendunst über ihren Sinnen, aber dass es gar fünf Tage gewesen sein sollten, mochte sie kaum glauben.

Eila sorgte sich rührend um sie und flößte ihr heiße Brühe und Kräutertee ein, damit sie wieder zu Kräften käme. Ugdalfs kleine Späße und Neckereien sowie sein gutmütig dröhnendes Lachen, das den ganzen Raum erfüllte, als er ihr am Nachmittag einen Besuch abstattete, taten ein Übriges, sodass Laraja am Abend bereits wieder aufstehen konnte. Allerdings fielen die ersten Schritte schon ein wenig wackelig aus.

Mitten in der Nacht wachte Laraji auf. Sie lauschte angestrengt, doch außer dem unentwegten Geschrei des Windes und entferntem Wolfsgeheul war nichts zu hören. Sie kleidete sich leise an, nahm ihren Rucksack sowie Kurzschwert, Bogen und Köcher und schritt die Treppe in den Wohnraum hinunter. Dort suchte sie nach Schreibzeug, und als sie es gefunden hatte, war einige Momente lang nur das Kratzen der Feder zu hören. Anschließend schlich sie in die Küche, wo sie ein paar Holzscheite, Dörrfleisch, getrocknetes Obst, Brot und einen Tiegel Karenschmalz einsteckte. Dann begab sie sich zur Hintertür, die leicht knarrte, als sie hindurchschlüpfte. Ihre Schlittenhunde, die auf dem Hinterhof in einem halb offenen Holzverschlag untergebracht waren, winselten leise. Laraji ging rasch hinüber und kraulte jedem von ihnen ein letztes Mal den Kopf. Die Hunde spitzten aufmerksam die Ohren, da Laraji ihnen ein paar Worte auf Nivesisch zuraunte, ehe sie in das nächtliche Schneetreiben entschwand.

Als Eila früh am nächsten Morgen in die Küche kam, um das Feuer neu zu schüren, fand sie auf dem Küchentisch zwei Münzen und einen Bogen Papier, der in einer offensichtlich ungeübten Handschrift bekritzelt war:

»*Lihber Ugdalf, lihbe Eila!*
    Ich kann Euch nicht genuk dancken, dass ihr Euch in der letzten Woche so hingebungsfol um mich gekümmert hapt.

Doch laider muss ich jez einen Weg gehen, der mich in die Eiszinnen fyhrt. Haltet mich bitte nicht fyr verryckt; ich sehe follkommen klahr.

Bitte sorkt dafyr, dass meine Sippe die Gyter, die ich fyr die Felle bei Euch eintauschen wollte, erhält und verzaiht mihr, dass ich mich ein wenik an Euren Vorräten bedihnt habe.

Den Schutz der Himmelswölfe über Euch!

Laraji«

Eila ließ das Papier kraftlos sinken und fuhr sich mit der freien Hand über die Augen. Sie wusste, dass sie Laraji nie wieder sehen würden.

Mit dem Morgengrauen hatte das Schneetreiben ein wenig nachgelassen, sodass Laraji ihr Ziel, die Eiszinnen, nun deutlicher vor sich sehen konnte. Nur die Gipfel blieben im dunstigen Himmel verborgen. Noch gut fünfzig Meilen trennten die Nivesin von den ersten Ausläufern des Gebirges.

Bald überquerte sie eine spiegelglatte Eisfläche, den ›Blauen See‹, der seit Menschengedenken selbst während der milderen Jahreszeit nur sein kaltes, unbewegtes Gesicht zeigte. Man konnte lediglich erahnen, dass es in seinen Tiefen Leben gab. Jetzt war er mit einer kniehohen Schneeschicht bedeckt, die jedoch für Laraji mit ihren Schneeschuhen aus Zweigen, die mit Karensehnen flach und korbartig zusammengebunden waren, kein Hindernis darstellte. Sie war schließlich ein Kind des Nordens und hatte gelernt, dem Winter zu trotzen. Aber sie wusste auch, dass man nicht den todbringenden Fehler machen durfte, die Macht der frostigen Urgewalt zu unterschätzen.

Das Schneetreiben hörte nun völlig auf und Laraji beobachtete, wie sich am östlichen Horizont die Sonne über dem Rand der verschneiten Ebene erhob. Die Nivesin atmete tief durch. Die Himmelswölfe schienen auf ihrer Seite zu sein, da sich das Wetter besserte. Es versprach ein sonniger, wenn auch klirrend kalter Tag zu werden. Die Strahlen der bald hoch am Himmel stehenden, fernen Scheibe wärmten nur wenig. Trotzdem stimmte Laraji der Anblick fröhlich und sie kam gut voran, wenngleich sie recht häufig Pausen einlegen musste, denn die fünf Tage Fieberschlaf steckten ihr noch in den Knochen.

Als es nach nur ein paar Stunden Tageslicht wieder dämmrig zu werden begann, suchte sie eine Schneewehe, die ihr als nächtlicher Schutz dienen konnte. Sie klopfte und stampfte den aufgehäuften Schnee fest. Dann scharrte sie an der windabgewandten Seite eine Aushöhlung hinein, gerade groß genug, dass sich ein Mensch hineinlegen konnte. Mittlerweile war es ganz dunkel und der sternenklare Himmel kündete eine bitterkalte Nacht an. Das Madamal war dabei, sich zu runden. Laraji zündete mit dem Holz aus ihrem Rucksack ein kleines Feuer an, um sich zu wärmen, während sie sich am ganzen Körper mit Karenschmalz einrieb, das zwar leicht ranzig roch, aber gut gegen die schneidende Kälte schützte. Dann rollte sie sich im Schutz der Schneewehe zusammen. In der Ferne hörte sie das klagende Heulen eines Wolfes und glitt in das Reich des Schlafs.

Am Abend des nächsten Tages erreichte Laraji am nördlichen Rand des Blauen Sees einen bis ans Ufer heranreichenden Hügelkamm, dem sie tags darauf in Richtung Sonnenaufgang folgte, um sich unnötige Kletterpartien durch die Hügel zu ersparen und ihre Kräfte für die Eiszinnen zu schonen.

Das mitgebrachte Feuerholz und die Vorräte neigten sich dem Ende zu, als Laraji sich am vierten Tag ihrer Reise wieder gen Norden wandte und durch das Vorgebirge der Eiszinnen wanderte. Noch führte sie ihr Weg in ein breites Tal, zwischen den Gipfeln des Vorgebirges hindurch, doch die Eiszinnen ragten bereits drohend vor ihr auf, als warteten sie darauf, das kleine, unbedeutende Menschlein, das sich durch die verschneite Einöde kämpfte, zu vernichten.

Laraji hielt Ausschau nach Tierfährten im Schnee. Sie fand Pfeifhasen-Spuren, die allerdings einige Tage alt waren. Hinter einer Schneewehe, aus der die obersten Zweige eines Busches ragten, fand sie schließlich eine frische Spur, der sie so leise wie möglich folgte. Der verharschte Schnee knirschte unter ihren Füßen. Ein Pfeil lag schussbereit auf der gespannten Sehne. Da hörte die Nivesin einen Pfiff und nahm aus dem Augenwinkel eine rasche Bewegung wahr. Ohne zu zögern drehte sie sich um, der Pfeil verließ zischend die Sehne und schlug dumpf in einen Tierkörper, der mit einem jämmerlichen Quieken noch ein Stück über das unendliche Weiß rollte, um dann leblos liegen zu bleiben.

Laraji packte den blutigen Kadaver bei den Hinterläufen. »Jetzt benötige ich nur noch Feuerholz und die nächsten beiden Mahlzeiten – wenn ich sparsam bin, vielleicht sogar die nächsten drei oder vier – sind gesichert«, sagte sie zu sich selbst. Hier im hohen Schnee Feuerholz zu finden war nicht einfach, aber sie brachte ein paar dürre Zweige und einige abgebrochene Äste zusammen und trug sie zu ihrem Lagerplatz, einer windgeschützten Mulde an einem Abhang. Das Glück schien ihr wohlgesonnen zu sein, denn aus dem nassen und dicht qualmenden Holz züngelten schließlich, nach verbissenem Kampf, doch ein paar schüchterne Flammen und Laraji konnte die Streifen Hasenfleisch, die sie von ihrer Beute schnitt, rösten und sich die Hände wärmen. Mit dieser warmen Mahlzeit im Bauch schlief sie trotz der nächtlichen Kälte tief und fest.

Sie schreckte jäh aus dem Schlaf hoch. War da nicht ein Geräusch gewesen? Laraji lauschte angestrengt in die Dunkelheit. Da war es wieder! Irgendetwas näherte sich ihrem Lagerplatz. Die Nivesin griff nach ihrem Kurzschwert und sprang auf, die Glieder steif vor Kälte. Sie hörte ein Fauchen und Knurren hinter sich und in dem Moment, in dem sie sich umdrehte, fiel die Raubkatze sie an. Ein aufgerissenes Maul mit langen, gelben Zähnen schnappte nach ihrem Gesicht und Laraji, die sich zur Seite warf, entging dem tödlichen Biss nur um Haaresbreite. Doch der Prankenhieb traf ihre Schulter, schnitt mühelos das dicke Fell des Anauraks entzwei und zog tiefe Linien in ihr Fleisch. Im Fallen schwang sie verzweifelt ihr Schwert in Richtung des Angreifers und ritzte mit der Klinge das zottige, graue Fell des Tieres unterhalb der Schulter. Fauchend wich die Katze zurück, sodass Laraji Zeit gewann, sich wieder aufzurappeln. Im Schein des zunehmenden Madamals sah sie sich einem überaus struppigen und abgemagerten Höhlenpanther gegenüber. Aus rot schimmernden Augen starrte er seine Gegnerin an, die er für eine leichte Beute gehalten hatte, die den ziehenden Schmerz in seinem leeren Magen hätte lindern sollen, und ging zum nächsten Angriff über. Diesmal war Laraji auf seine Attacke vorbereitet, sah ihn zum Sprung ansetzen und wich im nächsten Augenblick durch einen Schritt zur Seite aus, um ihm mit einer fließenden Bewegung einen Schwertstreich hinterherzuschicken. Der Stahl zog eine tiefe, blutende Furche in den Rücken des Tieres, das mit einem Schmerzenslaut auf dem Boden landete. Die Überraschung ihres Gegners nutzend, startete die Nivesin ihrerseits einen Angriff. Mit einem lauten Schrei wollte sie auf das Tier losstürmen, doch der verharschte, kniehohe Schnee behinderte sie, sodass sie ins Straucheln geriet und der Länge nach hinschlug. Als sie den Kopf hob, sah sie, wie die Raubkatze zum Sprung ansetzte. Es blieb ihr nur noch die Zeit, das Schwert nach oben zu reißen und die Himmelswölfe um Hilfe anzuflehen. Sie spürte, wie ihr eine Pranke über den Rücken riss, nicht allzu tief, aber doch schmerzhaft. Einen Augenblick später hörte sie ein gequältes Brüllen über sich, und als das Tier mit seiner ganzen Wucht auf sie niederfiel, umfing sie das erlösende Dunkel der Bewusstlosigkeit.

Laraji erwachte. Das Atmen fiel ihr schwer und der Geruch von Blut und Tod umfing sie drückend und bedrohlich. Einen Moment lang konnte sie sich nicht an die Geschehnisse der letzten Nacht erinnern, dann fiel ihr alles wieder ein. Sie versuchte sich zu bewegen, doch der Tierkadaver lastete wie eine meterhohe Schneedecke auf ihr. Nur mit allergrößter Mühe gelang es ihr, sich unter dem toten Höhlenpanther hervorzuwinden. Rings umher hatte das Blut des toten Tieres den Schnee rot getränkt, gleich einer großen Wunde im jungfräulichen Weiß. Laraji selbst war über und über von getrocknetem Blut bedeckt, von dem der Raubkatze, aber auch von ihrem eigenen. Die Spuren der Prankenhiebe auf ihrem Rücken und ihrer Schulter brannten. Sie rieb ihr Gesicht und die Wunden mit Schnee ab und verband die tiefen Furchen auf ihrer Schulter notdürftig mit ein paar Lederstreifen und einem kleinen Rest Wirselkraut, den sie noch in ihrem Rucksack fand.

Dabei fiel ihr Blick auf den Ring. Was mag es bloß mit ihm für eine Bewandtnis haben? fragte sie sich. Sie blickte um sich, auf die endlose weiße Fläche. War sie eigentlich bei Sinnen gewesen, als sie sich auf diese Reise begeben hatte? Allein, mitten im härtesten Winter, den die Ältesten ihres Stammes je erlebt hatten? Das Wetter war umgeschlagen; dunkle Wolken standen am Himmel und verhüllten die Gipfel des Gebirges, das nunmehr direkt vor ihr lag. Zuerst segelten nur einzeln verspielte, unschuldige Flocken vom Himmel, doch dann begann es immer dichter zu schneien.

»O Liska und ihr anderen Himmelswölfe, steht mir bei«, murmelte sie, erhob sich zitternd, suchte ihre Sachen zusammen und machte sich auf den Weg, die unausgesprochene Herausforderung der Eiszinnen anzunehmen.

Drei Tage lang war sie jetzt schon im Gebirge unterwegs und langsam schwanden ihre Kräfte. Zwar konnte sie sich auch hier einen Teil des Weges durch Talsohlen bahnen, in denen sie sogar ihre Schneeschuhe tragen konnte, doch fast ebenso häufig musste sie über vereistes Geröll, zerklüftete Felswände und steile Abhänge klettern, sodass ihre Handschuhe bald zerfetzt und ihre Finger aufgerissen waren. Die Wunde an der Schulter schmerzte beinahe unerträglich, wann immer sie mit den Händen Halt suchte. Sie hatte keine Vorräte mehr und seit Tagen hatte sie nicht einmal den Hauch einer Tierspur entdeckt. Wie auch, wenn jede Fährte binnen kürzester Zeit mit einer weißen Decke überzogen wurde? Wo sie auch hinschaute, starrten sie durch den Vorhang des Schneetreibens die ewig gleichgültigen Berge an. Von der Ebene des Blauen Sees war nichts mehr zu sehen. Die Welt war für Laraji still, nur von der Sprache des stetigen Windes und den Geräuschen ihrer Stiefel beseelt. Ihre Zunge war angeschwollen und klebte am Gaumen, und wenn ihr beim Klettern doch einmal ein Schmerzenslaut oder ein Stöhnen entfuhr und die frostige Stille durchbrach, erschreckte sie der Laut.

Sie wusste ungefähr, wo sie den Gletscher, der ihr Ziel war, zu suchen hatte; er lag zwischen zwei Berggipfeln, die unverwechselbar geformt waren: Der eine ragte wie die Spitze einer Lanze lang und schmal in den Himmel, weshalb er den Namen ›Königslanze‹ trug, während der andere eher einem Vulkan glich, mit rundlicher Kuppe und einem hunderte Schritt tiefen Krater. Er wurde nur ›Das Nest‹ genannt. Doch was half ihr dieses Wissen, wenn ihre Hoffnung auf ein Überleben immer mehr schwand?

Sie musste die Zähne zusammenbeißen, um nicht vor Schmerz und Anstrengung laut aufzustöhnen, als sie sich über den Rand einer Felswand schob. Erschöpft blieb sie einen Moment liegen. Vor ihr erstreckte sich, soweit sie es durch den weißen Schleier erkennen konnte, eine ebene Fläche. Vermutlich befand sie sich auf einem Hochplateau. Nun gut, dachte sie, stand auf, zog ihre Schneeschuhe an und begann loszustapfen, den Kopf gesenkt, um sich vor den vereisten Flocken, die ihr der Wind wie einen endlosen Pfeilhagel unbarmherzig entgegentrieb, zu schützen. Ab und an blickte sie auf, um sich zu vergewissern, dass sie nicht schon am Ende des Plateaus angelangt war und mit dem nächsten Schritt in die weiß durchwobene Tiefe stürzen würde.

Als sie wieder einmal den Blick hob, meinte sie durch den Schleier des Schneetreibens eine Bewegung wahrzunehmen, keine hundert Schritt entfernt. Wurde sie jetzt schon wahnsinnig? War dies der Jileki, der Schneekoller, von dem ihr Volk erzählte? Sie kniff die Augen zusammen. Tatsächlich, dort war *wirklich* etwas! Sollte sie sich nähern oder, was immer es sein mochte, lieber in weitem Bogen umrunden? Wenn es sich um ein Raubtier handeln sollte, wäre sie dieses Mal nicht mehr in der Lage, ihr Leben zu retten. Doch war es nicht ohnehin verloren? So hielt sie weiter auf die schemenhafte Bewegung im Schneetreiben zu.

Als Laraji auf etwa fünfzig Schritt heran war, erkannte sie eine Gruppe von Gestalten. Groß schienen sie zu sein, die größte von ihnen an die drei Schritt hoch. Zu groß für Menschen. Und dann – nur noch wenige Schritt trennten sie von den Wesen, drei an der Zahl – sah sie ihr zottiges, weißgelbliches, von Schnee bedecktes Fell, ihre mächtigen Hände und Füße und ihre bleichen Gesichter, die eher an Affen erinnerten als an Menschen. Yetis! Laraji hatte schon davon gehört, dass diese Kreaturen, die sonst kaum ihre Inselheimat im äußersten Norden verließen, in der Gegend um Farlorn gesichtet worden seien, doch war sie nie zuvor einem von ihnen begegnet.

Sie blieb in ungefähr sechs Schritt Entfernung stehen. Laraji vermutete, dass sie eine Familie vor sich hatte, denn einer der größeren Yetis hatte schwere, ebenfalls mit Fell überzogene Brüste und das kleinere Wesen schien an Größe und Körperbau noch nicht voll entwickelt zu sein; ein Kind vermutlich. Die drei Wesen schienen sich über etwas zu beugen, das in ihrer Mitte lag und ihre ganze Aufmerksamkeit beanspruchte, denn bisher hatte keiner von ihnen Larajis Näherkommen bemerkt. Plötzlich wandte sich der weibliche Yeti um, stieß einen leisen Grunzlaut aus und kam auf Laraji zu, die wie zu Eis erstarrt dastand und nicht wagte, auch nur zu schlucken. Direkt vor ihr blieb die Yetifrau stehen. Ihr Kopf neigte sich, bis ihr Blick den Larajis traf. Ein Paar gütige, eisblaue Augen unter wulstigen Brauen schauten die Nivesin neugierig an. Die Yetifrau schnüffelte und ihre großen Nasenlöcher weiteten sich noch ein wenig mehr. Dann legte sie fragend den Kopf schief und ihr Mund zog sich in die Breite. Nach menschlichen Maßstäben hätte man fast glauben können, dass sie lächelte. Laraji erwiderte das Lächeln vorsichtig.

Als die Yetifrau langsam ihren behaarten Arm nach Laraji ausstreckte, verspürte diese einen kurzen Impuls, zum Kurzschwert zu greifen, doch er verging ebenso schnell, wie er gekommen war. Vorsichtig legte der Schneeschrat seine groben, von dicker Hornhaut überzogenen Finger auf Larajis Arm und begann, die Nivesin sanft, aber bestimmt in Richtung der restlichen Familienmitglieder zu ziehen. Diese beschnüffelten sie vorsichtig, irritiert von dem unbekannten Geruch, und leises Grollen, wie das Knurren eines Wolfes, entrang sich ihren Kehlen. Laraji zitterte und sie glaubte vor Hunger und Furcht ohnmächtig werden zu müssen. Übelkeit stieg in ihr auf. Doch gerade als sie sich sicher war, dass nun die Begutachtung der zukünftigen Mahlzeit abgeschlossen sei und wahrscheinlich jeden Moment ihr Ende kommen würde, traten der große und der kleinere Yeti beiseite und gaben den Blick auf das frei, was ihre Aufmerksamkeit zuvor gefesselt hatte.

Zwischen den beiden befand sich ein weiterer Schneeschrat. Er schien der Kleinste der Familie zu sein, wenngleich dies nur zu erahnen war, da er auf dem Schnee saß und mit dem linken Bein bis zum Oberschenkel in einer Eisspalte steckte. Seine bernsteinfarbenen Augen blickten voller Schmerz und Angst zu Laraji hinauf. Die Yetis schauten sie schweigend an. Laraji ließ sich mühevoll auf die Knie nieder und blickte in die Eisspalte. Sie erkannte, dass der große, haarige Fuß des jungen Yetis in einer unnatürlichen Haltung zwischen der zerklüfteten Bruchkante feststeckte. Der Spalt war so schmal, dass kein Yetiarm dort hindurch passte. Larajis Arm war vielleicht dünn genug, aber würde er bis zum Fuß herabreichen?

Laraji zog die Handschuhe aus und legte sich bäuchlings auf den verharschten Schnee. Den Kopf zur Seite gewandt, presste sie ihre Wange fest auf den eisigen Grund. Vorsichtig tastete sie sich am zottigen und bereits stark ausgekühlten Bein des jungen Yetis entlang. Scharfe Eiskanten hinterließen blutige Kratzer auf der rissigen Haut ihrer Hände. Schon meinte sie, sich nicht mehr weiter hinabrecken zu können, als sie die geschwollenen, hornigen Zehen zu fassen bekam. Mit einem Ruck drehte sie den Fuß des Yetis in seine angestammte Position, den Blick, Verständnis suchend, fest auf den weiblichen Schneeschrat geheftet. Der Aufschrei des jungen Yetis gellte über die Ebene. Das Letzte, was Laraji sah, bevor sie vor Erschöpfung ohnmächtig wurde, war, wie der junge Schneemensch am Oberkörper gepackt und hinauszogen wurde.

Dann war alles still.

Laraji erwachte. Sie rappelte sich auf. In ihrem Mund klebte ein herber und modriger Geschmack, doch sie fühlte sich besser. Viel besser. Das nagende Hungergefühl war verschwunden und der Schmerz in ihrer Schulter auf ein erträgliches Maß zurückgegangen. Eine fast vergessen geglaubte Empfindung stieg in ihr auf – Hoffnung. Laraji fasste neuen Mut und dieses Gefühl, das sich in den letzten Tagen und Nächten – wie ein scheues Wolfsjunge in seinem Bau – im äußersten Winkel ihrer Seele versteckt hatte, stimmte sie fast heiter. Es kann nicht mehr weit sein, spornte sie sich an.

Sie blickte sich um. Außer ihr war kein Lebewesen auf der weiten Ebene zu sehen, über die Flocken weiterhin unaufhörlich hinwegtrieben.

Laraji machte sich wieder auf den Weg. Wie lange sie durch das undurchsichtige Schneetreiben stapfte, wusste sie nicht. Doch irgendwann schien es ein wenig heller zu werden, die Scharen von Schneeflocken verschwanden und nur noch ein paar einzelne Tänzer blieben zurück. Wenig später riss sogar die Wolkendecke auf und gab den Blick auf ein Stück blassblauen

Winterhimmel frei. Einige Sonnenstrahlen stahlen sich hindurch. Erst jetzt, nachdem das unselige Schneetreiben aufgehört hatte, konnte die Nivesin das Ende des Plateaus, das etwa eine Meile von ihr entfernt lag, erkennen – und davor erhob sich linker Hand ein lanzenartiger Gipfel und rechter Hand eine abgeflachte Kuppe: die Königslanze und das Nest.

Laraji fiel im Schnee auf die Knie und dankte den Himmelswölfen, dass sie sie so weit geführt hatten.

Als sie endlich den Rand des Plateaus erreicht hatte, wusste sie, dass sie noch nicht ganz am Ziel war, doch steigerte der Anblick, der sich ihr bot, ihre Zuversicht: Vor ihr lag eine Welt aus unberührtem Weiß, in der Menschen keine Rolle spielten. Am Ende des steilen Abhangs, der vom Plateau hinunter führte, glitzerte ein Gletscher zeitlos im Sonnenlicht und an seiner Flanke kam unter dem viele Schritt dicken Eis ein gurgelndes Rinnsal zum Vorschein, um sofort wieder an einer anderen Stelle in einer kleinen Grotte aus Schnee zu verschwinden. Eiszapfen hingen wie Kristallschmuck vor der weißen Wölbung seines Schlupflochs.

Dem Hochplateau gegenüber, im Rücken des Gletschers, ragten die beiden Berggipfel auf, durch einen schmalen Grat miteinander verbunden. Es sah so aus, als umarmten sie den Gletscher wie Eltern ihr Kind, als schützten sie ihn vor den dahinter liegenden Gipfeln, die sich bis zum Horizont erstreckten.

Das wird ein schwieriger Abstieg, dachte Laraji, denn der Abhang war steil und aus dem tiefen Weiß des Schnees ragten hier und da dunkle Felsbrocken. Sie müsste in jedem Fall auf ihre Schneeschuhe verzichten und wahrscheinlich wäre es auch besser, in der Hocke zu rutschen, als zu versuchen, aufrecht hinunter zu gelangen.

So sprang, fiel, rutschte und rollte sie den Abhang hinunter und wahrscheinlich war es nur den Himmelswölfen, die ja ein Auge auf sie zu haben schienen, zu verdanken, dass ihr nichts passierte.

Unten angekommen klopfte sich Laraji den Schnee aus der Kleidung und schüttelte sich wie ein Hund, um das lästige Weiß auch aus allen Ritzen zu entfernen, bevor es durch die Wärme ihres Körpers schmölze und ihr nasse Kleidung und Füße bescherte.

Vor ihr erstreckte sich der Gletscher. Am gegenüberliegenden Ende konnte sie das gähnende Loch einer Höhle erkennen und es beschlich sie ein merkwürdiges Gefühl, nun, da sie tatsächlich an dem Ort stand, den sie in ihrem Traum gesehen hatte.

Plötzlich sträubten sich ihr die Nackenhaare, sie fuhr herum und da stand er ihr gegenüber, groß und mager, keine vier Schritt entfernt, mit gezückter Klinge. Seine silbernen Augen fixierten sie, und noch bevor Laraji die Stimme erheben konnte, sah sie auch schon schlanken Stahl mit atemberaubender Schnelligkeit auf sich zusirren.

Er hatte es kommen sehen, dieses dunkle Monster, hatte seinen buckligen Leib den Abhang hinabschlittern sehen. Ha, diesmal hatte er sich nicht täuschen lassen vom schönen Schein wie auf den Weiden Vallusas. Er würde es jetzt vernichten, ja, und dann könnte er auch endlich sterben. Er hatte sich hinter einer verschneiten Felsformation versteckt. Schon hatte das Wesen den Abstieg geschafft und kam auf das ewige Eis des Gletschers zu. Selbst von seinem Versteck aus konnte er die zunehmende Kälte und den üblen Gestank, den es verströmte, wahrnehmen. Fünf rote Hörner leuchteten auf seinem Rücken im Sonnenlicht wie überreife Früchte. Als es an den Felsen, hinter denen er sich verbarg, vorüber war, sprang er mit gezückter Klinge aus seinem Versteck. Einen Moment starrte er in die höllenschwarzen Augen des Dämons, bevor er angriff.

Dem ersten Hieb konnte Laraji ausweichen, indem sie nach hinten sprang. Dabei gelang es ihr, ebenfalls ihre Waffe zu ziehen, sodass sie den nächsten Hieb des Elfen parieren konnte, wenn auch mit Mühe. Wieder hieb er auf sie ein und diesmal konnte Laraji nicht rechtzeitig ausweichen, denn ihre Füße fanden nicht genügend Halt auf dem vereisten Boden. Der Stahl durchschnitt ihre Hose und grub sich in ihren Unterschenkel, sodass ihr Bein nachgab und sie aufschrie.

Die Schläge des Elfen kamen in schneller Folge und mit einer Geschwindigkeit und Energie, die Laraji verblüffte. Sie hatte zwar schon ein oder zwei der spitzohrigen Wesen gesehen, aber noch nie hatte sie mit einem von ihnen die Klinge gekreuzt. Jetzt konnte sie sich selbst ein Bild von der Grazie, Schnelligkeit und Gewandtheit dieses Volkes machen und sie verwünschte nichts mehr als diese Erkenntnis. Trotz der Hilfe der Yetis ausgehungert und erschöpft von ihrem Weg durch die Eiszinnen, gelang es ihr nur selten, selbst eine Attacke zu führen, denn die meiste Zeit hatte sie alle Hände voll zu tun, sich der geschickten Schläge des Elfen zu erwehren. Bald blutete sie aus vielen kleineren Schnitten am ganzen Körper und aus der tiefen Wunde am Bein sickerte das Blut bereits durch ihre Fellstiefel auf das Gletschereis, sodass der Boden langsam schmierig wurde.

Er war gut. Bereits an mehreren Stellen hatte sein Stahl die schwarze Haut des Wesens durchdrungen und eine schwarze, zähe, nach Verwesung riechende Flüssigkeit rann aus den klaffenden Wunden. Immer wieder versuchte es mit seinen großen Händen nach seinem Hals zu greifen, doch wich er stets tänzelnd aus, um im nächsten Moment diese kläglichen Versuche mit einem gezielten Klingenstreich zu beantworten.

Laraji spürte, dass ihre Kräfte dahinschwanden wie eine Schneeflocke im Sommer. So fasste sie allen Mut und die kümmerlichen Reste ihrer Energie zusammen. »Oh göttliche Himmelswölfe, steht mir bei!«, rief sie und stürmte auf ihren Gegner los, um einen wahren Hagel von Schwertstreichen auf ihn niedergehen zu lassen. Der Elf, verblüfft von dieser Attacke, strauchelte unter ihrem Ansturm, sodass sie ihn am Ellenbogen seines Schwertarms traf, wo ihre Klinge mit einem knirschenden Geräusch tief in den Knochen fuhr. Vor Schmerz und Überraschung fuhr ihm ein hoher, singender Laut aus der Kehle und er ließ seine Waffe fallen, die schabend über den Boden schlitterte.

Laraji sah ihre Chance gekommen: Sie wollte noch ein zweites Mal auf den nun unbewaffneten Elfen losstürmen, als dieser seine linke Hand zur Faust ballte, ihr diese mit ausgestrecktem Arm und höchster Anspannung seines Körpers entgegenstreckte und ihr etwas entgegenbrüllte, was sie nicht verstehen konnte.

Laraji spürte einen unsagbaren Schmerz hinter der Stirn, als ob eine Sonne in ihrem Kopf explodierte, dann wurde es finster und still.

Er hob seine Waffe auf und ging zu dem Wesen, das völlig regungslos auf dem Rücken lag. Die Klinge hob sich zum Schlag und zielte auf den kurzen, unförmigen Hals. Gerade wollte er sie niedersausen lassen, als ihm ein Ring, den das Monster am kleinen Finger trug, ins Auge fiel. Der ovale, milchigweiße Stein wurde von verwittertem Metall gehalten. Verwundert blickte er auf seine eigene Hand und auf den Ring, der einen ebensolchen Stein einfasste. Als er wieder zu der Ungestalt hinabblicken wollte, war diese verschwunden. Vor ihm lag eine junge Menschenfrau, in Felle gehüllt, die mandelförmigen Augen geschlossen. Sie blutete aus vielen Wunden, die offensichtlich von einer Klinge herrührten, und ihr Brustkorb hob und senkte sich kaum noch wahrnehmbar. Ihr Gesicht war hager und schmutzig und doch lag etwas darin, was in seinem Inneren eine Saite zum Klingen brachte.

»Was habe ich getan…«, murmelte er und sank auf die Knie. Vorsichtig nahm er die linke Hand der jungen Frau und strich über den Ring. Er schloss die Augen und horchte in sich hinein.

»Ich bin noch da«, sagte leise eine Frauenstimme.

»Das habe ich nicht gewollt. Ich habe etwas anderes gesehen als dich.«

»Ich weiß, denn ich habe dich und das, was du erlebt hast, in meinen Träumen schon gesehen.«

»Ich habe mich täuschen lassen, zum zweiten Mal.«

»Es hat keine Bedeutung mehr. Ich bin da.«

»Wie hast du mich gefunden?«

»Die Träume… der Stein…«

Nirandil spürte, wie sich etwas um sein Innerstes legte, zögernd, sanft und vorsichtig. Laraji fühlte einen dunklen Knoten, als sie seine Seele umfasste. Doch als sie ihn mit einem Gedanken berührte, löste er sich auf, als ob er nie dagewesen wäre. Nirandil fühlte, dass er nun wieder ganz war, und er begann zu erfahren, was ihn da umgab. Er sah jagende Menschen und ewiges Eis, Feste der Sippe und den Kampf ums Überleben, Geburt und Tod. Er fühlte ihre Energie und ihre Größe. Sie durchdrangen einander, verschmolzen miteinander, vollkommen und endgültig…

Die Gestalt, die entschlossen gen Süden blickend allein und reglos auf dem Gletscher stand, strahlte eine tiefe Ruhe und ungebrochene innere Kraft aus. Nicht Mann, nicht Frau, zitterte sie nicht, obwohl ihr nackter Körper schutzlos Firuns Atem ausgesetzt war. An keinem der langen, schlanken Finger trug sie einen Ring.

STEFAN KÜPPERS

LEICHTE SEELEN

1 Borontempel
2 Regenbogenbrücke
3 Marktplatz
4 Eydaler Brücke
5 Fuchsbrücke

Svellt

zum Boronanger

Finsteranger

Lowangen

5

Bunte Flucht

Eydal

Lowangen

—————
100 Schritt

Gewidmet vergangenen und zukünftigen
Freunden und Freundinnen

»Wer nicht der Geburt entkommen ist, entkommt auch
nicht dem Tod.«
»Fürchte dich nicht, deine Angst wird mit dir sterben.«

NEMEKATH im *Codex Corvinus,*
dem heiligen Buch der Nemekathäer

»Sterben ist ein intensiver Teil des Lebens.«

BAHRAM NAZIR, der Rabe von Punin

»Furcht ist das Portal zur Transformation des Geistes
oder zum Übergang in Borons Hallen.«

ARCHON MEGALON in seinem Werk
›Die Angst – Betrachtungen über den menschlichen
Geisteszustand unter extremen Bedingungen‹

Stille. Viele Worte waren noch nie die Art der Borongeweihten gewesen. Leben begann mit einem Schrei
und endete still. Kein Ton, kein Laut und auch kein
Lied hatte Bestand im Angesicht der Ewigkeit.

Es war eine schweigsame Beratung, die im Tempel
der ewigen Ruhe zu Lowangen stattfand. Den wenigen gesprochenen Worten folgten lange Minuten laut-
loser Nachdenklichkeit. Als schließlich Bruder Rabian
einen Vorschlag machte, der seinen Mitbrüdern akzep-
tabel erschien, wurde er mit einem Kopfnicken aller
angenommen. Da auch Hochwürden Belona ihr altes,
graues Haupt neigte und somit schweigend zustimm-
te, standen die Geweihten auf, schoben ihre Stühle

wieder zurück an den Tisch und verließen den dunklen, nur von einer schwarzen Kerze beleuchteten Raum in der Tiefe des Tempels. Der Einzige, der zurückblieb, war Bruder Rabian. Er blickte noch lange in die Flamme der Kerze. Für ihn war das kleine Feuer im Dunkel nicht nur Sinnbild für das kurz aufflackernde und bald verlöschende Leben der Menschen, sie erinnerte ihn auch an das ewige Licht des alveranischen Paradieses, in das alle Gläubigen dereinst eingehen.

* * *

Wie eine Decke aus weißem, flauschigem Bausch lag der Nebel auf den Svelltwiesen. Noch bedeckte er einem Leichentuch gleich den Boden. Im Laufe der Nacht jedoch würde er emporsteigen und sich dehnen und strecken, dann würde er nicht nur das Gras verhüllen, sondern auch die Büsche und Sträucher und zuletzt den ganzen Wald umarmen.

Es war kurz nach Mitternacht und der Wald lag im Schlaf. Unheimlich tönte der Ruf einer Eule durch die Nacht, als zwei Gestalten einen Karren den Waldweg zum Boronsanger entlangschoben. Der dichte Nebel wich vor den leise Fluchenden zurück, die sich mit ihrem Gefährt, das immer wieder im sumpfigen Untergrund stecken blieb, abmühten, und floss im Lichtschein der von ihnen mitgeführten Laterne um sie herum, um hinter ihnen wieder zusammenzuwirbeln. Wie der Svellt die Pfeiler der Brücken Lowangens, so umspülte der Nebel die Füße der nächtlichen Wanderer, ja, er schien gar an ihnen hochkriechen zu wollen.

»Verdammter Schlamm! Wie soll das erst werden, wenn der Wagen voll ist?«, schimpfte der größere der beiden dunkel gekleideten Männer.

»Die Wolken halten uns vor dem Schein des Madamals verborgen«, entgegnete der kleinere.

»Aber dafür bringen sie wieder Regen. Wer soll uns denn hier draußen schon sehen?«

Während der eine weiter über Wind, Wetter und Wolken jammerte und der andere ihn zu beschwichtigen suchte, folgten sie dem aufgeweichten Trampelpfad in den finsteren Wald. Hohe Tannen und Fichten ragten beiderseits des Weges auf. Sie bildeten eine tiefe Schlucht, auf deren Grund die beiden Menschen verloren und einsam wirkten. Sanft wogten die Baumwipfel im Wind, der die Wolken herantrug und auf den die Menschen so schimpften.

Es war, als ob man in eine andere Welt trat, das Plätschern des Svellt blieb zurück an der grünen Mauer des Waldrandes. Kein Ruf eines Tieres war zu hören, nur das gelegentliche Knacken von Ästen unter den Füßen der beiden Männer.

»Hat sich dort nicht etwas bewegt?«

»Nur ein Ast.«

Lautlos hüpfte ein Schatten von Baum zu Baum, glühende Augen funkelten zu den nächtlichen Störenfrieden hinunter.

»Ich bin mir sicher, dass dort irgendwo ein Ast gebrochen ist.«

»Jetzt schweig endlich! Hier gibt es keine Geister.«

»Und wenn es Orks sind?«

»Dann werden wir ihnen eins auf ihren götterverfluchten Schwarzpelz geben.« Um sich und seinem Gefährten Mut zu machen, klopfte Zordan auf die Stiele der Hacken und Schaufeln, die über den Rand des Leiterwagens hinausragten, und begann eine Melodie zu pfeifen, verstummte jedoch schon bald, denn Nebel und Wald verschluckten die Töne und ließen die Finsternis nur noch bedrohlicher erscheinen.

»Schau, dort drüben!« Mit zitternder Stimme und nervösem Finger wurde auf eine Stelle im Wald gedeutet. »Da hockt jemand!« Um sich selbst ein Gefühl der Sicherheit zu geben, griff Ansgar hastig nach einer der Hacken und hielt sie abwehrend vor sich.

»Ich sehe nichts.«

»Aber *dort* ist es doch!« Die Stimme überschlug sich nervös.

Langsam hielt der Schrecken Einzug in den Verstand des Mannes. Mehr als einmal hatte Ansgar Adersin zusammen mit seinem Kumpan Zordan Gashoker Leichen für den ›Magister‹ ausgebuddelt. Immer wieder hatte sich sein Gewissen geregt und immer wieder hatte sein Auftraggeber auf ihn und Zordan eingeredet und sie mit der Beteuerung beruhigt, dass Boron die Seelen der Verstorbenen gnädig empfangen hätte und die Leiber der Toten nur noch tote Hüllen seien. Hüllen, an denen auch Boron kein Gefallen finde. Deshalb sei es kein Frevel, sie auszugraben und der Wissenschaft zur Verfügung zu stellen, wie der Gelehrte nicht müde wurde zu betonen. Und doch, trotz aller weisen und beschwichtigenden Worte, war da ein kleiner Funke Zweifel geblieben – ein Funke, der nun anfing heftig zu lodern und zu einer Flamme der Furcht wurde.

»Dann lass uns mal nachsehen.« Ärgerlich griff Zordan ebenfalls nach einer Hacke, nahm sie fest in beide Hände und schritt zielstrebig auf den Fuß einer hohen Tanne zu, wo sein Gefährte eine Gestalt wähnte.

Auch Zordan zweifelte an der Rechtschaffenheit ihres Tuns. Auch ihn hatte der Magister beruhigen müssen, doch ihn hatte noch etwas anderes überzeugt: das gute Gold, das besser als alle Worte seinen Verstand und seine Frau sowie fünf hungrige Mäuler zum Schweigen brachte. Zordan war kein gebürtiger Lowanger, er war erst vor einigen Jahren zusammen mit vielen anderen Flüchtlingen in die Stadt gekommen. Damals war er auf der Flucht vor den Schwarzpelzen gewesen, die mordend und plündernd durch das Svelltland zogen und ihn von seinem kleinen Hof bei

Ansvell vertrieben hatten. Nicht einmal vor den Tempeln hatten die Mordbrenner halt gemacht! Wenn die Götter damals nicht eingegriffen hatten, so würden sie *ihn* doch nicht dafür strafen, dass er einen toten Leib ausgrub und damit das Leben seiner Familie sicherte.

»Dort ist nichts, es ist nur ein vermoderter Baumstumpf!« Ärgerlich drehte Zordan sich zum Weg um, als ihn plötzlich etwas berührte. Erschreckt fuhr er herum, die Hacke zur Abwehr von sich gestreckt. Er erwartete einen Ork vor sich zu sehen, doch es war nur ein Ast, der seinen Rücken gestreift hatte. Dennoch wich er hastig zurück – man erzählte sich schreckliche Geschichten über Waldschrate, die einsame Wanderer in Bäume verwandelten.

Eiligst machte Zordan, dass er zurück zum Wagen kam. Dann setzten die beiden, aufmerksam links und rechts des Pfades ins Unterholz spähend, ihren Weg fort.

Der Wald erschien den beiden Männern immer dichter, die Bäume rückten vermeintlich näher zusammen, als wollten sie sogar das Licht des Madamals schlucken. Je weniger die beiden sahen, desto größer wurde ihre Furcht, denn was man sieht, kann man bekämpfen – was man nicht sieht, nährt grässlichen Schrecken. Der Weg führte vorbei an morastigen, dunklen Löchern, die den Männern wie fremdartige Augen nachstarrten. Im Nebel wirkte der Wald unwirklich und alptraumhaft verzerrt. Überall schienen Gestalten zu hocken, gerade so tief zwischen den Bäumen, dass man ihre Anwesenheit mehr erahnen als sehen konnte. Äste schienen den beiden lockend zuzuwinken, sodass sie ihre Schritte beschleunigten.

Endlich erhoben sich vor ihnen die ersten Grabmale. Wie Inseln im Meer lagen sie inmitten der nebligen Brandung, die zuzudecken versuchte, was kein Auge gern sieht: die Gräber der Gewesenen, Orte der Trauer, der Nachdenklichkeit und der Erinnerungen. Hier ruhten die Leiber der Toten, nachdem ihre Seelen zum Nirgendmeer emporgestiegen waren. Dort warteten sie auf Golgari, der sie vor die Seelenwaage Rethon brachte. Manche Seelen, die für zu leicht befunden wurden, stiegen auf zu den Niederhöllen, anderen wurde der Einlass in die alveranischen Hallen gewährt. Doch manche Seelen waren so leicht, dass sie schnell von Dere flohen. Manchmal zu schnell für den rettenden Griff Golgaris.

Das Madamal erhellte den Boronsanger, sodass die weißen Wogen zu Füßen der beiden Ruhestörer aus sich selbst heraus zu leuchten schienen.

Ein niedriger Holzzaun zum Schutz gegen wilde Tiere umgab den Boronsanger. Mit einem leichten, protestierenden Knarzen gewährte ein Tor Einlass. Zielstrebig gingen die Männer vorbei an den Schreinen von Golgari und Marbo und passierten die hölzernen und steinernen Grabmale. Ohne dass man ihnen besondere Aufmerksamkeit widmete, blieben die Standbilder von Göttern und Alveraniaren zurück. Sie sollten die Ruhestätten der Toten behüten, boten jedoch keinen Schutz gegen die nächtlichen Ruhestörer. Ansgars und Zordans Ziel befand sich am jenseitigen Ende des Platzes, wo die neuen Gräber lagen. Dort gab es nur noch wenige steinerne Denkmäler, denn seit den Jahren der Not hatte man in Lowangen kein Geld mehr für den Schmuck des Boronsangers. Sich immer wieder ängstlich umsehend, versuchten die Gefährten mühsam im Schein der Laterne die Namen auf den Gräbern zu entziffern. Erst als sie ein einfaches, aus Weidenruten geflochtenes und namenloses Boronsrad auf einem erst kürzlich zugeworfenen Grab fanden, schienen sie zufrieden.

»Hier muss es sein, niemand weiß, wie der Fremde hieß, den die Boronis tot im Wald gefunden haben.«

»Ja, sie haben ihn gefunden und sich überall in der Stadt nach ihm erkundigt.«

»Das war auch gut so. Andernfalls hätten wir und der Magister nicht einmal gewusst, dass es ihn gibt.« Ein Gedanke schien dem Sprecher zu kommen. Obwohl sie sich bisher schon leise, fast flüsternd unterhalten hatten, senkte Ansgar abermals die Stimme: »Sag mal, Zordan, *wo* haben sie den eigentlich gefunden?« Ängstlich schaute er sich erneut um.

»Ich weiß nicht, aber ich glaube, es war beim Finsternanger.«

»Aber das ist doch hier in der Nähe! Komm, lass es uns schnell hinter uns bringen. Bräuchte ich nicht dringend jeden Taler, hätte ich mich niemals auf diesen Raub eingelassen!«

Von der Angst beflügelt, griff Ansgar zu einer Schaufel und stieß sie durch den Nebel in den weichen Boden.

Das Erdreich war locker, allein die Nässe machte das Graben schwer. Dicke Klumpen feuchter Erde klebten an der Schaufel und wollten sich kaum von ihr trennen, fast so, als wolle das Grab selbst seine Schändung verhindern.

Die Männer wechselten sich ab. Während der eine schaufelte, hielt der andere Wache und leuchtete hinab in die Grube, die sich langsam auftat. Der Nebel erschwerte die Arbeit, er floss in die Kuhle hinab und deckte die Wunde in Sumus Leib zu. Schließlich jedoch stieß man in nicht einmal einem halben Schritt Tiefe auf Holz. Dumpf klopfte die Schaufel auf den Deckel des Sarges, an dessen Freilegung man sich alsbald machte.

Wind kam auf und mit ihm wieder dicke Regenwolken, die sich vor das Madamal schoben. Nur noch die Laterne erhellte das Grab und den hölzernen Deckel.

»Hörst du dieses Geräusch?«

»Ja, das ist der Regen!«

»Nein, es ist ein Klopfen. Es KOMMT AUS DEM SARG!« Mit vor Schreck geweiteten Augen starrten sie beide in die Grube. Hastig schlugen sie ein Boronsrad.

»Herr Boron vergib!«

»Hör auf zu winseln, es ist zu spät, lass es uns zu Ende bringen. Es ist nur der Regen, der auf den Deckel klopft!« Doch die Worte Zordans klangen nicht mehr sicher, sie dienten eher der Beruhigung seiner eigenen Angst. Sie waren ein Wall, den er mühselig vor sich aufbaute, um das aufkeimende Entsetzen zu verdrängen. Doch die Schrecken und Ängste dieser Nacht hatten schon am Fuße des Dammes genagt, sie hatten ihn unterspült, und es konnte nicht mehr lange dauern, bis der Wall brach.

Mit zitternden Händen nahm Zordan eine Hacke zur Hand, stieg hinab und stemmte sie unter den Deckel. Schwer atmend und zitternd wie Espenlaub stand Ansgar am Rand des Grabes und leuchtete hinab. Auf seiner Stirn vermengten sich die kalten Schweißperlen der Furcht mit dem lauen Regen, der auf den Boronsanger herniederfiel. Kleine Pfützen bildeten sich am Rand der Grube und Rinnsale flossen hinab in das Loch, in dem Zordan sich mit dem Sargdeckel abmühte. Zuerst klemmte er, doch schließlich gab das Holz nach. Der Deckel, seltsamerweise nicht mit dem Unterteil des Sarges vernagelt, ließ sich an einem Ende anheben. Seinen ganzen Mut zusammennehmend, griff Zordan mit beiden Händen zu und riss den Deckel mit einem Ruck in die Höhe.

Zu zweit wuchteten sie ihn zur Seite, dann schauten sie in den Sarg.

Der Tote war ein junger Mann, etwa Mitte Dreißig. Friedlich lag er da, in eine schwarze Kutte gekleidet, die Hände über der Brust gekreuzt, in den Fingern hielt er ein hölzernes Rabenamulett.

Erleichtert legten die beiden Grabschänder ihr Werkzeug zur Seite und machten sich daran, hinabzusteigen, um den Toten aus dem Nebel emporzuheben, der nun auch den Sarg zu füllen begann. Plötzlich öffnete der Tote die Augen und richtete sich ruckartig auf. Finster blickte er die beiden Lowanger an.

»Gute Reise!«, wünschte er in milde bestimmendem Ton, derweil ein schwer zu deutendes Lächeln seine Lippen umspielte.

Fassungslos blickte Ansgar auf den lebenden Toten. Ein Ächzen, das nicht mehr das eines Menschen war, entrang sich seiner Kehle. Etwas zerbrach in seinem Inneren, als die Flamme der Furcht, auf die so jäh das Öl des Schrecken gegossen wurde, aufloderte und seinen Verstand verzehrte. Mit vor Schreck geweiteten Augen packte er sich an die schmerzende Brust und brach zusammen.

Zordans Verstand bestand einen Moment länger gegen die anstürmende Flut, doch dann brach der Wall um seinen Geist und die Furcht spülte seinen Verstand hinfort.

Schreiend lief er in den Wald. Er wollte nur noch eines: fort von den Geistern, die ihn verfolgten. Zordan duckte sich unter den Armen weg, die nach ihm griffen, wich zurück vor Schatten, die sich plötzlich vor ihm erhoben, und schlug Haken, um den geifernden Dämonen auszuweichen, die lautlos hinter ihm herhuschten. Er bemerkte nicht, dass der Wald lichter wurde und sah nur eine Straße vor sich – eine silberne Straße, die ihm das Madamal wies. Hier war er sicher! Diesem Weg musste er nachgehen, hier war kein Verfolger. Mit einem Satz sprang er auf den silbernen

Pfad, der ihn ergriff und fortzerrte. Kälte umfing ihn und er versank.

Hilflos ruderte er mit den Armen, als die Fluten des Svellt über ihm zusammenschlugen.

* * *

Mandor Steinfels genoss die nächtliche Wache am Nordtor. Es hatte schon lange keine Orks mehr drau-ßen gegeben und nächtliche Besucher der Stadt gab es ohnehin keine. Niemand war so mutig, nachts drau-ßen umherzulaufen, nicht hier am Svellt. Es konn-te schließlich doch geschehen, dass ein Schwarzpelz Lowangen zu nahe kam. Der Wächter setzte sich auf einen Mauervorsprung und holte seinen Tabaksbeu-tel hervor. Natürlich war es kein richtiger Tabak, den er gemächlich in seine Pfeife stopfte, aber es gab ein paar Kräuterhändler in der Stadt, die ein gutes Ge-misch aus getrockneten Pflanzen als Ersatz verkauf-ten. Mandor stand auf, nahm mit einem Holzspan Feuer von einer Fackel an der Treppe zum Torhaus und sog kräftig an der Pfeife, bis die Glut von selbst brannte.

Plötzlich jedoch wurde seine Ruhe durch ein dump-fes Pochen gestört. Zuerst war er ein wenig ratlos, woher es wohl kommen mochte, aber dann besann er sich darauf, dass es nur eine Quelle für dieses Ge-räusch geben konnte: den Türklopfer an der Mann-pforte des Stadttores! Erstaunt und vorsichtig beugte er sich über die Brüstung und schaute hinab. Tatsäch-lich, da stand jemand und begehrte in tiefster Nacht Einlass.

»Wer da? Was wollt Ihr?«, rief er hinab.

»Bruder Rabian. Im Namen Borons begehre ich Ein-lass«, war die dumpfe Antwort aus der Tiefe.

Ganz wohl war Mandor nicht bei der Sache und so

eilte er ins Torhaus. Dort empfing ihn seliges Schnarchen. »Aufwachen, Ad, wir haben Kundschaft.«

»Was'n los?« Verschlafen richtete Adran, ›Ad‹, Karenkis sich auf. »Da steht einer vor dem Tor und will rein. Und das im Namen Borons!«

Schlagartig war Adran hellwach, schnappte sich eine Hellebarde und lief hinter Mandor her, der schon auf dem Weg zur Marnpforte war. Mühsam stemmte Mandor sich gegen den schweren Balken, der den kleinen Durchschlupf im stabilen Stadttor sicherte. Dann öffnete er die Tür, trat einen Schritt zurück und ließ den nächtlichen Besucher herein, der schweigsam an den beiden erstaunten Wachen vorbeischritt, ohne sie auch nur eines Blickes zu würdigen. Eigentlich hatte Mandor ihn schelten wollen, dass es nicht üblich sei, vor Sonnenaufgang Einlass in die Stadt zu begehren, doch als er die Kutte eines Boroni erkannte und auch das hölzerne Rabenamulett, schwieg er still. Es geziemte sich nicht, unnötige Worte an einen Geweihten Borons zu richten. Verwundert starrten die beiden Wachen dem Priester in seiner schlammverschmierten Robe nach, der im Dunkel der Stadt verschwand. Schulterzuckend machte sich Mandor daran, den Riegel wieder vorzulegen, dabei wagte er jedoch noch einen Blick aus dem Tor. Vor den Stadtmauern war nicht einmal das Plätschern des Svellt zu hören, dort war nur noch Stille.

HEIKE KAMARIS und JÖRG RADDATZ

ZAUBERHAFTE
SCHÖNHEIT

Nun, liebe Leserinnen und Leser, bevor ich mit meiner Geschichte beginne, sollte ich mich vielleicht erst einmal vorstellen. Ich bin der Große Mandragorian oder einfach Drago für meine Freunde. Als jüngstes Kind der stellvertretenden Fürstlich Aranischen Hofmagierin hatte ich ihre Zauberkräfte geerbt und war darum der großen Methelessa Comari zur Ausbildung übergeben worden. Seit ihrer harten Schule bin ich ein mächtiger Illusionsmagier.

Nun ja, um ehrlich zu sein, zur Zeit bin ich noch ein Adept, aber irgendwann wird man meinen Namen im ganzen Tulamidenland, ach, was sage ich, auf ganz Dere ehrfürchtig raunen.

Inzwischen lebe ich wieder im Fürstenpalast, denn als Meisterin Methelessa weiterzog und an ihrer statt meine Frau Mutter an die Stelle der Ersten Magierin rückte, machte sie mich zu ihrem Gehilfen. Ich kann sagen, es ist manchmal hart, als einziger Sohn ständig unter den kritischen Augen einer Mutter zu arbeiten... Habt Ihr vielleicht das große Spectaculum anlässlich der Salbung des königlichen Paares gesehen? Dafür war ich allein verantwortlich, jawohl. Trotzdem behandelt mich meine Mutter immer noch, als ob ich ein unmündiges Kind sei.

So kam es auch, dass ich eines Tages ziellos durch die Stadt schlenderte, meine Gedanken keinen Augenblick bei dem Weg, den ich nahm – zumal ich die meisten Wunder Zorgans schon gesehen hatte –, sondern nur bei der neuesten Demütigung: Am Vortag hatte ich ein wenig über den Durst getrunken und danach ein bisschen Lärm gemacht. Als meine Mutter davon erfuhr, hatte sie mich nach dem Frühstück vor den versammelten Palastsklaven (so wollte es mir zumindest scheinen) ausgescholten und mir gedroht, mich das nächste Mal wahrhaftig mit dem Rohrstock zu züchtigen. Und das war nur der Anfang…

Wie, fragt Ihr, kann es noch schlimmer kommen? O ja, und wenn Ihr das nicht glaubt, kennt Ihr Aranien nicht: Als nächstes nahm sie mich zur Seite und sprach ernsthaft davon, mir bald eine ›gute Frau‹ aussuchen zu wollen.

Ich meine, ich habe ja keineswegs generell etwas gegen Frauen, vor allem nicht, wenn sie so hübsch und wohlgeformt sind wie manche Palastsklavinnen oder auch unsere Groß-Yassirmanin Mara ay Samra. Aber ich weiß, meine Mutter hat eine andere Vorstellung von ihrer zukünftigen Schwiegertochter: Sie sucht eine, die mir genauso Vorschriften machen wird wie sie selbst, um einen ›ordentlichen Mann‹ aus mir zu machen.

In Gedanken plante ich meine Flucht, als ich feststellte, dass meine Beine mich derweil nach Zorrigan geführt hatten. Das ist der älteste Teil der Stadt, ein schier unüberschaubares Labyrinth aus uralten Lehmziegelhäusern, die sich so schief über die schmalen Gässchen neigen, als wollten sie den törichten Spaziergänger überwältigen.

Seit hier vor über hundert Jahren die Pocken sehr schwer gewütet haben, sind eine ganze Reihe von Häusern abgerissen worden, viele andere stehen leer. Teilweise sind die Ruinen von Unkraut überwuchert, aber hier leben auch zahlreiche Bettler und anderes lichtscheues Gesindel. Zum Glück war es hell, denn bei Dunkelheit ist es hier so gefährlich, dass sich noch nicht einmal die Stadtwachen hertrauen, und ein Beutelschneider, der es schafft, vom großen Basar bis hierher zu kommen, kann sicher sein, dass man ihm nicht weiter nachstellt.

Da ich meinen Geldbeutel gut verborgen hatte,

schritt ich betont forsch aus und tat so, als würde ich die Augenpaare nicht bemerken, die mir, dem unverkennbar Fremden, folgten. Wie gesagt, es war heller Tag und nicht allzu gefährlich, aber man schaudert schon, wenn man Blicke spürt und sich nicht einmal sicher sein kann, ob es Menschen oder Tiere sind, die aus den lichtlosen Fensterhöhlen starren.

Andere Zorriganer standen gut erkennbar auf den Gassen, doch bei vielen wünschte ich mir, auch sie hätten sich gnädigerweise ins Dunkel zurückgezogen: Breite Zahnlücken, leere Augenhöhlen, zerrissene Ohrstümpfe, alte Pockennarben und fehlende Gliedmaßen – all das war bei den Bettlern und Halsabschneidern zu erkennen, die sich an den offenen Fenstern der kleinen Garküchen drängten, aus denen der Geruch von frischem, fettigem Kêshu und saurem Bier drang, um sich auf der Gasse mit ganz anderen, noch viel unappetitlicheren Duftnoten zu vermengen.

Ich schlängelte mich an den herumlungernden Frauen und Männern vorbei und schritt schneller aus, um diesen Teil der Stadt hinter mir zu lassen. Und wirklich kam ich bald in die etwas sichereren Bereiche Alt-Zorrigans, die nur noch im übertragenen Sinne anrüchig waren:

Die kleinen Garküchen wirkten sauberer, ja durchaus appetitanregend, und das Volk bestand aus bunt gekleideten Gauklern, vor sich hin trällernden Troubadouren und anderen Paradiesvögeln, die sich hier, unweit der großen Promenaden, die quer durch die alte Stadt geschlagen sind, in kleinen Baracken angesiedelt hatten.

Beinahe hätte ich mir ein Fleischbrot gekauft, doch ich hatte vorsorglich schon im Palast eine Wurst und zwei Äpfel gestohlen – nicht weil ich es wirklich nötig gehabt hätte zu stehlen (obwohl mein Salär nicht gerade reichlich ist), aber als Illusionist braucht man schnelle und geschickte Finger und so hatte ich die Übung mit dem Nützlichen verbunden.

Während ich also an einem Apfel knabberte, betrachtete ich die Dirnen und Lustknaben, die in den Hauseingängen hockten oder standen. Sie bemühten sich um die Aufmerksamkeit der durch die Gasse schlendernden Leute, aber es war um diese Tageszeit weniger ein echtes, bemühtes Locken als ein Spiel, um nicht bis zum Abend aus der Übung zu kommen, ein Spiel, bei dem sie mich völlig ignorierten. Vermutlich sah ich in ihren Augen zu ärmlich aus: In meiner einfachen Leinenhose, dem Hemd und der Weste hielten sie mich wahrscheinlich für irgendjemandes Diener. Tja, wie gesagt, ich habe es nicht so reichlich, dass ich meine Amtsroben an jedem gewöhnlichen Tag anziehen könnte, und heute Morgen hatte ich halt das besonders alte Zeug erwischt: das mit den Farb- und Brandflecken vom Üben mit Blitzpulver.

Ich schlenderte weiter durch die Straßen und versuchte, meine Augen überall zu haben. Auch diesen Teil meiner Heimatstadt hatte ich noch nie betreten – kaum ein Wunder in einer Stadt mit fast fünfzehntausend Einwohnern und manchmal ebenso vielen Besuchern – und er erschien mir durchaus sehenswert. Die kleinen Läden boten vor allem Trödel aus zweiter Hand an: Kleider, aber auch Bronzeschmuck mit Glassteinen, bestickte Taschen, ausgelatschte Pantoffeln und vieles andere, von dem ich nicht zu sagen wagte, wie viel davon einem Schlafenden, Berauschten oder gar Toten vom Leib gezogen worden war, denn auch hier herrschte eine Atmosphäre der Gesetzlosigkeit, nur eben viel fröhlicher.

Einer dieser Läden lag einige Schritte tief in einer Gasse, die vermutlich nur angelegt worden war, um zu beweisen, dass selbst die lächerlich schmalen

Gässchen von Alt-Zorrigan noch engere Seitengassen haben konnten. Ich habe fürwahr keinen Bauch – oder nur einen so kleinen, wie man von mit dem bisschen Zuckerwerk bekommen kann, das mir im Palast zusteht und doch fiel es mir schwer, auch nur seitlich zu dem Hauseingang vorzudringen, vor dem eine alte Orangenkiste mit Schriftrollen stand. Ich bin nun nicht einer von diesen gelehrten Magiern, die nur an Folianten und Pergamente denken, aber der Verkäufer hatte klugerweise eine Schriftrolle mit recht freizügigen Darstellungen aufgerollt und mit Nägelchen über der Kiste festgesteckt.

Der Gang roch muffig und im Obergeschoss plärrte irgendwo ein Kind. Um nicht jeden Augenblick mit dem Inhalt eines Nachttopfs begossen zu werden – denn die Gasse schien den Anwohnern in erster Linie als Kloake zu dienen –, trat ich in den Eingang und blickte schnell durch die Schriftrollen. Nichts Besonderes, auf jeden Fall nichts, was den Ärger mit meiner Mutter gelohnt hätte, wenn sie es bei meinen Sachen fände: Einige unmöglich verrenkte Nackte, die eher Kopfschmerzen als Lüsternheit erregten, ein paar schlechte Verse, die nicht annähernd so schlüpfrig waren wie der Papyrus, auf dem sie standen, und ein verlogener Reisebericht aus Belhanka, der Stadt der Lüste, der nicht einmal gute Lügen zu enthalten schien.

Auf einmal wurde zu meiner Rechten der verblichene Tuchvorhang beiseite gezogen und im düsteren Durchgang erschien ein Wesen in einem Burnus mit Kapuze. Das wenige, was ich unter dem schmutzigen, zerknitterten Mantel erkennen konnte, war ebenfalls so alt, dreckig und faltig, dass ich das Geschöpf nicht einmal als Mann oder Frau identifizieren konnte, und auch die Stimme gab keinen Aufschluss, denn sie war ein heiseres Keckern: »Kommt rein, junger Herr, kommt herein. Hat man Euch gesagt, dass heute Abu Armans Nachlass verkauft wird? Eine einmalige Gelegenheit, fürwahr, hehe.«

Nun, inzwischen hatten meine Augen gelernt, in dem von wenigen Öllampen beleuchteten Innenraum einige Dinge zu unterscheiden: Der Laden war voller Kisten und Truhen und schien weniger verkommen, als man hätte befürchten können. Und da ich nun schon einmal hier war, konnte ich mir den Nachlass genauso gut anschauen. Nicht dass ich erwartete, des Weisen Rohals Wunderlampe zu finden, aber vielleicht irgendeinen seltsam geformten exotischen Gegenstand, den ich in meine Vorführungen einbauen könnte.

Also trat ich ein und schnappte mir eine der Öllampen, die wie Seiltänzer auf Kanten und Rändern balancierten. Die Kisten enthielten all das, was ein Mann in vielen Dutzend Lebensjahren so ansammelt, nur damit es nach seinem Tode von ehrfurchtslosen Burschen wie mir durchwühlt und belächelt wird.

Ich schaufelte verschossene Turbanbinden, löchrige Hemden und Hosen, fadenscheinige Westen und ausgetretene Pantoffeln zur Seite und klapperte eine Weile durch die Teekannen mit den abgebrochenen Tüllen, die angeschlagenen Tassen, die angelaufenen und verbogenen Messer und Löffel und die eine Karaffe aus billigem Buntglas. Alles deutete daraufhin, dass der Alte in vielen Ländern gewesen war, vermutlich als Seefahrer.

Schon hatte ich zwei, drei obskure Andenken aus fernen Landen in der Hand, die dem Alten vielleicht etwas bedeutet hatten, mir aber vor allem als mögliche Requisiten erschienen: einen getrockneten Stachelfisch, einen gefährlich geschwungenen Waldmenschendolch und ein aus Muschelkalk geschnitztes ›Horn eines Einhorns‹.

Dann aber stieß ich auf einen verblichenen, ehemals wohl purpurroten Brokatumschlag. Neugierig öffnete ich ihn und zog vorsichtig einen schweren, in cremefarbenes, reich geprägtes Leder gebunden Codex hervor. Es war nur ein Oktavband, kaum größer als meine Handfläche, doch hatte ich selten zuvor ein Buch mit einem derartig schönen Einband gesehen. Für einen Moment habe ich wohl einfach dagestanden und das Werk von außen betrachtet.

Doch als ich den Folianten vorsichtig öffnen wollte, stand der (oder die) Alte neben mir – ich hatte das Wesen völlig vergessen, so lautlos war es mit dem Hintergrund verschmolzen. »Junger Mann, lasst es besser geschlossen. Es ist ein Zauberbuch, fürwahr, hehe.«

Ich schaute zu der Frau – ihr Götter, mit irgendeinem Geschlecht musste ich die greisenhafte Kreatur ja belegen. »Ich *bin* ein Zauberer.«

Die Alte betrachtete mich mit einem merkwürdigen Lächeln und wirkte dabei fast wie einer der Schrumpfköpfe meiner Großmutter, von denen meine Mutter nichts wissen darf (sie ist die Tochter einer Mohasklavin, die noch frei im Urwald geboren wurde und irgendwie ein paar alte Dinge mit nach Aranien hat bringen können). Die Verkäuferin jedenfalls öffnete ihren zahnlosen Mund und erklärte keckernd: »Wenn ihr darin lesen wollt, dann kauft es, junger Zauberer, fürwahr, hehe.«

Ich blickte wieder auf den prachtvollen Einband: Ich würde mir etwas derartig Kostbares niemals leisten können.

»Wie viel Geld habt Ihr denn?« Challawalla, ich musste mir wirklich angewöhnen, leise zu denken. Verlegen kramte ich meinen Geldbeutel hervor: Fünf Silberstücke und ein Heller steckten darin. Ich schaute wieder auf das wunderschöne Buch.

Die Alte erklärte: »Der Preis beträgt sieben mal sieben Heller, fürwahr, hehe.«

Ich konnte es kaum glauben. Mit zitternden Fingern schob ich ihr die fünf Silbertaler hin, verzichtete auf den Heller Wechselgeld, ergriff den Folianten, bevor sie ihre Meinung ändern konnte, und hastete hinaus.

Als ich aus der engen Seitengasse zurück auf die Straße eilte, stieß ich gegen einen kostbar gekleideten Mann mit einem purpurnen Fez auf dem Kopf. Er war mir schon vorher aufgefallen, als er neugierig durch die Gassen strich, und nun drängte er sich an mir vorbei in die schmale Gasse. Ich hielt meine wertvolle Beute unter meiner Weste verborgen fest an den Leib gepresst und eilte nun so schnell wie möglich nach Hause.

Es war bereits Nachmittag und die Straßen Zorrigans füllten sich deutlich. Zu spät bemerkte ich, wie sich eine Hand um meinen Geldbeutel schloss und der Dieb schnell davonhastete. Um den einen Heller tat es mir nicht Leid, aber der Beutel war ein Geschenk meiner Lehrmeisterin gewesen, in dem sie mir anlässlich meiner Weihe die symbolische Münze aus echtem Mondsilber überreicht hatte. Einen Augenblick überlegte ich, ob ich dem Taschendieb nachsetzten sollte, doch mein neuerworbener Codex ließ mich von diesem Plan Abstand nehmen – und in den Gassen Alt-Zorrigans hätte ich ihn ohnehin nicht eingeholt.

Während ich noch fluchend dem Dieb hinterherstarrte, eilte der Mann mit dem purpurnen Fez auf mich zu. »Junger Mann, wartet, um der Götter Lohn willen!« Wider Willen blieb ich stehen und lauschte seinen nächsten Worten: »Verzeiht diese Aufregung, aber…« Er unterbrach sich und verneigte sich so tief, dass ich den sorgfältig geölten Haarknoten in seinem Nacken sehen konnte. Wie ich schon bemerkt hatte, war er eine gepflegte Erscheinung, vom breiten, gut gesalbten Schnurrbart über die bestickte Weste, den wohlgenährten Bauch und die sorgfältig manikürten Hände, die seidene Schärpe, die die bunten Pluderhosen hielt, bis zu den perlenbesetzten Pantoffeln. »Arman ben Abu Arman – zu Euren Diensten! Leider habe ich erst heute vom Tode meines armen alten Vaters erfahren und bin sogleich geeilt, seine Geschäfte zu ordnen, als da wären die Bestattung in einer prächtigen Gruft, die Balsamierung…«

Er bemerkte wohl den Unwillen auf meinem Gesicht, mich noch länger aufhalten zu lassen, und brach ab, um in verändertem Tonfall fortzufahren: »Wie dem auch sei, leider wurde irrtümlich ein Teil aus seinem Nachlass verkauft, das mir sehr viel bedeutet, ein kleines Büchlein mit persönlichen Notizen. Völlig wertlos für jedermann außer für mich, seinen Sohn, der jede Erinnerung an seinen lieben Vater bewahren möchte.« Er zwinkerte mir zu: »Aber um dir deine Freundlichkeit zu vergelten, junger Bursche, will ich dir für das Büchlein ein blitzendes Goldstück geben.«

Ein schneller Gewinn von über fünf Talern! Nicht übel für so kurze Zeit. Aber der Mann ärgerte mich mit seiner Leutseligkeit, selbst wenn er meinen Rang nicht erahnen konnte, also wartete ich ab und spielte den Zögernden. Prompt erhöhte er das Angebot, wenn auch weniger freundlich: »Ach was, zwei Goldstücke, für dich und deine Liebste. Nun schlag schon ein, so eine Gelegenheit hast du nie wieder.«

Als ich weiter schwieg, verfinsterte sich sein Gesicht und ich bemerkte, dass sein Blick den meinen suchte – doch ich hatte nicht ohne Grund über seine Schulter gestarrt und so konnte ich dem voll bepackten Lastkamel ausweichen, während er von dem unbeirrt voranschreitenden Tier zu Fall gebracht wurde und unsanft auf dem Pflaster landete. Ich hatte jedenfalls genug von dem Kerl und sah zu, dass ich weiterkam.

Ich schaffte es, ohne weitere Zwischenfälle zum Palast zu gelangen, und hatte dort fast schon meine Räumlichkeiten erreicht, als mir der stellvertretende Palastwesir Yassirman Bey begegnete. Dieser arrogante Schnösel hatte mir gerade noch gefehlt!

Er grinste unverschämt und musterte mich höhnisch. »Ach, der Herr Perhiman ist auch wieder zurück? Ich hätte ja gedacht, dass du nach heute Morgen erst einmal genug vom Herumstreunen hättest…« Perhiman Rashid Mhukadin, das ist mein Geburtsname; der unverschämte Wesir wusste, wie sehr es mich ärgerte, wenn man meine selbstgewählten Künstlernamen schlichtweg ignorierte. Selbstgefällig grinste er mich an und strich sich über Bauch und Schritt.

Ich aber ließ den aufgeblasenen Burschen einfach stehen – was war er denn, wenn nicht ein gewöhnlicher Kammerherr mit einem hochtrabenden Titel! – und ging auf mein Zimmer. Es ist nicht besonders groß, aber dafür mein eigenes Reich. Das Bett hätte sogar Platz für eine hübsche Maid an meiner Seite, wenn ich je eine würde überzeugen können, mir hierher zu folgen.

Doch im Augenblick waren mir die Frauen, an die ich hier sonst so oft und gern dachte, herzlich gleichgültig: Mit zitternden Fingern holte ich das ›Zauberbuch‹ hervor und legte es auf mein Schreibtisch.

Selbst wenn die Tatsache, dass die Alte mich nicht hatte hineinschauen lassen, eher andeutete, dass es wohl doch kein magisches Werk war, mochte allein der materielle Wert des kunstvoll gebundenen Buches gut zwanzig Golddukaten betragen. Schließlich riss ich mich zusammen und schlug den überraschend schweren Deckel des kleinen Buches auf.

Al Ghadaras Großes Buch der Wunderbarsten Kreaturen von Al'Dere und darüber hinaus stand in großen, kunstvollen Lettern auf der schweren, durch das Alter vergilbten Pergamentseite. Aus unerfindlichen Gründen klopfte mir das Herz bis zum Hals, als ich die Seite vorsichtig umblätterte. Das nächste Blatt erwies sich als gewaltiges Stück Papyrus von gewiss zehnfacher Größe des Buches, doch es war so kunstfertig zusammengefaltet, dass ich es in wenigen Augenblicken aufgeschlagen hatte.

Es war eine Bildseite. Sie zeigte einen unglaublich lebensecht wirkenden Paradiesvogel; man glaubte beinahe, ihn tatsächlich vor sich zu sehen. Die Buchmalerei war mit den besten Farben angefertigt – weder waren die gewiss drei Dutzend verschiedenen Töne verblasst noch war in den Faltkanten die Tusche abgesplittert.

Unter der Abbildung stand der alt-tulamidische Name der Kreatur. Auch diese Schriftzeichen waren äußerst kunstfertig gemalt und schienen ein Eigenleben zu führen. Ich konnte nicht anders, ich musste den Namen und die schön gereimten Verse der Beschreibung laut vor mich hin sprechen. Beim Lesen schienen die Buchstaben zu verblassen und schließlich zu verschwinden und kaum war der letzte Laut verklungen, als bunter Nebel von der Seite aufstieg und sich der Vogel leibhaftig aus dem Buch erhob.

Ich hingegen sackte wie leblos an meinem Schreibtisch zusammen.

* * *

Ich erwachte irgendwann später, da etwas lieblich zwitschernd auf meiner Schulter hockte. Vorsichtig schlug ich die Augen auf, schaute zu meiner Schulter und wurde von einem zärtlich pickenden Schnabel begrüßt. Der Paradiesvogel war weiterhin lebendig und die Seite, auf der er aufgemalt gewesen war, weiterhin leer.

Die Alte hatte nicht gelogen, es war wahrlich ein

Zauberbuch und gewisslich unbezahlbar. Mit diesem Werk würde ich in die Reihen der ganz großen Illusionsmagier aufsteigen: Keine phantasmagorischen Gebilde, die nur Auge und Ohr täuschten, sondern Bilder, die zu echtem Leben erwachten. Das ganze Tulamidenland würde mir zu Füßen liegen.

Der Paradiesvogel breitete seine Flügel aus und erkundete mein Zimmer. Inzwischen war es Abend geworden, aber zum Glück waren die Fenster noch geschlossen. Ob es wohl möglich wäre, ihn in das Buch zurückzuverbannen? überlegte ich. Ich wiederholte seinen Namen und die Verse der Beschreibung, an die ich mich noch erinnerte, doch es geschah nichts. Ich nahm mir einen Kohlestift und schrieb beides rückwärts auf, um es erneut zu rezitieren. Auch dies bewirkte nichts.

Allerdings ging ausgerechnet in diesem Moment meine Zimmertür auf und Ushara trat ein. Die Leibdienerin meiner Mutter kannte mich seit meiner Geburt und war meistens sehr wohlwollend. Nun aber blickte sie mich missbilligend an: »Effendi Perhiman, du solltest wirklich lieber mitkommen.«

Ich setzte ein ernstes Gesicht auf: »Lâ lâ, yalla barra, Ushara! Ich bin gerade beim Studium einer wichtigen Formel.«

Ushara schüttelte sich, dass ihre vollen Brüste wogten: »Komm, Effendi. Dein verdammter Affe stellt gerade die Privatgemächer der Mhaharani Shahi auf den Kopf!«

»Châra! Ich komme.« Jetzt begriff ich auch, warum es so ruhig in meinem Zimmer gewesen war. Ikabo ist eigentlich ein sehr liebes Tier, das ich von einer Reise zu den Waldinseln mitgebracht habe, aber die Meerkatze langweilt sich ziemlich schnell und dann geht sie auf Entdeckungsreise. Im Grunde sind wir uns gar nicht so unähnlich.

Ich hastete hinter Ushara her. Hoffentlich war die Königin nicht so erbost, dass sie mich aus dem Palast werfen ließ. Im Gang trafen wir wieder auf den Zweiten Palastwesir. Yassirman Bey schaute mich scheinbar mitleidig an: »Das war unvorsichtig von dir, junger Perhiman. Wer sich Bestien als Haustiere hält, sollte wirklich besser auf sie aufpassen... Wenn das Monstrum die Mhaharani verletzt haben sollte, wirst du als Hochverräter bestraft.«

Ich ignorierte ihn erneut und eilte weiter zu den königlichen Gemächern. Dort überließ ich es Ushara, mich anzukündigen. »Majestät, ich habe Effendi Perhiman gefunden.«

»Dann schicke ihn herein.«

Mit einem derben Knuff in den Rücken stieß mich Ushara auf die Zimmertür zu. Ich trat vorsichtig mit gesenktem Kopf ein. »Men fadlek, Majestät. Euer unglücklicher Diener steht bereit, jede Strafe demütig anzunehmen.«

»Kommt erst einmal herein, Meister Mandragorian.« Die Stimme der Mhaharani klang nicht allzu erbost, sodass ich vorsichtig den Kopf hob.

Die Königin trug feinste grüne Seidengewänder und ihre kastanienroten Haare hingen lose herab. Die Eleganz ihrer Kleidung machte mir schmerzlich bewusst, dass mein eigener Aufzug eigentlich nicht geeignet war, meiner Herrscherin unter die Augen zu treten.

Königin Eleonora hatte eine Arange zerteilt und fütterte damit Ikabo. »Sie scheint Obst zu mögen, Meister Mandragorian. Ich hoffe, Ihr gebt ihr regelmäßig welches?«

Das Gespräch begann anders als erwartet. »Ja, natürlich Majestät. Es tut mir Leid, dass Ikabo in Eure Gemächer eingedrungen ist. Ich weiß gar nicht, wie das passieren konnte.«

»Ikabo heißt sie also? Nun, es ist nicht das erste Mal,

dass sie hier ist, aber als sie diesmal durch das Fenster kletterte, war ich selbst nicht da. Meine Sklavin hat nicht damit gerechnet, auf Ikabo zu treffen, und bei ihrem Anblick losgekreischt.« Die Königin liebkoste das Nackenfell meiner Meerkatze, während sie weitersprach: »Daraufhin warf das erschreckte Tier mit Obst nach ihr und leider entstand erheblicher Tumult, bei dem ein Spiegel zerbrach.«

Châra, ausgerechnet ein Spiegel! Das Ding dürfte mehr als zwei meiner Jahreslöhne wert sein. »Majestät, ich bedaure es wirklich außerordentlich. Selbstverständlich werde ich Euch den Schaden ersetzten.«

Die Mhaharani musterte mich kritisch. »Meister Mandragorian, ich bezweifle, dass Eure Mittel dafür ausreichen.« Damit hatte sie natürlich Recht. »Ich denke, wir werden eine andere Möglichkeit finden. Sagt, wann habt Ihr Euren freien Tag?«

»Am Windstag jeder zweiten Woche, Majestät.«

»Nun, dann werdet Ihr stattdessen in Zukunft jede Woche am Erdtag von Euren Pflichten hier im Palast entbunden werden.«

Ich sollte in Zukunft wöchentlich einen freien Tag haben? Das klang ja großartig. Schon begann ich, Dankesworte zu stammeln, doch die Königin fuhr unbeirrt fort: »Wie Ihr wisst, besuche ich jeden Erdtag die Siechenhäuser und schenke den Kranken die Zuwendung einer Königin und Heilerin. Ihr werdet mich künftig begleiten, um die Leidenden mit Euren Gaukelkunststücken aufzumuntern. Das dürfte Euch nicht schwer fallen, Ikabo könnt Ihr ja mitnehmen.«

Lebt wohl, Tage der Freiheit. Wenn einem die Herrscher ein Geschenk machen, leeren sie einem mit der anderen Hand die Taschen. Ich bemühte mich um ein Lächeln. »Ich fühle mich sehr geehrt, Majestät.«

»Gut, dann wisst ihr ja Bescheid…« Was immer die Mhaharani noch sagen wollte, ging im losbrechenden

Getümmel unter, denn in der Tür wurde der Vorhang mit dem aranischen Wappen beiseite gerissen und ein riesiger Jagdpardel kam ins Zimmer gestürmt. Die Raubkatze eilte zielstrebig auf Ikabo zu, die daraufhin das erstbeste Einrichtungsstück nach ihr warf. Leider handelte es sich um die jetzt leere Obstschale aus echtem güldenländischen Kristallglas, die mit einem lauten Klirren zerbarst. Der Gepard sprang auf den Tisch, der zusammenbrach. Ikabo nutzte die Schulter und dann den Kopf der Mhaharani als Etappen auf dem Weg zum Deckenleuchter, von dem prompt ein Regen aus Kristallen und Kerzenwachs niederging. Mit einem weiteren Satz sprang Ikabo auf meinen Rücken.

Eine glockenhelle Stimme schallte durch den Raum: »Challawalla, Shiko, bist du verrückt geworden?« Sofort schlich der Gepard schuldbewusst zu der neu angekommenen Frau, deren rote Locken nur so flogen und deren nackte Brüste unter der offenen Weste hervorsprangen. Wütend funkelte sie das Tier mit ihren grünen Augen an. Die aranische Großwesirin eilte zu ihrer Majestät und half ihr, die zerzausten Haare zu richten, während sie zugleich ihren stürmischen Gefährten mit einer zornigen Tirade bedachte. So sehr ich mich normalerweise gefreut hätte, Mara ay Samra eine Weile zu beobachten, diesmal nutzte ich ihren Auftritt, der die Mhaharani gehörig ablenkte, um unter tausendfachen Entschuldigungen fast unbemerkt den Rückzug anzutreten.

Zurück in meinem Zimmer stellte ich fest, dass nun auch noch der Paradiesvogel aus meiner Kammer entkommen war, doch da nicht einmal die alte Ushara ihn bemerkt hatte, würde man mir auch keine Vorwürfe für irgendwelchen Unfug machen können, den der Vogel anstellen mochte.

Zu aufgewühlt und zugleich zu erleichtert für irgendwelche weiteren Experimente faltete ich sorgfältig die leere Papyrusseite zusammen und schob das Buch unter meine Kopfkissen, ehe ich mich auf meinem Himmelbett zusammenrollte, wo ich bald einschlief und von meiner Zukunft als Großmagus träumte.

* * *

Am nächsten Morgen beeilte ich mich mit allem, was ich tat: mit der Morgenwaschung, dem Gebet zu den Göttern, dem Frühstück, vor allem aber mit meinen Pflichten als einer der Hofzauberer. Wie ich, liebe Leserinnen und Leser, inzwischen wohl schon deutlich gemacht habe, handelt es sich dabei weniger um die arkanumtheoretische Beratung der Herrschenden oder die astrale Sicherung ihrer Person, als vielmehr um ihre Erbauung und Unterhaltung.

Diesmal war es der König, Mhaharan Shah Arkos, der mich als seinen Freund bezeichnete, auch wenn das nicht hieß, dass ich ihm mit alltäglichen Hofproblemen nahekommen durfte. Ich sollte ihm – wie stets – Bilder von tapferen Helden und Kämpfern zeigen, doch aus dem schwärmerischen Jüngling war in den letzten Jahren ein weltgewandter Mann geworden: Immer häufiger musste ich nun meine Konzentration darauf richten, überzeugende Edeldamen und amazonenhafte Kriegerinnen zu erschaffen, bei denen die Rundungen unter dem ausladenden Brustpanzer an den richtigen Stellen saßen und deren Waffenröckchen im Gefecht emporwehten, um kurze Blicke auf bronzefarbene Schenkel zu gewähren.

Als ich schließlich zur späten Mittagszeit mein Tagwerk erledigt hatte, war ich selbst sehr erpicht auf den Anblick schöner Beine, aber für den Besuch einer Schänke mit Tanzmädchen reichte momentan mein Salär nicht, und um mit meinen knappen Kräften hauszuhalten, hatte ich schon vor langer Zeit damit aufgehört, mir meine Illusionen für den Eigengebrauch anders als im Kopf zu erschaffen.

Doch zurück in meinem Zimmer griff ich als Erstes nach dem Zauberbuch und fischte es zwischen den Kissen hervor. Wie könnte ich meine freudige Überraschung beschreiben, als ich nach der Titelseite und dem leeren Bogen auf Seite 3 das Bild einer höchst verführerischen Haremssklavin entdeckte?

›Yshija‹ lautete der Name der Schönheit. Mit nachtschwarzen Haaren, in denen ein leichter, saphirblauer Lichtschimmer spielte, türkisfarbenen Augen und korallenroten, feuchten Lippen bot sie einen herrlichen Anblick. Ihr Lächeln entblößte regelmäßige Zähne, so schön wie die Perlen auf ihrem silbernen Halsband, das sie als einziges Zeichen ihres Sklavenranges trug. Eigentlich trug sie gar nichts außer etwas Schmuck und nach dem ersten Blick auf ihr hübsches Gesicht verweilten meine hungrigen Augen vor allem auf ihrem üppigen Körper.

Ihre Haut war sahneweiß, umso auffälliger hoben sich die dunklen Knospen ihrer Brüste davon ab, in denen prächtige goldene Ringe prangten. Ein Amethyst zierte ihren Nabel, von gleicher violetter Farbe war der Lack auf ihren Finger- und Zehennägeln. Die Linke ruhte spielerisch zwischen ihren weit gespreizten Schenkeln, doch glaubte man, zwischen ihren Fingern die Pforte der Glückseligkeit zu erkennen, die ebenfalls von goldenen Ringlein geziert wurde.

Erst nach einiger Zeit vermochte ich mich von dem Bild loszureißen und den Blick auf die dreisten Verslein zu richten, die in frivoler Weise von der Unersättlichkeit dieser Haremssklavin erzählten. Mit stürmisch pochendem Herzen stieß ich die unzüchtigen Worte hervor und beobachtete, wie das Erhoffte eintrat: Ich hatte kaum Zeit, das Buch beiseite zu stoßen, damit es nicht von den Knien der lüsternen Yshija zerknickt wurde, als sie sich auf mich warf.

Ich will gar nicht behaupten, dass ich bislang schon allzu viele Frauen gehabt hatte. Zwar hatte ich eine rege Vorstellung, was ich mit ihnen würde anfangen können, doch meine Mutter hielt mich streng unter Aufsicht, mein Geld war knapp und nicht einmal mein ›Freund‹, der König, kam je auf die Idee, mir einen Zuschuss für einen Besuch der Freudenhäuser Zorgans zu geben, auf dass meine Illusionen künftig noch lebensechter wirkten.

Nun, da es darauf ankam, tat ich aber mein Bestes. Dabei hatte ich nicht einmal allzu viel zu tun, denn als geborene Lustsklavin wusste Yshija genau, was sie tat und was sie tun musste. Sie war sanft und kraftvoll zugleich, mal waren ihre Lippen weich wie Seide, mal fest wie eine zupackende Faust und spürbar hatte sie Muskeln an Stellen, von denen ich nicht einmal geahnt hatte, dass es sie gab.

Wenn mich überhaupt etwas störte, dann der völlige Ernst, mit dem sie zu Werke ging, kein scherzendes Wort, kein Lachen kam über ihre Lippen. Stattdessen warf sie sich auf mich wie eine Verhungernde und zog mich in ihren Körper und ich bemühte mich redlich, mitzuhalten und aufzuholen, was ich in den letzten Jahren hatte versäumen müssen. Ich küsste ihren Leib von den Augenlidern bis zur duftenden Pforte und sie liebkoste mich voller Leidenschaft. Ihr hungriger Mund schien meine Zunge verschlingen zu wollen und ihre Küsse bedeckten mich mit amethystfarbenen Malen.

Ich weiß nicht, wie oft ich die Nähe Rahjas erlebte, so oft jedenfalls, dass ich es bei jedem anderen als eitle Prahlerei abgetan hätte, und noch immer hatte Yshija nicht genug. Nun begriff ich erst, was das Wort ›Unersättlichkeit‹ bedeutete. So verführerisch dieses Geschöpf war, es war gewiss nicht menschlich, zumindest nicht den menschlichen Einschränkungen unterworfen. Nach allem, was ich mit ihr (oder eher sie mit mir) getan hatte, hätte sie regelrecht wund sein müssen, ich zumindest war es, und egal, wie viel ich nachzuholen gehabt hatte – ich war am Ende meiner Kräfte. Erneut bot sie all ihre Künste auf, aber ganz gleich, wo überall und wie hingebungsvoll sie mich streichelte, küsste und beknabberte, ich konnte nichts mehr bewerkstelligen. Schließlich versuchte sie es gar mit leichten, dann raueren Schlägen mit meinem Burnusgürtel, als wäre ich ein unwilliger Maulesel, den sie antreiben müsse, doch ich rollte mich einfach unter meiner Decke zusammen, schloss die Augen und ignorierte sie.

Als sie endlich mit einem gezischten Fluch das Bett verließ, schielte ich ihr aus den Augenwinkeln hinterher. Tatsächlich steuerte sie, nackt wie sie war, mit wehenden Haaren, wippenden Brüsten und klingelnden Ringlein auf die Tür zu und verließ meine Kammer.

Eigentlich hätte ich ihr hinterhereilen sollen, doch liebe Leserinnen und Leser, glaubt mir, ich war so ausgelaugt, dass ich froh war, ein bisschen schlafen zu können. Meine neue Lustsklavin würde schon zu mir zurückkommen. Zwar hörte ich noch die ebenso überraschte wie lüsterne Stimme des Zweiten Palastwesirs draußen auf dem Gang, doch das war mir egal.

* * *

Als ich aufwachte und mich allein im Bett fand, obwohl schon die Morgensonne durch die Fenster fiel, spürte ich allerdings einen gewissen Grimm. Immerhin war ich es, der sie zum Leben erweckt hatte, und trotzdem war diese treulose Sklavin nicht zu mir zurückgekehrt! In aller Hast wusch und parfümierte ich

mich, und während ich noch auf dem Weg zur Palast-
küche war, bemerkte ich den Tumult im mittleren Pa-
lastgarten.

Ja schlimmer noch, der Tumult bemerkte mich. Oder
besser gesagt, Ghazela Beysa, die Oberste der Palast-
wache, sah mich am Fenster und winkte, ich solle hin-
zukommen. Fluchend schob ich den Gedanken an die
warmen, sirupübergossenen Eierkuchen, die auf mich
warteten, von mir und begab mich pflichtbewusst in
den Garten, wo sich ein halbes Dutzend Gardisten und
Palastsklaven um eine Decke versammelt hatten.

Unter der Decke lag, wie mir die Oberste ohne ein
Wort der Warnung vorführte, ein Leichnam. Als ich
ihn sah, war ich froh, noch nicht gefrühstückt zu haben, denn es war ganz und gar kein schöner Anblick.
Versteht mich recht, wir alle haben schon Leichen gesehen, liebe Leserinnen und Leser, das bleibt in einer
Welt wie der unseren nicht aus. Aber diesen Mann – es
war ein Bursche von etwa dreißig Jahren – hatte keine
Krankheit und keine Waffe niedergestreckt. Eine Bestie
hatte ihn zerfleischt. Für einen Augenblick dachte ich
an den Geparden der Großwesirin, doch verwarf ich
diesen Gedanken sofort wieder: Nicht einmal ein wütender Jagdpardel konnte solche Hiebe austeilen und
solche Wunden reißen.

Die Gardisten und Sklaven tuschelten inzwischen
eifrig und Ghazela Beysa starrte mich an, als könnte
ich mit dem Finger schnippen und eine magische Erklärung bieten. Zugleich schien sie sehr beunruhigt –
kein Wunder, wenn solche Bestien die Palastgärten unsicher machten.

Irgendjemand wies auf den Beutel, den der Tote bei
sich gehabt hatte: Stemmeisen, Strickleiter, Leimstrei-
fen – Einbruchswerkzeug! Das passte natürlich zu den
schwarzen Kleidern des Toten und dem Ruß auf den
Teilen des Gesichts, die noch Haut aufwiesen. Selbst

wenn er es nicht auf den Kronschatz abgesehen hatte, enthielten allein die Gäste- und Höflingszimmer einiges, was einen dreisten Dieb reich machen konnte.

Aber das beantwortete nicht die Frage, wer ihn so grausam ermordet hatte. Unterdessen war eine Heilerin – eine der persönlichen Schülerinnen der Mhaharani Shahi, wenn ich mich nicht irrte – herbeigerufen worden und hatte den Leichnam untersucht. Anfangs hörte ich ihr interessiert zu, was sie über »Risswunden wie von Echsenklauen und Hiebwunden wie von einem Vogelschnabel« berichtete, doch dann hatte ich anderes zu tun – nämlich unauffällig meinen Pantoffel über eine Feder zu plazieren, die unter einen Busch geweht war und der eines Paradiesvogels verflucht ähnlich sah.

Als die Medica ihre Untersuchung beendet hatte, nahm ich meine magische Examination vor und konnte wahrheitsgemäß berichten, keine Rückstände wirkender Magie gefunden zu haben. Dabei machte ich so viel Spektakel mit Gesten und bunten Bändern, dass ich unauffällig auch die Feder aufsammeln konnte, bevor ich mit meinen Sachen wieder im Palast verschwand.

Mein nächster Weg führte mich in mein Zimmer, wo ich die Feder zusammen mit dem Zauberbuch in der Kiste verschloss, in der ich auch meine Ersparnisse aufbewahre.

Dann verließ ich den Palast, um den Trödelladen in Alt-Zorrigan aufzusuchen: Die oder der Alte hätte mir einiges über das Zauberbuch zu erklären!

Es war noch relativ früh und auf der breiten Prachtstraße, die quer durch Alt-Zorrigan ins neuere, reichere Sulaminijah führte, herrschte reger Verkehr. Hinter den Alleebäumen, die die Straße säumten, den richtigen Eingang in die engen Gässchen zu finden erwies sich als schwieriger als gedacht. Mehrmals bog ich in viel versprechende Seitenwege ein, nur um dann doch festzustellen, dass mich meine Ortskenntnisse getrogen hatten und ich auf diesem Wege nicht zum Trödelladen finden würde.

Schließlich aber hatte ich die richtige Gasse gefunden: Zumindest kamen mir die Garküchen, die Pflastermaler, die Dirnen und Musikanten bekannt vor – und ich fand auch die Stelle, wo die kaum zu durchschreitende Seitengasse hätte abzweigen müssen. Doch heute versperrte ein Bretterverschlag den Weg. Nervös begann ich zu klopfen und zu rufen, aber niemand antwortete. Außer einigen anderen Bummlern, die mal die verrufenen Teile Zorgans sehen wollten, schenkte mir überhaupt niemand Aufmerksamkeit.

Am Ende verließ mich die Geduld, ich drückte die altersschwachen Bretter kurzerhand beiseite – und sah mich einem zweifellos rein privaten Gärtchen gegenüber, in dem Hühner aufgeregt umherflatterten, die gerade noch zwischen Gras und Unkraut nach Futter gepickt hatten. Der Hahn des Hofes, ein schwarzes Ungeheuer mit blutrotem Kamm und ebensolchen Kehllappen, einem heimtückisch gebogenen Schnabel und gewiss einem Schritt Flügelspannweite plusterte sich auf und flog auf einen niedrigen Ast eines vertrockneten Bäumchens keine anderthalb Schritt von meinem Gesicht entfernt. Ich habe in meinem Leben schon genügend Taler bei Hahnenkämpfen gewonnen (und noch mehr verloren), um zu wissen, was es heißt, wenn ein solches Biest den Kopf schräg legt und einen aus kalten, blutunterlaufenen Augen anstarrt.

Als dann noch über mir Rufe laut wurden – »Dieb, Dieb, Hühnerdieb! Am hellichten Tage!« – und der Inhalt eines Nachttopfes schlecht gezielt neben mir auf den Boden platschte, tat ich das einzig Vernünftige und nahm Reißaus.

Draußen auf der ›Hauptverkehrsgasse‹, die mir nunmehr wie eine veritable Reichsstraße vorkam, hatte man von dem ganzen Vorfall nichts mitbekommen. Eilig rückte ich wieder die Bretter zurecht, verfluchte meinen Irrtum und wollte schon weiter nach dem Trödelladen suchen, als mir plötzlich ein Gedanke kam: Von Kampfhähnen hatte ich genügend gehört und gesehen, aber von blutrünstigen, menschenfressenden Paradiesvögeln?

Wie hatte ich so gedankenlos sein können! Den Weg zurück zur Promenade und den Palastberg hinauf legte ich im Laufschritt zurück, und am königlichen Spiegelpalast angekommen, winkte ich, völlig außer Atem, den Palastgardisten am Tor nur zu, sie sollten mir folgen. Anscheinend wirkte ich so überzeugend in meiner Not, dass sie mich nicht aufhielten, sondern mir einfach einige Wachen hinterherschickten, die mich mit klapperndem Schuhwerk begleiteten.

Es ging vorbei an vielen Türen und Abzweigungen, bis ich schließlich die Gemächer des stellvertretenden Palastwesirs Yassirman Bey erreicht hatte. Als Luxus, wie es seiner Stellung zukommt, bewohnte er eine Flucht vom mehreren Zimmern und es mochte ganz harmlose Gründe haben, dass er nicht auf mein Trommeln und Schreien an seiner Tür reagierte – vermutlich schlich er gerade durch den Palast und schnüffelte anderen Bediensteten hinterher oder er hockte in der Küche und belästigte die Haushaltssklavinnen.

Ich wollte es jedoch nicht darauf ankommen lassen und warf mich gegen die Tür zu seinem Wohntrakt. Zwei Einbrüche an einem Tag, ich lernte schnell! Der vorderste Raum, ein kleines Speise- und Empfangszimmer, war leer, ebenso der etwas privatere Aufenthaltsraum dahinter. Als ich in das Ankleide- und Badezimmer stürmte, die Wachen dicht hinter mir, konnte ich bereits Geräusche hören und im hintersten Raum, dem Schlafgemach, fand ich den stellvertretenden Palastwesir dann. Oder das, was von ihm übrig war.

Yassirman Bey war bei seinem Tod nackt gewesen. Nun war er mehr als entblößt: An manchen Stellen fehlte nur die Haut, an anderen auch die Muskeln. Seine Kehle war so weit durchtrennt, dass der Kopf an wenigen Nackenmuskeln hing, die Augen und der Mund weit aufgerissen.

Er sah weit scheußlicher aus als der Einbrecher im Garten, aber kaum zu beschreiben war die Kreatur, die auf ihm hockte: Es war ohne Zweifel meine einst schöne Yshija, aber jetzt wuchsen statt seidiger Locken haarige Spinnenbeine aus ihrem Kopf. Ihre Türkisaugen waren kalt und facettiert wie die einer Fliege und ihre Hauer waren so groß, dass sie ihre Lippen und Wangen durchbohrt hatten. Am schlimmsten aber schien mir, dass ihr nackter Leib bis auf die krallenhaften Nägel an Fingern und Zehen kaum verändert schien – noch immer waren ihre hellen Brüste makellos, ihre Hüften wohlgerundet und verlockend.

Dann sah ich zwischen ihren Schenkeln die weit geöffnete Pforte, die mir solche Freuden geschenkt hatte, entdeckte die zwei makellosen Reihen perlweißer Reißzähne und mir wurde klar, dass ihr Unterleib nicht vor Leidenschaft zuckte, sondern weil sie damit kaute – wenige Fingerbreit über der blutenden Wunde, wo Yassirman Beys Gemächt gewesen war.

Während ich mich umdrehte und zwei, drei Schritte in die Badekammer taumelte, wo ich mich wieder und wieder erbrach, drangen Schreie aus dem Schlafgemach, als die Wachen den Kampf gegen die Kreatur aufnahmen. Irgendwann war mein Magen so leer, dass ich nur noch schleimige Galle spie, und ich verlor das Bewusstsein.

* * *

Als ich erwachte, war es wieder Morgen und ich befand mich in meinem Zimmer. Ich lag in meinem eigenen Bett und eine ansehnliche Frau mit kastanienbraunen Haaren beugte sich mit besorgter Miene über mich.

»Eure Majestät! Verzeiht…«

Doch die Mhaharani Shahi drückte mich mit unerwarteter Kraft zurück in die Kissen. »Ruhig, Meister Mandragorian. Es geht Euch zwar wieder gut, aber das Niederknien könnt Ihr lassen. Ihr habt schon viel Mut bewiesen, als Ihr die Wachen gegen diese oronische Kreatur geführt habt.«

Oronische Kreatur? Natürlich, das musste man im Palast denken. Wenn ihr, liebe Leserinnen und Leser, in einer Gegend lebt, in der man glücklicherweise noch nichts vom Moghulat Oron gehört hat, so wisset, dass es der Erzfeind Araniens ist, eine finstere Despotie, wo Dämonen leibhaftig über Dere wandeln und man den blutigsten Ausschweifungen frönt. Eine solche widernatürliche Monstrosität zu schaffen wäre genau das, was man von den Oronis erwarten könnte.

»Ist sie – besiegt, Eure Majestät?«

Die Mhaharani nickte. »Den Göttern sei Dank, dass es wohl eine dämonisch verzerrte Frau statt eines leibhaftigen Dämons war, so konnten die weltlichen Waffen der Gardisten ihr blutiges Werk tun. Die Monstrosität ist bereits verbrannt.« Plötzlich schaute mich die Königin gründlich an – nicht anklagend, aber eindeutig antwortheischend. »Sagt, woher wusstet Ihr von der Gefahr?«

Das war der Moment, in dem ich ihr alles erzählen wollte – immerhin war sie die Königin. Doch dann wurden wir beide abgelenkt: Meine Mutter stürmte herein.

Perishan Yezeminsunyara al Jhalafai ist ja eine sehr energische Frau, und wenn sie aufgeregt ist, wird ihr

Akzent so deutlich, als würde sie die Mohasprache sprechen. Selbst ich, der ich sie seit meiner Geburt kenne,
konnte kaum ihren Worten folgen, als sie mich zugleich tröstete und tadelte. Als sie endlich begriff, dass
sie auch die Ohren ihrer Königin mit ihrem Wort-
schwall gefüllt hatte, und verstummte, war der Moment vorbei, in dem ich zu sprechen gewagt hätte.

Also nutzte ich die Zeit, in der sie sich bei der Mhaharani entschuldigte, um mir eine Lüge zurechtzule-
gen. Darin bin ich immer schon gut gewesen und
meine Behauptung, ich hätte mich in Alt-Zorrigan her-
umgetrieben und einen Fremden mit oronischem Zun-
genschlag dabei belauscht, wie er von der Abliefe-
rung einer Meuchlerin im Palast sprach, wurde mir
geglaubt und meine unverkennbare Sorge und Ner-
vosität wurden darauf geschoben, dass ich mich eigentlich gar nicht in Alt-Zorrigan hätte herumtreiben
sollen.

Da sie es nicht besser wissen konnten, kamen die
Frauen überein, dass der Anschlag wohl jemand anderem gegolten habe – vielleicht gar dem Mhaharan
Shah, der gewiss kein Kostverächter war – und daran
›gescheitert‹ war, dass niemand dem schürzenjagen-
den Yassirman Bey gesagt hatte, dass er die Sklavin
nicht vorkosten dürfe.

Auch nachdem die Damen mein Zimmer verlassen
hatten – die Königin hatte mir noch erklärt, ich dürfe
ruhig aufstehen, habe aber den ganzen Tag frei – und
ich mich angekleidet hatte, grübelte ich, ob ich das
Zauberbuch direkt vernichten oder einem der heiligen
Tempel aushändigen sollte, ohne meinen Namen zu
nennen, versteht sich.

Beim Frühstück schlug das Schicksal jedoch wieder
einen anderen Weg ein: Irgendjemand hatte eine Nachricht für mich abgegeben, die in dürren Worten erklärte: »Arman ben Abu Arman erwartet Euch in der

Fürst-Mukaddim-Karawanserei und ist bereit, sieben mal sieben Goldstücke zu zahlen.«

Neunundvierzig Dukaten! Das waren mehr als ein Stein gemünztes Gold. Dafür bekam man ein Pferd oder einen hervorragenden Jagdhund oder... Fürwahr, sollte er doch das verfluchte Buch haben, wenn er so viel Wert darauf legte. Wenn die ›Bilder‹ so unberechenbar waren, dann würde eh nichts aus meinen Plänen werden, damit als Meistermagus aufzutreten; also würde ich das Geld kassieren und dann die ganze Sache vergessen.

Ich eilte in mein Zimmer, zog den schmucken Codex schnell aus der Kiste und verbarg ihn unter meinen Kleidern, ehe ich zur Karawanserei aufbrach. Ich hatte nicht versäumt, mich zu bewaffnen, und fühlte mich mit einem standesgemäßen schmalen Säbel an der Seite und dem Krummdolch in der Schärpe ausreichend sicher, um am hellichten Tag eines der meistfrequentierten Gasthäuser meiner Heimatstadt aufzusuchen.

Purpurfez wartete schon in der Schankstube auf mich und hatte bereits mehrere Kannen Pfefferminztee geleert, als ich eintraf. Sorgfältig vermied ich es, ihm in die Augen zu schauen, und da er vorschlug, um der größeren Diskretion willen sein Gästezimmer aufzusuchen, schnaubte ich nur. Ich denke, alles in allem war ich ein guter, abgebrühter Feilscher, und schließlich, nachdem ich einfach das Doppelte seines Angebotes gefordert hatte, einigten wir uns auf acht mal acht Goldstücke. Folglich musste er zu dem vorbereiteten Beutel noch zwei Edelsteinringe geben, dann händigte ich ihm das gefährliche Zauberbuch aus und machte mich mit meinem neuen Reichtum davon.

Zurück im Palast wartete diesmal keine Schreckensnachricht auf mich: Das beherrschende Thema war die Frage, wer sich in die begehrte Position bringen

konnte, vom Ersten Palastwesir der regierenden Großwesirin als Nachfolger des unbetrauerten Yassirman
Bey vorgeschlagen zu werden. Und da diese Beförde-
rung unweigerlich auch ein Nachrücken auf den unteren Rängen mit sich brachte, wurde gedroht, ge-
schmeichelt und bestochen, dass es ein wahres Spektakel war – zumindest für jene, die Palastintrigen zu erkennen gelernt haben; ich bezweifle, dass die Königin
und der König irgendetwas von dem ganzen Ringen
um Titel und Posten mitbekamen.

Aus Pietät gegenüber dem Toten und aufgrund meines doch ein wenig schlechten Gewissens beschloss
ich, mich nicht an dem Gezerre zu beteiligen, und
suchte direkt meine Kammer auf. Dort öffnete ich
meine ›Schatzkiste‹, um den Münzbeutel in Sicherheit
zu bringen, und während ich noch wühlte, um ihn tief
unten zu verbergen, fiel mein Blick auf einen Zettel,
den ich gewiss niemals dort hineingelegt hatte.

Ich weiß, Neugier ist eine Herausforderung des
Schicksals, aber ich konnte ihr noch nie widerstehen.
Der Zettel war aus billigem Lumpenpapier und mit
einem einfachen Kohlestift beschrieben, doch es war
leicht, die spinnenhaften, aber exakten Buchstaben zu
entziffern, und kaum hatte ich die ersten Eintragungen
gelesen (›Paradiesvogel – Lustsklavin – Nachtigall –
Bauchtänzerin‹) begriff ich, dass ich ein Inhaltsver-
zeichnis vor mir hatte, das wohl vom Vorbesitzer geschrieben worden war und aus dem Buch gefallen war,
als ich es so eilig der Truhe entnommen hatte.

Dann wurde ich auf die späteren Angaben aufmerksam: Auf allerlei exotische Menschen und Tiere, wie
sie einer königlichen Menagerie wohl angestanden
hätten, folgten deutlich andere: ›kämpfendes Skelett‹,
›Reitdrache mit Prunksattel‹, ›Purpurtiger – Kampfdämon?‹ und ›Stierköpfiger – Kampfdämon?‹.

Ihr Götter, welch ein verfluchter Mist, welch ein

großer Haufen stinkender Châra eines geschlechts-
kranken Kamels! Kein Wunder, dass Purpurfez so viel
Geld für das Büchlein herausgerückt hatte. Ich habe
nie viel über Dämonen gelernt, aber genügend, um zu
ahnen, von welchen Monstrositäten hier die Rede war,
die es zum Teil mit einer kleinen Armee aufnehmen
mochten.

Was sollte ich nur tun? Nachdem ich mehrere Ideen
verworfen hatte, fasste ich einen Entschluss.

Vielleicht hätte ich ja einfach jemanden bei Hofe ver-
ständigen sollen, aber nach Yassirban Beys Tod kam
dafür eigentlich nur meine Mutter und Vorgesetzte in
Frage. Wenn Ihr, liebe Leserinnen und Leser, Euch jetzt
fragen müsst, warum ich ihr nicht meine Erlebnisse
gestehen wollte, seid Ihr glücklicher als Ihr ahnt. Mich
dumm stellen, als hätte ich mit allem nichts zu tun,
und Purpurfez irgendwo mit seinen Dämonen Unheil
stiften lassen, konnte ich auch nicht.

Ich bin zwar nicht der Mutigste und reiße mich nicht
gerade darum, Verantwortung zu übernehmen, aber
wenn man es so geschickt tun kann, dass man nicht
in große Gefahr gerät, mag es noch angehen. Darauf
hoffte ich jedenfalls, als ich mich, angetan mit meinen
gewöhnlichsten Sachen und einigen Dingen aus meiner Ausrüstungskiste, erneut zur Fürst-Mukaddim-
Karawanserei aufmachte.

Im Innenhof herrschte reges Treiben und ich wollte
nicht zu auffällig nach ihm suchen. Wo er sein Zimmer
hatte, wusste ich ja gar nicht, also drückte ich mich
eine Weile in den Arkadengängen vor den Lagerräu-
men herum.

Schließlich sah ich ihn. Das heißt, zuerst sah ich nur
seinen purpurnen Fez, der aus der Menge heraus-
leuchtete, doch danach erblickte ich auch den Rest von
Arman ben Abu Arman persönlich. Er trug diesmal
einen recht schäbigen Reiseburnus über seiner Klei-

dung, wie es jeder kluge Mensch tut, der eine Reise antreten will – und das hatte er eindeutig vor, denn gerade lud er einen Reisesack auf das Maultier, das vor dem Stall bereitstand.

Zum Glück war es mit den Zügeln an einem Haken in der Mauer festgebunden und wurde nicht von einem Stallsklaven gehalten. Darum fasste ich mir auch ein Herz und setzte mich vorsichtig in Bewegung, als Purpurfez noch einmal zurückging in die Wirtsstube.

Mit ein paar Schritten hatte ich das Maultier erreicht und kauerte mich hinter das Tier, um vorsichtig die Schnüre am Reisesack aufzunesteln. Meine geübten Finger brauchten nicht lange und vorsichtig begann ich die Tasche zu durchsuchen, denn ich hoffte darauf, mit dem Zauberbuch verschwinden zu können, ohne dass er etwas merkte.

Dann traf mich der Peitschenhieb an der Schläfe. Ich wusste zunächst gar nicht, woher der Schmerz rührte, und musste heftig die Tränen fortblinzeln, ehe ich Purpurfez sah, wie er mit einem spöttischen Lachen dastand und ein Seil wie eine Peitsche über dem Kopf kreisen ließ. Ich duckte mich noch weiter hinter das Maultier, das die Gunst des Augenblicks nutzte, sich vom Haken losriss und unter wütendem Protest forttrabte. Dabei schüttelte es ein Stück nach dem anderen aus dem Reisesack – Kleidung vor allem, aber auch Werkzeuge, Schreibgerät, Tiegel und dergleichen. Nur kein Buch.

»Kleiner Dieb, das kostet dich deine Hand!« Ich hörte nur zu gut, dass der joviale Arman ben Abu Arman vor Wut bebte, und als er erneut mit seinem Strick ausholte, verfiel ich auf den einzigen Ausweg, der mir möglich schien: Ich benutzte einen Kampfzauber.

Ja, liebe Leserinnen und Leser, nur weil ich ein Illusionsmagus bin, bedeutet das nicht, dass ich nicht auch die wichtigsten Formeln des magischen Kampfes gelernt habe. Leider nicht allzu gut... »FULMINICTUS Donnerkeil!« Ich hatte diesen Zauber gewählt, weil er sehr schnell zu wirken ist, doch was immer ich erhofft hatte, es trat nicht ein. Stattdessen schien es, als sei die Magie an einem schützenden Schild abgeglitten.

»Ha, kleiner Dieb, war es das, was du suchtest?« Mit einer affektierten Geste holte Purpurfez unter seinem Burnus ein kleines Büchlein hervor, das ich nur zu gut erkannte, und wedelte spöttisch damit herum. Während er höhnisch zu lachen begann, verfluchte ich mich. Das Seil war wohl eigentlich sein verwandelter Zauberstab und mit dessen Hilfe hatte er einen schützenden GARDIANUM um sich gelegt. Mein erster Zauber hatte mich einen spürbaren Teil meiner Kraft gekostet. So viel astrale Energie besitze ich nun auch nicht und die meiste muss ich zur Zerstreuung der Majestäten verwenden. Wenn diese Sonderwünsche haben, bekomme ich einen Zaubertrank gestellt, aber sonst heißt es eben, auf die Geschicklichkeit der Finger und Reflexe zurückgreifen...

Inzwischen war das spöttische Gelächter verstummt. Anscheinend hatte der Magier seine Lage begriffen: Sein Maultier stand irgendwo am anderen Ende des Hofes, seine Besitztümer waren weit verstreut und das Volk zeigte eine Mischung aus Abscheu und Neugier, die ihn bald in herbe Schwierigkeiten bringen könnte. Noch standen sie alle ein halbes Dutzend Schritte entfernt, aber das mochte sich schnell ändern.

Prompt begann er in dem Zauberbuch zu blättern, eine Seite nach der anderen mehr aufzureißen als aufzufalten, hektisch auf der Suche nach einer Erscheinung, die ihm helfen könnte. Und ich war der Einzige, der wusste, dass man ihn an diesem lächerlich wirkenden Unterfangen hindern musste.

Schon hatte er etwas gefunden, was ihm gefiel, und begann die Verse herunterzuleiern. Viel verstanden habe ich nicht, nur das Wort ›Karakil‹ – und tatsächlich begann sich eine solche abscheuliche Dämonenkreatur zu zeigen: viele Schritt lang, stinkend wie die Niederhöllen, ein großer Tatzelwurm mit Drachenflügeln, die den Sand des Hofes peitschten und Staubwolken aufwirbelten. Die Menge verfiel in Panik und alle stolperten übereinander bei dem hektischen Versuch fortzukommen.

Dann endlich war ich so weit. Wie ich bereits sagte, oft reicht die Astralkraft eines höfischen Unterhaltungszauberers nicht für alles aus, was man von ihm erwartet, und er muss mit kleinen Hilfsmitteln zurechtkommen. Mein Lieblingshelfer ist ein unscheinbarer Apparat, den ich gut unter dem Ärmel verborgen am Handgelenk trage und mit dem ich zu Beginn meiner Auftritte buntes Blitzpulver verschieße.

Die absolut unmagische Feuerlanze schoss in allen Regenbogenfarben aus meiner Hand auf Purpurfez zu. Der vertraute breit grinsend seinem GARDIANUM, der jeglichen Kampfzauber abfangen würde, und tat gar nichts. Jedenfalls nicht, bis das dämonengefüllte Zauberbuch in hellen Flammen stand. Denn warum hätte ich das eher harmlose Blitzpulver gegen ihn selbst richten sollen? Mit einer unbedachten Bewegung schleuderte er es weit von sich, bevor seine Kleidung Feuer fangen konnte.

Ihr hättet seine Worte hören sollen, als er begriff, was geschehen war, denn ich werde sie hier nicht wiederholen. ›Verdammter Scharlatan‹ war noch das Mildeste und irgendwie kann ich seine Verstimmung verstehen. Da just in diesem Moment Bogenschützen der Stadtwache in die Karawanserei gestürmt kamen, konnte er nicht einmal das Zauberbuch bergen, sondern musste sich auf den empört zischenden Karakil schwingen und in die Lüfte fliehen.

Ich hingegen eilte zum Brunnen und packte einen Eimer Wasser, um so viel wie möglich von ›Al Ghadaras großem Buch der wunderbarsten Kreaturen‹ zu retten, ehe es zu einem Häufchen Asche wurde.

* * *

Nun, liebe Leserinnen und Leser, der Rest meines Berichtes ist zügig erstattet.

Über das Schicksal des Arman ben Abu Arman wissen wir nichts Genaues. Aber ich denke mir, wenn schon das Bild eines Vogels oder einer Sklavin mit der Zeit zu einer abscheulichen Monstrosität wird, wie schnell muss das dann erst bei einem Dämon geschehen? In jedem Fall soll ein paar Tage später einige Stunden von Zorgan entfernt ein auffälliger purpurner Fez gefunden worden sein, der blutbespritzt in der Krone einer Akazie hing, so weit oben, als sei er aus großer Höhe herabgeworfen worden…

Die aufgeweichten und halb verbrannten Reste des Codex wurden beschlagnahmt und ich selbst leider ebenfalls mitgenommen, um der Stadtwache bei ihrer Untersuchung zu helfen, und nach einigem Hin und Her der Palastgarde übergeben. Die Befragung war recht unschön, aber schließlich fand sie doch ein Ende – die Standpauke meiner Mutter war danach weit schlimmer. Am schlimmsten von allem ist aber, dass der neu ernannte stellvertretende Palastwesir nichts Besseres zu tun hatte, als mich für ein Jahr und einen Tag aus dem Palast zu verbannen.

Nun ja, da ich klug genug war, nichts über das Geld von Purpurfez zu erzählen, besitze ich ein ordentliches Reisegeld. Vor allem aber hoffe ich, dass die klugen Gelehrten in diesem Jahr beim Studium der Reste des

Zauberbuches doch noch etwas darüber herausfinden, wie man die Erscheinungen unter Kontrolle behält: Denn ganz unten in meiner Tasche ruht das Bild der Bauchtänzerin, das ich fast unbeschädigt retten konnte. Man weiß ja nie…

In der nächsten Zeit allerdings werde ich erst einmal dafür sorgen, dass ich etwas von Aventurien zu sehen bekomme. Mit all dem, was es zu bestaunen gibt, werde ich gewiss ein noch besserer Illusionist, und wer weiß, liebe Leserinnen und Leser, vielleicht begegnen wir uns ja einmal.

Götz T. Heinrich

HELDENTUM

Gewidmet Friedrich von Hardenberg,
Novalis

Der Kopf der Wache löste sich mit einem hässlichen Knirschen von den Schultern, als Hjores Axt durch Kettenhaube und Hals fuhr und den Mann zu Boron schickte. Fast gleichzeitig gelang es Celina, eine Lücke in der Deckung des zweiten Leibwächters zu finden und ihm das Schwert in die Schulter zu treiben. Der Mann stöhnte auf und versuchte einen wilden Konterschlag anzusetzen, da war Hjore auch schon hinter ihm und ließ seine schwere Waffe auf ihn herabsausen. Mit gespaltenem Schädel hauchte auch er sein Leben aus.

Celina wischte sich mit einem blutverschmierten Arm die schwarzen Haare aus dem Gesicht und atmete tief durch. Ihr Blick wanderte über die fünf toten Wachleute hin zu Hjore, der keuchte. Die Wunde, die ein Speer dem Thorwaler in die Seite gerissen hatte, blutete stark und schien dem blonden Hünen schwer zu schaffen zu machen.

»Ist mit dir alles in Ordnung?«, wollte die Söldnerin besorgt wissen und bereute ihre Frage schon im selben Moment, da Hjore zu ihr aufblickte und in seinen Augen das gefährliche Funkeln der Walwut sichtbar wurde. »Ick pack dat!«, knurrte der Thorwaler tief und Celina nickte kurz, ehe sie sich der verriegelten Tür zuwandte, hinter der sich das eigentliche Ziel ihres Auftrages verbarrikadiert hatte.

Die Söldnerin inspizierte kurz das Türschloss. »Verschlossen und von innen verriegelt«, stellte sie fest. »Da kann ich nicht viel tun. Hjore…?«

Der hünenhafte Mann nickte und richtete sich schwerfällig auf. »Wenn ick dat Ding offen hab«, knurrte er, »stürms du rein un' machs Radau. Un wenn wat rauskommt, isses mir, jo?«

Celina nickte: »Wie immer.«

Mit einem gewaltigen Schwung der Streitaxt hieb der thorwalsche Söldner gegen die soliden Steineichenbretter, aus denen die Tür bestand. Es krachte gewaltig und die Waffe hinterließ einen tiefen Spalt im Holz. Drei weitere donnernde Hiebe, und die Tür begann sich zu lockern und mit einem vierten brach sie aus den Angeln.

Sofort warf sich Celina gegen die Tür und fiel zusammen mit ihr in das dahinter liegende Schlafzimmer. Mit einer schnellen Rolle war die Söldnerin auf den Beinen und sah sich im abgedunkelten Raum um. Zu ihrer nicht geringen Überraschung regte sich nichts. Seltsam. Sie hatte mehr Probleme erwartet…

Im selben Moment flog ihr ein Messer entgegen, verfehlte sie aber um gut einen halben Schritt und traf mit dem Knauf voraus die Wand neben ihr, wo es abprallte und zu Boden fiel. Celinas Blick ging sofort in die Richtung, aus der das Messer gekommen war, und tatsächlich: Da verschwand eben ein dürrer Arm hinter einem schweren Samtvorhang.

»In Ordnung, das war's dann wohl!«, rief die Söldnerin fröhlich in Richtung des Vorhangs, während sie ihr Schwert wegsteckte. Hinter sich hörte sie Hjore in den Raum treten; genau der richtige Anblick für den armen Kerl, den es jetzt erwischen würde. »Wir können das ganz schnell erledigen oder aber es dauert länger«, fuhr sie fort. »Wenn Ihr jetzt nicht hinter dem Vorhang herauskommt, dauert es sicher länger!«

Langsam schälte sich die Gestalt eines kleingewachsenen Mannes um die Vierzig aus dem schweren Samt hervor. Er trug nur ein Nachtgewand über seinem dürren Körper, und falls er noch Haare hatte, wurden diese von einer Schlafmütze verdeckt, die schief auf seinem Kopf saß. Die Farbe seines Gesichts glich der seines Hemdes und er zitterte wie Espenlaub, als er endlich Worte fand: »Bi-bi-bitte… tu-tu-tu-tut mir nichts! Ich gebe Euch alles, was ihr wollt!«

Celina lächelte. »Du missverstehst uns«, sagte sie. »Wir wollen gar nichts von dir!«

»N-nicht? Aber wieso…«

»Falsch! Nicht wieso! *Wer* will etwas von dir, das ist die Frage!«

Der Schreck der Erkenntnis huschte über das Gesicht des dürren Mannes. »Ihr kommt von Herrn Müggebrieter!«, entfuhr es ihm.

»Na also!«, meinte Celina fröhlich. »Der Herr Weidstöckel weiß ja doch, dass er etwas falsch gemacht hat!« Ihre Miene verdunkelte sich. »Und jetzt her mit den Verträgen!«, donnerte sie.

»Natürlich, sofort, sofort!«, rief Weidstöckel aus, drehte sich zu seinem Bett um und schob es ächzend ein paar Spann beiseite. Anschließend kniete er sich nieder, hob eine der Dielen darunter an und zog aus der entstandenen Lücke ein Kästchen hervor. »Das hier ist es, was Ihr sucht!«, haspelte er eilig und reichte es Celina.

Die Söldnerin öffnete den Kasten und warf einen flüchtigen Blick auf den Inhalt: einige gesiegelte Schriftstücke aus teurem Büttenpapier. Dann lächelte sie charmant und gab Hjore ein Zeichen, näher zu kommen. »Wie mir scheint«, wandte sie sich wieder an den dürren Mann, »seid Ihr ein vernünftiger Geschäftspartner, Herr Weidstöckel. Ich bin sehr zufrieden.«

»Dann… dann werdet ihr mir nichts tun?«

»Nun…« Celina blickte verschämt nach unten, während Hjore neben sie trat. »Ich hasse es, Euch das sagen zu müssen, aber Euer alter Freund Müggebrieter ist der Ansicht, Leute sollten ihn nicht unbedingt bestehlen und damit davonkommen. Es wirft ein schlechtes Licht auf ihn, wenn er so etwas durchgehen lässt.«

Die Augen des dürren Mannes weiteten sich: »Ihr werdet doch nicht…«

»Nur keine Sorge«, sprach Celina beruhigend, »dank Eurer Kooperation habt Ihr Euch eine Menge Schmerzen erspart.« Und bei diesen Worten fuhr Hjores Axt herab und spaltete auch den Schädel Weidstöckels.

»Äh, nur so«, bemerkte der Thorwaler, als die beiden Söldner das Landhaus des toten Händlers verließen, »wat sin dat einlich für Papiere, die wir da mitgenomm ham?«

»Woher soll ich das wissen?«, gab Celina zurück. »Kann ich vielleicht lesen?«

Als die Söldner in die Hafenschänke *Travias Schoß* zurückkamen, waren ihre fünf Kumpane bereits heftig dabei zu feiern. Nicht, dass es einen besonderen Anlass gegeben hätte – außer einem: Sie hatten wieder Geld. Und so tat jeder, wonach ihm der Sinn stand. Arkim und Mokuna tranken sich an einem Fass Reiswein um den Verstand, Mikhail spielte an diesem Abend wahrscheinlich schon seine zwanzigste Partie Boltan, Praiorai kaute genussvoll an einer Schweinshaxe und Tarson…

Wo bei allen Niederhöllen war Tarson schon wieder?

Celinas Blicke glitten suchend durch die Kneipe und fanden Tarson erst nach einigem Suchen. Der junge Mann saß im Schneidersitz am Kamin, einem bunt gekleideten Gecken gegenüber, und notierte sich eifrig mit Tinte und Feder, was der andere ausführte. Die Söldnerin war verwirrt. Was tat er da?

Langsam näherte sie sich dem jüngsten Mitglied ihrer Truppe und spitzte die Ohren. Nur undeutlich drangen die Worte des Gecken durch das Stimmengewirr in der Gaststätte zu ihr herüber und sie musste sich an mehr als nur einem Gast vorbeizwängen, ehe…

»…war der Riese aber immer noch nicht zufrieden: ›Ho, bevor ich dich durchlasse, kleiner Menschling, musst du erst noch eine dritte Tat für mich vollbringen!‹ Ilkhold zuckte mit den Schultern. ›Wenn's weiter nichts ist‹, gab er unbekümmert zurück. ›Neunhundertneunundneunzig Schafe für deinen Mittagstisch habe ich dir gebracht und neunundneunzig Jungfrauen für deinen Harem; was soll's denn jetzt sein?‹ Der Riese grinste. ›Nun bringe mir neun Edelsteine in den neun Farben, aus denen die Welt besteht, und mache mir daraus eine Krone, in der sich der Sonnenuntergang neunmal widerspiegelt…‹«

Celina hatte genug gehört. Mit schnellen Schritten war sie bei Tarson und trat dem jungen Mann so heftig in die Seite, dass dieser Feder und Pergament fallen ließ und sich die Tinte über das bereits Geschriebene ergoss und ihm in den Schoß lief. Tarson stöhnte schmerzerfüllt auf, kauerte sich zusammen und blickte verständnislos zur Söldnerin auf. »Aber warum…«

»Bist du jetzt völlig verrückt geworden?«, fuhr sie ihn an. »Dir hier Kindermärchen erzählen zu lassen! Ich dachte, du wolltest dich um neue Aufträge kümmern. Stattdessen verplemperst du deine Zeit mit Märchenerzählern!« Sie schüttelte fassungslos den Kopf, während der bunt gekleidete Mann eilig verschwand. »Jetzt mach dich endlich mal nützlich und komm mit!«

Schwerfällig erhob sich Tarson vom Boden. Mit seiner gewaltigen Leibesfülle war es dem jungen Mann nicht leicht, ohne Zuhilfenahme seiner Arme auf die Beine zu kommen. Obgleich er erst vierundzwanzig Götterläufe zählte, hatte er es bereits geschafft, sich über hundertzwanzig Stein an Gewicht anzufressen, und dieses Gewicht zeigte sich keineswegs in harten Muskeln und breiten Schultern, sondern vielmehr in einem gewaltigen Bauch, der unter seinem Hemd spannte und gelegentlich seine Hosen zum Platzen brachte.

Celina war in der Zwischenzeit in das Zimmer getreten, das sie sich als Anführerin ihrer Truppe genommen hatte. Nun zog sie die Dokumente aus dem Mantel, die sie an diesem Abend zusammen mit Hjore beschafft hatte. Mit den Worten: »Was ist das hier?«, drückte sie Tarson die Schriftstücke in die Hände und der junge Mann rollte vorsichtig das Papier auf und überflog die Zeilen rasch.

»Das hier sind alles Inventurlisten«, stellte er schließlich fest. »Sie datieren von vierundzwanzig bis siebenundzwanzig Hal und stammen aus verschiedenen Lagern der Familie Müggebrieter. Havena, Baliho, Festum. Nur die ganz großen Lager sind hier vertreten. Wenn ich mir die Siegel anschaue, würde ich sagen, die sind echt.«

»Was bedeutet, dass der gute Herr Müggebrieter sich nicht geirrt hat und wir den restlichen Sold morgen abholen können«, freute sich Celina. »Damit kommen wir endlich aus Andergast raus und können wieder mal besser bezahlte Dienste annehmen. Angeblich soll es da ein paar verrückte Barone in Baliho geben, die Unsummen für Leute ausgeben, die für sie ihre Bauern in die Landwehr prügeln. Das wäre doch mal lustig, hm, Tarson?«

Der junge Mann rieb sich über die Lippe. »Muss das sein?«, fragte er vorsichtig. »Ich meine, ich bin ja eigentlich mit euch mitgezogen, um aus Weiden rauszukommen, nicht um wieder reinzumüssen…«

»Ach papperlapapp!« Celina wischte seinen Einwand mit einer lässigen Handbewegung fort. »Es ist jetzt über ein Jahr her, dass du verschwunden bist.

Mit den schwarzen Horden aus dem Osten direkt vor der Haustür haben die Weidener anderes zu tun, als dauernd an fortgelaufene Kinder zu denken. Ich bin sicher, sie würden dich nicht mal wiedererkennen, geschweige denn sich an deine Probleme erinnern. Nee, du, so gute Gedächtnisse haben die Weidener nicht!«

Da kennst du meine Mutter schlecht, dachte Tarson bei sich. Aber das hätte er nie laut gesagt.

Keiner der Söldner wusste, dass Tarson mit vollem Namen ›von Austein‹ hieß und tatsächlich adligen Geblüts war. Und selbst wenn sie es gewusst hätten: Nie hätten sie auch nur geahnt, dass er sogar der Erstgeborene der Vogtin Ullgrin von Austein zu Gräflich Zippeldinge und damit – theoretisch – ein Anwärter auf das Vogtsamt nach ihrem Tode war. Aber das spielte jetzt auch keine allzu große Rolle mehr.

Sein Vater Randolf war bei einer Exkursion in die Schwarze Sichel verwundet worden und im Krankenbett seinem Fieber erlegen, als Tarson erst zwei Götterläufe zählte. Seine Mutter hatte für ihren Sohn von Anfang an nichts als Verachtung empfunden. Als er im Alter von dreizehn Jahren aus der Kriegerakademie in Wehrheim verwiesen worden war, weil er, wie es hieß, ›die gebotene Achtung‹ nicht mitbrachte, war Tarson für sie gestorben. Von diesem Zeitpunkt an hatte er quasi tun und lassen können, was ihm gefiel, solange er kein Aufsehen erregte und Schande über sich und seine Familie brachte.

Allerdings tat Tarson offensichtlich alles, um genau dies zu bewirken: Im Alter von vierzehn Jahren brachte er es fertig, die Scheune des Müllers Wulfric ›versehentlich‹ abzubrennen, mit sechzehn brach er eine Schlägerei mit Wandergesellen vom Zaun, dem die halbe Honigernte Gräflich Zippeldinges zum Opfer fiel, und als er neunzehn war, fanden sich mit einem Male gleich drei Bauernmädchen, die heilige Eide auf die Mutter Travia schworen, ein Kind von ihm unter dem Herzen zu tragen. Natürlich stritt der junge Mann die Vaterschaft aufs Heftigste ab, doch erst eine ›ernste‹ Befragung konnte die Mädchen zu dem ›Geständnis‹ bewegen, dass sie gelogen hatten, um ihren Familien ein regelmäßiges Einkommen zu sichern (wie der Hof der Vogtin verlautbaren ließ).

In all den Jahren hatte Tarson vor allem eins zu immer neuen Eskapaden getrieben: eine nicht enden wollende Langeweile. Statt im langweiligen Südweiden zu versauern, wäre er viel lieber ein tapferer Held gewesen, ein mutiger Abenteurer wie in den Geschichten und Liedern, die er von den Barden hörte, die gelegentlich am Hofe seiner Mutter einkehrten. Aber nach seiner gescheiterten Ausbildung in Wehrheim hatte ihn natürlich keine andere Kriegerakademie mehr aufnehmen wollen und so schien die Zukunft nicht mehr viel für ihn bereitzuhalten.

Doch dann war da plötzlich der Orden der Schwerter zu Gareth gewesen: ein heiliger Orden der Rondra, der bereit war, ihn trotz seines Alters noch als Novizen aufzunehmen! Eine Gemeinschaft, in der er nicht nur zu einem Krieger, sondern auch zu einem Geweihten werden konnte, vielleicht sogar zu einem Helden wie Hluthar oder Thalionmel von Brelak…

Aber Tarson hatte auch hier versagt. Einem Ordensritter, Navarre von Ankram, war er als Knappe zugeteilt worden, als dieser aufbrach, um im kleinen Dorf Thuranx das Verschwinden der Bevölkerung aufzuklären. Die Schergen des Dämonenmeisters hatten dahintergesteckt, und während der Geweihte ihnen mutig entgegentrat, rannte Tarson voller Angst davon und ließ seinen Herrn ungeschützt und ohne seinen Schild zurück. Navarre von Ankram hauchte sein

Leben unter den Klingen der Schergen Borbarads aus und der junge Adlige trug die Verantwortung dafür.

Nach dieser Katastrophe war Ullgrin von Austein gar nichts anderes übriggeblieben, als ihren missratenen Sohn ein für alle Mal loszuwerden, und sie hatte ihm sein Erbrecht und alle Ansprüche aus seiner Herkunft abgesprochen. Seit dieser Zeit war Tarson von Austein nicht mehr in Gräflich Zippeldinge gewesen.

Seine momentanen Weggefährten, eine bunte Gruppe mittelreichischer Söldlinge, hatte er mehr durch Zufall getroffen. Er hielt sich gerade als Schreiberling eines Medicus über Wasser, als ihm aufgefallen war, dass die verwegenen Gesellen, die Heilung suchten, allesamt weder lesen noch schreiben konnten, und da hatte er zu denken begonnen. Das Söldnerleben kam dem sehr nahe, was er sich unter einem Heldendasein vorgestellt hatte. Also war er ein einziges Mal in seinem Leben mutig gewesen und hatte die Mietlinge gefragt, ob sie ihn nicht aufnehmen würden, und diesmal hatte er Erfolg gehabt: Celina hatte angesichts des fetten Jünglings zwar lauthals losgelacht, ihn aber dann sofort in die Gruppe eingeführt.

Richtig glücklich war Tarson bei seinen neuen Gefährten allerdings nicht geworden. Die Söldner hatten ihn (natürlich) kein einziges Mal auf einen ihrer Kampfausflüge mitgenommen, und anstatt ihm das Fechten beizubringen, missbrauchten sie ihn lieber als Zielscheibe für ihre derben Späße. Er erhielt nur die Hälfte vom Sold der anderen (und nur ein Viertel vom Anteil Celinas) und dafür erledigte er für sie alle Schreibarbeit und den Kontakt mit neuen Auftraggebern. Im Prinzip tat er genau das, was er schon beim Medicus getan hatte – nur war er heute hier, morgen dort.

Nein, ein Heldenleben war das nicht gerade, das

spürte Tarson deutlich. Aber wie er sonst ein Heldenleben hätte führen können, wusste er auch nicht.

Als die kleine Söldnertruppe um Celina einige Wochen später in der Nähe von Ulmenau ihr Lager unweit eines kleinen Teiches am Waldrand aufschlug, hatte Tarson den Zwischenfall in Andergast schon wieder vergessen. Zu zahlreich waren die groben Scherze, die sich die Mietlinge mit ihm erlaubten, als dass er sich noch an jeden einzelnen Fußtritt erinnert hätte. Zudem hatte es schon auf der Reise nach Weiden Arbeit für ihn gegeben, waren sie doch auf eine nostrianische Brigantentruppe getroffen, die unbedingt die Unterzeichnung zahlloser Dokumente verlangt hatte, auf denen sie hatten bestätigen sollen, dass sie weder Spione noch Meuchelmörder aus Andergast seien. Die ungelenke Bürokratie des kleinen Königreiches war glücklicherweise für den schriftgewandten Tarson kein Problem gewesen, aber die vielfach verschlungenen Formulierungen waren ihm in ihrer Komik im Gedächtnis geblieben.

Nachdem man in Weiden in letzter Zeit gegenüber bewaffneten Gruppen eine gewisse Vorsicht entwickelt hatte, war Celina dazu übergegangen, nicht gleich mit allen Männern in eine Stadt zu ziehen, sondern zunächst einen einzelnen vorzuschicken, der die Lage erkunden sollte. Für Ulmenau hatte sie Arkim ausgewählt, den gutaussehenden ›Händler‹ aus Neetha, der es durch Habitus und Gestik verstand, je nach Lage in einer Menschenmenge unterzutauchen oder daraus hervorzuragen. Er war unauffällig genug, um in einer Stadt kein Aufsehen zu erregen, aber ansehnlich genug, um einem potenziellen Auftraggeber Vertrauen einzuflößen.

Während Arkim durch die engen Gassen des Städtchens schlenderte, schweifte sein Blick nach links und rechts, immer auf der Suche nach Gasthäusern, in denen von Zeit zu Zeit Leute von Adel einkehren würden. Fast überall in Aventurien wäre das undenkbar gewesen; hier in Weiden hingegen mischte sich der Adel gelegentlich durchaus unter das Volk und tauschte sich mit ihm aus. Die Kunst war es nun, eine Taverne zu finden, welche genau den richtigen Stand hatte: nicht so verlottert, dass sich ein Baron darin nicht sehen lassen konnte, aber auch nicht so prachtvoll, dass sich kaum jemand von der ansässigen Bevölkerung hineinverirren würde.

Ärgerlicherweise wurde er nicht so rasch fündig, wie er sich das erhofft hatte. Ulmenau war einfach zu klein, um Wirtshäuser von Bedeutung zu haben, und die paar, die er fand, waren entweder reine Bauernkaschemmen oder aber Raststätten für durchreisende Kaufleute. Wahrscheinlich war Ulmenau ein Schlag ins Wasser und die Söldner würden tiefer ins Innere von Weiden reisen müssen, ehe sie den Dienst fänden, nach dem sie suchten.

Um einen letzten Versuch zu machen, stattete Arkim dem Büttelhaus der Stadt einen Besuch ab. Vielleicht hatte er ja Glück und eine Person von Rang und Namen war gerade zur Rücksprache mit den Verwaltern vor Ort. Aber wieder wurde er enttäuscht: Kein Pferd und kein Wagen wiesen darauf hin, dass sich im Moment eine adlige Person hier befand. Niedergeschlagen wollte er sich eben abwenden, als sein Blick plötzlich etwas streifte, von dem er im ersten Moment dachte, dass es eine Augentäuschung sei. Aber ein zweiter Blick wischte diese Zweifel hinweg. Beherzten Schrittes näherte sich der Söldner dem Zettel, der an die Wand genagelt war, sah noch ein drittes Mal hin und riss ihn dann ab.

Als Arkim von seiner Stippvisite in Ulmenau zurückkehrte, war Celina nirgendwo zu sehen. Hjore und

Mikhail übten sich vor den Zelten im Ringkampf, und den Geräuschen aus dem linken Zelt nach zu urteilen, waren Praiorai und Mokuna gerade miteinander ›beschäftigt‹. Im mittleren Zelt brannte Licht, was bedeutete, dass Tarson wahrscheinlich gerade mit Schreibarbeiten zugange war. Umso besser. Das würde ihm die Gelegenheit geben, endlich einmal vor seiner Anführerin zu glänzen, dachte Arkim.

Ohne einen Gruß an seine beiden ringenden Kumpanen zu richten, öffnete der Söldner das mittlere Zelt und schlüpfte zu Tarson hinein, der, wie er vermutet hatte, im Licht einer Öllampe über ein paar Papieren saß und bei seinem Eintreten aufsah. »Arkim?«, fragte er arglos. »Ist irgendwas?«

Der Liebfelder lächelte. »In der Tat, *mein Freund*«, gab er mit einer Stimme zurück, die Tarson schaudern machte. Sie hätte einer Katze gut angestanden, die eine Maus zu einem trauten Stelldichein überreden wollte. »In der Tat habe ich eine kleine Bitte an dich«, fuhr Arkim fort und zog aus seiner Westentasche ein zusammengefaltetes Stück Pergament. »Ich möchte, dass du mir das hier vorliest.«

Zögernd griff der junge Adlige nach dem Zettel und entfaltete ihn argwöhnisch. Irgendetwas in der Mimik seines Söldnerkumpans machte ihn nervös und er konnte einfach nicht herausfinden, was es war. Ein Auge auf Arkim gerichtet, öffnete er die Pergamentseite – und schrak zurück, da ihn plötzlich sein eigenes Gesicht anblickte!

»30 Dukaten werden mit sofortiger Wirkung als Belohnung für den oder die Leute ausgesetzt, welche *Tarson von Austein*, flüchtig aus Gräflich Zippeldinge, gefangen setzen und ihn in die Obhut seiner Richter überführen.« So stand es direkt unter der Zeichnung und dann folgten eine kurze, aber treffende Beschreibung von Tarsons Körperbau und zuletzt Siegel und

Unterschrift der Vogtin Ullgrin von Austein zu Gräflich Zippeldinge, Tarsons Mutter.

»Du brauchst nicht rot anzulaufen«, höhnte Arkim beim Anblick des dicken Mannes vor ihm, »und versuch erst gar nicht, mir was vorzulügen. Ich hab mir den Zettel schon im örtlichen Perainetempel vorlesen lassen. Bei den kaiserlichen Fürzen der Horas, wer hätte je gedacht, dass du mal so viel Geld wert sein würdest? Celina wird sich freuen, wenn ich ihr die gute Nachricht überbringe.«

Tarson schluckte heftig, ehe er es wagte, den Söldner anzublicken. »Ihr bringt mich also zurück nach Pervalswacht?«, wollte er wissen und der Liebfelder nickte grinsend.

»Sehr richtig«, gab er zurück, »und da das fünf Dukaten für jeden von uns ausmachen wird, bin ich sehr zuversichtlich, dass Celina endlich mal stolz auf mich sein wird.«

»Aber nur, wenn du der glückliche Überbringer bist«, warf Tarson ein. »Deswegen bist du auch allein zu mir gekommen. Wenn alle zusammen sind, verbucht Mokuna wieder den ganzen Erfolg für sich.« Er zwang sich ein Lächeln auf die Lippen. »Tja, das wird nicht klappen. Du wirst wenig davon haben, mich ans Messer zu liefern. Ich werde einfach nach Hjore rufen und schon …«

Der junge Adlige brach mitten im Satz ab, als Arkim plötzlich wie aus dem Nichts ein Messer in der Hand hielt. »Wie war das?«, wollte er wissen. »Kann es sein, dass ich da eben eine sehr dumme Idee aus deinem Mund gehört habe? Es wäre zu schade, wenn ich dir deine dicke Nase abschneiden müsste, weil du einen Fluchtversuch unternommen hast.« Sein Gesicht verfinsterte sich. »Also wirst du ganz still hier sitzen bleiben, bis Celina kommt«, befahl er und sah sich kurz um. »Lange kann es ja nicht mehr …«

Diesmal wurde er im Satz unterbrochen, da sich Tarson mit dem Mut der Verzweiflung und seinen hundertzwanzig Stein Gewicht auf ihn warf und hektisch nach dem Messer grabschte. Arkim stolperte nach hinten, Tarson auf ihn und beide gemeinsam gegen die Stange, welche das Zelt bis eben aufrecht gehalten hatte. Mit einem Knacken gab das alte Holz nach und die ölgetränkte Leinenplane fiel auf die Köpfe von Söldner und Adligem.

Ihrer Sicht beraubt, taumelten beide umeinander herum, wobei Arkims Messer mehrere Löcher in die Zeltplane schnitt. Tarson versuchte, seinen Gegner zu treten, schaffte es aber nur, sich mit dem Fuß im Zelt zu verheddern und endgültig aus dem Gleichgewicht zu geraten. Er fiel vornüber und abermals gegen den Söldner, sodass auch Arkim stürzte und Tarson auf ihm landete.

Strampelnd gelang es dem dicken Mann, sich aus der Zeltplane zu befreien, indem er eins der Löcher, die Arkims Messer geschnitten hatte, weiter aufriss. Endlich sah er wieder etwas: In einiger Entfernung standen mit verdutzten Gesichtern Hjore und Mikhail, die gar nichts zu begreifen schienen – und zu Tarsons Füßen lag regungslos und mit weit aufgerissenen Augen Arkim! Im Fallen war er mit dem Nacken auf einen der Zeltheringe geschlagen und das musste ihm das Genick gebrochen haben.

Einige Sekunden stand Tarson nur da, ehe ihm bewusst wurde, dass Hjore und Mikhail ihn weiterhin anstarrten und allmählich zu dem Schluss kommen mussten, dass mit dem am Boden liegenden Arkim etwas nicht stimmte. Mit einem Schlag setzte sein Denkvermögen wieder ein, er drehte sich auf dem Absatz um und begann zu laufen, wie er noch nie in seinem Leben gelaufen war.

Erst nach ein paar weiteren Augenblicken stahl sich

der Ausdruck von Verstehen in Hjores Miene und mit dem Ruf: »Der hat watt mit Arkim gemach!«, setzte er sich in Bewegung. Mikhail folgte ihm unverzüglich, wobei er den schweren Dolch zog, der normalerweise in seiner Beinscheide steckte, und gemeinsam stürzten sie dem Flüchtigen hinterher.

Weder mit Tarsons Kondition noch mit seiner Geschwindigkeit war es gut bestellt, aber sein Vorsprung war glücklicherweise recht groß, sodass er gute Chancen sah, tiefer in den Wald vor ihm zu gelangen und vielleicht die Verfolger abzuhängen, indem er sich im dichten Unterholz versteckte. Dass der Wald gute Versteckmöglichkeiten bot, hatte Tarson schon erkannt, als er vor einem Tag zum Holzsammeln hineingeschickt worden war und sich an den vielen dornigen Ranken Hemd und Haut zerrissen hatte. Jetzt konnten dieselben Sträucher vielleicht sein Leben retten.

Mikhail hatte inzwischen den etwas schwerfälligeren Hjore überholt. Er war ein guter Läufer und kannte sich zudem mit der Kunst des Spurenlesens aus. Der fette Kerl da vorne würde keine Chance haben! Er, Mikhail, hatte schon ganz andere Beute gejagt! Wenn er nur...

»NIIIICH!«, gellte da auf einmal Hjores Stimme in seinem Rücken. Vor Schreck kam Mikhail aus dem Tritt und wäre fast gestolpert. Verärgert wollte er weiterrennen, doch da packte ihn die feste Hand des Thorwalers an der Schulter und zerrte ihn unsanft zurück. Wider Willen kam er zum Stehen, fuhr herum und wollte seinen Kameraden eben zur Rede stellen, als er bemerkte, dass Hjores Gesicht eine entstellte Grimasse des Entsetzens – nein, der Todesangst war.

Heftig atmend deutete der Thorwaler auf den Wald, in den Tarson geflohen war, und flüsterte nur ein Wort: »Blautann!«

Tarson rannte und rannte. Obwohl seine Lungen längst brannten und sein Atem rasselte, obwohl das Stechen in seinen Seiten inzwischen unerträglich geworden war, zwang er seine Beine zu immer neuen Schritten durch das dichte Unterholz des finsteren Waldes. Bald waren seine Arme von Dornen zerschnitten, sein Haar von Kletten verfilzt, aber immer noch war sein Überlebenswille größer als seine Erschöpfung.

Als er schließlich mit der Fußspitze an einer hervorstehenden Wurzel hängen blieb und der Länge nach ins Gestrüpp schlug, kam es ihm fast wie eine Erlösung vor, nicht mehr laufen zu müssen. Sein Herz schlug so laut in seinem Hals, dass er fast glaubte, es wolle ihm aus dem Mund heraushüpfen, und seine Beinmuskeln brannten wie Feuer. Nur ganz allmählich wurde ihm bewusst, dass auch von seinem Fußknöchel ein heißer Schmerz ausging – anscheinend hatte er ihn sich beim Sturz verstaucht.

Heftig schnaufend blickte er um sich und wurde zum ersten Mal der Umgebung gewahr: Rings um ihn herum standen gewaltige, uralte, knorrige Baumriesen, durch deren dunkles Laub kaum ein Lichtstrahl auf den Boden drang. Das Unterholz war dicht und dornig wie zuvor, aber durch das Gestrüpp waberte etwas wie eisiger Bodennebel, der langsam und schwerfällig durch die Ranken zog, ohne dass ein Windhauch zu bemerken gewesen wäre.

Überhaupt schien es dem ganzen Wald an Leben zu mangeln, wie Tarson jetzt erst bemerkte. Normalerweise war ein Wald zu dieser Jahreszeit immer von Geräuschen erfüllt: Das Zwitschern von Vögeln in den Bäumen und das Geraschel von Nagern in den Büschen war sonst überall ständig gegenwärtig und machte einem auf angenehme Weise bewusst, dass man nicht das einzige Lebewesen auf Deres Angesicht war. Doch hier? Kein Vogelruf, noch nicht einmal der heisere Schrei einer einzelnen Dohle, durchdrang die Luft, nichts regte sich im Unterholz. Nur seinen eigenen, rasselnden Atem konnte der junge Adlige vernehmen und ab und zu ein seltsames Knacken, das von den Baumriesen auszugehen schien.

Gut fünf Minuten hockte Tarson einfach so da, ehe sich sein Atem und sein Herzschlag wieder weit genug beruhigt hatten, sodass er aufzustehen wagte. Hierbei bemerkte er, dass er sich über den Zustand seines Fußknöchels nicht getäuscht hatte – ein brennender Schmerz durchzuckte das Gelenk, kaum dass es wieder belastet wurde. Damit war an weiteres Rennen nicht zu denken. Humpelnd setzte der junge Mann seinen Weg fort, denn, so sagte er sich, je größer die Entfernung, die er zwischen sich und die Mietlinge zu bringen vermochte, desto besser wären wohl seine Chancen, aus dieser misslichen Lage sowohl lebend als auch frei herauszukommen.

Also schleppte er sich weiter durch die Rankengestrüppe, tiefer ins Innere des Waldes. Seine Hoffnung, dass seine Verfolger, zumindest für den Augenblick, seine Fährte verloren hatten, war wohlbegründet. Die Einzigen, die ihn im Moment interessiert beäugten, waren die uralten Bäume.

»*Was* ist geschehen?.«

Celina konnte nicht fassen, was sie da gerade von ihren Söldnerkumpanen gehört hatte, und wiederholte mit wachsendem Zorn die unglaublichen Worte: »Tarson hat Arkim getötet und ist danach in die Wälder geflohen?!« Kopfschüttelnd blickte sie die Gefährten an. »Und ihr wart so verpennt, ihn einfach laufen zu lassen?«, donnerte sie. »Beim blutsaufenden Kor, kann man denn noch nicht mal eine Stunde angeln gehen, ohne dass ihr euch gleich die Köpfe einschlagt?«

»Ganz so ist das nicht«, warf Mikhail ein. »Arkim

war aus der Stadt zurückgekommen und gleich zu Tarson ins Zelt gegangen. Vielleicht fünf Minuten später haben die beiden plötzlich eine Schlägerei angefangen und dabei hat Tarson Arkim das Genick gebrochen.« Er trat zum leblosen Körper des Liebfelders und kniete sich neben ihn. »Hätte nicht gedacht, dass der Dicke das in sich hat…«

»Red keinen Blödsinn!«, unterbrach ihn Celina rüde. »Es interessiert mich einen feuchten Haufen Difardreck, was Tarson in sich hatte, vorerst mal wüsste ich zu gerne, welches tollwütige Frettchen ihn gebissen hat, dass er auf Arkim losgegangen ist. Die beiden waren zwar nie die besten Freunde, aber um jemanden umzubringen, muss unsere Speckschwarte wirklich sauer geworden sein. Hat jemand…«

»Vielleicht kann ich helfen«, bot sich Mokuna an und zog aus seinem Hemd ein gefaltetes Stück Pergament hervor, das er der Söldnerführerin reichte. »Das hier habe ich neben Arkims Leiche unter der Zeltplane gefunden«, erklärte er. »Ich weiß zwar nicht genau, was draufsteht, aber ich kenne diese… Art von Dokumenten zur Genüge, glaube ich.« Der Maraskaner lächelte überlegen und warf einen raschen Blick auf seine umstehenden Kumpane, denen er wohlweislich nichts von seinem Fund erzählt hatte und die nun reichlich verdutzt aus der Wäsche blickten.

»Ein Steckbrief!« Celinas Augen weiteten sich überrascht. »Das ist also der Grund, weshalb unser Dicker durchgedreht ist!« Sie überflog den Text unter der Zeichnung Tarsons, bis ihr Blick an einer Zeile hängen blieben, deren Bedeutung sie ausmachen konnte, da sie sie nicht zum ersten Mal sah. »Dreißig Dukaten!«, hauchte sie. »Unser kleiner Tarson muss ja ganz schön was auf dem Kerbholz haben, wenn jemand gleich ein kleines Vermögen darauf aussetzt, ihn in die Finger zu bekommen. Wenn wir ihn erwischen können…« Ihr

Gesicht verfinsterte sich plötzlich wieder. »Was mich auf einen ganz anderen Gedanken bringt«, zischte sie mit einem wütenden Blick in die Runde. »Warum haben wir ihn eigentlich nicht schon längst erwischt? Wer von euch Branntfässern hat ihn entkommen lassen?«

»Ick war dat«, meldete sich sofort Hjore. »Aber et ging nich anders. Ick unn Mikhail sinn ihm zwar noch nach, aber er hat et noch inne Wald hinein geschafft.«

Celinas Augen verengten sich. »Und was hat euch davon abgehalten«, fuhr sie den Thorwaler an, »ihn kurzerhand in den Wald hinein zu verfolgen? Sind meine harten Krieger plötzlich um ihre zarte Pfirsichhaut so sehr besorgt, dass sie sich nicht von ein paar Dornen verkratzen lassen wollen?!« Bei den letzten Worten war ihre Stimme zu einem Schreien angeschwollen.

»So isset nich!«, verteidigte sich Hjore. »Dat Wald ist nich nur von Dornen gemacht. Et is…« Seine Stimme sank wieder zu einem Flüstern herab. »Dat da is dat *Blautann*!« Das Wort ›Blautann‹ sprach er aus, als wäre er gezwungen, mitten in einem Praiostempel alle zwölf Erzdämonen aufzuzählen. Unglücklicherweise schien das auf Celina keine allzu große Wirkung zu haben.

»Jetzt sag bloß«, donnerte sie, »dein verdammter Aberglaube hat dich davon abgehalten, einem fetten Idioten nachzusetzen, der sich zufällig in einen Märchenwald geflüchtet hat.« Sie wollte noch weiter schimpfen, doch Praiorai stellte sich schützend vor den Thorwaler.

»Es ist nicht einfach nur ein Märchenwald«, erklärte die hünenhafte Kriegerin. »Über den Blautann gibt es mehr als nur Sagen und Legenden. Kein Reisender, der noch bei klarem Verstand ist, plant eine Route durch diesen Wald und man erzählt sich, selbst eine

Geweihte der Hesinde, die sich hineingewagt hatte, sei nur mit zerbrochenem Verstand wieder herausgekommen.«

»Und dabei soll sie noch Glück gehabt haben«, fügte Mikhail hinzu. »Die allermeisten Leute, die in den Blautann hineingehen, kommen erst gar nicht wieder heraus. Jeder weiß, dass dort Hexen hausen, die Tag und Nacht mit Dämonen tanzen, und Höllenhunde und...«

»Genug!«, schrie Celina wütend. »In Ordnung«, wandte sie sich an ihre ängstlichen Gefährten, »wenn ihr nicht bereit seid, zu fünft einem einzigen, schwachen Mann in einen Wald zu folgen, dann soll mir das recht sein. Aber ich werde nicht so närrisch sein, mir wegen ein paar Altweibergeschichten dreißig Dukaten durch die Lappen gehen zu lassen. Und außerdem: Denkt denn niemand daran, dass dieses fette Schwein einen eurer Kumpel umgebracht hat? Was würde Arkim sagen, wenn ihr seinen Tod ungerächt lasst?«

In den Reihen der Söldner breitete sich betretenes Schweigen aus. Das hatte gesessen. Zufrieden ließ Celina ihre Blicke über die Kameraden schweifen, ehe sie wieder ansetzte. »Wenn ihr wirklich überzeugt seid, dass der Wald gefährlich ist«, meinte sie versöhnlich, »dann verstehe ich eure Angst natürlich. Aber wir sollten wenigstens sehen, dass dieser Schweinehund Tarson nicht einfach so davonkommt. Und wie schwer kann das denn schon werden? Überlegen wir doch einmal: Tarson hat keine Ahnung davon, wie man in einem Wald überlebt. Er hat keinen Proviant und kein Wasser dabei. Zurück an den See kann er nicht, da er annehmen muss, dass wir dort lagern. Also, wohin würde er sich durchschlagen? Doch wohl sicherlich zur Straße nach Ulmenau! Alles, was wir also tun müssen, um ihn zu erwischen, ist, am Rande des Blautanns direkt vor Ulmenau einen Beobachtungsposten abzustellen, der Acht gibt, wann er dort auftaucht, und dann haben wir ihn.«

Zufrieden mit ihrem eigenen Plan lächelte Celina in die Runde. »Es kann nicht mehr als eine Woche dauern«, meinte sie. »Wenn es doch länger dauert, können wir davon ausgehen, dass er es nicht geschafft hat und im Blautann verreckt ist. Und wenn er früher auftaucht, kriegen wir ihn.« Ihr Lächeln wurde zu einem grausamen Grinsen. »Ich übernehme gerne die erste Wache!«

Erschöpft hielt Tarson inne und lehnte sich gegen eine der gewaltigen, knorrigen Eichen. Wie lange war er nun schon gelaufen? Er hatte nicht die leiseste Ahnung. Das ständige Zwielicht, in welches der dichte Wald getaucht war, hatte sich seit seiner Ankunft nicht im Geringsten verändert. Fast war es so, als würde die Zeit gar nicht vergehen, und doch wurde der junge Mann von seiner zunehmenden Erschöpfung mehr und mehr geschwächt. Aber wieso war es noch nicht richtig dunkel geworden? Als er seine Flucht begonnen hatte, war es später Nachmittag gewesen, und selbst wenn seither nur zwei Stunden vergangen waren, hätte inzwischen die Dämmerung einsetzen und den ohnehin schon düsteren Wald in völlige Finsternis tauchen müssen…

Seine Gedankengänge wurden jäh unterbrochen, als er eine Bewegung unter seinen Fingern spürte: Es fühlte sich an, als hätte sich die borkige Rinde der Eiche, an der er lehnte, unter seiner Hand *verschoben*! Erschrocken fuhr er zurück und starrte mit weit aufgerissenen Augen auf den Baum, der eben noch so reglos gewirkt hatte, wie Bäume zu sein pflegen. Doch da war nichts, keine Bewegung, nicht das kleinste Zittern…

In diesem Moment öffneten sich die riesigen, orangerot glühenden Augen der Eiche.

Tarson schrie vor Entsetzen auf, da er die verzerrten Gesichtszüge des Wesens bemerkte, das ihn hasserfüllt anstarrte. Ein tiefes Grollen erklang unter der borkigen Haut, als sich zwei Äste zu bewegen begannen und sich wie bösartig gespreizte Klauen dem jungen Mann näherten. Ein weiterer Entsetzensschrei entrang sich Tarsons Kehle, ehe es ihm gelang, sich von der grauenhaften Erscheinung loszureißen und die Flucht anzutreten – buchstäblich in letzter Sekunde. Einer der Astarme hätte ihn fast bei der Schulter gepackt, schaffte es aber nur noch, einen der Ärmel seines Hemdes zu packen und abzureißen.

Trotz der glühenden Schmerzen in seinem Knöchel rannte Tarson los, so schnell er nur konnte. Doch als sei mit einem Male eine Maske vom Wald abgefallen, sah er plötzlich ringsumher rot glühende Augen, und überall streckten sich Äste nach ihm aus, um ihn zu fassen und ihm ein Leid anzutun. Selbst das Unterholz schien sich an der Jagd nach dem jungen Adligen zu beteiligen: Dornige Ranken haschten nach ihm und drohten ihn zu Fall zu bringen.

Voller Entsetzen stürmte Tarson weiter. Seine Kleidung war inzwischen fast vollends zerrissen und sein ganzer Körper verschrammt. Doch plötzlich stieß er durch eine Schicht dünner Zweige und fand sich, als wäre er unter einem Vorhang durchgeschlüpft, auf einer großen Lichtung wieder. Über ihm erstreckte sich weit und dunkel der Nachthimmel, erleuchtet von zahllosen Sternen und dem vollen Madamal, das ein gespenstisches Licht auf die Wiese warf. Unbarmherzig fiel es auf die ausgeblichenen Knochen und Schädel zahlloser Tiere, die hier ihr Leben gelassen hatten.

Tarson erstarrte. Schwer atmend blickte er über die Stätte des Todes vor ihm, kaum begreifend, was er da sah. Wohin hatte es ihn denn jetzt verschlagen? War er diesen bösartigen Bäumen entkommen, um nun einer noch tödlicheren Gefahr gegenüber zu stehen, einer Gefahr, die anscheinend schon hunderte von Opfern gefordert hatte, von denen die meisten sich im Wald besser zurechtfanden als er?

Langsam und vorsichtig humpelte er einige Schritte auf die Lichtung, als plötzlich direkt unter ihm ein gewaltiges Krachen die Stille durchbrach. Tarson erschrak furchtbar und zuckte zusammen, ehe er bemerkte, dass er im Dunkeln auf einen der Knochen getreten war und diesen dabei zerbrochen hatte. Mit einem schweren Seufzer hinkte er weiter auf die Wiese, diesmal etwas besser auf seine Schritte achtend.

Bis auf ihn und die Knochen war die Lichtung völlig leer. Allerdings gab es ein kleines Rinnsal, das in der Mitte der Wiese zu entspringen schien und schon nach wenigen Schritten in einer Pfütze im Boden versickerte. Wasser! dachte Tarson. Mit einem Mal spürte er, wie durstig er war, und so beugte er sich hinab, um an der kleinen Quelle frische Kraft zu schöpfen.

In diesem Moment sah er die zwei riesigen, gelb schimmernden Augen, die ihn aus der Pfütze heraus anstarrten.

Mit einem Schreckensschrei fuhr Tarson herum und rannte wieder in Richtung Wald. Was auch immer dort auf der Lichtung lebte – wenn es für all die Knochen hier verantwortlich war, wollte der junge Mann nichts damit zu tun haben. So schnell es sein verletzter Knöchel erlaubte, hetzte er auf die Bäume zu und brach hastig durch die Zweige zurück in den Wald…

…direkt einem Baum entgegen, in dessen verschränktem Astwerk ein menschliches Skelett hing! Tarson erschrak furchtbar und machte einen Satz zurück. Unglücklicherweise endete dieser Satz damit, dass sein verletzter Fuß auf dem Schädel einer toten Hirschkuh landete, sich noch schlimmer verdrehte und Tarson endgültig ausglitt. Seine wedelnden Arme fanden keinen Halt, und als er mit dem Hinterkopf auf eine Wurzel schlug und das Bewusstsein verlor, kam ihm das fast wie eine Erlösung vor.

»Wunderschönen guten Morgen, allerseits«, weckte Celina mit bissiger Stimme den schlafenden Mokuna. »Na, gut geträumt? Ich hoffe, es war angenehm – denn wenn du Tarsons Ankunft verpennt hast, dann werde *ich* sehr *unangenehm*!«

»Immer mit der Ruhe.« Der Maraskaner räkelte sich verschlafen und gähnte herzhaft, ehe er sich aufsetzte und seiner Söldnerführerin in die Augen sah. »Es ist so gut wie unmöglich«, erklärte er, »dass es unser Dicker während meiner Wache in die Stadt geschafft hat. Nachts holen die Leute in der Stadt das Straßenpflaster in die Häuser und schicken dafür die Hunde raus. Wäre irgendjemand nach Sonnenuntergang nach Ulmenau reingekommen, hätte das Gekläff selbst Tote aufgeweckt und mich natürlich erst recht…«

»Sei's drum«, fuhr ihn Celina an. »Du hast deine Pflicht vernachlässigt. Deine Solderhöhung kannst du vergessen, und wenn dir so was noch mal passiert, kannst du gerne ausprobieren, wie gut sich ein einzelner Söldner durchs Leben schlägt. Habe ich mich klar ausgedrückt?«

Mokuna nickte betreten. »Geht in Ordnung«, murmelte er, »wird nicht wieder vorkommen.«

»Recht so.« Die Söldnerin warf einen Blick auf die nahe Stadt. »Ich möchte ja schon gern wissen, wer so viel Geld für einen Nichtsnutz wie Tarson ausgeben will«, meinte sie. »Außer Lesen, Schreiben und Tagträumen scheint er ja nicht viel zu können. Irgendjemandem muss er aber ziemlich viel wert sein. Ob er wohl schon mal einen getötet hat, noch vor Arkim?«

Mokuna lächelte. »Das lässt sich sicher herausfinden«, schlug er vor. »Ich hab den Steckbrief noch dabei. Ich könnte mich ja mal nützlich machen und mich in Ulmenau umhören, ob jemand was Näheres über unseren Dicken weiß und wer diese dreißig Dukaten ausgelobt hat. Was meinst du?«

»Warum nicht?« Celina nickte zustimmend. »Schau mal, was du im Guten aus den Leuten rausbekommst. Aber stoß sie nicht unbedingt mit der Nase drauf, dass wir eine ziemlich genaue Ahnung davon haben, wo sich Tarson aufhält, ja?«

Der Maraskaner grinste. »Geht klar.«

Als er einige Stunden später zum Lager der Söldner zurückkehrte, war das Grinsen auf seinem Gesicht noch breiter geworden. »Ihr werdet nicht erraten«, schmunzelte er, »wie unser Dicker mit ganzem Namen heißt: Tarson von Austein! Er ist ein verdammtes Baronsbübchen aus einem Flecken namens Gräflich Zippeldinge, der von einem Ekel von Vogtin verwaltet wird.«

»Baronsbübchen?«, wunderte sich Praiorai. »Und welcher Baron ist sein Vater?« Mokuna bleckte die Zähne. »Das ist ja gerade der Witz«, erklärte er. »Sein Vater ist schon lange tot. Suchen tut ihn seine Mutter, eben dieses Ekel von Vogtin. Ihr Name ist Ullgrin von Austein, und wenn es stimmt, was die Leute sagen, wird sie ihn bestimmt nicht mit offenen Armen empfangen. Eher dürfte sie ihn in die tiefsten Kerker ihrer Burg werfen und erst wieder rauslassen, wenn die Khom zufriert.«

»Nette Familie«, murmelte Celina. »Na, sei's drum. Jedenfalls wissen wir jetzt, woran wir sind. Ich wüsste zu gerne, warum Tarson nie erwähnt hat, dass er von adliger Geburt ist. Ob er geahnt hat, dass ihm seine Mutter irgendwann mal Ärger machen würde?«

Praiorai nickte bedeutungsvoll. »Er hat ja oft genug erwähnt, dass er in Weiden Probleme hatte und gerne raus wollte. Jetzt kennen wir die Probleme.«

»Aber inzwischen hat er noch ganz andere«, erinnerte Mokuna die Kriegerin an die momentane Situation. »Nämlich uns. Was ist, übernimmst du die Nachmittagsschicht bei der Wache?«

Nur langsam lichteten sich die Nebel in Tarsons Kopf. Sein Schädel brummte wie ein ganzer Hornissenschwarm. Allmählich bildeten sich vor seinen Augen wieder Farben und Formen, zunächst noch verwaschen, doch dann immer klarer: Über ihm wölbte sich der blaue Taghimmel, warme Sonnenstrahlen streichelten sein Gesicht und vor seiner Nase flog eine handspannengroße Frau vorbei, aus deren Rücken zwei Schmetterlingsflügel wuchsen und die in eine große Glockenblumenblüte gekleidet war.

Mit einem Schrei der Überraschung fuhr Tarson hoch und wollte sich eben aufrappeln, als das kleine Wesen sich zu ihm umdrehte und entrüstet einen Finger auf die Lippen legte. »Nicht so laut«, bemerkte es indigniert. »Du weckst ja die Eulen auf. Und mit so einem Fuß würde ich sowieso nicht zu laufen versuchen. Höchstens zu fliegen. Aber das kommt ja für dich wohl eher weniger in Frage, es sei denn, du lässt dir rasch Schwingen wachsen, nimmst ein paar Stein ab, schrumpfst ein bisschen und lässt dich dann…«

»Wer bist du?«, stieß Tarson hervor, halb starr vor Entsetzen, halb verwirrt ob des Redeschwalls des seltsamen Wesens.

Die Gestalt lächelte. »Ich bin Lichtertanz«, stellte sie sich mit einem neckischen Knicks vor, der umso lächerlicher wirkte, als ihre Füße nicht den Boden berührten.

Tarson schüttelte hastig den Kopf. »Das habe ich nicht gemeint«, verbesserte er sich. »*Was* bist du?«

»Heute sind wir aber neugierig, hm?«, gab Lichtertanz zurück. »Na gut, ich will das mal übersehen. Ich bin eine Ladifaahri aus diesem Wald hier, Tochter des Sternenlichts, und damit habe ich genug von mir erzählt.«

Tarsons Augen weiteten sich. »Du bist eine Blütenfee!«, stieß er hervor. »Ich habe Barden von euch erzählen hören, aber ich hätte nie gedacht, mal einer direkt von Angesicht zu Angesicht...«

»Jetzt ist es aber wirklich genug von mir«, fauchte die Blütenfee. »Du weißt jetzt schon alles mögliche über mich, doch ich habe noch nicht die geringste Ahnung, wer du eigentlich bist. Und ich denke, du solltest zumindest so höflich sein, dich vorzustellen, nachdem ich deinen keilerähnlichen Wanst ganz allein aus den Dornen und Ranken heraus und zurück auf Sarannas Lichtung gezogen und mich um deinen Fuß gekümmert habe.«

Tarson warf einen kurzen Blick auf seinen verletzten Knöchel. Tatsächlich, da war ein Verband aus Gräsern, Moosen und großen Blättern, den er sich selbst sicherlich nicht angelegt hatte. Etwas betreten blickte er Lichtertanz an. »Tut mir leid«, entschuldigte er sich, »das hier ist meine erste Begegnung mit jemandem aus dem Feenvolk. Mein Name ist Tarson vo... bleiben wir einfach bei Tarson, ja?«

Die Blütenfee lächelte. »Also gut, Tarson«, gab sie zurück. »Und was bringt dich hierher? Auf der Suche nach welchem goldenen Topf, magischen Juwel oder legendären Schwert warst du?«

Der junge Mann musste schmunzeln. »Auf gar keiner«, antwortete er. »Ich bin vor anderen Menschen davongelaufen, die mir etwas antun wollten. Und dein Wald hier war das nächste Versteck.«

Lichtertanz schüttelte empört den Kopf. »Dass ihr Menschen es nicht einmal schafft, untereinander Frieden zu halten!«, schimpfte sie. »Hier bei uns im Wald herrscht Ruhe und Frieden.«

Tarson stutzte. »Ruhe und Frieden?«, wollte er ungläubig wissen. »Meine bisherige Zeit hier im Wald war eine Reise durch die Niederhöllen! An allen Ecken und Enden haben Monster auf mich gewartet! Ich hatte fast den Eindruck, als gäbe es hier Hexen, Geister und Dämonen!«

»Zwei von drei sind schon mal nicht schlecht«, gab die Blütenfee süffisant zurück. »Hexen und Geister – ja. Aber den letzten Dämon haben wir gesehen, als es euch Menschen noch gar nicht gab. Und alle anderen ›Monster‹, wie du sie zu nennen beliebst, sind nur für die gefährlich, die dem Blautann etwas Übles wollen.«

»Dann ist das hier also der Blautann.« Der junge Adlige nickte verstehend. »Bei allen Zwölfen – kein Wunder, dass es hier von Ungeheuern nur so wimmelt! Dass ich noch alle meine Glieder beisammen habe, grenzt an ein Wunder. Wenn ich bedenke… Au!«

Mit einem überraschend kräftigen Fausthieb auf seine Nase unterbrach Lichtertanz Tarsons Redeschwall. »Du bedenkst gar nichts«, schimpfte sie, »das ist dein Problem! Habe ich dir nicht eben gesagt, dass es hier im Wald nur für Leute gefährlich ist, die dem Wald etwas zuleide tun wollen? Niemand, kein einziges Wesen, hatte zu irgendeiner Zeit vor, dir auch nur ein Haar zu krümmen! Denkst du wirklich, du würdest jetzt noch am Leben sein, wenn die Kreaturen des Blautann dich hätten töten wollen?«

»Aber die Bäume«, verteidigte sich Tarson, während er sich die schmerzende Nase rieb. »Sie haben nach mir gegriffen und meine Kleider zerfetzt und das Unterholz hat meine Beine umwickelt! Aus dem kleinen Rinnsal da drüben« – er zeigte auf die kleine Quelle auf der Lichtung – »haben mich letzte Nacht zwei Wolfsaugen angeschaut. Und so wahr ich hier sitze: Da hinten ist der tote Körper eines Menschen, der von einem Baum erwürgt wurde!«

Die Blütenfee seufzte tief. »Du weißt wirklich nicht viel über uns«, meinte sie resignierend. »Es sieht so aus, als müsste ich dir ein paar Nachhilfestunden geben. Na ja, ich hab sowieso nichts zu tun.« Ihre Lippen verzogen sich zu einem verschmitzten Lächeln. »Und du versteckst dich im Augenblick vor jemandem, also dürftest du auch Zeit mitbringen, oder?« Der junge Mann nickte und Lichtertanz blinzelte ihm zu. »Dann warte einen kleinen Moment hier«, meinte sie, ihre Flügel begannen schneller zu flattern und bald war sie nur noch ein leuchtender Punkt, der im Wald verschwand.

Als sie zurückkehrte, zog sie einen etwa zwei Schritt langen Ast hinter sich her, der eigentlich viel zu schwer für das kleine Geschöpf hätte sein müssen. »Das hier sollte dir beim Laufen helfen«, meinte sie und ließ den Stab nebem Tarson fallen. Der junge Adlige nahm ihn an sich, stellte ihn auf den Boden und zog sich daran hoch. Sein Knöchel brannte immer noch wie Feuer, aber wenn er sein Gewicht auf das andere Bein und den Stock verlagerte, war der Schmerz erträglich.

»Wo gehen wir hin?«, wollte Tarson wissen und Lichtertanz kicherte. »Zuallererst gehen wir was essen«, meinte sie. »Und dann stelle ich dich meinen Freunden vor.«

Als Tarson wenig später zufrieden auf einigen Beeren kaute, war seine Scheu vor dem kleinen Feenwesen schon fast verflogen. Er war nur noch froh, in diesem seltsamen Wald wenigstens auf irgendetwas getroffen zu sein, das ihn weder verspeisen noch zu Tode erschrecken wollte, und nachdem die Blütenfee bislang jedes ihrer Versprechen gehalten hatte, störte sich der junge Adlige nicht einmal mehr am stetigen, plätschernden Geschwätz, welches das kleine Wesen von sich gab.

»Die Beeren da drüben werden von den Rehen gerne verputzt«, erklärte sie gerade, »was aber nicht heißt, dass sie dir auch bekommen müssten. Und dieses Gras hier kannst du benutzen, wenn du eine offene Wunde hast; aber erst, nachdem du es in Wasser gewaschen hast. Und das hier sind Beeren, die auch bei Wunden helfen, aber wenn du zu viele davon isst, dann leeren sie schnell deinen Magen und das kann sehr unangenehm…«

»Wolltest du mich nicht deinen Freunden vorstellen?«, unterbrach Tarson ihren Redeschwall und Lichtertanz schlug sich mit der Hand auf die Stirn.

»Aber sicher«, sprudelte es aus ihr heraus, »wie konnte ich das nur vergessen? Danke, dass du mich daran erinnert hast.« Sie riss vom Strauch, vor dem sie standen, rasch zwei Beeren ab, klemmte eine unter jeden Arm und schwirrte dann eilig los. »Auf geht's«, rief sie dem jungen Mann zu, »jetzt machen wir mal ein bisschen schneller.« Mit diesen Worten flatterte sie voraus.

»Halt!«, rief ihr Tarson hinterher. Und er wollte noch ›mein Bein‹ hinzufügen, als er plötzlich zu seinem Erstaunen feststellte, dass von dem verrenkten Knöchel nicht mehr das Geringste zu spüren war. Verwundert trat er zwei-, dreimal auf, aber keine Spur des Schmerzes, der ihm noch vor Minuten das Gehen ohne Stock unmöglich gemacht hatte, regte sich. Verdutzt warf er die Gehhilfe schulterzuckend von sich und folgte der Blütenfee mit wesentlich schnellerem Schritt als vorher.

Mensch und Feenwesen kamen mitten im Wald zum Stehen. Lichtertanz flatterte vor einer der gewaltigen, uralten Eichen auf und ab. »Na«, fragte sie, »erkennst du ihn wieder?« Tarson schüttelte verständnislos den Kopf. »Was soll ich denn erkennen?«, wollte er wissen. »Das hier ist ein Baum wie jeder andere, eine Steineiche, würde ich sagen. Hier im Wald gibt es Tausende davon, und einer ist wie der…«

Weiter kam er nicht, denn in diesem Moment öffneten sich die rot glühenden Augen des Baumes und direkt darunter fuhr die Borke wie ein riesiges Maul auf und bleckte spitze Dornen wie gewaltige Fänge. Mit einem Schreckensschrei fuhr Tarson zurück und wäre auf der Stelle davongerannt, hätte ihn nicht Lichtertanz beim Kragen gepackt und mit unglaublicher Stärke zurückgezerrt. »Sieh hin!«, fuhr sie den jungen Mann an. »Sieh dir genau an, wovor du Angst hattest!«

Zitternd blickte Tarson das Baumungeheuer näher an. Die Äste bewegten sich wie große Arme mit Zweigen als Fingern und das dornenbewehrte Maul öffnete und schloss sich knarrend. Die Augen funkelten in orangeroter Bosheit – oder waren das etwa gar keine Augen?! Der Adlige blickte nochmals hin und nun erkannte er: Das, was er fälschlich für Augen gehalten hatte, waren in Wirklichkeit zwei kleine Gestalten mit verhutzelten Gesichtern, die in eigentümlich orangerotem Ton strahlten und inmitten von Astlöchern standen, die er für Augenhöhlen gehalten hatte.

»Na, siehst du sie endlich?«, fragte Lichtertanz neckend. »Das hier sind Eichelmännchen. Sie leben in den ältesten Eichen und beschützen sie vor den Holzfällern. Wenn jemand den Bäumen zu nahe kommt, veranstalten sie einen kleinen Zirkus und bringen den Baum dazu, dass er sich wie lebendig bewegt. Na ja, die meisten bekommen dann einen ganz schönen Schrecken und laufen davon, und das ist ja genau das, was sie erreichen wollen.«

»Dann war alles nur eine Täuschung?«, fragte Tarson erleichtert. »Meine Güte, was war ich für ein Riesenesel! Ich hatte wirklich gedacht, die Bäume wären hinter mir her gewesen, dabei haben mich nur ein paar winzige Elfchen erschrecken wollen. Es gibt also gar keine Bäume, die *so* lebendig sind, nicht wahr?«

»Nun…« Die Blütenfee blickte ihren menschlichen Schützling entschuldigend an. »Das ist nicht ganz so einfach zu beantworten«, meinte sie schließlich. »Es gibt im Prinzip durchaus Bäume, die so lebendig sind wie die, die hier nur von den Eichelmännchen bewegt werden. Da wären einmal die Baumherren, aber die sind keine sehr angenehme Gesellschaft. Und die Dryaden haben so ihre Probleme mit dem männlichen Geschlecht. Und die Erlenkönige…«

Bei ihren Worten war Tarson wieder ein wenig blasser geworden. »Ist ja schon gut«, meinte er, »ich hab doch Respekt vor den Bäumen! Aber mir wäre wesentlich wohler, wenn ich mehr von dem verstehen würde, was hier im Wald vorgeht. Ich will nicht immer nur vor dem erschrecken, was sich mir als Erstes zeigt. Viel lieber würde ich wissen, was hinter dem ganzen Spuk im Wald steht, verstehst du?«

»Ich glaube schon«, gab Lichtertanz zurück. »Aber das geht nicht so einfach von heute auf morgen. Es gibt hier eine ganze Menge zu sehen und zu hören und die meisten Bewohner im Blautann haben es auch nicht so gerne, wenn ihnen Menschen auf die Finger schauen. Ein bisschen Zeit müsstest du mitbringen, wenn ich dir zeigen soll, wie wir hier leben. Hast du die Zeit?«

Tarson lächelte. »Ich habe zumindest nicht vor«, gab er zurück, »allzu schnell wieder meinen ehemaligen Gefährten zu begegnen. Also dürfte ich genügend Zeit haben, und wenn du mir hilfst, werde ich wohl auch kaum verhungern oder verdursten. Sich ein paar Wochen von den Straßen fern zu halten, ist ein kleiner Preis für deine Gesellschaft.«

Das war offensichtlich der richtige Ton gewesen, denn auf dem Gesicht der Blütenfee zeigte sich ein geschmeicheltes Lächeln, das Tarson als Zustimmung deutete. »Als Erstes würde mich interessieren«, bat der junge Mann, »wer mich gestern so furchtbar erschreckt hat, als ich auf der Lichtung etwas trinken wollte. Würdest du…«

Weiter kam er nicht, denn Lichtertanz war schon aufgeflattert und nickte eifrig. »Kein Problem«, lachte sie, »da steht dir gleich einer meiner besten Freunde gegenüber. Ich bin sicher, du wirst ihn mögen.« Sie stutzte kurz. »Du hast doch bestimmt schon mal einen Kobold gesehen, oder?«

»Er ist tot, sieh's endlich ein!«

Missmutig schüttelte Celina den Kopf. »Es will mir nicht in den Sinn«, zischte sie, »dass wir unsere ganze Zeit hier verschwendet haben sollen. Ich habe das sichere Gefühl, dass dieser Hundsfott noch am Leben ist. Darauf könnte ich meine Mengbillare verwetten!«

»Es sind jetzt über drei Wochen«, warf Praiorai ein, »und wir haben nicht ein einziges Lebenszeichen von ihm gesehen. Eine Woche hatten wir ausgemacht und der einzige Grund, aus dem ich immer noch bei dir bin, ist der, dass ich dich als eine gute Freundin ansehe.« Ihr Gesichtsausdruck wurde ernster. »Aber wenn du jetzt weiterhin auf ihn warten willst, kannst du sicher sein, dass unsere Freundschaft nicht mehr lange halten wird.«

Mit finsterer Miene drehte sich Celina zu ihr um. »Gehst du also auch?«, fragte sie. »Wirst auch du mir untreu, wie Mokuna, wie Hjore, wie Mikhail? Ich konnte immer auf dich zählen, auch wenn es mal hart wurde. Und jetzt willst du mich wegen drei Wochen Wartezeit verlassen, Blutsschwester?«

Die Kriegerin schüttelte den Kopf. »Ich würde dich niemals verlassen«, gab sie zurück, »das weißt du. Aber ich werde nicht zulassen, dass eine deiner fixen

Ideen uns alle die Karriere kostet. Weiden steht an der Schwelle zu einem offenen Krieg mit Schwarztobrien und alle, die sich nicht bald für eine Seite entscheiden, werden über kurz oder lang zwischen den Fronten stehen. Du weißt besser als jede andere, was es heißt, Kämpfer ohne Nachhut zu sein.«

Die Söldnerführerin sank in sich zusammen. »Ist es wirklich so weit gekommen?«, flüsterte sie. »Ich kann nicht glauben, dass mich dieser fette Mistkerl von Baronssöhnchen meine ganze Einheit gekostet hat. Keiner von denen war auch nur einen Kreuzer von seinem Sold wert, wenn er noch nicht mal bereit war, Arkim zu rächen…«

»…und genau da irrst du dich«, unterbrach sie Praiorai. »Arkim ist bereits gerächt. Durch seine Flucht in den Blautann hat sich unser Hundsfott selbst gerichtet. Du hast doch gehört, was hier jeder über den Wald sagt: Wer ohne Weg und Ziel hier hineingeht, der kehrt nimmermehr wieder. Die Dämonen vom Blautann haben Tarson bestimmt ein viel schlimmeres Ende bereitet, als du es jemals gekonnt hättest.«

Celina schüttelte entschieden den Kopf. »Tarson lebt«, sagte sie fest, »da bin ich mir absolut sicher.« Plötzlich lächelte sie. »Aber wer weiß, *wo* er im Moment gerade lebt. Dämonen, sagtest du? Da haben wir ja endlich die Erklärung! Dämonen müssen jemanden nicht unbedingt töten. Es ist noch nicht mal das Schlimmste, was sie einem antun können! Vielleicht haben sie ihn ja in den Wahn getrieben. Oder sie haben ihn in unheiliges, brennendes Eisen gebunden und fressen von seinem fetten Wanst nur so schnell, wie er ihm wieder nachwächst…«

Mit einem Ruck erhob sie sich. »Du hast Recht, Praiorai«, meinte sie, »Arkim ist sicher gerächt. Und auf uns beide warten andere Aufgaben, Blutsschwester. Lass uns doch mal nachsehen, ob die Landwehren in der Gegend schon vollständig sind oder ob die Weibel immer noch Leute brauchen, die ein paar ›Freiwillige‹ finden…«

Mit diesen Worten ging sie, den Arm freundschaftlich um Praiorai gelegt und endlich wieder guter Dinge. Ihr Name erschien niemals in gelehrten Büchern und wurde in keiner Heldensage weitergegeben.

Drei Monate später hatte Tarson eine ganze Menge gelernt, so dachte zumindest er. Lichtertanz war nicht notwendigerweise derselben Ansicht, aber von seinem Standpunkt aus war der junge Adlige inzwischen mit dem Leben im Blautann vertrauter, als er es je hatte sein wollen. Seine Nahrung hatte ausschließlich aus Beeren, Pilzen, Kräutern, Wurzeln und frischem Quellwasser bestanden, da Tarson es nicht gewagt hätte, auch nur das kleinste Lebewesen im Wald zu töten; ganz davon abgesehen, dass er es vermutlich auch nicht geschafft hätte.

Infolge dieser Ernährungsweise hatte sich sein Erscheinungsbild deutlich verändert: Er hatte etwa fünfzehn Stein an Gewicht verloren und dafür deutlich an Arm- und Beinmuskeln dazugewonnen, die wie von selbst erschienen waren, als er sich im Blautann eine Hütte gebaut und täglich seine Nahrung selbst gesammelt hatte. Sein Haar war länger gewachsen und sein Bart bedeckte Kinn und Wangen.

Aber zusammen mit diesen Veränderungen hatte sich nach und nach auch wieder ein Gefühl eingestellt, das er gut kannte: die Einsamkeit. Nicht, dass er der Gesellschaft der Blütenfee und ihrer geisterhaften Freunde überdrüssig geworden wäre, doch er vermisste die Nähe anderer Menschen, er vermisste es, sich ganz alltäglichen Unterhaltungen zu widmen, und vor allem vermisste er die Geschichten und Reiseberichte der wandernden Barden.

So kam es, dass er eines Abends gegenüber Lichtertanz seinen Wunsch erwähnte, den Blautann zu verlassen und zu den Menschen zurückzugehen. »Jetzt, da ich gelernt habe, hinter den äußeren Anschein zu sehen«, erklärte er ihr, »möchte ich mein Talent an den Menschen erproben. Ich will wissen, ob auch bei ihnen sich hinter einem bösartigen Schein eine gute Seele verstecken kann und umgekehrt. Und ich möchte ihnen von euch erzählen.«

Die Blütenfee blickte ihn besorgt an. »Ich glaube nicht, dass sie dich verstehen würden«, meinte sie. »Menschen haben ein festes Bild von der Welt, von dem sie nicht gerne ablassen. Und außerdem: Wenn du ihnen über uns die Wahrheit erzählst, hören sie vielleicht auf, uns zu fürchten, und beginnen, sich auch in den Blautann hinein auszubreiten. Und das wäre wahrscheinlich unser Ende.« Sie blickte ihm traurig in die Augen. »Willst du das wirklich riskieren?«

Der junge Mann lächelte verschmitzt. »Ich habe nie behauptet«, sagte er, »dass ich vorhabe, ihnen die *Wahrheit* über euch zu erzählen...«

Hasrolf Eschenweiler, Schreiber an der Bader- und Bardenschule zu Trallop, war in ernsthaften Nöten: Fanden sich denn heuer überhaupt keine Leute mehr, welche die Schule beim alljährlichen Sängerwettstreit in Rommilys vertreten würden? Die jüngeren Ereignisse in Schwarz-Tobrien hatten dazu geführt, dass viele der sonst so dichterisch beflissenen Leute sich freiwillig zu den Heeren wider den Dämonenmeister gemeldet hatten und nicht mehr zurückgekehrt waren, und den Alten war angesichts der Schrecken, die sich über das Land hinaus verbreitet hatten, das Poetenfeuer verloschen. Es wäre das erste Mal, seit die Schule bestand, dass aus Trallop keine Neuentdeckung käme.

So war er zunächst nicht erfreut, als sein Faktotum, der junge Firl, in seine Schreibstube hineingerauscht kam und mit aufgeregter Miene ein Bündel Papier vor seinen Augen schwenkte. Hasrolf öffnete den Mund und wollte dem unziemlichen Gehilfen eben eine Standpauke erteilen, als es auch schon aus diesem herausprudelte: »Herr! Herr! Ein junger Mann hat eben vorgesprochen und er ist ein Dichter, wie ich noch keinen gesehen habe! Er schreibt, dass sich einem die Haare im Nacken aufstellen und das kalte Grausen Einzug hält! Ihr werdet nicht glauben…«

»Wenn er derart miserabel ist«, fuhr Hasrolf den ungestümen Jüngling an, »kann er gleich wieder verschwinden! Wir haben hier keinen Platz für Schmierer und Silbenstammler!« Mit diesen Worten wollte er sich wieder seinen Unterlagen widmen, doch zu seiner Überraschung schüttelte Firl erneut den Stapel Pergamente.

»Das habe ich nicht gemeint, Herr!«, stammelte er. »Er schreibt nicht schlecht, im Gegenteil, er schreibt nur so… so…«

Wortlos entriss der Schreiber seinem Faktotum die Blätter. »Ist das hier von ihm?«, verlangte er zu wissen und Firl nickte eifrig. »Dann verschwinde aus meinem Zimmer«, donnerte Hasrolf, »und sag ihm, er soll eine Adresse hier lassen!« Indem er dem Jüngling den Papierstapel um die Ohren hieb und ihm einen Fußtritt versetzte, unterstrich er die Aufforderung und der Gehilfe leistete ihr eilends Folge.

Gelangweilt nahm der Schreiber wieder Platz und legte die Pergamente vor sich, um ein paar Zeilen zu lesen; freilich ohne große Hoffnung, tatsächlich auf Talent zu stoßen. Was wusste Firl schon von Dichtkunst? Und wie sollte jemand, der nicht zumindest ein oder zwei Jahre auf einer Dichterschule gewesen war, auch nur eine Spur von Versmaß und Reim verstehen, geschweige denn, wie man die Aufmerksamkeit des Lesers…

Seine Gedanken verloren sich in seinem Kopf, als die Worte auf dem Pergament über Hasrolfs Augen in sein Bewusstsein drangen. ›Der Knabe im Tann‹ hieß das Gedicht, das obenauf lag, und es schilderte die Sinneseindrücke eines Kindes, welches seinen Weg im Blautann verloren hatte. Doch es war nicht das Thema, das den erfahrenen Schreiber so mitriss, vielmehr waren es die Worte, in denen die Sinneseindrücke beschrieben wurden. Sie bohrten sich in seinen Schädel und ließen vor seinen Augen finstere, wabernde Nebel auftauchen. Sie durchdrangen ihn und ließen ihn das bedrohliche Knacken und Knistern lebendigen Unterholzes erleben. Sie fuhren wie eine kalte Brise seinen Rücken herab und ließen ihn frösteln.

Als Hasrolf Eschenweiler am Ende der Seite angekommen war, musste er einmal tief durchatmen, so sehr hatte das Gedicht ihn mitgerissen. Eine derartige Kunstfertigkeit war ihm seit Aldifreids Zeiten nicht mehr untergekommen und es war ihm unbegreiflich, wie jemand sich mit der Kraft seines Geistes so tief in den Schrecken hineinversetzen konnte, dass er ihn allein durch seine Worte auf andere zu übertragen imstande war. Mit zitternden Fingern wollte er das Pergament zur Seite legen, als plötzlich abermals die Tür aufsprang und Firl vor ihm stand. »Entschuldigt, Herr«, plapperte der Gehilfe los. »Ich habe versucht, den Herrn wegzuschicken, aber er will nicht gehen, ohne einen Termin mit Euch zu haben, und die Knechte werden nicht auf mich hören, wenn ich sie bitte, ihn hinauszuprügeln…«

»Hol ihn rein!«, fuhr der Schreiber sein Faktotum an. »Er soll sofort vor mich treten! Los, worauf wartest du?« Erschrocken zuckte Firl zusammen, nickte aber dann eifrig und rannte hinaus. Kurz darauf trat ein Mann in die Schreibstube, der vielleicht fünfundzwanzig, vielleicht dreißig Sommer zählen mochte. Sein Aussehen war dem Anlass alles andere als angemessen: Er trug einen zerschlissenen Mantel, der an vielen Stellen grob ausgebessert war, und ein wahrscheinlich ehemals teures Hemd und eine Hose in gleicher Manier. Seine Stiefel waren alt und ausgetreten, doch Gesicht, Haar und Bart waren sauber und leidlich gepflegt. Überhaupt schien er bei aller Abgerissenheit recht gut genährt zu sein: Ein kleines Bäuchlein spannte unter dem alten Hemd.

Mit einer höfischen Verbeugung grüßte der Fremde Hasrolf und der stand unwillkürlich auf. »Junger Freund«, sprach er ihn an, »ich muss mich entschuldigen, wenn mein nichtsnutziger Diener Euch beleidigt haben sollte. Es lag gewiss nicht in meiner Absicht, einen Mann vom schreibenden Fach derart schroff abzuweisen.«

Der Fremde lächelte. »Es ist in diesem Hause nichts geschehen, was mich gekränkt hätte«, sagte er. »Ich bin überhaupt schon froh, von Euch so rasch und ohne Anmeldung empfangen zu werden.«

»Ach, papperlapapp!« Der Schreiber hatte sich jetzt vollends gefasst. »Ein Mann von Euren Fähigkeiten ist mir immer willkommen. Hasrolf Eschenweiler, Schreiber im Auftrage Arves vom Ochsenwasser. Und Ihr seid …?«

Der Fremde kratzte sich verlegen. »Mein früherer Name wird Euch nicht interessieren«, sprach er verlegen, »doch ich würde mich freuen, wenn Ihr mich mit dem Namen *Nocturnus* anredetet.«

»›Der Nächtliche‹?« Hasrolf lächelte amüsiert. »Wenn man sich die Stimmung Eurer Dichtung ansieht, ist das sicher ein passender Name. Also, wie Ihr wünscht, Nocturnus. Ich kenne Euren Namen nun. Und wenn

Ihr zustimmt, werden ihn schon bald viele Menschen kennen.«

Auf Nocturnus' Gesicht zeigte sich ein erfreutes Lächeln. »Ihr meint also wirklich, ich habe Talent?«, wollte er wissen.

Der alte Schreiber lächelte ebenfalls. »Lasst es mich so ausdrücken«, gab er zurück. »Wart Ihr schon einmal beim Sängerwettstreit zu Rommilys?«

GARADAN

»Mit der Festsetzung des schweren Garderegiments Yaquir, den Ragather Kürassieren und den Schwadronen und Bannern aus Garetien – insgesamt über drei Regimenter Feldstärke – steht der Wall zum Horasiat fest, weswegen wir keine weitere Unterstützung...«

»Ich glaube nicht, dass uns das zum Vorteil gereicht, Eure Exzellenz.«

Die energische Stimme hatte das Raunen des Vortrags zerschnitten. Stille quoll in den Kartenraum und ließ Staubkörnchen im Kerzenlicht angespannt durch die trockene Luft schweben.

Helme Graf Haffax blickte langsam vom großen Planungstisch auf, seine Luchsaugen verengten sich zu schmalen Schlitzen. Noch nie hatte es einer seiner Marschälle gewagt, den obersten Heermeister des Reiches zu unterbrechen. Schier endlos entfernt, im Dämmerlicht am anderen Tischende, stand der Inbegriff eines Kavallerieoffiziers: blond, athletisch, mit klarem Blick aus stahlblauen Augen, die Arme vor der Brust mit dem schwarz-roten Löwenwappen verschränkt. Leomar vom Berg. Wie konnte er es wagen! Der Reichserzmarschall krampfte seine altersfleckige Rechte um die Stuhllehne, bis das Holz knackte.

Dieser Moment hatte irgendwann kommen müssen, das wusste er. Doch so bald? Der Marschall von Almada mochte der beste seines Jahrgangs an der Akademie für Strategie und Taktik gewesen sein, er mochte die Operationen im Khomfeldzug und Orkensturm ohne Tadel ausgeführt haben, doch das gab ihm noch lange nicht das Recht, seinem vierzig Jahre älteren Ranghöherem ins Wort zu fahren, Praios verflucht noch eins! Schwer floss das Blut durch Haffax' Adern.

Leomar konnte sich das nur erlauben, weil er das Söhnlein eines vom Berg war, er selbst aber nur der Kegel eines Landritters.

Die anderen Marschälle an den Flanken des Schlachtplans, die lange, flackernde Schatten auf die grimmigen Zinnfiguren warfen, wurden unruhig. Praiadne von Borobunth trommelte mit den Fingern leise den Ragathsky-Marsch. Er hatte seine zu lange Erwiderung hinausgezögert.

»Nun Leomar, anstatt uns irgendwelche Vorteile zu erklären, solltet Ihr Euch lieber darauf verlegen, Eure Einwände hinter meiner Rede zurückzustellen«, grollte er mit rauer Stimme.

Gelächter wogte langsam durch den Raum. Leomars Mundwinkel zuckten. Haffax hatte Zeit gewonnen und würde seine Erläuterungen zur Lage der Reichsstreitmachten fortsetzen. Jede Runzel auf der Stirn ertastend fuhr er sich durch den weißen Bürstenhaarschnitt, nahm den Faden wieder auf und wies mit dem Stab auf die Zinnfigürchen an der Grenze zum Kalifat, während seine Gedanken einen Flankenangriff auf den Almadaner Marschall ausführten.

Er sah die abwartende Ruhe in dessen kaltblauen Augen. Irgendeinen Trumpf musste er im Ärmel haben, sonst hätte er diesen Affront nicht gewagt. Neben Leomar standen wie Sekundanten der Kaiserliche Marschall Boronian von Rommilys und Wunnermar von Hardenfels, der Befehlshaber der Nordmarken. Natürlich! Die Nordmarken, das Stammgebiet derer vom Berg, und die Kaiserlichen Eliteregimenter, zu denen Leomar stets guten Kontakt hatte. Haffax fluchte innerlich. Er hasste diese widerwärtigen politischen Winkelzüge und Familienloyalitäten.

Sein Blick streifte kurz die Bogenfenster, hinter denen sich wie eine graue Wand der Traviahimmel erhob. Wehrheim blickte aus einem Dutzend Türmen auf ihn herab. Weitab marschierten Soldatenkolonnen wie Termiten durch das stählerne Herz des Reiches.

Von ferne hörte er seine eigene Stimme. Er machte eine Atempause, um von Almada weg und auf Garetien zu sprechen zu kommen. Da erscholl wieder der Tenor Leomars: »Verzeiht, Eure Exzellenz, aber Almada betreffend muss ich dies noch zu Sprache bringen. Ich bin knapp bei Zeit und muss baldigst zurück nach Neu-Süderwacht.«

Die Beilunkerin trommelte noch immer den Ragathsky-Marsch.

Haffax wollte etwas entgegnen, doch Leomar sprach schon weiter. »Drei Regimenter sind zur Sicherung der Grenze zum Horasiat nicht ausreichend. Bedenkt, dass uns jenseits des Horaswalles die dreifache Zahl von Truppen gegenübersteht, die innerhalb von vier Tagen die Grenze überschreiten können.«

»…und von denen die Hälfte nur auf dem Papier existiert«, schnarrte Haffax. Er hatte den Kampf aufgenommen. Es gab kein Zurück mehr.

Leomar begann mit den Armen herumzufuchteln. Das muss er bei den Novadis gelernt haben, dachte Haffax. »Sicher, die Liebfelder mögen eine geringere Effizienz auf dem Schlachtfeld haben und nicht so kampferfahren wie unsere Regimenter sein, aber unterschätzt nicht ihre neuartige Ausrüstung, die ihnen die Weisen Kusliks und Silas' ersonnen haben.« Er zwirbelte seinen Kaiser-Alrik-Schnauzer. »Und sie sind motiviert. Die Soldaten der Horas glauben sich im Bündnis mit der Geschichte und an die Vorsehung, wieder die bosparanischen Herrscher Aventuriens zu werden.«

»Das, Leomar, habe ich bereits bedacht. Doch Euch scheint entgangen zu sein, dass die Liebfelder in dieser Lage keinen Krieg wollen können: Ganz gleich, als wie stark sich ihre Truppen nach zwei, drei Monaten erweisen mögen, unsere schnellen Kavalleristen würden die Gefechte zu Beginn auf den Boden des Horasiats tragen – in eine der fruchtbarsten Gegenden ihres Landes. Sie können nicht riskieren, dass diese Gebiete verheert werden.« Riposte. Die Augen der Marschälle wanderten wie beim Imman von einer Seite zur anderen.

»Gerade deswegen sollten wir die Reitereinheiten in der Südpforte verstärken.« Leomar blickte Haffax hart in die Augen.

»Nicht nötig. Dank der Finte unser aller Freunde von der Informations-Agentur«, ein paar Marschälle schmunzelten gequält, »glauben die Horasier, dass wir uns mit dem Emir von Amhallas auf eine Waffenbruderschaft einigen würden. Sie werden sich benässen, kaum dass sie einen Fuß nach Almada setzen.« Der Ragathsky-Marsch wurde schneller.

»Dieses Phantasma wird nicht lange vorhalten. Wir sollten das Lanzerregiment ›Raul von Gareth‹ nach Süden schicken.« Vom Berg beugte sich, lässig auf beide Arme gestützt, über den Kartentisch, als gehöre er ihm.

»Die Lanzer bleiben in der Hauptstadt. Vom Kernland des Reiches aus können sie schnell in alle bedrohten Gefilde geschickt werden.« Akkord. Haffax fühlte sich sicher. Offenbar hatte der Almadaner Marschall nichts in der Hand, sondern war nur seinem törichten Ungestüm aufgesessen.

Da platzte es aus Leomar heraus: »Der Marschbefehl ist bereits an das Regiment ergangen.« Haffax spürte Schweiß auf seiner Stirn. Was hatte vom Berg gesagt? Draußen schrieen Vögel. Das Getrommel des Ragathsky-Marsches wurde unerträglich. Er hörte die knappen Ausführungen Leomars dumpf wie durch eine dünne Wand: »Die Reichsrätin K. W. hat diese Maßnahme vorgeschlagen und – da die Zeit knapp war – mit mir veranlasst, als ich vor vier Tagen in Gareth war.« Die Reichsrätin K. W. Hitta vom Berg. Seine Muhme! Natürlich. Wie sollte es auch anders sein. Travias Bande sind stärker als Praios' – und offenbar auch Hesindes.

Vom Berg fuhr unbeirrt fort: »Depeschen, die Versorgung und Logistik betreffend, wurden bereits in die Südpforte entsandt. Die Offiziere des Regiments…«

Wie ein Hammerschlag traf die Faust des Reichserzmarschalls den Kartentisch, sorgfältig aufgereihte Zinnfiguren kullerten durcheinander, Fähnchen fielen um. Auf einen Schlag waren ganze Regimenter ausgelöscht. Der Ragathsky-Marsch brach ab, die Marschälle des Reiches zuckten zusammen und blickten auf ihren Befehlshaber. Fast war ihm, als ob Marschall Golambes seine spitzen Ohren leicht sinken ließ.

»Über solche Maßnahmen habe ich rechtzeitig informiert zu werden!«, donnerte Haffax. »Sollte es einer wagen, mich noch einmal bei einer Entscheidung dieser Tragweite zu übergehen, wird er Marschall von Hôt-Alem werden und darf Blasrohrbanner und Mohainfanteristen ins Geplänkel gegen die Trahelier führen.«

Das saß. Keiner rührte sich, nur ihre Schatten wandten sich durch die flackernden Kerzenflammen ihm entgegen. In ihren Augen sah er wieder ihren vorbehaltlosen Respekt für den größten Strategen dieser Zeit, der seit dreißig Jahren fast alle großen Schlachten Aventuriens gewonnen hatte. Und doch, war da nicht der Anflug eines Lächelns auf einigen dieser Kriegergesichter? Amüsierten sie sich über den alten Mann auf seinem knarrenden Holzthron? Lachten all diese Abkömmlinge alter Geschlechter über den Bastard, den Emporkömmling, der es wagte, ihnen Befehle zu erteilen?

Haffax blickte auf Leomar vom Berg. Dieser hatte

411

sich zurückgelehnt und die Arme hinter dem Kopf verschränkt. Er brauchte nicht mehr zu argumentieren. Er hatte gewonnen.

* * *

Es regnete in wenigen, dicken Tropfen. Auf jedem Dach, jedem Mauerabschnitt und jedem Straßenpflaster wurden die Tropfen gezwungen, sich in geordneten Bahnen zu vereinen, Rinnsale zu bilden und in schnurgeraden Vertiefungen mit monotonem Gegurgel abzufließen. Selbst die Nacktschnecken, die sich in der Feuchtigkeit aus dem Gras gewagt hatten, schienen ihre Schleimspuren nach einem höheren Plan anzulegen.

Mit klirrendem Tritt schritt der Reichserzmarschall durch die Gassen Wehrheims. Das Wetter war lausig in diesem Herbst des Jahres 26. Eigentlich war es schon seit... ja gewiss seit drei Jahren ungewöhnlich schlecht. Er zog seinen blauen Umhang fester um sich, achtete jedoch darauf, dass er ihn keinesfalls beim Ziehen seiner Klinge behindern würde. Wie eine jener Maschinen von Odenius dem Tüftler wählte er wie von selbst jenen Weg, der ihn – wie jahrelange Erfahrung gezeigt hatte – am schnellsten vom Stabsgebäude zu Burg Karmaleth bringen würde.

Dieses Reich würde zu Recht vor die Hunde gehen, wenn es sich nur über die Klüngelei der Edlen regierte. Streitende Adelshäuser, selbstgerechte Provinzen und unfähige Infanten! Sie durften auf ihren mit Garether Plüsch gepolsterten Thronen nur hocken, weil irgendwann ein verdienter Vorfahr vom Kaiser belohnt worden war. Sie selbst hatten nichts dazu beigetragen, als zur rechten Zeit von der rechten Frau das Leben geschenkt zu bekommen. Es waren Tsa und

Phex, die über das Kaiserreich herrschten, nicht Praios und Rondra. Haffax trat einen Stein beiseite.

Und nun wollten sie ihn übergehen. Ein Bastard in den höchsten Diensten des Reiches – welch bitterer Hohn für all die hohen Häuser. »Ich habe etliche Todfreunde bei Hof«, murmelte Haffax zu einer Schnecke, die seinen Weg kreuzte. Sie antwortete nicht.

Stählernes Gestampfe. Mit geometrischer Präzision bog eine Kolonne der Eisengarde um die Hausecke. Helm, Schild und Waffenrock so blank poliert, dass der Regen sich kaum traute, darauf zu fallen. Kaum dass sie ihres Grafen und Reichsmarschalls ansichtig wurden, rammten die Soldaten mit vielstimmigem Klirren die Eisenhandschuhe ans Herz und ruckten wie *ein* Mann die Köpfe nach links, wie es ihnen der Bannerträger mit sich überschlagender Stimme befahl. Haffax würdigte sie kaum eines Blickes und erwiderte den rondrianischen Gruß knapp. Hellebarden sangen, als er die Burgtore erreichte. »Heil dem Reichserzmarschall!«, bedrängte man ihn auf der Außentreppe. Ein Schwertspalier umfing ihn beim Betreten seiner Residenz. Alles war schal.

Leomar vom Berg hatte er selbst protegiert: Er hatte ihm die Order zur Mission im Khômfeldzug erteilt, auf seine Veranlassung hin war er Kommandant von Neu-Süderwacht geworden. Er war ein fähiger Marschall und konnte auch über Leichen gehen, wenn es die Lage erforderte. Aber ihm fehlte das letzte Quäntchen rondrianischer Intelligenz – da mochte er noch so sehr den Idealen des Schwertglaubens entsprechen. Und nun stellte sich heraus, dass ihn dieser Jungspund offenbar als Reichserzmarschall ersetzen wollte. Jedoch nicht, weil er es verdient hätte, nein, weil er einflussreiche Freunde und Blutsverwandte hatte, die am Rockzipfel des Reichsbehüters hingen. Haffax lachte trocken auf, eine Wache sah ihm mit hochgezogener Augenbraue hinterher.

Seine Adjutantin Silane fasste die Neuigkeiten schnell und kurz zusammen, während ihm die Pagen den durchnässten Marschallsrock und den heiligen Helm auszogen: Drei Briefe erforderten seine persönliche Durchsicht, acht Personen seien vorstellig geworden, bei den Bauarbeiten am Nebenportal habe es einen Todesfall gegeben – Alltag.

Er ließ den Pagen die Tür zu seinem Arbeitszimmer schließen und sah sich um im Konglomerat von Erinnerungen an den Krieg: Die Briefe lagen auf dem Marschall-Voltan-Tisch, den der Eroberer Maraskans aus dem Oktagon von Hemandu mitgebracht hatte. Karten von ganz Aventurien prangten an den Wänden, ließen keinen Raum für anderes. Die Marmorstatue, die Rondra als Herrin der alveranischen Heerscharen zeigte, blickte Helme an, als wollte sie etwas sagen. Er setzte sich und betastete sein eingefallenes Gesicht. Wie er es hasste, sich zu rasieren! Er griff zuunterst in die Kommode hinter sich und fand auf Anhieb eine Kamee, die er langsam, fast liebevoll, hervorzog. Auf Karneol war das feine Antlitz einer Frau abgebildet, das Helme lange anstarrte. Sehr lange.

»Warum hast du mich nur verlassen, Danje?«, flüsterte er. »Warum?«

Das Profil der jungen Frau mit den traurigen Augen blickte an ihm vorbei – blickte in die ewige Finsternis von Borons Hallen. In Helmes Augen spiegelten sich Erinnerungen, die älter waren als das Wissen um Ferdoker Flankenzangen, Kusliker Karree und mehrfache Schlachtreihen. Er legte den Stein beiseite und wandte sich mit dem Gesichtsausdruck eines Mannes, der nie gelernt hat zu seufzen, den Briefen zu.

Ein Bericht und Einsatzbefehl zur prekären Situation auf Maraskan. Gänsekiel. Tinte. Unterschrieben. Fertig.

Ah, das feine Gefühl von Vinsalter Papier. Helme erbrach das unschuldige Siegel und las den kurzen Brief:

Peltast auf 3–5, beide Kataphrakten 2 vor, keine Verzögerung.
Rondra zum Gruß

F. S. v. I.

Zum ersten Mal an diesem Tag ehrlich lächelnd schwang sich Helme aus dem Sitz und ging zum Garadanspielfeld in der Ecke. Er bewegte die gegnerischen Figuren wie im Spielzug angegeben. Einen Holpiten hat er verloren – genau wie geplant. Folnor Sirensteen von Irendor war ein großartiger Stratege auf dem Papier, das musste man ihm lassen. Doch leider fehlte es ihm an Improvisationstalent. Drôl mit der Streitmacht der Horaslegion innerhalb von zehn Tagen zu erobern, hätte jeder Hauptmann im ersten Jahr gekonnt. Er würde zu gerne mal sehen, wie sich der große Taktiker des Lieblichen Feldes gegenüber einer Übermacht von Orks oder in den Dschungelparzellen Maraskans, abgeschnitten von jeder Versorgung, bewähren würde. Helme führte den schon seit Wochen geplanten Gegenzug auf dem Spielfeld aus. Das würde er nicht erwarten!

Er ging zum Schreibtisch zurück und notierte seinen Spielzug im Antwortschreiben an den Staatsmarschall des Horasreiches. Wieder einmal fragte er sich, wie Reichsbehüter Brin und Königin Amene reagieren würden, wenn sie wüssten, dass ihre höchsten Feldherren seit fünfzehn Jahren ihre Kräfte bei einem Brettspiel maßen.

Wenn man vom Namenlosen spricht, dachte er und bemerkte, dass der dritte Brief das Siegel des Kaiserhauses trug. Er zerbröckelte das Wachs und faltete glänzendes Papier mit dem Zeichen von Greif und Fuchs auf. Zuckend fuhren Helmes Augen über die Depesche.

Gegeben zur Neuen Residenz
am vierten Praioslauf des Traviamondes im Jahre 26 der
Herrschaft unseres Vaters und Kaisers, Seiner Allerzwölf-
göttlichsten Magnifizienz Hal I.

Eure Exzellenz, Reichserzmarschall Helme Haffax, Graf zu
Wehrheim,

Wir, Brin, von der Götter Willen, König in Gareth/ Mark-
graf der Cayserlichen Landte Gareth/ des Heil. Neuwen
Reiches Ertz-Behüter und Cron-Printz/ Souverainer Printz
von Almada/ Kosch und Albernia/...

Sein Blick ging vorbei an den endlosen Titeln bis zur
Nachricht selbst.

...erlassen im Bewusstsein des Wohls des Raulschen Rei-
ches und Aventurias folgende Euch betreffende Verfügun-
gen, welche am ersten Praioslauf des Boronmondes im Jahre
26 Hal in Kraft treten:
  Fürst Herdin von Maraskan sei entbunden von seinem
schweren Amte als Statthalter des Königreichs Maraskan
wegen Armut im Geiste.
  Marschallsadmiral Parinor von Hableth sei entbunden
von seinen Ämtern als Marschall und Admiral von Maras-
kan und unter Reichsacht gestellt wegen Verräterei.
  Graf Helme Haffax sei bestallt zum Nachfolger im
Amte des Statthalters Maraskans. Er sei gleichfalls be-
stallt zum Marschall und Admiral Maraskans. Er sei
darob Seine Durchlaucht-Exzellenz Fürst-Marschall von
Maraskan.
  Selbige Person sei feierlich und in allen Ehren entbunden
von seinem Amt als Reichserzmarschall und Graf von Wehr-
heim (und allem Gedinge) und werde für seine langjährigen
Verdienste geehrt mit dem Titel einer Weisheit des Ordens
vom Schwarzen Auge zu Punin.

Baron Leomar Almaderich Sigiswild vom Berg sei bestallt zum Reichserzmarschall. Das Lehen der Grafschaft Wehrheim sei vorerst vakant.

Wir bitten Euch in der Götter Namen, Eure Erhöhung zum Tag des Inkrafttretens in der Neuen Residenz zu Gareth zu empfangen.

Mit Euch die Götter

Brin

Sterne tanzten vor Helmes Augen. Er musste mit einer heftigen Bewegung einen Windstoß verursacht haben, denn das Blatt Papier flog zauberhaft leicht davon und landete auf dem Boden. Das war es also! Klauen umklammerten sein Herz und ließen es nicht mehr los, sodass er jeden Schlag in seinem Innern bis zum Hals spürte. Sie wollten ihn loswerden! Sicherlich, er war der beste Mann, um die Aufständischen zur Räson zu bringen und die seit Monaten kursierende Schwarzmagie aufzuhalten. Aber er war in jeder militärischen Position der beste Mann! Helme sprang so schnell auf, dass sein Stuhl nach hinten kippte.

Und Leomar hatte es gewusst. Warum sonst wäre er heute so selbstbewusst aufgetreten? Mit sechsunddreißig Jahren und ohne jemals ein Heer geführt zu haben, sollte er der Führer der Reichstruppen werden. Ha! »Aber das ist ja kein Hindernis, wenn man ein vom Berg ist!« Hatte er laut herumgepoltert? Er wusste es nicht, seine Gedanken verfingen sich mehr und mehr im Rausche des Zorns. »Voltan von Rommilys! Ihn hatten sie mit vierzig zum Erzmarschall gemacht. Er war ja auch Rabenmunder!« Helme fegte mit der Hand über eine Kommode, warf Kandelaber und Schreibzeug hinunter, das auf den Boden prasselte. Er manövrierte seine alte Gestalt ziellos durchs Zimmer, und wo sie etwas streifte, zerstörte sie es, wo sie etwas traf, vernichtete sie es. Er sah *Die Jugendtage des Helden Helme* von seinem alten Freund Falk und zerriss sie hohl lachend in Fetzen.

»Und ich?«, schrie er. »Ich habe diesem Reich über fünfzig Jahre gedient, aber mich wollen sie auf die Giftinsel abschieben und vergessen. Wegwerfen wie eine Hühnerkeule, von der sie das Fleisch abgenagt haben!« Sein Fuß traf den Garadantisch und zerschmetterte ihn. Figuren purzelten über den Teppich und die Aufstellung aus anderthalb Jahrzehnten war zerstört. »Aber ein Rabenmund, Berg oder Gareth-Streitzig braucht nur mit Höflingen bei Bosparanjer zu parlieren oder mit der alanfanischen Kaisermetze zu huren und schon wird ihm das halbe Reich zuteil!« Seine Hände fassten Karten und Pläne und rissen sie ab. Er hob einen Sessel, merkte sein Alter und ließ ihn wieder herabplumpsen. Draußen waren die Vögel still geworden. Das Gesinde im Erdgeschoss von Burg Karmaleth weitete die Augen vor Furcht ob der seltsamen Geräusche. »Sie wollten mich zum Herrscher Darpatiens machen nach der Usurpation. Aber nein, das konnten die hohen Häuser ja nicht zulassen. Sie mussten eine Rabenmundgöre nach Rommilys setzen!« Er packte die Fenstergriffe so hart, dass sie abrissen, und schrie seine Wut in die beginnende Dämmerung hinaus.

Dann schritt er zum Regal und klaubte die Schriftrollen mit der Aufschrift ›Höchst geheim‹ heraus. »Ha, was haben wir denn hier? Der geheime Flottenvertrag mit Al'Anfa! Sollen es doch alle wissen.« Mit maliziöser Geste warf er die Pergamentrolle zum Fenster hinaus. »Dieses götterverfluchte Reich hat es nicht anders verdient.« Immer mehr Rollen stapelten sich in seinen Armen. »Der *III. genehmigte Teilungsplan Vallusas*. Wen interessiert's? Oh, *Operation Hippogriff*. In vier

Wochen am Onjet. Xeledon wird's amüsieren! Der *Zwei-Welten-Kontrakt*, faszinierend! Lest ihn! Lest ihn alle!« Und einer nach dem andern verließen die intriganten Pläne des Kaiserreiches das Refugium des Reichserzmarschalls auf dem Luftweg. Sie landeten in Büschen, auf Gras und auf den sauberen Straßen Wehrheims.

Der plötzlich rasant gealterte Graf von Wehrheim taumelte außer Atem vom Fenster zurück. »Aber… so leicht lasse ich mich nicht ins Exil schicken. Nein… ich werde…« Er stolperte gegen die Statue der Rondra, die wackelte, aus dem Gleichgewicht geriet und in hundert Teile zersplitterte. Helme sank im Marmorregen zu Boden und fuhr erschöpft über die Trümmer seines Lebens.

Keiner hatte so viel für dieses Reich getan wie er. Die einzige verlorene Schlacht seines Lebens war Orkenwall. Das einzige Versagen – und er hatte es noch nicht einmal zu verantworten. Unter den Adligen fielen ihm nur wenige ein, die er als gleichwertig angesehen hätte in ihrer Brillanz: der Baron, Dexter Nemrod, der kein Leben außer dem des Reiches hatte, und der gefallene Answin von Rabenmund, der die Missstände erkannt hatte, ändern wollte – und gescheitert war.

Draußen war die Sonne bereits untergangen und ein fahles Licht schien matt in die zerstörte Kammer. Von irgendwoher aus den Kasernen Wehrheims war ein Schlussappell zu hören. Das stählerne Herz des Reiches schlug langsamer. Müde blickte Helme auf das fast volle Rad der Mada, das sich über den Horizont erhoben hatte. Die schweren Gedanken hatten ihn hinuntergezogen. Warum sollte er sich erheben?

»Oh, ihr Götter, wie könnt ihr nur zulassen, dass solche Ungerechtigkeit geschieht?« Helme richtete das

Wort nicht oft an die Himmlischen und es kam ihm brüchig über die Lippen.

Finsternis

War da nicht eben ein Schatten vor dem Mond? War das Licht einen Moment grün oder spielten ihm seine Augen einen Streich? Helme wunderte sich, warum das Gesinde ob des Lärms nicht schon an seiner Kammer klopfte.

verschluckt

Verhaltenes Flügelrauschen. So große Vögel fliegen nicht über Wehrheim, dachte Helme. Seine Hände zitterten.

das

Ein stechender Geruch schlich sich ins Zimmer. Schatten krochen unter dem Teppich hervor, doch waren sie irgendwie vertraut. Sein Herz schlug nicht mehr, es dröhnte stattdessen ein lautes Wumpwumpwump.

Licht

Das Fenster verschmolz zu einem Strahl, der Helme in underisches Licht tauchte. Pfeifen und Zimbeln aus den Mahlströmen aller Welten spielten in seinem Kopf Ouvertüren.

Kälte kroch in seine Beine, doch er merkte es nicht. Sein Blick war allein auf jene ätherische Gestalt gerichtet, die nun vor ihm stand und ihm wie helfend eine Hand hinhielt.

Eine Hand mit eins, zwei, drei, vier, fünf, sechs Fingern.

Eine Stimme sprach:

»Mit Göttertum kann ich nicht dienen. Aber vielleicht reicht dir ein Alveraniar. Komm!«

Haffax sah in das Licht und schaute die Welten, die ihm so lange verschlossen gewesen waren. Oh ja, es war doch so einfach! Er nahm die Hand, die keine war, und wurde hinaufgezogen.

Unter seinen Füßen knackte etwas unbemerkt. Er hatte die Kamee Danjes zu Staub zertreten.

Anhang

Erklärung aventurischer Begriffe

Die Götter und Monate*

1. Praios = Gott der Sonne und des Gesetzes – entspricht Juli
2. Rondra = Göttin des Krieges und des Sturmes – entspricht August
3. Efferd = Gott des Wassers, des Windes und der Seefahrt – entspricht September
4. Travia = Göttin des Herdfeuers, der Gastfreundschaft und der ehelichen Liebe – entspricht Oktober
5. Boron = Gott des Todes und des Schlafes – entspricht November
6. Hesinde = Göttin der Gelehrsamkeit, der Künste und der Magie – entspricht Dezember
7. Firun = Gott des Winters und der Jagd – entspricht Januar
8. Tsa = Göttin der Geburt und der Erneuerung – entspricht Februar
9. Phex = Gott der Diebe und Händler – entspricht März
10. Peraine = Göttin des Ackerbaus und der Heilkunde – entspricht April
11. Ingerimm = Gott des Feuers und des Handwerks – entspricht Mai
12. Rahja = Göttin des Weines, des Rausches und der Liebe – entspricht Juni

---

* Im Kontext des maraskanischen Rur & Gror-Glaubens sind die Zuständigkeiten der Zwölfgötter teilweise anders definiert.

Maße und Gewichte

Meile = 1 km
Schritt = 1 m
Spann = 20 cm
Finger = 2 cm

Dukat (Goldstück) = 50 DM
Silbertaler = 5 DM
Heller = 0,5 DM
Kreuzer = 0,05 DM

Unze = 25 g
Stein = 1 kg
Quader = 1 t

Begriffe, Namen, Orte

Achaz = Echsenmenschen
Adept(us) = Titel eines Magiers, der erfolgreich seine Prüfung
    abgelegt hat
Adlerorden = Staats-Orden des Horasreiches
Albernia = westliche Provinz des Mittelreiches
Aldifreid = Begründer einer Bardenschule
Alveran = Heimstatt der Zwölfgötter
Alveraniar = halbgöttliche Wesenheit
Andergast = im Osten an Nostria angrenzendes Königreich;
    ein ewiger Feind
Angbar = Stadt im Kosch
Arange = kleine, orangenähnliche Frucht
Aranien = ein tulamidisches (orientalisches) Königreich im
    Osten Aventuriens
Badilakaner = städtischer Traviaorden, der sich der Obdach-
    losen und Prostituierten annimmt
Badoc = elfischer Ausdruck für: (von der menschlichen Kul-
    tur) verdorben
Balihoer Rad = große Goldmünze aus bosparanischer Zeit
Balestra = kugelschleudernde Federkampfe
Beilunker Reiter = aventurischer Botendienst
Belkelel = erzdämonische Widersacherin der Göttin Rahja

Bausch = baumwollartiger Stoff

Bidenhocker = Bezeichnung für aventurische Kamelarten

Borbarad = einer der mächtigsten Schwarzmagier der av. Geschichte, auch der Dämonenmeister genannt; angeblich ein Sohn des Nandus

Borndorn = ein Wurfmesser aus dem Bornland

Bornland = Land im Norden Aventuriens

Boronanger = Friedhof

Boronsrad = Symbol des Totengottes

Bosparan = Hauptstadt eines ehemaligen aventurischen Großreiches; der Fall Bosparans (993 vor Hal) ist vielerorts Basis der Zeitrechnung

Bosparanjer = ein schäumender Wein

Brin = verstorbener Regent des Mittelreiches

Challawalla = tulamidischer Ausruf des Erstaunens und der Erregung

Châra = tulamidischer Fluch, etwa ›Mist!‹

Dabla = kleine Trommel der Tulamiden und Novadis

Dererund = die Weltenscheibe

Donnersturmrennen = Streitwagenrennen, bei dem als Trophäe ein heiliges Artefakt der Rondrakirche, der Donnersturm, ausgesetzt ist

Drolina = eine Trickwaffe

Ehernes Schwert = Gebirge in Nordostaventurien

Eigeborene = besondere Form der Hexen, sehr selten

Elenvina = Stadt im Mittelreich

Flussdämonen = berüchtigte Bande von Flusspiraten

Garadan = ein Strategiespiel

Garetien = zentrale Provinz des Mittelreiches

Gareth = Hauptstadt des Mittelreiches

Garethi = übliche Sprache in weiten Teilen Mittel- und Nordaventuriens

Gildensiegel = unvergängliches Symbol, mit dem dem Adepten nach bestandener Prüfung die Handfläche gezeichnet wird und das seine Akademie/seinen Lehrmeister ausweist

Goblins = frühe kulturschaffende kleinwüchsige Rasse Aventuriens mit überlangen Armen und rotem Fell

Götterlauf = ein Jahr

Göttername = Bezeichnung für den Monat; jeder Monat trägt den Namen eines der Zwölfgötter

Golgari = Bote Borons, der die Seelen der Verstorbenen holt

Gratenfels = Stadt im Mittelreich

Greifenfurt = Stadt nordwestlich von Gareth, im Orkkrieg heftig umkämpft

Havena = Stadt in Albernia

Harpyie = Chimäre, Mischwesen aus Geier und Mensch

Helme Haffax = früherer Reichsmarschall des Mittelreiches; zum Feind übergelaufen

Hlûthar = Heiliger der Rondrakirche

Horasreich = Kaiserreich im Südwesten Aventuriens, früher auch Liebliches Feld oder Altes Reich genannt

Horathi = im Horasreich gebräuchlicher Dialekt

Hôt-Alem = mittelreichisches Protektorat in Südaventurien

Hylailos = eine der Zyklopeninseln

Ifirnsglöckchen = Schneeglöckchen

Imman = beliebtes Mannschaftsspiel

Ingval = nostrischer Grenzfluss

Karakil = ein geflügelter Dämon, der manchen Schwarzmagiern als Reittier dient

Karen = antilopenartiges Wildtier der nordaventurischen Tundra

Keshû = ein tulamidisches Gericht aus Gemüse und Hühnerfleisch

Khunchomer = ein Säbel

Kosch = Provinz des Mittelreiches

Lâ lâ = tulamidisch für ›Nein!‹

Leomar vom Berg = amtierender Reichserzmarschall des Mittelreichs

Leviatanim = Echsenwesen der aventurischen Frühzeit

Levthan = widderköpfige, ekstatische Gottheit

Liebliches Feld = südwestlich an das Neue Reich angrenzender Landstrich; sieht sich als Nachfolger des Bosparanischen Reiches und nennt sich heutzutage ›Horasreich‹

Los = einer der beiden Urgötter

Luzelin = berühmte Oberhexe aus Weiden

Madalauf = ein Monat

Madamal = Mond

Magica Communicatia = Verständigungsmagie

Maru = alligatorhäuptige Echsenwesen

Men fadlek = tulamidisch für ›Verzeiht vielmals!‹

Mengbillar = berüchtigter Giftdolch

Mhaharani Shahi = tulamidisch für die Königin Araniens

Mhanadi = Strom im Land der Tulamiden

Mittelreich = auch Neues Reich, das größte Staatsgebilde Aventuriens mit Hauptstadt Gareth

Moha = braunhäutiges Waldmenschenvolk, aus dem viele Sklaven stammen

Mohagoni = ein Edelholz

Namenlose Tage = die fünf, keinem Monat zugerechneten Tage am Jahresende; sie gelten als unheilvoll

Nandus = ein Halbgott

Nemekath = renegater Borongeweihter aus dem Alten Reich

Neues Reich = auch Mittelreich oder Kaiserreich genannt, größter Staat Aventuriens

Nivese = Nomadenvolk des aventurischen Nordens

Noioniten = Boronorden, der sich der geistig Verwirrten annimmt

Norbade = Händlervolk des aventurischen Nordens

Novadis = Nomaden und Reitervölker der Wüste Khom

Nostria = Hauptstadt des gleichnamigen, im Nordwesten an das Neue Reich angrenzenden Königreiches

Oger = großgewachsene Rasse, gefährliche Jäger

Oktagon von Hemandu = der Stammsitz des Ordens der Templer in Maraskan

Orks = neben Menschen, Elfen und Zwergen die wichtigste Rasse kulturschaffender Zweibeiner in Aventurien

Premer Feuer = berühmter Schnaps der Thorwaler, brennt mit hellroter Flamme

Rabe von Punin = der oberste Geweihte des Boronkultes

Raidri Conchobair = legendärer Schwertkönig

Rastullah = Eingott der Novadis

Rethis = Stadt auf Hylailos

Rohezal = berühmter Erzmagus, ein entschiedener Kämpfer gegen Borbarad

Rommilys = Stadt im Mittelreich

Satinav = mystischer Hüter der Zeit

Schwarze Sichel = Gebirgszug im östlichen Zentralaventurien

Schwarzpelz = andere Bezeichnung für Orks

Schwarz-Tobrien = früherer Teil des Mittelreichs, der von Borbarads Truppen eingenommen wurde

Shanja = tulamidischer Ehrentitel

Sharizad = für ihre Kunstfertigkeit bekannte Tänzerin des aventurischen Südens

Siebenstreich = sagenumwobenes Schwert

Sforigan, Ludovigo = bekannter Söldnerhauptmann

Sskhrsechim = schlangenleibige Reptilienrasse der Frühzeit, bildete eine Magier- und Priesterkaste

Statthalter = Titel eines hochrangigen Beamten, der die Funktion eines Provinzherren ausübt

Stoerrebrandt = berühmter Handelsherr, angeblich der reichste Mann Aventuriens

Svellt = Fluss im aventurischen Norden

Thalionmel = Heilige des Rondrakultes

Thuransee = See zwischen Nostria und Andergast

Tommel = durch Nostria fließender Fluss

Trahelien = kleines Dschungelkönigreich in Südaventurien

Tsatag = Geburtstag

Tulamiden = Volksstamm aus dem aventurischen Südosten

Vinsalt = Hauptstadt des Lieblichen Feldes

Waldemar = berühmter Herrscher des Herzogtums Weiden

Waldschrat = riesenhaftes Baumwesen

Walwut = unkontrollierte Raserei

Weiden = Provinz im nördlichen Mittelreich

Windstag = erster Tag der Woche

Yaquir = zweitgrößter Strom Aventuriens

Yaquiria = Landstrich im Lieblichen Feld

Yalla Barra = tulamidisch für »Geh weg!«

Yppolita = verstorbene Königin der Amazonen

Zhayad = Kunstsprache der Magier mit eigenen Schriftzeichen

Zorgan = die altehrwürdige Hauptstadt Araniens

Das Schwarze Auge

Das Schwarze Auge

Weitere Bände in Vorbereitung